Gabriele Weingartner
Léon Saint Clairs Abschied
von der Unendlichkeit. Roman

Gabriele Weingartner

Léon Saint Clairs Abschied von der Unendlichkeit

Roman

Limbus Verlag

Bibliografische Information der Deutschen Nationalbibliothek:
Die Deutsche Nationalbibliothek verzeichnet diese Publikation in der
Deutschen Nationalbibliografie; detaillierte bibliografische Daten sind im
Internet über http://dnb.dnb.de abrufbar.

© Limbus Verlag Innsbruck – Wien 2022

Umschlagillustration: © Hannah Flattinger
Lektorat: Merle Rüdisser
Druck: Finidr, s.r.o.

ISBN 978-3-99039-223-2
www.limbusverlag.at

„Jeder Mensch ist mit sich und seiner Welt allein;
glücklich können nur jene sein, die es nicht wissen.
Sie sind die willenlosen Opfer eines Schemas, das
sie für ein ausgefülltes Dasein halten. Sie leben
in ständiger, eifriger Kommunikation mit ihrer
Umwelt, durch die sie scheinbar ihre Einsamkeit
überwinden, bis zu ihrem Tod, den sie sehr
fürchten und von dem sie hoffen, daß er
möglichst spät komme, damit sie sich bis
dahin ihre Zeit vertreiben können."

Andrew Marbot (1801–1830,
Ästhetiker und Kunstpsychologe),
*Art and Life, Gesammelte
Schriften* (1834, posthum)

I. Einkaufen

Bevor ich Tomasz Wrobel persönlich begegnete, um mich ihm als Lehrling anzubieten, hatte ich mich einige Male in seinem Herrenausstattungs-Geschäft umgeschaut, das unmittelbar neben dem Maßatelier Adam lag, innen aber nicht sichtbar mit diesem verbunden war. Die gläsernen Theken und Vitrinen sowie die bis zur Decke reichenden Eichenholz-Schränke des Ladens, wo sich in flachen und höheren Fächern Pullover, Schals, Socken und in Zellophan gehüllte Oberhemden befanden, entzückten mich nicht weniger als die an drei handgedrechselten Ständern hängenden, vielfältig gemusterten Krawatten, die ich immer wieder umrundete. Von einem nonchalant durch den Laden schlendernden jungen Mann in den Blick genommen, kaufte ich mir beim zweiten oder dritten Mal schließlich eine blaue Fliege mit gelben Tupfen und ein blütenweißes Oberhemd, ohne in naher Zukunft Verwendung dafür zu haben.

Dass mich der Verkäufer, dessen Wangen von Aknenarben durchfurcht waren, zu einem champagnerfarbenen Frackhemd überreden wollte, machte mich kurzfristig wütend. Auch in meinem neuen Leben, musste ich leider feststellen, wollten mir wildfremde Leute aufgrund meiner kleinen Statur ihren Willen aufdrücken. Bei meiner Wiederkehr bestand ich deswegen sofort auf meiner allerersten Wahl, einem azurblauen Kaschmirpullover mit V-Ausschnitt, obgleich mir der Angestellte etwas anderes aufzuschwatzen versuchte, eine moosgrüne Strickweste mit Zopfmuster und Knöpfen aus Hirschhorn, ein Altherrenstück also, das garantiert ein Ladenhüter war. Sich ein paar Nachmittage lang trotzig auf das mitten im Geschäft stehende Biedermeier-Sofa zu setzen und nichts zu kaufen sowie – provokante Blicke mit ihm wechselnd – vor der Fensterfront auf und ab zu tigern, war kindisch, das gebe ich zu. Beim Kauf der beiden gestreiften Pyjamas aus Seidensatin jedoch – einmal weiß-blau längs-, einmal rot-weiß quergestreift – mischte sich der Schnösel schon nicht mehr ein, sondern lobte meinen Geschmack. Selbst mein plötzliches Zögern kurz vor dem Gang zur alten Registrierkasse bemerkte er und hielt ein paar Sekunden inne, bevor er mir wieder vorauseilte und mir zu meinen Einkäufen gratulierte. Nein, der Verkäufer hatte nichts falsch gemacht, im Gegenteil. Dem Kunden während des Gesprächs eine Alternative anzubieten, damit er sich bei seiner eigenen Entscheidung umso sicherer fühlen konnte, war vermutlich ein Gebot des Geschäftsinhabers, dem sich seine Angestellten unterzuordnen hatten.

In der Tat hatte ich mich – noch während meine Finger zärtlich über dem glänzenden Stoff in der Luft verharrten – von dem Kauf abzubringen versucht. *Zwei luxuriöse Schlafanzüge sind des Guten zu viel*, rief ich mich innerlich zur Ordnung. Sie passen nicht zu einem Mann, der einst – weil mir nichts anderes übrig blieb – mit seinem Freund Löwy und dann mit seinem Feind Hakob in der Wäschekammer einer Moskauer Kommunalka geschlafen hatte. Nicht zu vergessen die Nächte zwischen den Gerätschaften einer sich tief unter der Erde befindlichen Moskauer Metro-Baustelle oder die in der Kartoffelkiste im Keller eines Berliner Bordells, der Bosnischen Drina.

Wer aber wusste das? Niemand außer mir selbst. Mit einem scharfen Blick in die wasserblauen Augen des

Verkäufers riss ich mich aus meiner Entschlusslosigkeit. Himmel nochmal, ich hatte wirklich genug vom Schlafen in Straßenklamotten und noch viel mehr vom Nacktschlafen, das ich sogar nach den allerschönsten Liebestätigkeiten bedrohlich fand. Zwischen mir und der Welt sollte ein Stück Stoff sein, ein Dolch sollte erst eine Hülle zerfetzen, bevor er sich in meinen Körper grub. Ich wollte einen eigenen Schlafanzug, keiner hatte mir je einen geschenkt in meinem langen Leben, weder aus Flanell noch aus Baumwolle und schon gar nicht aus Seide. Ich würde bei meinem Entschluss bleiben, *aus die Maus*, wie Konstanze zu sagen pflegte, wenn sie mich seufzend zum Handeln zwang. Ich wies also den allzu dicht um mich herumtänzelnden Jüngling an, mir noch zwei zu den Pyjamas passende Schlafmasken aus dem zum Sofa passenden Schrank zu holen, der gleich neben der Kasse und dem Ausgang stand, wie die Regale mit den Schokoriegeln im Supermarkt, denen ich nie widerstehen konnte, wenngleich sie doch für nörgelnde Kinder bestimmt waren. Aus die Maus ein zweites Mal. Immerhin leide ich an Einschlafproblemen, redete ich mir zu, warum es also nicht mit einer Maske probieren?

Bisher hatte ich die Nähe des Schranks mit seinen gläsernen Türen gemieden und den dort auf mehreren Etagen ausgebreiteten Schätzen vorsichtshalber nur flüchtige Blicke gegönnt. Nun aber, da ich neben den jungen Mann trat und beobachtete, wie er mit einem kleinen, in seiner Hand fast unsichtbaren Schlüssel die Türen öffnete – nicht sehr geschickt, wie es anscheinend seine Art war –, entdeckte ich die Kostbarkeiten in ihrer ganzen Vielfalt: Mouchoirs, handrollierte Taschentücher, Manschettenknöpfe, Uhrketten, Hosenträger, Sockenhalter, mit verteufelt echt aussehenden Edelsteinen bestückte Berlocken und silberne Klipse für Geldscheine, die mir, da ich keine Kreditkarte besaß und nur mit Bargeld unterwegs war, wunderbar praktisch erschienen. Natürlich griff ich zuerst zu den Klipsen, und es mussten auch gleich drei sein, da ich – seit meiner Abreise aus Berlin umsichtig geworden – meine Barschaft nie nur an einer Stelle trug. Aber auch zwei Einstecktüchlein in sanftem Gelb und zartem Grün leistete ich mir, sowie ein Paar stylischer Hosenträger. Ich wusste nicht warum, eigentlich hasste ich Hosenträger. Genauso wie Sockenhalter, die ich im letzten Moment zurücklegte. Den Regenschirm kaufte ich nur, weil es draußen soeben zu nieseln begann. Er hatte einen Griff aus geflämmtem Kastanienholz und eine Kuppel aus dunkelrotem Stoff, groß wie ein gotisches Gewölbe. Ein extravagantes Modell, fand ich, vielleicht ein bisschen zu extravagant mit dem eingearbeiteten Fenster, selbst wenn es mir sehr gelegen kam. Hatte ich jemals einen Schirm besessen? Oder Leute gekannt, die einen benutzten? Ach, das Unbehagen, das mich beim Bezahlen beschlich, hörte draußen vor der Tür nicht auf.

So ein b'scheidnes Wetter!, rief der Verkäufer mir nach und ließ – geradezu triumphal unter der Ladentür stehend – die Glocke zweimal bimmeln, bevor er sich zurückzog. Beehren Sie uns bald wieder, mein Herr! Ich wünsche Ihnen noch einen schönen Aufenthalt.

Er sprach so ungehemmt Schwyzerdütsch wie meine geliebte Gertie ihr so seltsam kehliges Schottisch, dessen Sprachmelodie mich vor Jahr und Tag im Hotel Oriental in Bangkok an Schwyzerdütsch denken hatte lassen, obwohl ich nie zuvor in der Schweiz gewesen war. Immerhin, dachte ich – während ich durch den stärker werdenden Novemberregen zurück ins Hotel lief und spürte, wie mir das Wasser durch meine dünn gelaufenen Sohlen in die Socken drang –, noch war das Geld aus der Bodenvase in Konstanzes Wohnung nicht spürbar weniger geworden, seit ich es gedrittelt und das eine Drittel in den hinteren Teil eines alten Moleskine-Kalenders, das zweite in meinen auf einem Westberliner Mittelaltermarkt erstandenen Brustbeutel und das dritte in mein Portemonnaie gesteckt hatte. Spätestens, wenn ich das Hotel Schneeleopard verließe, verringerte sich der Umfang allerdings merklich, da gab es kein Vertun. Ich würde es demnächst hautnah erleben.

Tief ein- und ausatmend – ganz nach Art alter Männer – blieb ich stehen und sah auf meine ruinierten Schuhe hinunter. Ich konnte immer noch nicht glauben, dass mich der freundliche Empfangschef Herr Schneidewindt, der mir seit meiner Ankunft täglich lohnende Sehenswürdigkeiten empfahl und die dazugehörigen Prospekte über die Theke schob, gestern aufgefordert hatte, meine Suite binnen einer Woche zu räumen. Mich! In acht Tagen! Zu seinem allergrößten Bedauern!, sagte der Mann. Untröstlich sei er, wahrhaftig untröstlich.

Wobei Sie Glück gehabt haben, Monsieur, fügte er mit einem Augenzwinkern oberhalb seiner roten Lesebrille hinzu, dass im November keiner der Stammgäste auf die Idee kommt, unsere Luxus-Suite zu buchen, auch keines der anderen Apartments. Der Himmel ist grau, die Luft schwer und feucht. Keiner will da Urlaub machen. Haben Sie nicht bemerkt, wie leer und still es ist? Vor allem: Wie ungeheuer günstig Sie untergekommen sind? – Die traurigen Tage sind allerdings bald zu Ende. Die Meteorologen prophezeien, dass es genau recht zum Saisonbeginn bis in die Täler schneit. Kalt und trocken wird es sein; das schönste Wetter für unsere Gäste! Wir sind für die nächsten acht Wochen ausgebucht; meine

Kollegen werden alle Hände voll zu tun haben ... während ich auf den Malediven am Heiligabend in der Sonne brate. Versprechen Sie mir noch, dass Sie Poschiavo besuchen, bevor Sie uns verlassen. Poschiavo ist ... nun ... es hat zwei Gesichter auf engstem Raum ...

Wieso?, das vergaß ich zu fragen. Er sei untröstlich, hatte der Portier gesagt. Ja, auch ich fand keinen Trost, dachte ich und ließ mir von Poschiavo erzählen, ohne zuzuhören. Untröstlich!

Das Wohlleben, das ich mir gönnte, war zum ersten Mal kostenpflichtig. Und ich hätte trotzdem gerne weiter dafür bezahlt. Für *meine* Suite, die demnächst von einem millionenschweren Ehepaar in Beschlag genommen würde, das seine vier bis sechs Kinder auf die restlichen Zimmer des Stockwerks verteilte und mit dem Trinkgeld nur so um sich warf.

Ja, die Suite mit dem Blick auf die mit roten Zipfelkappen bewehrten Marktplatzhäuser! Wie phrygische Mützen waren mir ihre Dächer in der verschneiten Nacht meiner Ankunft erschienen, wie die Mützen der Revolutionsgarden auf dem Notenblatt der *Marseillaise*, das ich jahrelang mit mir trug. Im ersten Augenblick hatte ich mich in diese altmodische, mir Sicherheit vorgaukelnde Behausung verliebt. Es fehlte nichts, so gut wie nichts jedenfalls. Da war die Couch, auf der ich meinen Mittagsschlaf hielt. Der tiefe Ohrensessel, in dem ich Zeitung las, die reiche Getränkeauswahl der in einem neobarocken Schränkchen versteckten Minibar. (Natürlich hätte es Konstanze gegruselt angesichts einer solchen Einrichtung. Aber Konstanze war gestern, wie mir schmerzlich bewusst wurde. Oder vorgestern, wenn ich es recht bedachte.) Der gigantische Flachbildfernseher, der mir mit immer neuen Zeichentrickserien die Sorgen vertrieb! (Nach den Noir-Filmen, die ich mir mit der kinosüchtigen Konstanze hatte ansehen müssen, wollte ich nur noch leicht Bekömmliches konsumieren, kein in einen Film gepresstes menschliches Drama sollte mir je wieder die Stimmung verderben! Der Kinderkanal war mir am liebsten, obzwar dort manchmal auch Nachrichten kamen.) Das hellblau gekachelte Bassin im verschwenderisch großen Badezimmer tat ein Übriges, dass ich nahezu angstfrei schlafen gehen konnte, nachdem ich lange genug im schaumigen Wasser gelegen hatte. Von hoteleigenen Badeentchen umgeben, bei einem Glas Sekt, mit ausgestreckten Gliedern, tiefenentspannt. Wie schnell ich immer einschlief auf der Kingsize-Ausführung an Liegestatt, die mir noch breiter erschien als die in Konstanzes Apartment am Hausvogteiplatz in Berlin! Hier konnte ich mich davonmachen, ohne dass mich wilde Bilder quälten! Kein Schlachtengetümmel, kein Herr von Zitzewitz, dem ich endlos von den Frauen erzählen musste, welche die in ihre Waschkörbe geworfenen abgeschlagenen Köpfe über die Place de la Concorde zogen. Keine Verhaftungen, keine Kommissare in Ledermänteln. Keine Sterbehelferin Heidi, die mich über Bahnsteige hetzte. Weder Hunger noch Durst! Und morgens das beseligende Erwachen! Die unverschämten, unverdienten Glücksgefühle, die meinen Brustkorb erfüllten.

Drei Wochen hatte ich bisher im Schneeleopard verbracht, sie zählten zu den glücklichsten meines jüngeren Daseins. Und nun musste ich hinaus ins feindliche Leben. Vielleicht würde mir die Kündigung guttun und mich vom Prokrastinieren befreien. Immer wieder hatte ich von einem Tag zum anderen meinen Aufenthalt verlängert, ohne dass Herrn Schneidewindt – dem dies gewiss unsagbar naiv erschienen sein musste – einen Kommentar dazu abgegeben hätte. Von nun an würde ich ihn mit seinem Namen anreden, nahm ich mir vor, schlüpfte mit meinen Broschüren in letzter Sekunde in den Fahrstuhl und stand nun inmitten eines kleinen Trupps schwermütig blickender, in nasse Regencapes gehüllter Touristen. Auch ich wäre gerne bei meinem Namen gerufen worden, vor fast hundert Jahren im Hotel Oriental in Bangkok. *Einen Augenblick, Monsieur Saint Clair, nur einen Augenblick!* Nein, es war nicht einzusehen, dass dienende Menschen namenlos blieben. Und ach, wie ich mich nach meiner Suite sehnte. Meine Einsamkeit war nur noch mit ganz viel Bequemlichkeit zu bändigen.

Aber selbst im Ohrensessel zermürbten mich meine Gedanken. Wie leichtsinnig ich mit Konstanzes Geld umgegangen war! Zwei Tage nach meiner Ankunft in Chur und obwohl der Schnee längst in Regen übergegangen war, hatte ich mich in einer Skischule angemeldet, für einen Trockenkurs eine enorme Summe angezahlt und konnte mich – in Ermangelung der Ausrüstung, zu deren Kauf ich mich nicht entschließen konnte – dann doch nicht aufraffen, hinzugehen. Auch dass ich mich täglich mit einem exquisiten Menü verwöhnte, war nicht gut für meine Finanzen. Zwar hatte ich mich in Berlin wochen-, wenn nicht monatelang von Chips und Erdnüssen aus dem Späti ernährt und keineswegs darunter gelitten, warum sollte ich mich in der Schweiz weiter damit quälen? Spätis gab es hier nicht, für Chips und Cola hätte ich zum Bahnhof laufen müssen. Wohingegen alle besseren Restaurants in der Nähe des Schneeleopard lagen, das heißt, rings um den wunderschönen Marktplatz und in den von ihm abgehenden Nebenstraßen, ich mich also in aller Gemütsruhe vorbereiten konnte und häufig sogar noch ein bisschen spazieren ging, bevor ich mich ins Lokal begab. Gertie, der mit prekären Situationen vertrauten Literaturkennerin und kurzzeitigen Pflegerin von William Somerset Maugham, wäre das alles bestimmt nicht verwerflich erschienen, da war ich mir sicher. Sie hatte von der Aufschiebung des Angenehmen immer abgeraten, wenn ich angesichts ihrer prall gefüllten, in der Küche geklauten Picknickkörbe zögerte und vorgezogen hätte, auf den schönen Abend mit ihr zu verzichten. *Warum willst du dich nicht trösten lassen nach der schwerwiegenden Trennung von Konstanze*, sprach sie mir im Halbschlaf häufig zu, respektgebietend angetan mit ihrer hochgeschlossenen Servieruniform. *Und nach dem Entschluss, lieber doch zu leben als tot zu sein? Warum solltest du nur Rösti und Spiegeleier zu dir nehmen und nicht edle Speisen, die deinem Selbstwertgefühl wieder auf die Sprünge helfen? Gutes Essen ist das beste Mittel, dich von Gram und Sorge zu befreien, bevor du dich in Lohn und Brot begibst*, raunte Gertie. *Erinnere dich an den nagenden, uns fast die Contenance kostenden Hunger, wenn den Gästen vor unseren Augen riesige Schalen mit Meeresfrüchten serviert wurden! Champagner! Das Waldmeister-Sorbet mit Schokoladenflocken! Die schäumende Zabaglione! Erinnere dich, weshalb wir Fresskörbe in den Lumphini-Park schleppten! Um uns wenigstens einen Bruchteil dessen zu genehmigen, was reiche Leute für selbstverständlich hielten!*

So erweiterte ich auf Gerties Geheiß mit Konstanzes Geld und Herrn Schneidewindts Empfehlungen meinen kulinarischen Horizont und genoss die je nach Restaurant wechselnde Konversation mit den Kellern, die ich auf jeden Fall besser verstand als die örtliche Bevölkerung. Sogar der eine oder andere Koch trat gelegentlich an meinen Tisch und kredenzte mir einen Grappa, wenn ich ihm Komplimente in die Küche hatte senden lassen. Dass ich mir dabei jedes Mal schrecklich großspurig vorkam, sollte sich nicht ändern: Ich hatte Konstanze Geld geklaut, das ließ sich einfach nicht verdrängen.

Mein schlechtes Gewissen suggerierte mir außerdem, zugenommen zu haben in letzter Zeit. Oder war es Einbildung, dass ich mich um die Taille herum in mein eigenes Fleisch kneifen konnte? Früher hatte ich alles und zu jeder Zeit essen können, auch Konstanze war dies aufgefallen, die mich nicht selten zu einem zweiten Dessert – ihrer österreichischen Herkunft geschuldet vorzugsweise Salzburger Nockerln – ermunterte. Nun jedoch, ihrer Fürsorge entronnen, glaubte ich plötzlich, mich zum Ausgleich meiner nicht unbeträchtlichen Kalorienzufuhr im Fitnessstudio des Hotels quälen oder – wenn mir dies nicht genug erschien – frühmorgens im Becken des unterirdischen Schwimmbads Dutzende von Bahnen absolvieren zu müssen, obwohl mir Hallenbäder schon immer ein Graus gewesen waren. Aber erst als ich das dunkelgrüne, scheinbar direkt aus der Erde kommende eiskalte Wasser in akzeptabler Geschwindigkeit durchpflügen konnte, stellte sich plötzlich der entsetzliche Gedanke ein, es könnte mich – sobald ich nur eine Sekunde innehielte – ein Strudel in die Tiefe reißen. Manchmal träumte ich auch, mich ergreife im Schwimmbecken eine riesige Hand von unten und zerquetsche mir mit ihren fünf Fingern die Knochen, weswegen ich es eine Zeit lang vermied, zu lange am Beckenrand zu pausieren.

Einmal wurde ich von so heftiger Unruhe gepackt, dass ich mich nach der dritten Bahn hochstemmte und gleich auf die Fliesen rollen ließ; für die Leiter hätte ich keine Kraft mehr gehabt. Wie ein Robbenbaby kam ich mir plötzlich vor, hilflos, mit Seetang behangen, mutterseelenallein. Die Angst, ich hätte mich in ein amphibisches Wesen verwandelt, mir wären Flossen gewachsen in der Zwischenzeit, begleitete mich bis vor den großen Spiegel in meinem Badezimmer, wo ich meinen Körper inspizierte, ohne etwas Irritierendes zu entdecken.

Diese würgende Angst vor der Tiefe hatte mich schon öfter heimgesucht, auch in den fließenden Gewässern meiner Jugend, die sich – so durchscheinend blau sie mir erschienen – häufig in rabenschwarze Sümpfe verwandelt hatten. Plötzlich gab mein Gedächtnis die Erinnerung an den Tod des kleinen Pierrot frei, des vierjährigen Kindes einer jungen Gärtnerin, das im Schlossteich ertrunken war, weil es vielleicht die Goldfische unter der schon ein bisschen gefrorenen Wasseroberfläche beobachten wollte und – auf dem Bauch am Rand des Teiches liegend – das Köpfchen über das Wasser schob. Ich hatte mich damals einem der Suchtrupps angeschlossen, die systematisch, aber viel zu spät den Park durchkämmten. Zehn oder zwölf Jahre alt, war ich begierig, aus meinem lähmenden Alltagstrott herauszukommen. Kinder gingen halt verloren und kämen nach so manchen Abenteuern glücklich und verdreckt wieder nach Hause, beruhigten sich die Dienstboten gegenseitig, während draußen die Dämmerung in Dunkelheit überging und sie drinnen ihren Verrichtungen nachgingen. Man habe keine Zeit, ständig nach ihnen zu sehen, sie liefen einem zwischen die Füße, sie seien lästig, solange sie nicht mithelfen könnten. *Schon dass wir jetzt nach Pierrot suchen dürfen, müssen wir als Geschenk unseres Schlossherrn ansehen.* Wobei feststand, dass der Herr Marquis zumindest uns Kindern einen Gefallen tat, uns kleinen, abgerissenen Monstern, die wir dem spärlichen

Fackelschein der Gartenarbeiter nachliefen und feixend beobachteten, wie sie mit ihren langen Stecken in Laubhaufen und Hecken stießen und bei dieser Gelegenheit ein Liebespaar erwischten, das es sich in einem Blätterbett gemütlich gemacht hatte.

Vielleicht lag es an der Panikattacke, dass ich es mir von nun an erlaubte, morgens länger im Bett zu bleiben, und mich eines Abends entschloss, bei Herrn Schneidewindts jungem Kollegen, der noch vor seinen Büchern saß und das Gähnen nicht unterdrücken wollte, als er mir ins Gesicht schaute, für meine letzten Tage im Schneeleopard ein so spät wie möglich zu servierendes Frühstück zu ordern. Das leichte Flackern in den Augen des Angestellten konnte mich nicht daran hindern, ins Detail zu gehen. Indem ich mir das Frühstücksbuffet eines guten Hotels vorstellte und Gerties Stimme in mein Ohr zauberte, begann ich alles aufzuzählen, was sie mir einflüsterte. Der junge Rezeptionist, den ich nie zuvor gesehen hatte, unterbrach mich und bot mir immer nur zwei Alternativen: groß oder klein, Kaffee oder Tee, Honig oder Marmelade, Orangen- oder Apfelsaft, dunkle oder helle Semmeln und so weiter. Keine Rede von frischen Erdbeeren oder Feigen, griechischem Joghurt oder Quark, norwegischem Lachs, Frühlingszwiebeln oder Lauch, pochierten Eiern oder Eiern mit Speck, all dem, was ein Hotelfrühstück so erfreulich machte. Aber auch eine reduzierte Version ließ sich genießen, im Bett zumal, wenn ich mir Konstanze dabei vorstellte, die ich seit meiner Flucht wegschob aus meinen Gedanken, auf diese Weise jedoch herholen konnte, für eine Stunde wenigstens oder zwei, während ich mein wachsweiches Ei löffelte, in meine Croissants biss und meinen frisch gepressten Orangensaft trank, ja, ich konnte sie sogar berühren, wenn ich mich anstrengte, wie damals, als sie fröhlich und schwankend vor Liebesmüdigkeit ein vollgeladenes Tablett vor mir aufs Bett setzte.

Nach dem verbummelten Vormittag pflegte ich – noch unter Konstanzes zärtlichem Diktat gewissermaßen – ins Museum zu gehen, ins Bündner Kunstmuseum, genauer gesagt, wobei ich von Anfang an die mir so märchenhaft orientalisch anmutende Villa Planta bevorzugte, welche durch den wenige Wochen zuvor eröffneten Neubau über eine steile Betontreppe zu erreichen war. Der Eigentümer der Villa war ein gewisser Jacques Ambrosius von Planta gewesen, ein in Ägypten reich gewordener Baumwollhändler, der sie sich Ende des neunzehnten Jahrhunderts als Wohnhaus im Palladio-Stil erbauen ließ, nur um sie wenige Jahre später an die Rhätische Bahn zu verkaufen. Die goldglänzende Kuppel über dem zentralen Atrium, die rot marmorierten Säulen, die großzügigen Treppenhäuser, die Kronleuchter und geschnitzten Portale, der gefliese Boden mit seinen geometrischen Mustern, sie wirkten so grandios und einschüchternd auf mich, dass ich mich duckte vor der Pracht und den Arm vor die Augen hob, bevor ich es wagte, mich den Bildern zu widmen.

Die pompejanische Malerei im Wintergarten der Villa – inzwischen Museumscafé – ließ sich besser ertragen. Ihre spielerische Leichtigkeit versetzte mich in eine so inspirierte Stimmung, dass ich lange sitzen blieb und in meinem noch aus dem Papierladen in der Berliner Friedrichstraße stammenden Notizbuch zu girlandisieren begann. Auch der aus dem Café Einstein wohlvertraute Espressorausch stellte sich an den folgenden Nachmittagen ein, während ich kritzelte und kringelte und nicht mehr aufhören konnte, sodass meine Finger zitterten wie damals und mein Herz raste, wenn ich ins Hotel zurücklief oder mir im nächstbesten Restaurant ein Drei-Gänge-Menü bestellte.

Das orangefarbene Büchlein aus dem Museumsshop, welches den Titel *Grundlagen des Zeichnens in drei Briefen für Anfänger* trug, verfasst von einem gewissen John Ruskin, traute ich mich lange nicht zu öffnen, weil mir schon das auf seiner Banderole abgebildete Aquarell *Studie eines Apfels* die Tränen in die Augen trieb. Nein, das war kein knackiger Apfel. Es war eine Reinette Grise mit der typischen rauen Schale und den deutlich mit Rost unterlegten grauen Flecken rund um den Stiel, eine Apfelsorte, die sich die Kinder des Küchenpersonals aus meiner Jugend, eine rohe Rasselbande, lange vor der Ernte im Oktober verbotenerweise von den Bäumen pflückten. Dabei war ihnen bekannt, was passierte. Die sauren Äpfel würden ein solches Geschmacksinferno in ihren Mündern hervorrufen, dass es ihnen die Gesichtszüge zerriss, sie zu schreien und zu zappeln begannen und René, seines Zeichens Lakai und vorwiegend dazu da, dem Schlossherrn bei großen Gastmählern die Nasentröpfchen zu entfernen, den darauf fälligen alljährlichen Wettbewerb ausrief. Was bedeutete: Wer konnte am längsten stillstehen und der herben Säuernis trotzen, seine Miene im Zaum halten, nicht lachen, nicht weinen, nicht hüpfen, kurz, sich beherrschen und wie eine Statue im Schlosspark aussehen, wozu wir uns – als Sockelersatz – eigens eine Holzkiste besorgt hatten. Als Preis gab es eine weitere Reinette und noch eine, und so weiter und so fort. Es gab Kinder, die ihre Miene bis zum Abendessen nicht in Ordnung bringen konnten.

Im folgenden Frühjahr, wenn der Marquis dann die offizielle Erlaubnis zum Verzehr der Reinetten erteilte, waren die Äpfel – trotz ihrer angeblichen Haltbarkeit – ungenießbar geworden. Mit braunen Flecken übersät, übel riechend und schlecht schmeckend, blieben die Schalen gern in der Kehle stecken, sodass wir würgen mussten und zu ersticken fürchteten – weswegen es nahelag, die Früchte als Wurfgeschosse zu benutzen. Anders als die Knaben wurden die Mädchen sofort in den Keller gesperrt. Mit Lebensmitteln spiele man nicht, prägte man ihnen – die später kochen und backen sollten – ein mit jedem Hieb, der ihr Hinterteil traf. Gottes Gaben zu verschwenden sei besonders für das weibliche Geschlecht keine lässliche Sünde. Meine sonst so zurückhaltende Mutter half mit bei der Züchtigung, und manchmal auch ihr Mann, der Barbier, der uns eigentlich das Alphabet beibringen sollte. Wenn sie aus der finsteren Tiefe wieder in die Helligkeit traten, war es schwierig zu entscheiden, wem von beiden die größere Befriedigung im Gesicht stand. Denn Befriedigung musste es gewesen sein, vermutete ich, wenn mich hunderte Jahre später – und gar nicht so selten – ihre entgleisten Gesichtszüge streiften. Ja, es machte mir Angst. Immer wenn es um die Interpretation meiner Lebensgeschichte ging, um die Schattenseiten, die sich um nichts in der Welt erhellen ließen, musste ich an Doktor Zucker denken. Er war zwar einer jener sphinxhaft schweigenden Psychoanalytiker gewesen, einer, der mir nicht half, mich selbst zu verstehen, aber ich vermisste ihn trotzdem.

Neben den Gemälden der im kleinen Chur geborenen und in der weiten Welt herumgekommenen Angelika Kauffmann, die nach Rom und London gegangen war statt nach Wien oder Berlin, wo wir einander leibhaftig hätten begegnen können, fiel mir im Museum vor allem die Künstler-Familie Giacometti auf, deren Werke nah beieinander, aber in verschiedenen Räumen ausgestellt waren. Über die Möbel und Lampen des Designers Diego Giacometti schaute ich hinweg, weil mich vorgegebene oder reale Avantgarden nicht interessieren. Auch die mir sehr roh und willkürlich erscheinenden Bronze-Figuren von Alberto Giacometti subsummierte ich darunter. Nur den Landschaften des Vaters gelang es, meine störrischen und – selbst nach Konstanzes Belehrungen – immer noch sehr tumben Blicke in ihren Bann zu ziehen. Wenn ich nämlich Giovanni Giacomettis Bilder lange genug betrachtet und in meinem Gedächtnis abgelegt hatte, milderten sie mit ihren sanften Farben und weichen Übergängen die Schrecken meiner Träume. In seiner Malerei schienen die Berge niemals schroff und bedrohlich, sondern einladend. Seine Schneefelder sahen aus wie Rührei mit Speck, seine Blumenwiesen wie getüpfelter Stoff, seine Hügel waren Idiotenhügel. In diese Berge konnte ich mich fallen lassen wie in eine Daunendecke, kein Mensch täte mir je wieder etwas zuleide.

Auf Alberto Giacomettis wichtigste Skulptur stieß ich eher zufällig, als ich – um die Zeit totzuschlagen – doch durch die Ausstellung im Neubau schlenderte. Die nannte sich *Solo Walks. Eine Galerie des Gehens* und stellte Alberto Giacomettis *L'homme qui marche* ins Zentrum, einen leicht nach vorne geneigten, überlebensgroßen, dünnen Menschen (einen Mann?) mit überlangen Extremitäten, der – in einem leeren Saal allein präsent – so gut ausgeleuchtet war, dass er keinen Schatten warf.

Wieso ich ihn nunmehr bis zur Schließung der Schau allabendlich besuchte und irgendwann mit ihm zu reden begann, vermag ich nicht mehr zu sagen. Vielleicht weil er – ungleich größer – genauso einsam war wie ich, so starr, so verschlossen, so ohne wahres menschliches Gesicht. *Keinen Zentimeter hast du dich bewegt, mon vieux ami*, sagte ich zuweilen zur toten Skulptur, während ich sie umschritt, *keinen Zentimeter seit gestern und vorgestern Abend. Wohin bist du bloß unterwegs? Und woher bist du gekommen?*

Fest stand, dass ich den gehenden Mann vermisste, als er eines Nachmittags einfach weg und auch in der Villa Planta nicht zu finden war, zu deren gründerzeitlicher Üppigkeit er ohnehin nicht gepasst hätte. Um meine Neugier zu stillen, kaufte ich mir eine Broschüre über Alberto Giacometti, wenngleich das Heft nur Fakten lieferte und mir keine einzige Frage beantwortete. Warum fabrizierte dieser lockenköpfige Künstler mit den scharfen Gesichtszügen zuerst nur diese seltsamen kleinen Figuren, die vor den Augen verschwammen, wenn man zu weit weg stand? Und warum danach nur überlebensgroße? Was hatte es mit den Köpfen auf sich, die – in meinen Augen zumindest – eine verschwommene, nichtssagende Physiognomie aufwiesen? Warum verharrten die Frauen am Fleck, während die Männer wegliefen? Obwohl sie doch in Wirklichkeit beide nicht vorankamen? Wie gelang es Alberto Giacometti, aus einem Nest in den Schweizer Alpen nach Paris zu kommen? Und wie stellte er es an, so berühmt zu werden? Diego Giacometti, der Bruder, fungierte als sein Gehilfe, so viel war klar, ein Künstler musste immer jemanden haben, der ihm half, sprich: einen Pudel, wie es so viele gab auf der Welt. Alberto verstarb 1946 im Kantonskrankenhaus in Chur an einer Lungenentzündung, las ich in dem lieblosen Heft, und noch auf dem Sterbebett soll er gezeichnet haben. Was denn aber bloß? Seine kargen Figuren, die nur die Schatten ihrer selbst darstellten? Die Landschaften, die er

23

im Kopf durchwanderte, die Einsamkeit des Hochgebirges, die austauschbaren Straßen von Paris?

Keine dieser Fragen konnte ich mir beantworten, weil ich die Eintrittsgelder fürs Museum nicht mehr aufbringen und mir auch keine Dauerkarte leisten wollte und sich andere, dringlichere Probleme vor mir auftürmten: mich um meine Zukunft zu kümmern. Jetzt. Sofort. Nägel mit Köpfen zu machen, wie schon so häufig gesagt in meiner dürftigen Sprache. Ich musste zuallererst mein Geld zählen sowie mir eine neue Bleibe suchen, bevor mich Herr Schneidewindt in weniger als einer Woche vor die Tür setzte. Nicht zu vergessen neue Schuhe kaufen, damit ich den Winter und das Vorstellungsgespräch bei Tomasz Wrobel überstand. Erst danach würde ich entscheiden, ob ich mir einen Laptop oder wenigstens ein Smartphone anschaffte. Ich konnte es mir selbst kaum erklären, wie abgeschlossen ich mich fühlte – in einer Wüste aus Erinnerungslosigkeit. Niemals hätte ich gedacht, wie wichtig es für mich sein würde, Genaueres über die Schicksale meiner wechselnden Zeitgenossen zu erfahren, im Internet zu surfen also, wo ich zwar nicht meinen eigenen Spuren, aber doch denen vieler mir flüchtig oder gut bekannter Persönlichkeiten folgen konnte.

Tomasz Wrobel war mir bisher immerhin äußerlich bekannt, weil er wie auf dem Präsentierteller lebte, sichtbar für alle, die wie ich mit sehnsuchtsvollen Augen durch das große Schaufenster direkt ins Maßatelier schauten und ihn, den Meister, seine Lehrlinge oder Gesellen bei der Fertigung der Anzüge, Fräcke, Westen und Sakkos beobachteten. Ein bisschen wie eine Theatervorführung kam es mir vor. Nach den Wünschen des Spielleiters wurden Stellwände verschoben, Schneiderpuppen und

Tische verrückt, woran dann andere sich selbst darstellende Darsteller saßen, wenn sie sich nicht an den hohen Regalen mit den Stoffballen zu schaffen machten, deren gedeckte Farben ich aus der Ferne kaum unterscheiden konnte.

Der Allgegenwart des Meisters konnte niemand entgehen. Wrobel war hier und dort, gab Anweisungen oder schaute den Angestellten, unter denen sich keine Frau befand, über die Schulter, beobachtete, wie sie Schnittbögen auseinanderfalteten, Stoffe abrädelten, zuschnitten und absteckten. Sich Stoffe an die Nase hielten oder sich gegenseitig Webmuster erklärten und gelegentlich daran leckten. Er selbst zog die unsichtbaren Fäden. Kunden sah ich nie; für sie musste es einen Extraraum geben, ein Separée hinter dem Atelier oder dem Geschäft, wo Anproben stattfanden und vielleicht auch der richtige Stoff und das richtige Futter sowie die passenden Accessoires präsentiert und ausgesucht wurden.

Wrobel übte eine unerklärliche Anziehungskraft auf mich aus, zudem war er nur unerheblich größer als ich, auch das verbuchte ich als Plus: mittelgroß, generös gesehen zumindest, und schlank. Glattrasiert. Kurzer Schnitt, schwarze, nicht allzu dichte Haare. Hohe Stirn, randlose, kaum wahrnehmbare Brille. Im Wechsel blaue oder graue Anzüge, manchmal ein Tweed-Jackett mit dunkelroter Cordhose. Wenn er nicht so zierlich gewesen wäre, hätte er vielleicht attraktiv gewirkt; zierliche Männer sahen jedoch nie attraktiv aus, das wusste ich von mir selbst.

Wie bloß sollte ich Wrobel begegnen, ihm die Hand schütteln und mein Anliegen vortragen? Im Grunde hatte ich keine Lust, so lange einzukaufen, bis der Meister zufällig das Geschäft betrat, von vorne durch den offiziellen Eingang oder von hinten durch die unsichtbare Tapetentür, die für mich längst kein Geheimnis mehr war. Nach Schneidewindts Kündigung hatte ich zwar noch etliche Kaschmirpullis gekauft, deren selbstverständlichem Understatement ich einfach nicht widerstehen konnte, sowie einige gestreifte Oberhemden und eine schottische Mütze, die ich niemals tragen würde, meine Aversion jedoch, mich abermals dem entzündeten Gesicht des Verkäufers auszusetzen, war immer größer geworden, sodass ich irgendwann einen regelrechten Widerwillen gegen den Jüngling entwickelte, der seinen Kunden eindeutig zu dicht auf die Pelle rückte. Dass seine Hautkrankheit eine schwere Bürde war, erweichte mich nicht. Ich wusste nur zu gut, dass ich gleichfalls ein Defizit mit mir herumschleppte, eines, das man auch von hinten sah, nicht nur *en face*.

Ich würde also auf die paar Kleinigkeiten verzichten, die ich – wenn ich ehrlich war – zu gerne noch gehabt hätte: Socken von der Firma Corgi mit unterschiedlichen Motiven, die der britische Thronfolger favorisierte, oder die grün-weiß gestreifte Krawatte mit den roten Mini-Windjammern, deren versnobte Nutzlosigkeit ich lustig fand. Den jungen Verkäufer zu bitten, seinen Chef aus dem Maßatelier zu rufen, weil ein Kunde ihn dringend zu sprechen wünsche, kam jedenfalls nicht in Frage. Ich müsste es anders anfangen, Wrobel auflauern etwa, wenn er abends das Geschäft abschloss. Eine Begegnung erzwingen. Ihm vor die Füße fallen. Morgens, kurz vorm Aufwachen, erschien mir mein Vorhaben wie eine Gipfelbesteigung; nicht zu bewältigen, hoffnungslos.

Tatsächlich kam mir dann der Zufall zu Hilfe: Nach einem Essen mit lauter Tessiner Spezialitäten am Abend meines zweitletzten Nachmittags im Kunstmuseum saß mir Wrobel im ersten Stock des Restaurants Ticino ge-

genüber und prostete mir mit seinem Weißweinglas zu.
Beide waren wir schon beim Bezahlen, es war der Rest in
meinem Wasserglas, den ich dem Chef des Maßateliers
Adam entgegenstreckte. Danach ging es quasi wie von
selbst in die angrenzende Strega-Bar, wo wir uns an Obst-
bränden gütlich taten. Aber erst beim Abschied vorm
Hotel trug ich dem Schneidermeister meine Wünsche
vor, leicht lallend vermutlich. Die Sterne glitzerten, der
Himmel war klar, die Luft fühlte sich frostig an, während
ich Wrobel erklärte, wie faszinierend ich sein Handwerk
fände. Nur das fast schon ausformulierte Bekenntnis,
niederknien zu wollen vor seiner hohen Kunst, aus Menschen formidablere Wesen zu machen, als sie tatsächlich
waren, schluckte ich dann doch lieber hinunter. Immerhin eine vage Verabredung wurde getroffen: für den folgenden Abend, im Ticino, um die gleiche Zeit.

Unten am Plessurquai traf ich am nächsten Nachmittag
allerdings bei einem Spaziergang Fritzi wieder, was mich
in zeitliche Bedrängnis brachte. Drei Wochen nach meiner Ankunft in Chur hatte ich sie zum ersten Mal gesehen,
in Poschiavo, wohin ich – auf Herrn Schneidewindts Geheiß – mit dem Bernina-Express durch atemberaubende
Schluchten und über bis in die Wolken führende Via-
dukte gefahren war. Fritzi war mit mir zusammengestoßen, weil sie aus einer Apotheke flüchtete, wo sie eine lila
verpackte Salbe gestohlen hatte, die ihr eine Verkäuferin
bereits neben die Kasse gelegt hatte, als sie von mir, der
dringend ein Schmerzmittel brauchte, abgelenkt wurde.
    Während der Apotheker und seine Kunden noch ge-
stikulierten und schrien, folgte ich dem laufenden Mädchen durch enge Gassen bis zum Fluss hinunter – bald
vorsichtiger werdend allerdings, weil ich mir mit meinem

Berliner Schuhwerk auf dem vereisten Kopfsteinpflaster den Hals zu brechen drohte. Es war Elsbeth, die mir da begegnet war, zart, blass, mit fliegenden blonden Zöpfen, in viel zu dünner Kleidung, und der Schmerz der Erinnerung durchfuhr mich wie der Hieb einer Axt.

Ich verlor sie kurzzeitig aus den Augen, fand sie aber am Ufer des hellblau über graue Steine brausenden Poschiavino wieder, auf einer steinernen Brüstung sitzend, einen rosa gepunkteten Kinderrucksack neben sich, in einer Reihe anderer Jugendlicher, Junkies, wie ich – in Berlin kundig geworden – augenblicklich diagnostizierte, lachend, schwatzend und unglaublich heruntergekommen. Der Anblick der jungen Menschen steigerte meine Zahnschmerzen. Warum bloß? Ich wusste es nicht.

II. Totenbeinli

Nach dem Abschied von Tomasz Wrobel, der mich bis vors Hotel begleitet hatte, starrte ich in meiner Suite noch eine Weile in den Fernseher, bevor ich wie ein trotziges Kleinkind unter das Plumeau meines Luxusbettes kroch. Kein Schaumbad, keine Frühstücksbestellung konnten mich mehr locken, Erlösung fand ich in diesem Moment nur durch nächtliche Schwärze, wie früher, wenn ich mich unter die Röcke meiner Mutter flüchtete und von dort aus, durch den löchrigen Rupfen hindurch, den Anforderungen der Realität zublinzelte, bevor ich mich ihnen auslieferte.

Wie schön wäre es, dachte ich, als ich es wagte, wieder an die gelegentlich von einem vorbeifahrenden Auto erhellte Zimmerdecke zu schauen, wie schön wäre es, wenn ich den Meister des Maßateliers Adam mit in meine Träume nehmen könnte, statt – wohl weil ich Herrn Schneidewindt am Empfang gesehen habe – mich mit Poschiavo auseinandersetzen zu müssen. Warum konnte ich meinem Hirn nicht vorschreiben, welche Richtung es einschlagen solle? Warum blieb es eine Gedankenmühle, die sich vorwärts und rückwärts drehte, auf der Suche nach der zufälligen Hierarchie meiner Träume? Nun gut, Herr Schneidewindt hatte mir geraten, nach Poschiavo zu fahren, wegen des italienischen Flairs seiner Plätze, Kirchen und Cafés, wegen seines Belpaese-Ambientes, wie er mir ausführlich darlegte – seines Liebreizes, seiner einzigartigen, lebensfreudigen Mischung, wenngleich es am obersten Rand des Stiefels lag, an dessen Stulpe sozusagen, und nicht einmal zu Italien gehörte. Er erwischte mich auf dem richtigen Fuß, ich kannte den Ausdruck *Belpaese* nämlich, da ihn so viele meiner romantischen Freunde in ihre Reisebeschreibungen flochten, wenn sie aus Italien zurückkamen. Herr Schneidewindt konnte freilich nicht ahnen, was Poschiavo, diese vermeintlich sorglosere Alternative zu Chur, für seinen sensiblen Gast bereithielt, für mich und meine komplizierte Vergangenheit.

Allein die Aussicht, jemals angekommen zu sein, wohin mich der Bernina-Express brachte, am gewaltigen Palü- und Morteratschgletscher vorbei und – wie es im Prospekt hieß – durch fünfundfünfzig Tunnels hindurch und über hundertsechsundneunzig Brücken hinweg, sprach gegen Poschiavo und im Grunde gegen jedes andere mit dem Zug erreichbare Ziel. Das lag vor allem an der kindischen Angewohnheit, die ich mir quasi mit Erfindung der Eisenbahn zugelegt hatte: gegen die Fahrtrichtung durch die Waggons zu laufen. Wenn der Weg zum Ziel so einzigartig war, dass ich ihn am liebsten endlos wiederholt hätte, hatte ich die allergrößten Schwierigkeiten, dort auszusteigen, wo ich eigentlich hinwollte. Poschiavo betreffend also hegte ich schon kurz nach dem Einsteigen keinen anderen Wunsch mehr, denn fortan als Zugbegleiter tätig zu sein, nichts anderes zu tun mithin, als den gut gelaunten Gästen Totenbeinli oder andere Leckereien zu servieren und dabei das Panorama zu bewundern, das draußen vorbeizog. Kein Zweifel, es handelte sich um eine körperlich empfundene Variante der Einstein'schen Relativität, die mir da widerfuhr. Der leise Schwindel, der mich beim Gehen erfasste! Das Herzklopfen! Diese Andeutung von Glück!

Irgendwann Anfang der Dreißigerjahre des letzten Jahrhunderts hatte ich zum ersten Mal von der Relativitätstheorie gehört und sie auch auf mich und meine nicht enden wollenden Reisen bezogen. Dass ich Einsteins physikalische Erkenntnisse nicht verstand und wohl nie verstehen würde, blieb mir stets bewusst. Vielleicht war es ja mein Freund Kiefer gewesen, den ich zum ersten Mal davon sprechen gehört hatte. Es passte gut zu diesem Besserwisser, der sich nicht zuletzt deshalb mit mir, einem eindeutig zu klein geratenen Individuum, angefreundet hatte, weil er – dieser durch seine Hasenscharte nicht ganz flüssig sprechende Mensch – glaubte, mir ungestraft die Welt erklären zu können. Über all seinen Erläuterungen schwebten stets der Dialektische Materialismus und dessen unumkehrbare Auswirkungen auf die Geschicke der Menschheit, eine Theorie, die ich – ideologiefrei, wie ich war – genauso wenig begriff wie die von der Relativität, obzwar mir die Auswüchse der Stalin'schen Herrschaft in der Kommunalka und überall sonst in Moskau täglich vor Augen geführt wurden.

Der Glaube an die Relativitätstheorie war unter den seit 1933 in der Defensive lebenden deutschen Kommunisten anfangs noch kein Fehltritt, im Grunde wusste sowieso niemand, worüber Kiefer sich so spreizte; die Arbeiter, die er agitieren sollte, genauso wenig wie die Funktionäre, zu deren intellektuellem Training er angeheuert worden war. Spätestens seit unserer Flucht aus der Hitlerei freilich – beim Grenzübertritt bei Brest-Litowsk, um genau zu sein – erfuhr das angehäufte Wissen des Klugschwätzers einen Bedeutungswandel: Von Einstein zu sprechen, hieß für den nach Lupenreinheit strebenden Kiefer nunmehr, zuverlässig ins Fettnäpfchen zu treten, mutierten doch alle seine Freunde bei zunehmendem Terror von maximal siebzigprozentigen zu hundertprozentigen Genossen, an deren innerlichem Glossar an Tabu-Begriffen sofort die Warnlampen zu blinken begannen. Wolle man hundertprozentig werden, stellte mein Freund Löwy illusionslos fest, begännen einem die denunziatorischen Triebe wie von selbst zu sprießen.

Die Relativitätstheorie widerspreche dem gesunden Menschenverstand, propagierte also bald auch Kiefer, sie sei eine von einem Juden erfundene, einen relativen Zustand festschreibende Lehre und somit das glatte Gegenteil unserer durch den Diamat erklärbaren Weltordnung. Dass er sich ob der lebensgefährlichen Verhältnisse vom eigentlich gutartigen Genossen ganz schnell in einen Spitzel verwandelte, war die Folge dieses Diktums. Weder Löwy – als Leiter der Kommunistischen Sektion der Druckereiarbeiter in einer nordfranzösischen Hafenstadt einst ein bedeutender Mann – noch ich – eine vergleichsweise unwichtige Person – konnten seinen Fängen entkommen. Löwy wurde deportiert oder umgebracht und ich musste im Untergrund verschwinden, trieb mich auf den Baustellen der neuen Metrostationen herum und verbrachte so manche Nacht mit den dort tagsüber entstehenden steinernen Skulpturen in den für sie vorgesehenen Kisten.

Das Leben unter der Erde beendete meinen mit Kiefer im Schützengraben geschlossenen Pakt des bedingungslosen Einvernehmens, dachte ich, bevor ich in meiner Suite im Schneeleopard versuchte, mir vor dem Einschlafen wenigstens noch die Schuhe abzustreifen. Und das, nachdem mich der künftige Denunziant durch ganz Europa bis nach Moskau gebracht und dafür gesorgt hatte, dass dem *Zwerg*, wie er mich nannte, kein Haar gekrümmt wurde. Wahrscheinlich glaubte er wirklich, mich und sich ins Paradies der Arbeiter und Bauern zu bringen, dorthin, wo auch nicht konforme Menschen wie wir beide ihr Glück fänden. Ach ja! Was wohl aus ihm geworden war? Wurde er nach Sibirien verbannt, weil er einen jener Fehler beging, die sich fortlaufend unvorhersehbar aus der Auslegung von Stalins Hirngespinsten ergaben ... oder überlebte er als graugesichtiger Revisor in irgendeiner ländlichen Parteizentrale? Kiefer war alles zuzutrauen, sogar die Darstellung seiner selbst in einem Propagandamusical der jungen Kommunisten, der Kosmo... wie hießen sie noch gleich? Der Komsomolzen. Waren ihm doch Bösewichte auf den Leib geschrieben; insofern machte es keinen Unterschied.

Natürlich spielte Einsteins Relativitätstheorie die geringste Rolle in der von kommunistischen Regularien auf den Kopf gestellten damaligen Welt, keiner kam hinter Gitter oder wurde erschossen, wenn er vorgab, sie zu verstehen. Aber selbst meine geliebte Elsbeth, lesesüchtig und umfassend gebildet wie alle jungen Frauen, in die ich mich je verguckt habe, verfiel in eine gewisse Starre, als ich ihr voller Enthusiasmus von meinen Erfahrungen mit Einsteins Erkenntnissen beim Zugfahren erzählte:
Beim Vorwärtsgehen, beim Rückwärtsgehen! Ich spüre wirklich, was die Relativitätstheorie bedeutet, an meinen Armen und Beinen, in meinem Hirn, es ist phänomenal! Und so belebend, das kannst du dir nicht vorstellen ...
Du vergisst die Lichtgeschwindigkeit, gab sie mir umgehend – fast schnippisch und mich kritisch ansehend – Bescheid. Die ist nicht relativ, sondern eine feste Größe.
Sogar die berühmte Formel schickte meine angebetete Elsbeth hinterher, die an meinen Ohren allerdings vorbeirauschte, ohne in mein Langzeitgedächtnis zu gelangen. Wie hätte ich zugeben können, dass ich von Licht-

geschwindigkeit noch nie etwas gehört hatte – nach der mir allenthalben entgegengebrachten Verachtung meiner intellektuellen Minderwertigkeit. Wenigstens flüsterte sie mir gleich *Verzeih mir* ins Ohr und erklärte sich: Ich wollte dich nicht maßregeln. Relativitätstheorie! Schon das Wort erscheint mir vergiftet, weißt du! So schlimm, als ob ich vom Lamm Gottes spräche oder von der Heiligen Dreifaltigkeit. Mein Mann argumentiert damit, wenn er spürt, dass er ideologisch ins Rutschen gerät. Aber er war schließlich mal Katholik; er weiß, wie man mit Dogmatik umgeht.

Jetzt, nahezu hundert Jahre nach dem Großen Terror, konnte ich mich für die Relativitätstheorie, wie ich sie verstand, wieder vorbehaltlos begeistern. Sie praktisch anzuwenden klappte im Bernina-Express tausendmal besser als in den Berliner S- und U-Bahnen oder im ICE in Heidis Begleitung, wo ich es nicht einmal gewagt hatte, zur Toilette zu gehen; ganz abgesehen von der Untergrund-Bahn in Moskau, wo ich für mein seltsames Gebaren keine vernünftige Rechtfertigung hätte vorbringen können und es deswegen unterließ, mich gegen die Fahrtrichtung zu bewegen. Wer weiß, vielleicht hätte man mir unterstellt, mithilfe dieser verderbten pseudosymbolischen, bourgeois anmutenden Choreografie den Fortschritt zu hemmen.

Irgendwann in grauer Vorzeit, als es noch keine Eisenbahnen, Autos und Flugzeuge gab, sagte man zum Urinieren Notdurft, fiel mir ein. Den schmerzhaften Druck auf meine Blase beschrieb das Wort jedenfalls sehr gut, er trieb mich in mein prächtiges Badezimmer und zwang mich auch gleich dazu, Hemd und Hose auszuziehen, mit staubigen Alltagsklamotten ging man schließlich nicht ins Bett. In dem rasenden ICE war ich hin und her rutschend sitzen geblieben, oberflächlich zwar Heidis Suada lauschend, die mir eingehend von den letzten Lebensmonaten ihrer Sterbekandidaten erzählte, in Wirklichkeit aber von dem Gedanken besessen, wie ich ihr – spätestens beim Aussteigen in Basel – entkommen könnte. Und von dem schlimmen Gefühl, in die Hosen zu pinkeln, wenn wir nicht bald dort ankämen.

Wie in Basel, wo mir die Flucht gelang, ging es auch in Poschiavo ums Aussteigen. Das verlangte nicht zuletzt dieses lächerliche, zwischen meinen Fingern längst zerbröselte Stückchen Papier, meine Fahrkarte, die von Chur bis Poschiavo und wieder zurück galt. Was nichts anderes bedeutete, als dass ich den Ort als Alternative zu Chur zumindest in Augenschein nehmen sollte, nachdem ich schon einmal im Schweizer Hochgebirge gelandet war.

Wenn nicht Chur, dann Poschiavo, sagte ich mir also, weil mir *Heimat* als Sehnsuchtswort gedanklich nicht über die Lippen wollte. Zwei Möglichkeiten, mehr brauchte ich nicht. Wer sagte denn, dass ich überhaupt irgendwo bleiben musste. Es war ein Experiment. Schon dass ich rein zufällig im schönen Chur gelandet war, war doch vielversprechend, in einer Stadt, wo es ein Maßatelier Adam gab und einen Schneidermeister Wrobel. Aber auch die zweite Wahl musste nichts Geringeres bedeuten. *On the contrary!*, hörte ich Gertie ausrufen. Poschiavo, ein Städtchen unmittelbar an der italienischen Grenze gelegen, mit der Bahn, mit dem Auto wäre es nur ein Katzensprung nach Florenz oder Lucca; ich konnte mich noch gut daran erinnern, was für eine Tortur es mit der Kutsche bedeutet hatte. Natürlich war mir bewusst, dass ich weder einen Reisepass noch einen Führerschein geschweige denn ein Auto besaß; ich wollte aber testen, ob es Poschiavo gelänge, mein Herz zu erreichen. Oder welche Gründe dagegen sprachen, mich hier niederzulassen.

Dass Poschiavo nicht meine neue Heimat wurde, lag an einem Umstand, den ich als nicht so unerträglich erlebte, wie ich ihn letztlich empfand. Fritzi war es nicht, Elsbeths kindliche Ausgabe, die mich keines Blickes würdigte, als ich mich in ihrer Nähe auf die Steinmauer oberhalb des eisblauen Poschiavino gesetzt hatte, und es zuließ, dass ich mich hemmungslos in das Studium ihres unerwachsenen Profils versenkte.

Dabei fing es gar nicht so schlecht an. Es sah winterlich aus in Poschiavo, winterlicher als in Chur, auf den Dächern der Häuser lag Schnee, wenngleich er im Tauen begriffen war ob der frühlingshaften Temperaturen, die sich auch hier eingestellt hatten. Fröhlich vor mich hin pfeifend entging ich manchmal nur knapp einer nassen Packung von oben oder geriet mit meinen großstädtischen Schuhen auf dem glatten Kopfsteinpflaster ins Schlittern, ich kannte das ja schon. Sogar dass ich einmal auf dem Hosenboden landete, konnte mich nicht unglücklich machen.

Die engen Gassen waren in tiefe Schatten getaucht. Sobald ich auf einen Platz oder eine Kreuzung trat, musste ich blinzeln, weil mich die tief stehende Nachmittagssonne blendete. Tatsächlich hatte ich nur wenig Zeit für die Besichtigung des sympathischen Städtchens, wie ich beim Blick auf eine Kirchturmuhr feststellte, in zweieinhalb Stunden würde mich der Bernina-Express schon wieder abholen, ich hätte wirklich einen früheren Zug nehmen sollen. Ob die Kürze meines Besuchs meine Entscheidung beschleunigte?, fragte ich mich, oder musste ich wiederkommen? Relativitätstheorie hin oder her?

Also lief ich forschen Schrittes durch die Straßen, an kleinen Geschäften vorbei, wurde bisweilen von Kauflust ergriffen, ohne ihr jedoch nachzugeben, schaute in Werkstätten aller Art wie vor ein paar Tagen in Chur; Werkstätten, deren Meister mich vielleicht gleichfalls als Lehrling hätten einstellen können. Kaufte mir in einem Obstgeschäft eine Banane, trank in einer Bar an der Piazza Communale drei Espressi im Stehen, genoss das einsetzende Zittern meiner Hände, stellte mich mitten auf den Platz und ließ den mich irritierenden Dialekt der miteinander schwatzenden Menschen auf mich wirken. Es erklang Rätoromanisch oder auch Italienisch mit Schweizer Satzmelodie, sie sprachen schneller, leichter und beschwingter als die Leute in Chur. Es wäre wohl schwierig, mit ihnen ins Gespräch zu kommen, notierte ich im Kopf, vielleicht aber auch eine Herausforderung für meine so schwach entwickelte Sprachbegabung. Immerhin hatte ich Franzose es ja schon mit Russisch, Wienerisch, Pfälzisch und Italienisch versucht in meinen früheren Leben, bevor ich im Berlin der Königin Luise und später noch einmal, als Berlin nach langen Jahrzehnten wieder Hauptstadt geworden war, einigermaßen fließend Deutsch lernte. Dass ich nicht so flüssig schrieb, wie ich redete, ließ ich niemanden wissen. In Zeiten von Laptop und Smartphone erschien mir das Schreiben von Hand sowieso nicht mehr wichtig – was mir umgehend in Erinnerung rief, dass ich seit meinem Weggang aus Berlin kein derartiges Gerät mehr besaß.

Als ich allerdings in die Nähe des Oratorio di Sant'Anna kam, einer südlich der großen Kirche Santo Vittore gelegenen, orangefarbenen Kapelle, und dort durch das sichtlich erst vor Kurzem restaurierte schmiedeeiserne

Tor hindurch auf zahlreiche in vergitterten Fächern gelagerte Totenköpfe blickte, blieb ich erschrocken stehen und konnte es mir schlagartig nicht mehr vorstellen, in Poschiavo zu leben. Ein Ort in den Bergen, wo man Totenköpfe sammelte und sie wie eine Nippes-Serienproduktion aneinanderreihte, als wolle man beweisen, dass alle Menschen gleich sind, sobald man sie nur ihrer äußeren Hülle beraubt hatte, ihrer Haare und Augen und Haut und ihres ganzen übrigen Körpers, das war für mich nicht zu ertragen.

Ich wusste, wie es mir ergehen würde, sollte ich mir hier in der Innenstadt ein Zimmer mieten. Immer wieder stieße ich beim Spazierengehen auf das Beinhaus und blickte in die knöchernen Antlitze Verstorbener. Automatisch trügen mich meine Schritte hierher, wo die Schädel aus ihren Kästen schauten. Ich verabscheute die Konfrontation mit dem Tod. Ich hatte genug vom Sensenmann, wie ihn mein Wiener Meister Stangerl vor zwei Jahrhunderten grimmig bezeichnete, als man schneller, unvermuteter und sehr viel qualvoller starb als heute. Nein, ich hasste den Tod regelrecht, nachdem ich ihm ständig begegnet war, ich ihn partout nicht loswerden konnte auf den mit Leichen übersäten Schlachtfeldern, in den niedergebrannten Dörfern, die ich als pickeliger fünfzehnjähriger Knabe während der Revolutionskriege von Frankreich kommend passierte. Damals spürte ich zum ersten Mal, wie es sich verhielt beim Abschied der Seele vom Körper, diesen seltsamen Schwebezustand, diesen kleinen Luftzug, diesen Hauch, als ich zwischen den Pferdekadavern und Gefallenen hindurch einen Weg suchte, vorsichtig den ausgebreiteten Armen und Beinen ausweichend. Dieses Sirren in der Luft, das meine Ohren malträtierte, weil es wohl eine besonders quälende Frequenz traf und das Nichtmehrleben noch weit vom Totsein war – viel weiter, als ein Mensch es ahnen konnte, viel weiter, Äonen, Ewigkeiten. Es herrschte auch keine Stille über den Feldern, wie man es sich vielleicht vorstellte, wenn man über das Sterben las, nein, sondern ein Ächzen und Stöhnen, ein gemeinsames Ein- und Ausatmen vor dem allerletzten Seufzer, als sprächen die tödlich Verwundeten miteinander und wisperten, die da zwischen den nicht geernteten Kohlköpfen lagen. Ob sie einander streiften, die Seelen der Toten, während sie in den Himmel hinauf- oder in die Hölle hinabstiegen? Berührten sich ihre Fingerspitzen, falls sie noch Fingerspitzen besaßen oder jedenfalls Körperteile, die man anfassen konnte, Münder, Nasen, Köpfe, Hälse? Tatsächlich hätte ich gewettet, dass es genauso war, als ich einige noch warme Soldatenleiber in die Arme nahm und ihre Köpfe hielt, damit sie ihnen nicht hintüberkippten. So manchem jungen Kerl, der nicht viel älter war als ich selbst, hätte ich dabei gerne die Lider über die starren Augen geschoben. Ich kannte die Geste von zu Hause, diese über den Gesichtern schwebende gewölbte Hand ... Auch im Schloss meines Vaters starben Männer, Frauen und Kinder und konnten nicht mehr aus eigener Kraft die Lider schließen, bevor sie ins Dunkle oder in die Helligkeit traten. Als ich dabei nur zuschaute, schien mir dies allerdings weniger schwierig zu sein als auf den elsässisch-pfälzischen Schlachtfeldern, über die dieses schreckliche Raunen und Stöhnen ging. Nur eine flüchtige, zärtliche, aus meiner Kindheit erinnerte Geste sollte es sein, womit ich den bizarr verrenkten Männern aus den verfeindeten Lagern in ihren farbenprächtigen Uniformen die Blicke versiegeln wollte, aber die Andeutung reichte nicht, die Toten hörten einfach nicht auf, in den Himmel über ihnen oder auf ihre eigene

Brust zu starren, sodass ich ihnen tatsächlich ins Gesicht fassen und ihre Lider berühren musste, damit das Starren aufhörte. Dass ich bisweilen einen Brotbeutel mitgehen ließ oder ein Messer, gehörte dazu, denn ich musste ja weiterleben.

Und jetzt, dachte ich wütend, und jetzt! Jetzt machte ich mir in die Hosen wegen ein paar Totenköpfen. Wie feige ich geworden war! Wie hasenfüßig! Die Wahrheit war: Ich konnte schon eine ganze Weile keine Toten mehr ertragen, auch das Elend nicht, das dem Sterben vorausging, das Schreien und Weinen der Angehörigen, das aus dem Fernseher drang. Die Bilder der befreiten Konzentrationslager in den History-Sendern. Die Reportagen über die Flüchtlingslager im Nahen Osten. Die Überschwemmungen, die Naturkatastrophen, die Terroranschläge. Immer legte ich mir die Hände vor die Augen, wenn mir Hunger und Elend entgegenflimmerten. Dagegen wirkten die in ihren Schränken liegenden Totenköpfe von Sant'Anna wie eine abstrakte, reinliche Angelegenheit. Gewiss hatte man sie in Sagrotan gebadet, damit sie präsentabel wurden, die leeren Augenhöhlen mit Bürsten gereinigt und ihnen die Zähne geputzt, bevor der Priester mit seinen Weihrauchfässer schwenkenden Messknaben zu ihrer Segnung kam. So ganz ohne Würde war es vermutlich nicht zugegangen, dachte ich, wie bei einer nüchternen Beerdigung womöglich.

Und trotzdem! Und trotzdem! Auch wenn der Fremdenführer einer kleinen Touristengruppe, die sich vor mir am Eingang zur Kapelle zusammendrängte, inzwischen erklärt hatte, die Schädel stammten von nebenan, aus der Kirche Santo Vittore, und seien erst 1903 zusammen mit vielen anderen aus der Umgebung zur letzten Ruhe gebettet worden, wie er sich ausdrückte – ein praktischer

Anlass also hinter allem stand –, konnte ich die Nähe der beinernen Relikte kaum aushalten.

Was machte es schon aus, ob die Totenköpfe sich über oder unter der Erde befanden, versuchte ich die mich plötzlich überschwemmende Aufregung niederzukämpfen. Tagtäglich lief ich über Tote hinweg, auch an Orten, die keine Friedhöfe waren, tief unter mir gaben sie keine Ruhe und rumorten ohne Unterlass. Die wichtigere Frage war doch, wie die Köpfe im Leben ausgesehen hatten. Auf wessen Schultern ruhten sie vor wer weiß wie vielen Jahrhunderten? War ich ihnen irgendwo begegnet, als sie noch lebendig waren? Italien lag schließlich nicht weit von hier, nur fünfzehn Kilometer Luftlinie, in der Toskana hatte ich für ein paar Jahre gelebt, in Lucca, am Hof der Schwester Napoleons, deren Name mir nicht einfallen wollte. Paganini, dem Teufelsgeiger, mit dem sie ein Verhältnis gehabt haben soll, war ich allerdings nie begegnet ...

Immerhin lief ich nicht davon. Ich traute mich in die kleine Vorhalle hinein und stellte mich hinter die Mantelrücken und Trachtenhüte der miteinander flüsternden älteren Damen und Herren, die wenig beeindruckt zu sein schienen von dem, was der junge Mann vor ihnen – in etwas bemühtem Hochdeutsch – in Worte fasste. Der Arme hatte einen Schnupfen, immer wieder putzte er sich die Nase mit einem nicht mehr stubenreinen karierten Taschentuch. Dass die Totenköpfe sich nicht in Schränken, sondern in mit Latten vergitterten Regalen befanden, entdeckte ich erst jetzt, genauso wie die beiden geschlossenen, schwarz gestrichenen Holzläden, die in einzelnen Bildern den Tod auf Reisen zeigten, mit Girlanden und Arabesken versehen, wie Kreidezeichnungen auf einer Schiefertafel. Der Tod war ein von lateinischen

Sentenzen kommentiertes, hüpfendes und springendes Skelett, das mit Harke, Knüppel, Speer, Trompete oder Stundenglas bewaffnet und einmal auf einer Schindmähre reitend den Leuten die Grenzen ihrer Existenz aufzeigte.

Auf einem Schild über dem Eingang zur Kapelle hatte man sich kürzer gefasst und nur *Memento Mori* hingepinselt, wenngleich man selbst da nicht ohne Knochen auskam, gekreuzten Knochen allerdings, die mir etwas plakativ vorkamen. Wie seltsam, dass die christliche Lehre den Menschen von Beginn an immer nur mit dem Menschen drohte, wenn es ums Sterben ging, mit dem, was von ihm übrig bleiben würde, als gäbe es keinen größeren Schrecken als diesen unverweslichen Rest. Hamlet, der große Zauderer, fiel mir ein, während ich fröstelnd auf den unebenen Granitplatten hin und her trippelte, Hamlet, der einmal – mit einem Totenkopf im Schoß – auf einer der vielen Berliner Bühnen von einer Frau gespielt worden war, was mir ganz und gar befremdlich vorkam, während sich Konstanze hingerissen zeigte ... Und auch Yorick, der verstorbene Hofnarr des dänischen Königs, kam mir in den Sinn, um dessen Schädel es sich schließlich handelte. Es war ein Jammer, dass meine gebildete Freundin während unseres Zusammenlebens nie dazu kam, mir mehr über die Zusammenhänge des Stücks zu erzählen, mir zu erklären, was unter der Oberfläche dieses Dramas lag, all das, was ich nicht verstand also ...

Da erhob der bislang so bescheiden wirkende junge Mann seine erkältete Stimme und skandierte mit seltsam blechernem Triumph: *Ihr könnt eure Paläste verschließen, wie ihr wollt. Ich werde doch eintreten durch Öffnungen, die ihr nicht kennt.* Oder: *Meidet das Unglück der Sünde, wenn ihr nicht die Strafen der Verdammten erleiden wollt.*

Oder: *Merkt auf und wundert euch! Ich war einst reich, mächtig und gelehrt. Und jetzt bin ich ein in Nichts verwandelter Doktor.*

Schon in der Capella Sant'Anna war mir aufgefallen, in welch irritierendem Ausmaß der Verkünder der Schauerbotschaften Johannes dem Täufer glich, und zwar jenem Botticelli-Johannes, der in der Berliner Gemäldegalerie neben Maria und dem Jesukind stand und diesem – vorsichtig, tatsächlich aber knapp an ihm vorbei – seine Finger entgegenstreckte. Nachts auf dem Teppichboden vor der Minibar in meiner Suite sitzend und immer noch fröstelnd, weil man im Schneeleopard die Heizung ab zweiundzwanzig Uhr auf Nachttemperatur stellte, konnte ich jedoch der Erkenntnis nicht mehr entkommen, dass sie praktisch Zwillinge waren. Unfassbar jung, ein Kind fast noch mit seinem zarten Gesicht, seiner rötlich-dunklen Lockenpracht, seinem weichen Mund, seiner unverwechselbaren Schnupfennase ergriff er mir im Nachhinein noch das Herz, und selbst wenn dem realen Jüngling, dem Fremdenführer in zerrissenen Jeans und Sweatshirt, die Worte wie Spruchbänder aus dem Mund gequollen wären, hätte ich mich nicht gewundert, so heiligmäßig sah er aus mit seinem unschuldigen Augenaufschlag und seiner innerweltlichen Pathetik, die freilich für die Katz war und von den Touristen nicht ansatzweise verstanden wurde.

Ich musste mir unbedingt neue Schuhe kaufen, dachte ich, dem die Feuchtigkeit wieder einmal bis in die Socken gekrochen war, nicht zum ersten und nicht zum letzten Mal, seit ich in der Schweiz war. Kein Schuhmacher würde solche Wracks je reparieren, nicht einmal anfassen würde er sie, nur seine Brille auf die Stirn schieben und mir zweifelnd in die Augen schauen. Tatsächlich war ich für meinen Aufenthalt im Hochgebirge genauso wenig gewappnet wie für die explodierende Pracht im Innern der Kapelle, als ich sie endlich betreten und betrachten konnte, machten mich doch die mit ihren Armen gen Himmel rudernden Engel, der vergoldete Hochaltar, der vorgetäuschte rosafarbene Marmor des barocken Rahmens um das darüber prangende Gemälde sowie das Gemälde selbst und die Seligkeit, die sich in den darauf wogenden Körpern vieler, mir gänzlich unbekannter Heiliger widerspiegelte, völlig perplex. Das sei die reine lodernde Gegenreformation, bevor der Protestantismus endgültig die Welt eroberte, sagte Johannes begeistert und hätte wohl ebenfalls die Arme gen Himmel gereckt, wenn die Kapelle nicht so übervölkert gewesen wäre, während ich – still und in mich gekehrt – abermals den Umstand betrauerte, dass ich immer noch ohne elektronische Gerätschaft auskommen musste und meinen Wissendurst nicht befriedigen konnte, das Wort *Gegenreformation* nachschlagen beispielsweise.

Konstanze hätte die Heiligen in ihren dramatisch hochgerafften Gewändern restlos identifiziert, an den Handlungen, die sie vollzogen, an den Utensilien, die sie mit sich schleppten, Kelche, Hostien, Bücher, strahlende Herzen, Musikinstrumente. Vielleicht war ja auch der heilige Antonius von Padua dabei, zu dem meine Freundin reflexhaft betete, wenn sie etwas verlegt oder verloren hatte. Aufgeregt hätte sie sich dennoch über die sich hier kundtuende katholische Schocktherapie, diese Regie der gelenkten Blicke, die den gottlosen Zufall so abgrundtief verachtete. Wobei Konstanze inhaltlich vorgegangen wäre, nicht choreografisch. *Erst das Donnerwetter, die Drohungen, die Verdammnis, die Todsünden, die Armut, der Krieg, das Elend*, hätte sie mir an ihren Fingern aufgezählt. *Und dann – nach getaner Buße – die Erlösung, die Auferstehung, die geheilten Kranken, die Wunder allenthalben, die glücklichen Putten und die weißen Daunenwolken auf blauem Grund. Es ist, als halte man einem Hund eine Wurst hin, verstehst du, mein Lieber? Das blöde Vieh wird immer wieder darauf reinfallen. Und mir geht es nicht anders. Das nennt man spirituelles Bedürfnis. Ich weiß schon, warum ich es nicht schaffe, aus diesem Verein auszutreten.*

Um 1760 hatte der aus dem Veltlin stammende Künstler Lorenzo Poccioli die illusionistisch kassettierte Decke der Kapelle bemalt, las ich auf einer Tafel neben dem Weihwasserbecken. Da war ich zwar noch nicht auf der Welt, weil der Herr Marquis erst zwanzig Jahre später mit meiner 1760 gleichfalls noch nicht geborenen Mutter zur Sache ging. Tote und Totenköpfe produzierende Kriege hatte es jedenfalls gegeben, den Siebenjährigen Krieg, der bis nach Nordamerika hinübergriff, den Zweiten Schlesischen Krieg, der Osteuropa in Schrecken und Angst versetzte, den österreichischen Erbfolgekrieg – sie alle kannte ich noch von meinen Internet-Recherchen im Café Einstein. Die Revolution, die Guillotine, die Revolutionskriege. Irgendwann – sechzehn-, siebzehn-, achtzehnjährig, als ich noch so jung war, wie ich war – landete ich für zwei knappe Jahre in Berlin und blieb so lange, bis Napoleon mit seiner Kavallerie durchs Brandenburger Tor ritt und neue Kriege ausbrachen, die Befreiungskriege hießen.

Mein Freund Adelbert von Chamisso, Franzose, Dichter und preußischer Offizier, interessierte sich nicht für die technischen Neuerungen, welche die Kriege direkt oder indirekt mit sich brachten. Schusssicherheit, Zielsicherheit, verbesserte Zündlöcher, das erschien

ihm alles nebensächlich. Lieber zählte er die Blüten-
blätter eines Gänseblümchens, als sich über die Funkti-
onsweise perfektionierter Gewehre kundig zu machen.
Lieber war er Quartiermeister, der für die Nahrung der
Soldaten sorgte, als dem Feind entgegenzustürmen. Ausgerechnet vor dem Beinhaus der Heiligen Anna fiel mir
das ein, während ich zusah, wie die Herrschaften ihrem
Fremdenführer ein paar Münzen in die geöffnete Hand
streuten.

Derlei botanische Gegebenheiten bleiben immer
gleich, hatte der überlange Gendarm mir, seinem kleinen
Freund, erzählt, wobei ihn die konservative Art seines
Denkens nicht daran hinderte, auf Weltreisen zu gehen,
unbekannte Pflanzen zu entdecken und eine hawaiiani-
sche Grammatik zu schreiben – später, viel später, als ich
meinerseits auf Reisen gegangen war. Ich hing an Chamissos Lippen, lauschte seinem französisch infiltrierten
Deutsch, sang mit ihm Volkslieder. *Auprès de ma blonde.*
Joli tambour. Nie hätte ich es gewagt, Adelberts Erkenntnissen zu widersprechen. Es war die Zeit, als ich mich in
Adelberts Pudel verwandelte, der nicht nur den Ofen in
seinem Wachhäuschen am Brandenburger Tor befeuerte,
sondern ihm auch ansonsten diente, als Kissen quasi, in
das er seine Nadeln stecken konnte.

Botticellis in Poschiavo lebendig gewordener Johannes
hieß wirklich Johannes, wie hätte es anders sein können.
Anders als die Touristen in ihren graugrünen Lodenmän-
teln, die sich schnell ins nächste Café verfügten, musste
sich der junge Mann noch ein bisschen die Beine vertre-
ten, wie er mir erklärte, als wir uns miteinander bekannt
machten. Er warte auf einige Mitglieder der Europäischen
Totentanz-Vereinigung, die seien im Internet auf die Sen-

senmann-Orgie im Eingang des Oratorio di Sant'Anna gestoßen und hätten sie so bemerkenswert gefunden, dass sie sich – so stelle er es sich gerne vor – in einem mit Fresken bemalten Speisesaal irgendwo auf dem Campus der Universität von Edinburgh spontan entschlossen, ein Stipendium für die Erforschung der näheren Umstände dieser morbiden Zeichnungen auszuschreiben ... vor allem, wenn sich in Europa vielleicht Pendants dazu finden ließen.

Und jetzt sind die P-P-Professoren hier, weil sich ihnen durch eine Tagung in Zürich die Gelegenheit bietet, sich selbst ein Bild zu machen. Natürlich käme auch ich in Betracht für das Stipendium, sagte Johannes und stellte sich so nah vor mich hin, dass er mir das letzte Sonnenlicht stahl. Keiner kennt sich so gut aus in To-To-Todesdingen. Was Poschiavo betrifft, aber auch andernorts. Allerdings habe ich mein Stu-Studium abgebrochen ... nach meinem zweiten Aufenthalt in der Psychiatrie. Vielleicht ist das keine Empfehlung. Aber ansonsten ... wäre es mir ein Leichtes ...

Weil er zu reden aufhörte und zu stottern begann, nachdem er sich umgedreht hatte und immer noch keine schottischen Akademiker in Sicht waren, kam ich nicht umhin, ihn nach weiteren Todesdingen zu fragen, da er doch anscheinend Experte sei. Es war ein Akt der Barmherzigkeit, aber mir selbst tat er nicht gut. Erstens fingen meine Weisheitszähne an, mich zu quälen, ich spürte förmlich, wie meine linke Backe anschwoll. Wenn ich mir nicht auf schnellstem Wege ein Schmerzmittel besorgte, würde auch die rechte dick werden. Zweitens bedrängte mich die Abfahrt meines Zuges: In einer knappen Stunde musste ich am Bahnhof sein, und derart enge Zeitfenster machten mich unruhig. Im zivilen Leben durfte man unpünktlich sein, wenn es nicht anders ging, nicht aber bei der Bahn! Zu diesem Entschluss war ich gekommen, als ich zum ersten Mal mit der Eisenbahn fuhr, wobei man damals im Zweifelsfall noch aufs Trittbrett springen konnte! Und drittens löste meine Bitte bei Johannes einen solch überschießenden Redefluss aus, dass ich in kurzer Zeit alles erfuhr, was Poschiavo ein für alle Mal ungeeignet machte, mein Lebensmittelpunkt zu werden.

Nein, es gab keine weiteren Totenköpfe, das nicht. Aber Hexenprozesse, die im früheren Rathaus La Tor an der Piazza Communale, wo ich vorhin meine drei Espressi geschlürft hatte, stattgefunden hatten, im sechzehnten Jahrhundert, kurz nach der Reformation, als es keine katholische Inquisition mehr gab im Puschlavtal, aber weltliche Gerichte, die sich nicht weniger fanatisch aufführten: Frauen wurden angeklagt, aber auch Männer, bestialisch gefoltert, schließlich verbrannt. Sogar Kinder, kleine Mädchen vor allem, verdächtigte man, in den Diensten des Teufels zu stehen; sie wurden aus dem Dorf gejagt, mitten im Winter, was ebenfalls einem Todesurteil gleichkam.

Die Ankläger suchten nach Zeichen des Teufels auf ihren K-K-Körpern, nach seiner Signatur in der Nähe ihrer Scham, erzählte Johannes hektisch, während sein Adamsapfel hüpfte, wie ich von unten beobachten konnte. Es war ein kollektiver Wahn, das Denunziantentum blühte, während der Prozesse spielten sich unglaubliche Dinge ab. Manchmal, im Traum, sagte Johannes, höre ich die Stimme der jungen O-O-Orsina de Doric, die 1631 als eine der letzten Frauen vor dem Rathaus verurteilt, geköpft und verbrannt wurde ... Erst jetzt beginnt man sich mit dieser Geschichte auseinanderzusetzen! Erst jetzt!

Johannes fasste sich an die Stirn, und mir fiel ein, dass man dem Täufer, nachdem er sich den Reizen Salomes verweigert hatte, den Kopf abgeschlagen hatte, auch davon hatte ich viele Bilder gesehen.

Er selbst, ächzte der heutige Johannes, habe mitgeholfen, die Akten zu scannen, die seien alle noch da gewesen, man habe nicht etwa versucht, sie zu vernichten! Immerhin, für übernächstes Jahr plane man eine Ausstellung, und ... und ...

Ob es wirklich Schotten waren, die sich nun näherten und Johannes' Redefluss etwas stocken ließen, wusste ich nicht, aber ich nutzte die Gelegenheit zu flüchten, schlug dem Jüngling, der mich deutlich überragte, auf die Schulter, soweit ich es vermochte, und lief hakenschlagend davon, stets den Schneehaufen ausweichend, in die nächste Apotheke. Und sollte dort, kaum dass ich meinen dringenden Wunsch geäußert hatte, mit Elsbeth zusammenprallen, die mit einer Schachtel davonrannte, als wäre der Teufel hinter ihr her. Es sei ein Antimykoticum für eine intime Stelle ihres Körpers, würde Fritzi mir später verraten, als ich sie in Chur zum zweiten Mal traf und sie sich zum Schaumbad in meine Hotelsuite einlud. Ein Mittel gegen Pilzinfektionen, erklärte sie, als ich die Stirn runzelte. Im Übrigens gehe mich das gar nichts an.

Die Rückfahrt im Bernina-Express war trostlos. Wegen der schnell einsetzenden Dunkelheit fehlte die Pracht des Hochgebirges und die Relativitätstheorie ließ sich nicht mehr anwenden. Nur mich selbst sah ich in der Scheibe, Totenbeinli knabbernd, die es umsonst gab. Mit dem dazu gereichten Wasser schluckte ich zwei Thomapyrin, sie wirkten erst, als sich Chur ankündigte. Dazwischen schloss ich die Augen und ließ die mit Konstanze besuchten Berliner Friedhöfe an mir vorüberziehen. Um Johannes' Totengeschichten zu vertreiben, obwohl sie quasi deren natürliche Fortsetzung waren? Oder um an Konstanze zu denken, wenn sie in ihrem Element war?

Natürlich hatte ich da auch schon eine Aversion gegen Tote und Gräber gehabt. Berlin strapazierte jedoch mit seinen vielen Friedhöfen – in jedem Stadtteil mindestens zwei – meine Geduld am meisten, denn Konstanze liebte Gräber aller Arten und hatte großes Vergnügen daran, ihre Senioren vor die letzten Ruhestätten berühmter Menschen zu führen. Dass sie ihr Wissen an mir testete, dessen Unbedarftheit viel aussagte über die pädagogische Wirkkraft und Verständlichkeit ihrer Besichtigungstouren, lag auf der Hand. Während sie mit den Händen redete, sich Notizen machte und gelegentlich fotografierte, merkte sie nicht, dass ich ein anderer wurde, wenn sie mit mir über die bisweilen sehr weitläufigen Gottesäcker schlenderte, dass ich es kaum aushielt vor den Gräbern von Hegel, Fichte oder Schinkel, die beisammen in der gleichen Erde lagen, obwohl sie sich nicht sonderlich grün gewesen waren. Oder Gottfried Schadow und Daniel Rauch, die einander geradezu gehasst hatten, wie ich wusste. Schadow ging in Rauch auf, sagte Konstanze und erwartete, dass ich lachte wie bei einem guten Witz. Aber selbst jetzt, Jahre später und weit weg im Bernina-Express, den Kopf gegen die Scheibe gelehnt und wegen der falschen Elsbeth ziemlich melancholisch, kam ich nicht drauf, was der in Rauch aufgegangene Schadow bedeuten sollte.

Auf dem Dorotheenstädtischen Friedhof gab es keine Totenköpfe, genauso wenig wie auf dem Friedhof am Halleschen Tor, wo mein Freund Chamisso ruhte, Felix Mendelssohn Bartholdy mit allen seinen Verwandten, wie es schien, sowie der Gruseldichter E. T. A. Hoffmann, wie Löwy ihn nannte, als er mir im fernen Moskau dessen verwirrendes Märchen von der Prinzessin Brambilla vorlas. Das Amadeus-A hatte es nicht auf seinen Grabstein geschafft, bemerkte ich vor seinem Grab, man hatte das *W.* als drittes Initial benutzt, was wohl *Wilhelm* bedeutete. Konstanze war das entgangen und ich traute mich nicht, sie darauf hinzuweisen. Ich wusste schon, wie meine Freundin mich einschätzte, es wäre schwierig gewesen, ihr mein Wissen zu erklären, mit meiner Langlebigkeit jedenfalls nicht. Der dauerelektrisierte Karikaturist, der Komponist, der Dichter. Wie sehr bedauerte ich es, nicht mit ihm vor die Türe des Bordells und an die frische Luft getreten zu sein. Womöglich wäre alles anders gekommen ... wenn mich der preußische Assessor mitgenommen und in einem der Säle des Berliner Kammergerichts hätte übernachten lassen oder auch in einem ausgeräumten Fach seines Schreibtischs, auf dem er die Jurisprudenz studierte. Klein genug wäre ich dafür gewesen.

Auch auf dem jüdischen Friedhof in Weißensee gab es keine Totenköpfe, aber eine Beisetzungsstätte für neunzig Thorarollen, die während der Pogromnacht 1938 geschändet worden waren. Schon auf den ersten Blick unterschied er sich von allen anderen Friedhöfen, die ich mit Konstanze je besichtigt hatte. Vor seinem Haupteingang stand in der Mitte eines Rondells eine schwarze Granitplatte zum Gedenken an die Millionen von Juden, die Opfer der Shoa geworden waren, darum kreisförmig angeordnet Steine mit den eingemeißelten Namen aller großen Konzentrationslager. Am Eingang musste ich eine Kippa aufsetzen, die ich manchmal absetzte, als könnte ich die mich überwältigende Verzweiflung dadurch vertreiben. Größer und wuchtiger, verwunschener und zugleich vernachlässigter als alle anderen wirkte das Gelände auf mich, mit seinen vielen von gelbem Frühlingsblütenstaub gesprenkelten Monumenten aus Granit, seinen Grabsteinen aus Sandstein, seinem sich überall ausbreitenden Wildwuchs, seinen alten Bäumen, den langen Alleen. Ausgerechnet hier schien sich Konstanze für ihre kommende Führung besonders gründlich vorbereiten zu wollen. Sie habe nicht vor, sich vor den in der nächsten Woche in Tegel landenden New Yorker Juden zu blamieren, sagte sie. Nachfahren werde sie abholen, präzisierte sie, als wir noch im Eingangsbereich vor den Informationstafeln standen. Kaum Überlebende, von denen gebe es nicht mehr viele.

Der Friedhof Weißensee ist mit seinen zweiundvierzig Hektar der flächenmäßig größte jüdische Friedhof Europas, mit fast 116.000 Grabsteinen, murmelte Konstanze vor sich hin, während sie – gelegentlich auf ihre Notizen blickend – mit mir durch die Reihen lief. Schau, an der Oberseite vieler Grabplatten sind Symbole eingemeißelt: die Menorah, der siebenarmige Leuchter, die Kanne für die Leviten, deren Amt ebenso erblich war wie das der Priester, der Kohanim. Deren Zeichen wiederum sind die nach oben gewandten segnenden Hände, Daumen und Zeigefinger berühren einander, zwischen Zeige- und Mittelfinger klafft eine Lücke ... Und hier: ein Davidstern, eine abgeknickte Rose, eine Harfe ... ein sterbender Baum ... Während der Kaiserzeit und der Weimarer Republik entstanden repräsentative Mausoleen für die wohlhabenden Juden der Stadt, Inschriften in hebräischer und deutscher Sprache mischten sich häufig, was von den Orthodoxen nicht gern gesehen wurde. Natürlich macht sich die Judenverfolgung der Nationalsozialisten auch an diesem Ort bemerkbar. *Bemerkbar*, sagte Konstanze, den

Kopf schüttelnd, blieb stehen und strich das Wort durch. *Bemerkbar*, das geht gar nicht ... aber ich muss das Ganze ja sowieso noch übersetzen. Und weiter: Aus Verzweiflung nahmen sich zwischen 1933 und 1945 viele Juden das Leben. Sie sprangen aus Fenstern, legten sich auf die Schienen der S-Bahn – und wurden dann nach Weißensee gebracht. Es gibt auch ein einfaches Feld, auf dem die Asche von 809 in Konzentrationslagern ermordeten Juden begraben wurde. Im Frühjahr 1943 versteckten Mitglieder der jüdischen Gemeinde 583 Thorarollen, die in einer Feierhalle am Südostteil des Friedhofs ... Drücke ich mich deutlich aus?

Ja, Konstanze hatte einen Kopf für Zahlen. Neben ihr herstolpernd musste ich an den verwachsenen kleinen Löwy denken, der mir in Moskau von den Zuständen in Deutschland berichtet hatte und wie es ihm gelungen war, zu flüchten, derweil ich hier nur darunter litt, dass ich Konstanze nicht bekennen konnte, wie nah ich dabei gewesen war, mittendrin in jenen Zeiten, als man in Berlin oder Moskau jederzeit abgeholt werden konnte.

Dabei hätte Konstanze ohnehin nicht richtig zugehört, sie war mit ihrem entstehenden Referat beschäftigt. Sieh da, sagte sie, ohne auf mich zu achten, da liegt Karl Emil Franzos, der für die Wiener *Neue Presse* Reisebriefe aus Russland geschickt und Geschichten über sein Heimatdorf nahe Czernowitz geschrieben hat, ein bisschen wie Joseph Roth, weißt du, der gleichfalls durch die Welt des Ostens gondelte. Mein Großvater, seines Zeichens ein Büchersammler, hat mir ein paar Originale mit Erzählungen von Franzos zum Lesen gegeben, ich fand sie herzergreifend, musste mich allerdings zuerst an die Fraktur-Schrift gewöhnen ... Ist er also am Ende in Berlin gelandet, der Gute ... Immerhin hat er noch ein richtiges jüdisches Begräbnis bekommen, 1848 geboren, 1903 gestorben. Warum sein Grabmal als halbherzige Pyramide endet, will sich mir nicht erschließen ... So kann man wirklich keine Steine drauflegen ... siehst du?

Ich stand neben ihr, meine Tränen fielen ins Gras; ich konnte nicht mehr an mich halten.

Mein lieber dummer Junge, sagte Konstanze, kniete nieder und nahm mich in die Arme, nicht weinen, nicht weinen. Das hast du alles schon gewusst, oder? Da fällt mir ein, kennst du die lustige Geschichte von Charlie Chaplins sterblichen Überresten? Die hat man 1978, ein Jahr nach seinem Tod, aus seinem Grab auf dem Friedhof in Corsier-sur-Vevey entführt. Die Täter wollten von seiner Familie 600.000 Schweizer Franken erpressen, das Lösegeld wurde in einem Rolls-Royce überbracht, in dem ein Polizist versteckt war ... Aus Charlies Herrenhaus ist übrigens ein Museum geworden, Chaplin's World. Was meinst du, soll ich dort mal eine Führung machen? Im Rahmen einer schönen Reise an den Genfer See?

Als ich in Chur aus dem Zug kletterte, wusste ich, dass ich hier bleiben würde. Meines Wissens befand sich kein Beinhaus in dieser Stadt, wenn auch mindestens zwei Friedhöfe und eine Kathedrale namens St. Mariä Himmelfahrt, die zwangsläufig, wie alle Andachtsorte dieser Welt, mit dem Tod verknüpft war. Mit dem Absterben vielmehr, wie die Schweizer es nannten, wenn sie den Rosenkranz beteten. Ein sehr konkretes Wort, wie ich fand, das einen Prozess bezeichnete und keinen Zustand ...

Ein sehr konkretes Wort, ja. Am Ende meiner durchgrübelten Nacht befand ich mich nackt und frierend auf dem Fußboden meiner Suite, umgeben von allen Flaschen aus der Minibar, die nichtalkoholische Getränke enthalten hatten, auch zwei Packungen Erdnüsse hatte ich vertilgt, trotz meiner maladen Weisheitszähne, und davon Spuren auf dem nachtblauen Teppichboden hinterlassen. Meine Kleidung lag verstreut im Raum, der eine Schuh in der Nähe, der andere vermutlich auf der anderen Seite des Bettes. Der üble Geschmack in meinem Mund zwang mich aufzustehen, nach heftigem Zähneputzen blutete ich ein bisschen. Ich musste auch einmal pinkeln gewesen sein, das sah ich an der hochgeklappten Klobrille. Da es kaum zu dämmern angefangen hatte, rollte ich mich noch einmal ins Bett. Zu viel Alkohol tat einfach nicht gut, ich fühlte mich schwach und benommen. Tomasz Wrobel fiel mir ein, der sich gestern Abend unglücklicherweise widerstandslos aus meinen Gedanken hatte vertreiben lassen – von diesem unseligen Poschiavo und dessen Totenköpfen. Wenn ich mich recht erinnerte, wollten der Schneidermeister und ich heute Abend das gestern begonnene Gespräch fortsetzen ... im Ticino. In der Strega-Bar war es viel zu laut gewesen, um Substanzielles auszutauschen. *Das sind die Einheimischen*, hatte Wrobel lächelnd gesagt, als wir die volle Schankstube betraten. *Die wollen sich nochmal austoben, bevor die Touristen kommen.*

Und tatsächlich rauschten an meinen Ohren – als hätte man mich unter Wasser gedrückt – bald nur noch rätoromanische Wortfolgen vorbei, kehlige, deftige, krächzende Laute, die Wrobels polnisch gebrochenes und mein eigenes nicht ganz sattelfestes Deutsch untergehen ließen, sodass wir uns nur zuprosten und *na zdrowie* schreien konnten. Seit wir uns zum Tresen vorgekämpft hatten und uns anlehnen konnten, flog ein Obstbrand nach dem anderen auf mich zu. Ob Wrobel genauso viel getrunken hatte wie ich? Auch warum der Meister immer wieder die Augen schloss und angestrengt nach innen horchte, bevor er mich intensiv wie zum Maßnehmen ins Auge fasste, fragte ich mich vergeblich.

Stunden später, nach einer neuerlichen Runde Schlaf, geduscht, angekleidet und gekämmt, blieben mir diese seine Absencen immer noch ein Rätsel. Ich sah nicht gut aus, stellte ich bei einem Blick in den Spiegel fest. Fältchen um die Augen, das Gesicht müde, der Blick verschattet. Keine Spur von Jugend. So eine durchzechte Nacht ging offensichtlich nicht mehr spurlos an mir vorüber. Als ich meine Schuhe anziehen wollte, stellte ich fest, dass sie mir zu klein geworden waren. Durch die Nässe mussten sie sich verwandelt haben, an den Nähten verzogen, geschrumpft sein. Selbst mit Gewalt konnte ich meine Füße nicht mehr hineinzwängen.

Das hieß, ich würde im Hotel warten müssen, bis Herr Schneidewindt am Nachmittag wieder Dienst hätte. Vielleicht konnte mir der freundliche Portier aus der Ankleidekammer seiner Angestellten ein Paar Schuhe leihen, blank gewienerte schwarze Treter von Kellern und Lehrlingen, die sich dort umzogen. Wie sonst sollte ich mir in einem Schuhgeschäft neue Schuhe kaufen? Ich konnte weder barfuß gehen noch in den Frotteeslippern, die das Hotel zur Verfügung stellte.

Bis ich dann bei Degiacomi das passende Schuhwerk gefunden hatte, dauerte es eine halbe Ewigkeit. Lederhalbschuhe? Nein. Winterschuhe? Ja, aber ohne Fell und dicke Sohlen, so elegant wie möglich. Diese Entscheidung zu treffen, war kein Problem. Aber die Schuhgröße! Drei Verkäuferinnen umtanzten mich, sie trugen graublaue Uniformen, mir war aber, als trügen sie Tutus und seien Teil einer wuseligen Ballettkompanie mit einer Primaballerina in ihrer Mitte, die ihnen mit den Augen

Anweisungen gab. Insgesamt wohl zehn Paar Schuhe reichten sie mir zum Probieren, in einigen schlidderte ich wie in Kähnen, andere passten nicht wegen meines hohen Spanns, wie sie mir erklärten. Aber auch die Anzeigetafel des digitalen Fußvermessungsgeräts spielte verrückt, alle möglichen Größen zeigte sie an, zweiundvierzig, dreiundvierzig, vierundvierzig, nur nicht die, die bis vor Kurzem noch meine gewesen war. Schließlich kaufte ich ein Paar dunkelbrauner Stiefel aus Naturleder in Größe 43 ½ zum Schnüren; sie waren die einzigen, in denen ich richtig laufen konnte.

III. Der Flaum eines Schmetterlingsflügels

Allerhöchste Konzentration verkürzt die Zeit. Das bemerkte ich bereits in meiner ersten Woche im Maßatelier Adam, wo ich sofort jenen Fehler beging, vor dem mich Tomasz Wrobel unmittelbar nach, vielleicht schon während unserer Begrüßung vor dem Ticino gewarnt hatte: Reine Mechanik mit Hingabe verwechselnd, versuchte ich, tätig zu sein und parallel an etwas nicht unmittelbar damit Zusammenhängendes zu denken, sprich, Konstanzes aus aller Welt kommende Gewürze zu memorieren, ganz so wie sie auf dem Küchenbord gestanden hatten, während ich mit der Schere einer endlos langen Kreidelinie folgte, die kaum sichtbar auf einem klein karierten Wollstoff aufgezeichnet war. Am nächsten Tag begann ich, mit zusammengekniffenen Augen über eine englische Naht gebeugt, mir die *essentials* von Wrobels Vortrag über das Wesen der Maßschneiderei einzuprägen. *Man muss mit dem Kopf unbedingt bei seiner Arbeit bleiben*, waren Wrobels Worte gewesen, noch bevor wir uns an den mit zu Schwänen gefalteten Servietten geschmückten Tisch setzten, die mein künftiger Dienstherr sogleich verächtlich zu banalen Rechtecken auseinanderzupfte.

In meinem Atelier gibt es nichts Wichtigeres als das, was man gerade tut, sagte er. Da darf sich nichts dazwischenschieben, bei keiner kleineren oder größeren Verrichtung ... So etwas wie Multitasking ist bei der Maßschneiderei nicht erlaubt. Betrachten Sie sich bitte als eingeladen ...

Später, beim Warten zwischen den Gängen, als ich nicht recht wusste, ob ich die Arme aufstützen oder die Hände neben mein Gedeck legen sollte, fügte Wrobel noch viele solcher Sätze hinzu, kluge Sätze, die nicht ganz so apodiktisch klangen. Er sprach von der Illusion der perfekten Hülle, die ein Maßanzug darstelle, unbeschadet der körperlichen Mängel seines Trägers, von der Ernsthaftigkeit und Demut, die man bei der Herstellung eines Anzugs oder Sakkos jeglichem Detail angedeihen lassen müsse ... Vom rechten Maßnehmen, vom Schnitt und vom Schneiden. Von Form und Fülle. Von Anatomie und Geometrie. Vom Rechnen. Von der Arbeitsteilung im Dienst eines zu verfertigenden Kunstwerks ... vom englischen Modediktat, von rechten und linken Knopfverschlüssen, von der Beschaffenheit der Knöpfe und der Knopflöcher. Vom Knopfloch Milanese im rechten oder linken Revers, einem besonders anspruchsvollen seiner Art, das dem Mann von Welt einzig und allein dazu diene, seine Ansteckblume anzubringen. Von dem, was der Kunde sich wünsche, und dem, was dem Experten angemessen für ihn erscheine, von der Auswahl des Stoffes und der passenden Farbe des Futters.

Du musst, du sollst, du kannst ... aber niemals du kannst nicht ... das war die Quintessenz der Ausführungen, die in meinem Gedächtnis wohl Spuren hinterließen, aber erst einmal nicht mehr. Und Wrobels unverwandter dunkler Blick. Da er erheblich schneller aß als sein Gast, saß ich manchmal traumverloren da, mit einem Bissen im Mund, den hinunterzuschlucken ich mich nicht traute, während mein Gegenüber bei leerem Teller schon weiterdozierte. Wie gut, dass Wrobel mich nie fragte, ob ich alles verstanden hatte, wäre ich doch außerstande gewesen, nur eine einzige seiner abstrakten Maximen zu wiederholen, geschweige denn, sie zusammenzufassen. So hätte ich mir die Schule vorgestellt, in die ich nie gegangen war: examiniert zu werden, den Kopf voll von diffusem Wissen, ohne fähig zu sein, auch nur ein Wort selbst über die Lippen zu bringen, vielleicht sogar den Rohrstock über mir zu spüren, der jeden Moment heruntersausen konnte, oder den Nackengriff des Lehrers, der seinem Schüler den Kopf auf die Tischplatte stieß. Aber natürlich gab es nichts dergleichen, Wrobel war liebenswürdig und die ganze Zeit in Augenkontakt mit seinem künftigen Mitarbeiter. Konstanze hätte seine Redeweise allenfalls ein bisschen blumig genannt, redundant gelegentlich ... oder war es pleonastisch?

Das Hors d'oeuvre bestand aus drei Blätterteigtörtchen mit Blauschimmelkäse, den ich nicht mochte, weshalb ich nur die darum herum drapierten Cherrytomaten und den Kressesalat aß, gegen den ich vermutlich allergisch war, weil meine Kehle sich plötzlich so eng anfühlte. Aber nicht nur die Angst vorm Ersticken bereitete mir beim Zuhören Schwierigkeiten, oder Wrobels polnischer Akzent, nein, sondern der Umstand, dass sich meine Gedanken bei Fritzi aufhielten, Fritzi, die vermutlich noch im Badezimmer meiner Suite in der Wanne saß, im von ihr übermäßig produzierten Schaum, aus dem sie – eifrig wie ein Kind – unaufhörlich in sich zusammensinkende Höhlen und glitzernde Schlösser errichtete oder Schaumwolken in die Luft blies.

Um nichts in der Welt war sie zu bewegen gewesen, gemeinsam mit mir das Hotel zu verlassen. Wenn ich sie dringlich darum bat oder sie anfassen wollte, was wegen der Nässe gar nicht so einfach war, entzog sie sich mir und steckte ihren Kopf unter Wasser, um an einer anderen Stelle prustend wieder aufzutauchen. Dabei konnte ich ihren mageren Rücken sehen, an dem jeder einzelne Wirbel spitz hervorstach. Als sie meinen Blick spürte, fauchte sie, während sie eines meiner gelben Entchen durch die Schaumberge kurven ließ: Frag ja nicht, ob ich magersüchtig bin; du musst gemerkt haben, wie gern ich esse!

Was stimmte. Unten am Fluss, am Quai de Plessur, wo sie mit ihren Kumpanen auf einer Bank saß, war sie gerade dabei gewesen, heißhungrig in einen Döner zu beißen, als ich sie entdeckte und sogleich erkannte, dass auch sie sich an mich erinnerte. Später überfiel sie meine Minibar, unmittelbar nachdem ich die Tür aufgeschlossen hatte, und aß die Reste meiner noch in Silberfolie verpackten Toblerone.

Der läuft mir nach, hatte sie kauend in schwer verständlichem Schwyzerdütsch zu den sie flankierenden Jungs gesagt, in Poschiavo hat er mich durch die ganze Stadt verfolgt ... und sich am Fluss viel zu nah hingesetzt.

Ich hob nur kurz den Kopf, als sie anklagend auf mich zeigte, und ging schnell vorüber, geschäftig einen Kieselstein vor mir her kickend; zu augenfällig erschien mir die Schlagkraft ihrer Begleiter, zu unangenehm war es, meine Elsbeth, der dieses Mädchen so täuschend ähnelte, sich in kurzem Röckchen und Gummistiefeln auf einer Parkbank räkeln zu sehen. Anders als Elsbeth, die niemals derart aufdringlich gewesen wäre und gewiss sofort von mir abgelassen hätte, begann ihre jüngere Ausgabe, mir durch die Altstadtgassen zu folgen und sogar zu rennen, als ich an einer Ecke plötzlich zu meinem Hotel abbog. *So warte doch!*, rief sie mir nach, als ich auf den bereits weihnachtlich geschmückten, hell erleuchteten Eingang zusteuerte. Und weil es mir das Herz zu brechen drohte, sie zurückzulassen, Elsbeth damit ein zweites Mal zu verleugnen, hielt ich inne.

Ich will dich nur etwas fragen, schnaufte sie, ganz dicht vor mir stehend mit halb aufgelösten Zöpfen und hektischen Flecken im Gesicht, ich will dich nur fragen, ob ich bei dir duschen darf, wenn du schon in einer Luxusherberge wohnst. Oder mich wenigstens waschen. Ich will nicht mit dir ficken, keine Angst, ich will auch kein Geld von dir. Jetzt sei nicht so ...

Durch das leere Foyer ging sie mit seltsam steifen Beinen vor mir her, als kennte sie den Weg. Wie gut, dass Herr Schneidewindt nicht hinter dem Rezeptionstresen stand, wahrscheinlich hätte er mich aufgefordert, mich mit dieser offensichtlich obdachlosen Person besser nicht abzugeben In meiner Suite fand sie sofort – den Mund noch voller Schokolade – das Badezimmer, drehte die beiden altmodischen Wasserhähne auf, ließ sich ihren rotgepunkteten Kinderrucksack vom Rücken rutschen, kippte mein kürzlich teuer erworbenes Sheabutter-Schaumbad in die Wanne, riss sich die Kleider vom Leib und die Gummistiefel von den Füßen und schrie *Raus hier!* mit lächerlich piepsiger Stimme, während sie über die Wanne gebeugt mit beiden Armen im Wasser paddelte.

Nein, das war wirklich nicht Elsbeth. Elsbeth war fragil, aber nicht knochig, liebenswürdig süffisant, nicht bockig und frech gewesen. Ich lachte verzweifelt auf, als mir klar wurde, was ich mir da gerade einbrockte, hatte ich doch selbst ein ausgiebiges Bad nehmen wollen vor dem Treffen mit Herrn Wrobel, um etwa in aller Ruhe zu überlegen, welchen meiner Kaschmirpullis und welches Hemd ich wählen sollte – in Anbetracht der Tatsache, dass ich keinen Anzug besaß, nie einen besessen hatte, besser gesagt, nicht einmal ein Sakko aus Tweed, für den ich mir immer zu jung vorgekommen war. Ohne Bad fiel mir nach der Entscheidung für einen dunkelblauen Pullover und ein weißes Polohemd zur Kontemplation nichts anderes ein, als im Ohrensessel ein paar Seiten aus John Ruskins *Grundlagen des Zeichnens* zu lesen, mich ziemlich uniform und wie ein Chorknabe fühlend und mit der singenden und planschenden Fritzi im Ohr.

Weil ich mich gleich im Museumscafé in die umständlichen, manchmal fast komischen Unterweisungen des englischen Kritikerstars des neunzehnten Jahrhunderts verliebt hatte, war es mir tatsächlich zur Gewohnheit geworden, täglich in seinen *Briefen für Anfänger* zu schmökern. Die graurote, von Ruskin selbst gemalte Reinette auf der Banderole konnte ich jedes Mal riechen, wenn ich den Band zur Hand nahm. Und ich schämte mich jedes Mal, dass ich immer noch nicht bereit war, Ruskins für Anfänger gedachte Direktiven mit dem Stift in der Hand umzusetzen, sondern beim absichtslosen Girlandisieren blieb. Sätze wie *Benutze den Bleistift, als müsstest du den Flaum eines Schmetterlingsflügels zeichnen …* oder *Wähle also einen schmalen Ausschnitt Abendhimmel, wie du ihn gewöhnlich siehst, zwischen den Ästen eines Baumes, oder zwischen zwei Kaminen, oder durch die Ecke einer Glasscheibe im Fenster, an dem du gerne sitzt …* fand ich einfach hinreißend. Sie holten mir die besten Augenblicke meines Lebens ins Gedächtnis, blutrote Sonnenuntergänge an der schottischen Küste, als mich Gertie mit ihren Geschwistern bekannt machte, an Coney Island, als ich mit meinem Freund Gary in einer verrotteten, gefährlich ächzenden Schiffschaukel auf den sich allmählich verdunkelnden Horizont zuflog und wir uns irgendwann in den Armen lagen, bevor wir in sein unsägliches Souterrain-Apartment irgendwo in Brooklyn zurückkehrten, durch dessen Fenster man nichts außer vorübergehende Beine sah.

Einen schmalen Ausschnitt Abendhimmel! In Chur hatte ich bis jetzt kein Stückchen davon entdecken können. Von drinnen aus gesehen, zwischen den halb offenen Vorhänge, gähnte mich immer nur tiefblaue Leere an. Offensichtlich gab es im Winter in den Bergen nur wenige Sekunden zwischen Tag und Nacht, eine lächerlich geringe Zeitspanne, die mir regelmäßig entging. Wenn ich mich nach den Touren durch die Stadt oder ins nähere Umland aufs Fensterbrett setzte und meine vom Baden heißen Wangen abwechselnd an die Scheibe drückte, umfing mich allenfalls der gelbe Schein der Gaslaternen, die bei Anbruch der Dunkelheit aufleuchteten, jenes zaubrische sanfte Licht, das mich an meine erste Nacht im Schneeleopard erinnerte.

Vor drei Wochen verwandelte ein heftiger Schneeschauer das graue Kopfsteinpflaster des Martinsplatzes in ein weißes Feld, auf dem sich unter meinen Augen nicht nur mir bekannte Leute, sondern auch solche aus dem sogenannten kollektiven Gedächtnis vergnügten. Wie Charlie Chaplin, der seine eigene Urne mit sich herumtrug und anscheinend keinen Ort fand, wo er sie lassen konnte, oder jene drei amerikanischen Astronauten, die in einer Raumkapsel zum Mond geflogen waren und nun in Moonboots und voller Montur über den Schnee schlitterten. Lenin predigte in trapezförmig geschnittenem Mantel und mit Persianermütze auf einem plötzlich aus dem Boden gewachsenen Podest seine sozialistischen Thesen, mein geliebter Gentleman verbeugte sich in blauem Frack, gelber Weste und Stulpenstiefeln elegant. Es war eine bunte Menschenmenge, die dort unten lautlos wogte, ohne dass ein einziges Fenster geöffnet worden wäre und sich ein neugieriger Kopf gezeigt hätte. Gertie, die sich nie anfassen ließ, walzte eng umschlungen mit einem jungen Kerl, der wie mein Zwilling aussah, während mein wütend mit seiner Allongeperücke um sich schlagender Vater, dessen kahler Schädel aufglänzte wie ein Lampion, sobald er sich einer Laterne näherte, bald so erschöpft war, dass er sein Haarteil auf den Boden warf und seinen Kopf darauf bettete. Da er die Banane, die er aus seiner Hose herausfummelte, nicht schälen konnte mit seinen gichtverkrümmten Fingern, warf er sie – die sich während des Werfens in einen Bumerang verwandelte – in die Menge.

Leider entging mir vieles von dem, was sich da abspielte, denn wie der Wechsel von Tag und Nacht dauerte auch das Trugbild nur ein paar Augenblicke. Vielleicht wären die Kumpane von früher sowie die mir aus den Gazetten unterschiedlicher Zeiten vertrauten Gestalten länger geblieben, hätte sie nicht ein kleiner Schneepflug vertrieben. Nur Nebelflecken hielten sich noch eine Weile in der Luft, wo Menschen gewesen waren. Und ich wankte ins Bett wie nach einem nicht enden wollenden sexuellen Höhepunkt und schlief sofort ein. Morgens hatte ich Mühe, meine Wachträume zu rekonstruieren. Ohne meine Kladde, sonst nur fürs wilde Skizzieren benutzt, hätte ich bestimmt nur einen Bruchteil im Gedächtnis behalten.

Der Gedanke, zwischen Zeichnen und Schneidern bestehe ein geheimer Zusammenhang, erschien mir jedenfalls plötzlich nicht unrealistisch. Bei fortlaufender Ruskin-Lektüre und zunehmendem Auf- und Abgehen vor den Schaufenstern des Maßateliers Adam begann sich diese Vorstellung hartnäckig in mir festzubeißen.

Vielleicht lag es an der Hingabe, mit der man beides betreiben musste, dachte ich, mich im Ticino dem auf einer riesigen Silberplatte servierten Hauptgang zuwendend. Im genauen Hinschauen, den Fingerübungen, in der Präzision. Gewiss hatten Ruskin und Wrobel mehr miteinander gemein, als man vermuten konnte, womöglich wäre auch der Schneidermeister fähig gewesen, ein Buch über sein Handwerk zu schreiben, der Intensität nach zu schließen, mit der er über Erkenntnisse und Maximen sprach. Viel zu ausführlich allerdings war es für meinen nicht allzu schnellen Verstand, fand ich, in dessen Kopf sich Wrobels Reden obendrein wegen der Gedanken an Fritzi nur schwer behaupten konnten. Mittlerweile war sie gewiss aus der Wanne gestiegen, vermutete ich, während ich mir einen Bissen von meinem – für meinen Geschmack – zu blutigen Steak absäbelte. Wer sagte, dass sie sich danach nicht sofort auf die Suche nach meinen Reichtümern begab oder auf die Idee kam, mit Konstanzes Louis-Vuitton-Köfferchen aus dem Hotel zu spazieren? Sogar ein paar meiner Klamotten hätte sie sich schnappen können, angesichts der Tatsache, dass sie und ich uns in unserer Körpergröße kaum unterschieden.

Immerhin meine aus dem achtzehnten Jahrhundert gerettete Uhr, das Abschiedsgeschenk meines Vaters, ruhte in Herrn Schneidewindts Safe – was einerseits ärgerlich war, weil sie nach ihrer letzten Reparatur in Berlin erstaunlich gut lief, andererseits hätte Fritzi mein wertvollstes Stück garantiert schnell in ihren Kinderrucksack gestopft. Ich darf nicht vergessen, mir meinen tickenden Begleiter aushändigen zu lassen, bevor ich mich übermorgen verabschiede, dachte ich. Die Tatsache, dass ich demnächst eine richtige, geregelte Stelle antreten würde, durfte mich nicht in Versuchung bringen, meine Vergangenheit in der Gegenwart zu ertränken. Dieses Vorstellungsgespräch war ja vielleicht ganz normal, wenn man davon absah, dass es nicht in einem Büro, sondern in einem Restaurant stattfand. Absurd wurde es nur dadurch, dass mein künftiger Chef seit einer Dreiviertelstunde und längst beim dritten Gang angelangt ans Metaphysische grenzende Reden über seine Profession schwang, ohne von mir auch nur das Geringste wissen zu wollen.

Warum beabsichtigen Sie so dringend, diesen altmodischen Beruf zu erlernen, Herr Saint Clair? Noch einmal Lehrling zu werden in fortgeschrittenem Alter? Woher kommen Sie? Was suchen Sie in der Schweiz? Das wären die Fragen gewesen, die Wrobel hätte stellen sollen, heute auf der Straße gleich bei der Begrüßung, gestern nach dem Barbesuch, als er mich zum Hotel zurückbrachte. Oder spätestens jetzt, während er mit viel Geschick und plötzlich aufreizend langsam sein Fleisch verspeiste.

Tatsächlich stellte er die ihm von mir praktisch auf die Zunge gelegten Fragen erst am Ende des Mahls, kurz bevor uns ein jungenhafter Kellner, den man in den Zwanzigerjahren wohl *Piccolo* genannt hätte, den Nachtisch brachte, vier Kugeln Vanilleeis, auf vier Meringen platziert, mit Sahne und reichlich darüber verstreuten Granatapfelkernen, eine rot-weiße, mit einem Schweizer Fähnchen verzierte Köstlichkeit, die schwierig zu essen war und strategischer Finesse bedurfte. Dass ich mir gleich mein erstes Stück Schaumgebäck mit Eis und Sahne genehmigte, war nicht nur unhöflich gegenüber Wrobel, wie ich zu spät erkannte, sondern erwies sich wegen der plötzlich in allen Weisheitszähnen zugleich ausbrechenden Schmerzen als ausgesprochen verhängnisvoll; es dauerte viel zu lange, die kalte Masse unzerkaut hinunterzuschlucken und dabei so unauffällig wie möglich den einen oder anderen Granatapfelkern aus meinen Zahnzwischenräumen zu entfernen. Wrobel bestand nicht auf einer Antwort, sondern nutzte die Gesprächspause und erzählte mir von einem in der vorletzten Woche hereingekommenen Auftrag eines Berliner Stammkunden, der ihn demnächst wohl vor größere Probleme stellen werde. So kam es, wie es häufig geschah: Wieder einmal hatte ich eine Gelegenheit zur Selbsterklärung verpasst. Aus Verlegenheit aß ich ein weiteres Meringenstück, das eine neue Schmerzexplosion auslöste.

Es handelt sich um die Bestellung einer Norrrfolk-Jacke, sagte Wrobel (und ich glaubte – nicht zuletzt am betonten R in *Norfolk* – leise Verzweiflung in seiner Stimme zu hören). Die Norrrfolk-Jacke ist ein ursprünglich aus dem Norden Englands stammender, in Stoff übersetzter Wahnsinn mit aufgesetzten Taschen und einer Guardscoat-Falte in der Rückenmitte, einer komplizierten Kellerfalte, die von den Schulterblättern abwärts läuft und unterhalb des Rückengurts von einer Riegelnaht zusammengehalten wird. Eine Norrrfolk-Jacke hat es in sich, fuhr er fort, ohne seinen Eislöffel auch nur angefasst zu haben, ich habe mich noch nie an ein solches Kleidungsstück gewagt. Zumal der Kunde auch Knickerbocker dazu haben will, nach jener heiklen, in meinen Augen verschroben aussehenden Kombination verlangt, die von Edward VII., dem Prince of Wales, populär gemacht wurde. Sie wissen, wer das war, nicht wahr? Nein, nicht der, der die geschiedene Wallis Simpson heiraten wollte und deswegen auf den britischen Thron verzichtete, sondern der älteste Sohn Königin Victorias, das schwarze Schaf der Familie, der Genießer, Spieler und Frrrauenverschlinger, der fast ebenso lange auf die Thronbesteigung warten musste wie Charles, der heutige Prince of Wales ...

Zum ersten Mal während des Mahls hörte ich interessiert zu; ich liebte Anekdoten, zumal, wenn sie aus Königshäusern stammten. Außerdem war es mir mittlerweile fast gleichgültig, ob Fritzi noch in der Wanne saß, gerade meine Suite durchstöberte oder sich – falls sie das Hotel verließ – vor Herrn Schneidewindts Augen ein Schoko-Pfefferminz-Bonbon aus der auf dem Rezeptionstresen stehenden Glasschale stibitzte. Noch hatte der Schneidermeister nicht einmal das Schweizer Fähnchen entfernt, er schenkte seinem Dessert keinen Blick und redete weiter:

Kommende Woche wird Herr Eisenzahn perrrsönlich erscheinen – ich nenne seinen Namen, weil Sie ihn kennenlernen werden, wenn Sie demnächst bei mir anfangen. Im Grunde sollte er nach London fliegen und dort jenes in der Savile Road gelegene Geschäft aufsuchen, wo er mich gleich nach meiner Flucht kennenlernte und einen Narren an mir fraß, wer weiß warum, nicht in das stille Chur, wo ich möglichst unauffällig – als Geheimtipp quasi – meinem Beruf nachgehen will ... und er jedes Mal einen Aufruhr verursacht mit seiner Entourage aus jungen Leuten. Wobei Herr Eisenzahn ein sehr netter, sehr großzügiger Zeitgenosse ist, ehemals Fabrikant von Jalousien jeglicher Art, aber leider nicht sonderlich diskret und kein Kind von Traurigkeit. Anglophil, wie er ist, liebt er auch den Mustermix des Duke of Windsor, Wallis Simpsons Ehemann also, welcher, wie wir alle wissen, sehr schlank und gutaussehend war und sich auffällige Ensembles leisten konnte ... Bedauerlicherweise hat Herr Eisenzahn eine unglückselige Schwäche für Glencheck, seufzte Wrobel; der langstielige Löffel lag jetzt immerhin schon in seiner Hand.

Jetzt müssten Sie nur noch Ihre Fragen wiederholen, dachte ich, der ich mein Eis nicht aufaß, weil ich mich vor neuerlichen Schmerzen fürchtete. *Ach, bitte, bitte tun Sie es doch!*

Aber der Schneidermeister hörte nicht auf meine stille Aufforderung, sondern ließ den Löffel wieder sinken. Glencheck ist ein Dessin, das nicht jeden kleidet, fuhr er fort, während ich ein Seufzen unterdrückte. Eigentlich steht es nur sehr schlanken Männern, dicke werden zur Witzfigur. Übrrrigens, im Vereinigten Königreich wird Glencheck noch heute Prince-of-Wales-Pattern genannt. Und in Wien mutierte Glencheck irgendwann zum Esterhazy-Muster, wer weiß warum ...

Wrobels Mimik und Gestik waren beim Reden angenehm beherrscht, fand ich. Seine hohe Stirn blieb glatt, während sich seine Augenbrauen auf und nieder bewegten, passend zum Inhalt seiner Worte, seine schmalen Lippen lächelten bisweilen, als wollte er mir Mut machen angesichts der komplexen Materie, die er vor mir ausbreitete. Allenfalls, dass er die Spitze seiner langen Nase mit dem Zeigefinger seiner rechten oder linken Hand zur jeweilig anderen Seite drückte, mutete merkwürdig an. Die unter dem Eis versteckten spröden Meringen bereiteten ihm natürlich keinerlei Schwierigkeiten. Sein Teller sah aus wie geleckt, als er fertig war. Abschließend tupfte er sich mit der Serviette den Mund ab, anders als ich, der ich – mit dem zerknautschten Stück Leinen auf dem Schoß – nur darauf wartete, dass das Schlachtfeld auf meinem Teller abgeräumt wurde, bevor ich noch einmal in Versuchung geriet, von der zuckrigen Materie zu naschen. Wie zu erwarten, gab es noch einen Grappa zum Abschluss, der meine Zahnschmerzen wenigstens kurzfristig linderte.

Tja, sagte Wrobel, nachdem der Kellner das Lederetui mit der Rechnung neben ihn gelegt hatte, und warf mir einen belustigten, aber auch schuldbewussten Blick zu. Zu einem echten Bewerrrbungsgespräch ist es ja nun nicht gekommen. Wollen wir noch einen Spaziergang

machen? Immerhin besitzen Sie inzwischen wintertaug-
liches Schuhwerk, wir könnten es also wagen, zum Fluss
hinunter zu gehen. Gut, dass Sie Ihre maroden Halbschuhe aussortiert haben. Wobei Ihre Stiefel für die Werkstatt
leider nicht geeignet sind. Da müssten Sie etwas Elegan-
teres tragen, selbst wenn Sie am Anfang nur Nähte üben
werden, ganz hinten im Saal, wo Sie keiner sieht. Falls Sie
sich entschließen sollten, neue Schuhe zu kaufen, sagen
Sie mir Bescheid. In einigen Läden bekommen meine
Angestellten Rrrabatt. Auch in Poschiavo, nebenbei bemerkt, wo es ein prrrachtvolles Geschäft mit sehr fach-
kundigen Verkäuferinnen gibt.

Es war eine klare Nacht – wie in Zukunft fast immer,
wenn ich mit Tomasz Wrobel in Chur auf die Straße trat.
Kiefer, der Besserwisser, Freund und Verräter, hätte bestimmt die Chance genutzt, mir die Sternbilder zu erklären, dachte ich, verzückt nach oben schauend. Zum ersten
Mal bekam ich eine solche Lektion, als wir beide vor dem
noch heilen Warschauer Schloss auf und ab liefen und auf
eine Kontaktperson warteten, die uns zu unserer Unter-
kunft führen sollte; am Ufer der Weichsel, zwei Jahre vor
Ausbruch des Zweiten Weltkriegs. Kastor und Pollux,
die Zwillinge, waren mir seither ein Begriff, ebenso wie
Perseus, Andromeda und Kassiopeia, Pegasus und Saturn,
die Plejaden, die Milchstraße – ich konnte sie tatsächlich
noch aufzählen. Ganz gleich, wo wir uns befanden auf
unserer Odyssee in die Sowjetunion, es machte Kiefer
Spaß, die Sterne und Sternbilder beim Namen zu nennen,
es war ein Spiel mit mir, dem jüngeren Genossen – so lange jedenfalls, bis wir nach Moskau kamen.
    Vermutlich hatte er keine Ahnung von den Konstella-
tionen und prahlte nur mit den Bezeichnungen, die er sich

aus den ausgelesenen Zeitungen bürgerlicher Kreise, die ihn als Chauffeur, Gepäckträger und Mädchen für alles beschäftigten, zusammengeklaubt hatte. Das fiel mir ein, seinem gewesenen Opfer, während ich mich beeilte, mit Wrobel Schritt zu halten. Vor annähernd hundert Jahren leuchteten die Sterne heller, selbst im Gebirge vermutlich, die Barriere aus Abgasnebeln und Lichtverschmutzung hatte sie noch nicht verschleiert vor den Blicken der Menschen und deren romantischen Bedürfnissen. *Glotz nicht so romantisch*, hatte mich Konstanze manchmal zurechtgewiesen, wenn sie fand, dass ich zu sentimental wurde, und war natürlich davon ausgegangen, ich wüsste, dass dieser Spruch von Brecht stammte.

Was Kiefer anbelangte: Ich war ganz ohne Argwohn und froh, dass mich jemand vor den Nazis rettete und ins Paradies der Arbeiter und Bauern führte. Ich liebte es, wenn Kiefer zum Sterndeuter wurde und mir – kaum erblickte er angeblich die Venus – in Liebesdingen eine große Zukunft prophezeite, auch wenn ich der Überzeugung war, dort oben herrsche nur Chaos, das irgendwann über uns allen zusammenbrechen würde. Drei- bis sechstausend Sterne könne man da oben mit bloßem Auge sehen, in Wirklichkeit seien es natürlich über zehn Milliarden oder so. Die rötliche oder bläuliche Komponente mancher Lichtquellen lasse sich ohne Weiteres auf die jeweils herrschenden Oberflächentemperaturen zurückführen, behauptete Kiefer, je nachdem, in welcher Lage wir beiden Flüchtenden uns befanden, wenn wir draußen schliefen zum Beispiel und er meinen Kopf in seinen Schoß drückte und mich an seiner Hose riechen ließ. *Dass du mich erotisch wach gehalten hast, vergesse ich dir nie, Towarisch! Schade, dass ich mich nicht revanchieren kann. Ich kenne keinen, der prüder wäre als du, mein Kleiner ...* Wie deutlich ich Kiefers Stimme im Ohr hatte. In Warschau war er noch mein Vertrauter, in Moskau wurde er zum Teufel.

An Kiefer zu denken tat nicht gut, stellte ich fest, der reinste Stimmungskiller. An wen erinnerte mich Wrobel?, fragte ich mich also, angesichts der überbordenden Vergleichsmöglichkeiten in meinem langen Leben. Gewiss nicht an Kiefer. So etwas wie Kiefers kupferrote Mähne habe ich auf der ganzen Welt nicht mehr gesehen. Aber auch Wrobel mit seinem harten schmalen Schädel und seiner glatten Frisur gab es kein zweites Mal, wenn auch nur bei näherem Hinsehen, weil er auf den ersten Blick einem penibel, ja formvollendet ausstaffierten Beamten ähnelte, der eine Schwäche für Mode hatte. Sein kleiner, feiner Mund, der so selten lächelte. Seine ausgeprägt hohe, faltenlose Stirn, die kein Alter verriet. Seine jedes Detail zur Kenntnis nehmenden, hin und her huschenden schwarzen Augen. Diese seltsame Mischung: Distanz zu halten, aber sich um Kopf und Kragen zu reden. Weder das eine noch das andere kannte ich von mir. Und an diesem sternklaren Abend in Chur war ich passiv wie nie. Ein Rückfall, wenn man bedachte, wie beredt ich mich erst gestern dem Meister als Lehrling anempfohlen hatte, auf der Straße vor dem Hotel.

Wie seltsam, dass ich immer mit Leuten zusammenkam, die mich belehren wollten und mich zudeckten mit einer Fülle von Einzelheiten, die ich bald wieder vergaß. Gary, der mir den Aufbau von Brahms' vier Symphonien erklärte, Löwy, der mir die deutsche Romantik nahebrachte, und vor allem Nikiforos, der mich nachts in der Küche der Moskauer Kommunalka in die griechische Mythologie einweihte und mir weismachen wollte, die antiken Götter seien so etwas wie Ur-Sozialisten gewesen. Aber auch Dampfplauderer wie Kiefer, der – um Eindruck zu schinden – für jeden seiner Gesprächspartner im Vorhinein spezielle Kenntnisse aufbereitete, wie mir Löwy erzählte. Schon weil ich auf diese meine Weise schweigen konnte, hörte ich ihnen allen gerne zu – und sie sich selber gewiss auch. Sogar der mir so diszipliniert erscheinende Tomasz Wrobel, dessen Eloquenz mich überraschte, berauschte sich an seinen eigenen Sätzen.

Das war ein schöner Abend, sagte Wrobel nach einer längeren Pause, in der er mich die Sterne betrachten ließ. Sie müssen nicht denken, dass ich immer so – wie heißt es? – rrredselig bin! Vielleicht kommt es daher, dass ich mit meinen Angestellten so wenig zu bereden habe. Sie alle beherrschen ihr Handwerk. Es sind verschwiegene Gesellen, ohne Frau und Kind. Allein Viktor, mein Verkäufer im Laden, spricht mir ein bisschen zu viel. Tatsächlich nehme ich es ihm ein wenig übel, wie sehr er Sie zum Kaufen drängte; das darf nicht sein in unserem Beruf. Ein Kunde sollte nicht überwältigt, sondern erzogen werden. Zu gutem Geschmack, zum Gespür, was passend ist für ihn und was nicht. Gott sei Dank konnte er bei Ihnen nichts falsch machen, jedenfalls was die Kaschmirpullover anbetrifft. (Ein flüchtiges Lächeln durchzog Wrobels Gesicht.) Bei den Socken bin ich mir nicht so sicher. Aber Viktor wollte es mir zeigen, er weiß genau, dass ich manchmal hinter dem Guckloch an der Tapetentür stehe; wenige Tage zuvor habe ich ihn wegen seines geringen Umsatzes gerrrügt, was im November, wenn die Touristen weg sind, ungerecht ist. Verkäufer haben es in meinem Atelier allerdings nicht leicht, müssen Sie wissen! Bei mir gibt es keinen Schlussverkauf, nichts Zurrrückgesetztes, keine Schnäppchen! Niemals würde ich teuer eingekaufte Qualität verschleudern. Dafür kalkuliere ich zu knapp, was auch eine Art von Gerechtigkeit ist ... Also, Monsieur Saint Clair, sagte Wrobel und schwang sich elegant auf die steinerne Brüstung des Quai de Plessur. Im Grunde ist Maßschneiderei von gestern, darüber dürfen Sie sich keine Illusionen machen. Die Lust daran steht in keinem Verhältnis zum Gewinn ... eigentlich gibt es gar keinen, hier in Chur jedenfalls. Solange ich Aufträge habe und meine Angestellten bezahlen kann, werden wir natürlich weiterarbeiten. Aber das Textilgeschäft? Die grellen englischen Socken! Die exzentrischen Sockenhalter! Die gestreiften Hemden, diese scheußlichen Sträflingshemden! Der ganze Schnickschnack, der schon lange nicht mehr zur Kompensation der mangelhaften Auftragslage taugt! Ach herrje! Es hat einfach zu lange gedauert, bis den Bankern in Zürich und den Diplomaten in Genf aufgefallen ist, dass sie sich den Flug nach London sparen können. Weil hier Herrenbekleidung geschneidert wird, die der aus der Savile Road in nichts nachsteht ... Aber wollen Sie nicht neben mir Platz nehmen? (Er drehte sich nach mir um, den Zeigefinger an der Nase, in der nächtlichen Stille glaubte ich ein feines Knacken zu hören.) Wenn Sie sich auf Ihren Wollschal setzen, wird Ihnen nicht kalt. Warum interessiert Sie die Maßschneiderei? Und warum sind Sie in die Schweiz gekommen? Die Schweiz und vor allem Graubünden sind nicht unbedingt das Eldorado dieser aussterbenden Kunst! Passen Sie auf, was Sie mir antworten! Zwielichtige Menschen, die mit dem Gesetz in Konflikt gekommen sind, kann ich auf keinen Fall einstellen. Vielleicht sucht man Sie ja! Womöglich sind Sie auf der Flucht, was ich noch am besten verstehen könnte. Ihre Körpersprache sagt einiges über Sie aus, Monsieur. Haben Sie bemerkt, wie oft Sie sich umschauen beim Gehen? Und wie zaghaft Sie Ihre Füße setzen?

Ich war neben Wrobel stehen geblieben, mir fehlte die Kraft, mich ebenfalls auf die Mauer zu schwingen. Seit meiner Rückkehr aus Poschiavo taten mir meine Beine und Füße, aber auch das Rückgrat weh, vielleicht lag es an den neuen Stiefeln. Was sollte ich Wrobel antworten? Dass mir manchmal schwindlig wurde, wenn ich an die Lasten meines langen Lebens dachte und mich darüber entsetzte, dass sie sich nun auch körperlich bemerkbar machten?

War ich ein zwielichtiger Mensch? Weil ich in Berlin von der Kriminalpolizei verfolgt worden war? Weil ich Konstanze bestohlen und sie verlassen hatte? Und der lustigen Heidi, meiner Sterbehelferin, entwischt war? Solche Dinge gingen Wrobel nichts an, fand ich. Berlin war vorbei; in der Schweiz fing ein neues Kapitel an. Wichtig war, dass ich mich als anstellig erwies, als begabt, als willig. Dass ich durchhielt, ja: durchhielt, obgleich ich das Wort hasste. Und dass ich morgen oder spätestens übermorgen ein Bett hatte, wo ich übernachten konnte, damit ich mir später etwas Längerfristiges suchen konnte.

Also streckte und reckte ich mich, bevor ich meine Unterarme auf die Brüstung neben Wrobels Oberschenkel legte, und erklärte – zu ihm hochschauend und langsam und vorsichtig die Worte wägend – meine Motive mit fast denselben Ausschmückungen, mit denen er vor kaum einer Stunde sein Handwerk gepriesen hatte. Wie leicht mir plötzlich die passenden Wörter und Sätze einfielen! Mein Interesse an der Maßschneiderei war ja auch nicht neu, es existierte bereits, als vor fast fünfzig Jahren die *Ho-ho-ho-Chi-Minh* rufenden Studenten über den Kurfürstendamm rannten und ich mich gelegentlich in eine der Seitenstraßen absentierte, in die Knesebeck- oder Mommsenstraße, ich wusste es nicht mehr genau, wo ich jedes Mal vor den Schaufenstern eines Herrenschneiders hängenblieb und hemmungslos zu träumen begann. Einmal traute ich mich sogar hinein in den kleinen Laden und atmete jenen schwachen, mich an das Wollwachs geschorener Schafe erinnernden Duft ein, den Stoffe verströmen, wenn sie ohne Chemikalien hergestellt sind. Die zwei miteinander flüsternden Angestellten – gerade dabei, Waren in die Regale zu räumen, und anscheinend über die Preisfindung debattierend – beachteten mich nicht und warteten einfach so lange, bis ich von selbst wieder ging. Was wohl genau die richtige Methode war, um einen jungen Mann mit Palästinenser-Halstuch wieder loszuwerden, dachte ich heute, über meine Naivität staunend. Viele Geschäftsleute am Ku'damm fürchteten sich vor den *Brüllaffen*, wie sie die Studenten nannten, auch die feinen Damen in den Straßencafés, die in die Innenräume flüchteten, wenn sich in der Ferne die roten Fahnen ankündigten.

Die lautlose Einsamkeit, in die ich stürzte, herausgerissen aus dem Schulterschluss mit den Demonstranten und regelrecht gefangen in einem hochflorigen Orientteppich, auf dem mich weiterzubewegen ich nicht wagte, ähnelte derjenigen, die ich während Wrobels Vortrag beim Drei-Gänge-Menü empfunden hatte. Es war wie ein Loch in der Wirklichkeit; ich betrat eine fremde Welt, die ich grundlos liebte, und musste den über mir ausgegossenen Lobgesang – was Wrobel betraf – hilflos niederprasseln lassen. Vielleicht hätte ich das Lokal verlassen können, ohne dass es mein künftiger Dienstherr bemerkt hätte, genauso wie ich damals hinter dem Rücken der beiden Verkäufer Grimassen schnitt und die Fäuste reckte.

Disziplin, Konzentration, Ordnung, Fantasie, hatte Tomasz Wrobel im Ticino aufgezählt und als Resultat das Gesamtkunstwerk genannt, verbunden mit Freiheit und Kontemplation ... Haben Sie je etwas von Richard Wagner gehört?, war seine letzte Frage, bevor er seinen Stuhl nach hinten schob. Ich meine buchstäblich – seine Musik, vielleicht eine ganze Oper?

Von Richard Wagner hatte ich tatsächlich schon etwas gehört, den *Tristan* nämlich in der Deutschen Oper, an Konstanzes Seite, ewig lang, rauschhaft und so furchtbar traurig, dass ich in Tränen ausgebrochen war und meine Freundin mich trösten musste. Was ich dem Meister freilich nicht erzählen wollte.

Wahrscheinlich kommt die Unsicherheit beim Gehen vom glatten Kopfsteinpflaster, fügte ich stattdessen noch eilig hinzu, weil mir einfiel, dass Wrobel an der Art meines Auftretens etwas erkennen mochte, das er instinktiv mit Unlauterkeit oder gar Gesetzlosigkeit assoziierte. Man muss wirklich auf der Hut sein, wohin man tritt, hier oben in den Bergen.

Nach einer Weile, die Plessur war immer noch am Brausen und Rauschen und auch das Firmament hatte sich nicht merklich verändert, räusperte ich mir die Stimme frei und sagte: Ehrlich gesagt habe ich ein viel größeres Problem. Im Hotel Schneeleopard sind ab übermorgen alle Apartments und Zimmer vergeben ... was bedeutet, dass ich bald nicht mehr weiß, wo ich schlafen soll. Ursprünglich wollte ich Herrn Schneidewindt fragen, ob er nicht eine Wäschekammer für mich hat, derlei wäre ich sogar gewohnt. Jetzt trau ich mich, auch Sie danach zu fragen, nach einer Kammer oder Dachmansarde. Doppelt genäht hält besser, sagt man nicht so? Vielleicht auch in der Maßschneiderei? Gertie, meine schottische Freundin, murmelte *A stitch in time saves nine*, als sie Somerset Maughams Jackenknöpfe annähte ... Aber ich rede Blödsinn! Vielleicht können wir dies alles morgen besprechen, ich bin so müde ... Morgen werde ich auch meine Papiere mitbringen ...

Ich habe da schon eine Idee, unterbrach mich Wrobel, bevor ich mich noch schlimmer in meinem lügnerischen Satz verheddern konnte. Geben Sie mir Ihre Nummer, ich melde mich. Als er meine ausgestreckten leeren Hände sah, seufzte er: Gut, ich hinterlasse eine Nachricht im Hotel.

Gemeinsam gingen wir zum Schneeleopard, der Himmel hatte sich bewölkt, Schleierwolken sich über die Sterne geschoben, es begann zu grießeln, es wurde kalt. Wrobel kam in seinen braunen Budapestern mit dem anziehenden Glatteis deutlich weniger gut zurecht als ich in meinen Stiefeln, zweimal hängte er sich sogar bei mir ein, während wir durch die Gasse liefen. Zu reden hörte er deswegen nicht auf.

Wo wohl mitten im Winter die Grrranatapfelkerne herkommen?, fragte er beispielsweise. Aus Ägypten, aus Israel? In meiner Jugend, im kalten, grauen Warschau gab es so etwas nicht. Da war Hühnerleber mit Rotkohl ein Festessen, natürlich ohne Nachspeise. Rotwein aus Rumänien gab es dazu, oder Sekt von der Krim, den man mit einem Stück Würfelzucker süßte. Auch duftende Seife aus der Bundesrrrepublik diente als Anlass zur Freude, wenn es sie gerade gab. Auf Geheiß meiner Eltern, die in der Registratur einer Fabrik Schicht arbeiteten, stand ich Schlange, sobald irgendwelche Lieferungen ruchbar wurden. Es gab immer Leute, die ihre Quellen hatten und genau wussten, wo man etwas kaufen konnte. Dafür schwänzte ich die Vorlesungen an der Universität ... wobei ich nicht deswegen relegiert worden bin. Schlafen Sie gut, Monsieur, wir hören voneinander.

Fritzi war noch da, als ich meine Suite betrat. Sie lag schnarchend quer über dem Bett, auf dem Boden einige der von mir verschmähten Flachmänner, außerdem hatte sie die Tüte mit Salzbrezeln aufgerissen, die sich als einzige Wohltat noch in der Minibar befunden hatte. Nun war das Leintuch voller Hagelsalz und Krümel. Fröstelnd setzte ich mich kurz auf die Bettkante und streichelte Fritzis raue Haut, bevor ich sie auf die andere Seite rollte, ohne dass sie es bemerkte. Nahm sie Rauschgift? Ich konnte es nicht sagen. Jedenfalls brachte ich es nicht über mich, sie zu wecken, auch nicht, empört oder wütend zu tun. In der Nacht legte ich manchmal den Arm über sie, zog ihn aber schnell wieder zurück, wenn ich ihre Knochen spürte. Einmal bohrte sie mir ihre spitzen Knie ins Kreuz. Und am Morgen lag die lilablassblaue Schachtel der Creme neben mir, die sie in Poschiavo geklaut hatte; die ausgedrückte Tube dagegen im Badezimmer. Abgesehen vom Dreckrand in der Wanne war von Fritzi nichts mehr zu sehen. Ich hatte mit einem Skelett im Bett gelegen, dachte ich. Ein Skelett war etwas anderes als ein Leichnam, aber die Jungs aus den Revolutionskriegen, die ich in den Armen hielt, waren Wonneproppen dagegen.

Ich biss den Faden ab und legte das Übungsstück mit der englischen Naht aufatmend beiseite. Obwohl dies im Maßatelier streng verboten war, bemerkte es keiner meiner Kollegen, auch dass ich weder Fingerhut noch Nähring benutzte, die mir Wrobel jeden Morgen aufs Neue auf meinen Arbeitstisch legte.

Schneider mit zerstochenen Fingern hinterlassen keinen guten Eindruck, merkte er an, als er kurz vor mir stehen blieb, denken Sie an Wenzel Strapinski, den Schneider aus Gottfried Kellers *Kleider machen Leute*. Er wird von Amtsrat Melchior Böhni, einem sehr gewitzten Zeitgenossen, genau deswegen der Hochstapelei überführt.

Mir waren weder Strapinski noch Keller ein Begriff, aber natürlich besaßen Schutzvorrichtungen ihr Gutes. Fingerhüte kannte ich von Henriette, meiner Freundin aus der Bosnischen Drina in Berlin, die mir den von Meister Stangerl in einem Wiener Gasthaus gestohlenen, viel zu langen Mantel gekürzt und mich gelehrt hatte, wie man Knöpfe annähte. Der martialisch aussehende Nähring dagegen war mir auf den ersten Blick unsympathisch. Im Gegensatz zum mich an ein Spielzeug erinnernden, mit einem Waffelmuster verzierten Fingerhut musste man den Ring am Mittelfinger tragen, wie Wrobel mir erklärte, um durch den Druck, den man auf das Öhr der von Zeigerfinger und Daumen geführten Nadel ausübte, leichter durch den Stoff gleiten zu können. Der Nähring bringe eine dreifach schnellere Stichfolge, erklärte Wrobel und legte das Utensil in meine linke Hand, aber machen Sie ruhig langsam am Anfang. Irgendwann geht es wie von selbst. Der Fingerhut ist etwas für die Damenschneiderei, nur Anfänger benutzen ihn.

Als er noch einmal zurückkam, nachdem er sich schon abgewandt hatte, sprach er aus, was ich schon vermutete: dass er mich ohne Papiere als Lehrling leider nicht einstellen könne ... aber (und jetzt spannte er mich wohl absichtlich auf die Folter) ... aber auch als Praktikant lasse sich im Maßatelier Adam ziemlich viel lernen, wenn auch leider nicht alles Wesentliche. Ihm werde schon etwas einfallen. Wenn ich Geduld hätte jedenfalls und vernünftig genug sei, mir die Linkshändigkeit abzugewöhnen, mit der ich mich nie und nimmer zu einem guten Schneider entwickeln könne. Durch sein Guckloch in der Tapetentür habe er diese Behinderung sogleich bemerkt – als ich meinen ersten Schritt in den Laden tat und die falsche Hand ausstreckte. Wenn es mir jedoch gelinge, mich auf Beidhändigkeit zu trainieren, dann lasse sich das Handicap in einen Vorteil verwandeln. Üben, üben, sei die Devise, nicht nur hier in der Werkstatt, sondern auch im alltäglichen Leben: sich die Zähne nicht immer mit der dominanten Hand putzen, Schubladen mit der rechten Hand öffnen. Solche Sachen trainierten das Gehirn, so werde man flexibel.

Das etwas abgeschabte Buch, das Wrobel mir am nächsten Tag auf meinen Arbeitstisch legte – ein Wälzer mit Kellers Novellen *Die Leute aus Seldwyla*, in welchem mich eine Visitenkarte des Maßateliers Adam direkt zu Wenzel Strapinski führte –, war kein Trost. Im Gegenteil, zusammen mit Ruskins *Grundlagen des Zeichnens* befanden sich jetzt zwei Bücher in meiner Nähe, die ich – aus unterschiedlichen Gründen – nicht einfach durchblättern konnte. Wie bequem und zu nichts verpflichtend waren dagegen Konstanzes Nachttischschmöker auf der anderen Bettseite gewesen, aktuelle Bestseller zumeist, über deren Inhalt ich mich notfalls auch in den Online-Feuilletons der überregionalen Zeitungen informieren konnte, damit ein Gespräch möglich war.

Wenn man die Schweiz kennenlernen will, sind Kellers Geschichten eine gute Lektüre, sagte Wrobel, meine allmählich entstehende englische Naht immer im Blick. Im Gegensatz zu den Goldacher Bürgern, die in Strapinskis Augen die Schwermut eines polnischen Adligen finden wollten, hat sich Amtsrat Melchior Böhni nicht täuschen lassen und sofort erkannt, dass Strapinski kein Graf war, sondern aus dem Nachbardorf Seldwyla stammte. Böhni ist ein typischer Schweizer, einer, der sich nichts vormachen lässt, nüchtern, schlitzohrig, aber auch träumerisch, eine gute Mischung, wie ich finde. Und für Sie das allerbeste Vorbild. – Wenn Sie dagegen einwenden wollten, dass auch die Anbeter des schönen Scheins, diese strohdummen Seldwyler, für etwas stehen in dieser Geschichte, muss ich Ihnen selbstverständlich beipflichten, fuhr er freundlich fort. In der Tat eignen sich Kellers Erzählungen für eine Gesamtschau – nicht nur der Schweizer. Über Sie muss ich allerdings noch ein bisschen nachdenken. Erzählen Sie mir gelegentlich von sich! Was für einer Sie waren, und was Sie für einer sind. Keller war übrigens ungefähr so groß wie Sie. Nicht die Stirn runzeln, flüsterte er mir noch zu. Man darf Ihnen die Anstrengung nicht ansehen. Aber Sie sollten sich mal beim Optiker vorstellen. Vielleicht brauchen Sie eine Brille.

IV. Eine Tasse Freundlichkeit

Die jüngsten Erinnerungen waren mir am liebsten; ich konnte sie pulsieren hören wie das Blut in meinen Adern. Sobald ich mich in diesem Duktus befand, beschritt ich die unterschiedlichsten, von der vergangenen in die heutige Gegenwart weisenden Wege, mich stets wundernd, wie gesund und scheinbar unangefochten ich zurückkehrte. Aber was waren die jüngsten Erinnerungen? Vor allem: Wer gehörte dazu?

Gertie? Gerade noch so. Wenn ich meinen Kopf über das raue Stück Leinen neigte, an dem ich als Praktikant seit Tagen Biesennähte, Kapp- und Kräuselnähte, Stürz-, Paspel- und Steppnähte übte, fiel sie mir jedenfalls beständig ein und wollte nicht weichen. Sie war kurz nach mir aus Bangkok abgereist, zurück nach Hause, nach Schottland, zu ihrem Vater, dem zeugungsfreudigen, seiner Gottesliebe überaus eifrig folgenden Pastor, der seine älteste Tochter brauchte nach dem plötzlichen Tod seiner Frau. Gertie war nicht einverstanden, dass ich mein Köfferchen packen und mich Portenlänger anschließen würde, dem Münchner Geschäftsmann, der in ihren Augen ein Windbeutel war, vor dem sie mich warnte, wenn wir des Nachts im Lumphini-Park saßen und den Einheimischen beim Schattenboxen zusahen. Schon dass sich kein einziges Buch in seinem Gepäck befinde, mache ihn verdächtig, erklärte sie, einmal etwas länger aus ihrer Lektüre aufblickend. Abgesehen davon, dass er sich ständig an die jüngsten Angestellten des Hotels heranmache.

Beim Abschied vor mir stehend in ihrem schwarzen Plisseekleid, mit weißer Schürze und dem lächerlichen Spitzenhäubchen im Haar, das alle weiblichen Bediensteten gleichermaßen verrückt machte, flüsterte sie mir zu, sie wolle mir schreiben, sobald sie zu Hause angelangt sei, *poschtlagernd, Hauptposchtamt München* – in ihrem schweizerisch klingenden Deutsch, das nur dank ihres schottischen Akzents seine aparte Färbung erhielt.

Bereits auf dem Fluss, als die Boys Portenlängers Gepäck in das Transportboot hievten und sich überschwänglich vor ihm verbeugten, weil sie wussten, er würde sich großzügig zeigen mit seinen Trinkgeldern, versuchte ich dafür zu sorgen, dass Gertie aus meinem Gedächtnis verschwand – so sehr ich auch an ihr hing und die gemeinsamen Ausflüge geliebt hatte. Weil sie fortwährend las und mir gedanklich völlig abwesend erschien, war es mir allerdings unmöglich gewesen, ihr zu sagen, wie sehr ich sie mochte, ja, mehr als das.

Und jetzt teilte sie mir beim Abschiednehmen tatsächlich unverblümt mit, sie wolle unsere Verbindung nicht kappen, sondern mir schreiben, richtige Briefe, in denen nicht nur Floskeln stünden. Dass dies ein Quantensprung in unserer doch eher zurückhaltenden Beziehung war, realisierte ich sofort, obgleich mir der Begriff noch unbekannt war. Sollte ich es Gerties wegen wirklich wagen, mein Gesetz, das darin bestand, keine Verpflichtungen einzugehen und keinem etwas schuldig zu bleiben, zu brechen? Schließlich hatte es sich als sehr praktikabel erwiesen, mich ins schnellstmögliche Vergessen zu retten nach den unvermeidbaren Abschieden meines nicht enden wollenden Lebens. Wenn es um mehr als Freundschaft ging, zwischen mir und den Frauen also, aber auch zwischen mir und den Männern. Jérôme de

Savigny, mein geliebter Gentleman, oder auch Adelbert von Chamisso, mein poetischer Freund, Lehrer und Quälgeist – er piekte mich manchmal mit einer Stopfnadel, wenn ich bei seinem Unterricht nicht aufpasste –, sie machten mir eindeutig zu viel Kummer, nachdem sie einfach so aus meinem Leben verschwunden waren. Warum? Weil es mir in jener Zeit, als ich so jung war, wie es der Realität entsprach, noch nicht gelingen konnte, das Vergessen als Medizin gegen Liebesschmerz einzusetzen, sagte ich mir, wenn es mich wieder einmal erwischt hatte. Auch von der Möglichkeit, Personen aus meinem Gedächtnis zu löschen und mich so gegen Sehnsüchte aller Arten zu wappnen, wusste ich nichts. Das musste ich alles noch lernen.

Wenn mir Gertie nicht tatsächlich geschrieben hätte, wäre meine Rechnung womöglich aufgegangen. Einige Monate später, als ich in München angekommen war und mich schon in emotionaler Sicherheit wiegte, das heißt, als ich glaubte, genügend Entfernung zwischen uns gelegt zu haben nach der aufreibenden Reise, machte sich Gerties Versprechen selbständig und tauchte rechtzeitig vor dem Vergessenwerden aus den Fluten meiner Erinnerungen auf – was Folgen hatte. Ihre Person begann sich wieder in meine Gedanken zu drängen: ihre strahlend blauen, mit schwarzen Wimpern umrandeten Augen, ihre kurze, tatsächlich ein bisschen zu kurze Nase, die Haarflut, welche ihr abends, wenn wir unterwegs waren, lustig auf den Schultern wippte, sowie – merkwürdigerweise vor allem – ihre kleinen, eng beieinanderstehenden Zähne, an denen ich, schon wenn wir einander in den langen Gängen des Hotels begegneten und ein paar belanglose Worte wechselten, so gerne meine Zunge hätte entlangschlängeln lassen. So war es wohl kein Zufall, dass mich meine Schritte eines Tages wie von selbst zum Münchner Hauptpostamt lenkten und ich in der Tat – es war kaum zu glauben – vier Briefe von Gertie McInnis ausgehändigt bekam.

Meine lesewütige Freundin entpuppte sich als sehr begabte, einmal sich englisch ausdrückende, dann wieder frei ins Deutsche hinüberflottierende Erzählerin, die mich am Ende ihrer vierten Epistel einlud, zu ihr nach Schottland zu kommen, hinauf in den Norden, wo sie mit ihrer anstrengenden Familie in einem großen Haus auf einer gefährlichen Klippe wohne und sich nach der großen weiten Welt sehne.

Vermutlich werde sie erst einmal länger zu Hause bleiben, beruhigte sie mich – für den Fall, dass ich mich nicht sofort zum Reisen aufraffen könne –, seien doch ihre Geschwister in der kurzen Zeit seit dem Tod der Mutter unter der vermeintlichen Obhut ihres Vaters seelisch und moralisch derart verwildert, dass sie der Liebe und Hilfe ihrer großen Schwester bedurften. Bis Frederick, der einzige Sohn, der sehr viel jünger sei als sie, aus dem Haus gehe, und die Mädchen sich ein bisschen erwachsener zeigten, könne es dauern.

Aber vielleicht bekomme ich die Dinge ja schneller in den Griff, schrieb sie. Dann kann ich Dir unsere nähere und weitere Umgebung zeigen – Aberdeen im Norden, seine Parks, seine Kathedrale, St. Andrews im Südosten, wo blasierte Studenten in roten Uniformen durch die Straßen laufen und wo ich mich einmal – in den Kleidern meines Bruders – in die Bibliothek schleichen wollte und schon am Eingang geschnappt worden bin. Inverbervie in der Nähe, das vom schottischen König David II. 1362 gegründet wurde, weil er dort strandete, als er von Frankreich nach Hause segelte und die Leute so nett fand. Auf Gälisch nennt sich Inverbervie *Inbhir Biorbhaidh*, was so viel heißt wie *Mündung des Flusses Bervie*. Nicht zu vergessen die Stelle bei Rob's Cove, wo ich beinahe ertrunken wäre. Habe ich Dir davon schon erzählt? Es kommt mir ziemlich wahrscheinlich vor. (*Quite likely*, dachte ich, plötzlich kam mir Gerties allgegenwärtige Verlegenheitsfloskel in den Sinn, ja, *quite likely*!)

Am Ende ihres Briefes stand *Should auld acquaintance be forgot and never brought to mind?* in ihrer einprägsamen Schrift, die ich noch von ihrer an Akribie und Beschreibungslust nicht zu überbietenden Lost-&-Found-Liste kannte, die sie vor meinen Augen im intensiven Gespräch mit dem jeweiligen Gast am Rezeptionstresen auszufüllen pflegte. *Wie sah das Schmuckstück aus? Das Hemd, das Halstuch, die Tasche ... Erinnern Sie sich an Wäscheetiketten, Sir, Prägestempel?* Should auld acquaintance ... Das war ein Lied, das ich kannte.

Auf der Rückseite des Briefes und scheinbar nicht weiter mit diesem verbunden folgte eine Zeile, die mich verwirrte. *W'll tak a Cup o' kindness yet* ..., schrieb Gertie da – immer kleiner werdend, als hätte jemand hinter ihr gestanden und sie am Weiterschreiben hindern wollen.

Wie merkwürdig sie sich ausdrückte, dachte ich, mitten in der Halle des Postamts stehend, angerempelt von eiligen Menschen, die Telegramme verschicken und Überweisungen tätigen wollten. Wie überaus zuvorkommend Gertie sich zeigte! Sie wollte eine Tasse Freundlichkeit mit mir trinken – aber zugleich über mich verfügen! Mich nach Schottland dirigieren, als sei die Reise ein Klacks. Wie harmlos war es in Bangkok dagegen gewesen, als sie mich bat, ihr Bücher aus dem Hotel zu schmuggeln oder von irgendwelchen Gästen geordnete

Picknickkörbe, die sie aus der Küche klaute und vor dem Eingang zum Eiskeller für mich abstellte.

Bis heute im Maßatelier Adam, wo ich noch nicht endgültig herausgefunden hatte, ob die Zeit beim Nähen nun schneller oder langsamer verging, erinnerte ich mich daran, wie streng Gertie Abstand hielt, nachdem sie den leeren Korb auf die Erde gestellt hatte und wir nebeneinander auf der Bank saßen. Sie schaute mich nur an mit ihren südseeblauen Augen und ließ sich anschauen, wobei ihr Gesicht quasi im Gleichklang mit der einsetzenden Dämmerung seltsam wehrlos wurde, offen, weich, einladend geradezu, als bräuchte ich sie nur zu küssen, um bald darauf auch ihren Körper an mir zu spüren. Manchmal dauerte dieses Schauen ewig, selbst in der Dunkelheit hörte es nicht auf, weil wir uns unsere Augen, Münder und Nasen ja längst eingeprägt hatten und die sichtbare Wirklichkeit nicht mehr brauchten. Allenfalls die Arme streckten wir aus, in dem Bewusstsein, dass sich unsere Fingerspitzen berühren könnten.

Und einmal, an einem unangenehm schwülen Abend kurz vor der Regenzeit, gelang es mir sogar, Gertie ein bisschen näher zu rücken – was sie zunächst zuließ. Als ich ihr Profil und ihre Lippen nachzuzeichnen begann, hielt sie noch still, sogar als ich ihr einen auf ihre Nasenspitze zulaufenden Schweißtropfen wegwischte. Als ich ihr jedoch – so sanft wie unbeholfen – mit meinem Zeigefinger den Mund öffnen und erkunden wollte, was hinter ihren Lippen lag, ihre Zähne, ihre Zunge, ihre feuchte Mundhöhle, biss sie mich so heftig in den Handrücken, dass ich blutete und sie mich mit einer Damastserviette verbinden musste.

Auf dem Heimweg lachten wir wieder. Während wir das Behältnis zwischen uns schwangen, erzählte Gertie, als wäre nichts gewesen, von ihrer aktuellen Lektüre, einem sie sehr bewegenden und ihr von ihrem Vater eigentlich verbotenen Roman des schottischen Autors Walter Scott aus dem Koffer eines Gastes, ein schönes, bibliophiles Buch, das sie demnächst zurücklegen müsse. Den Titel wusste ich nicht mehr, nur noch, dass die tragische Geschichte so berühmt wurde, dass sich ein Komponist den Stoff als Oper ausguckte und die Heldin, nachdem sie ihren ungeliebten Verlobten erstochen hatte, mit einer Wahnsinnsarie in den Tod schickte.

Zeit ließ sich dehnen und verkürzen – wie ein frisch der Verpackung entnommenes Gummiband aus dem Kurzwaren-Sortiment des Maßateliers Adam. Dass ich nach ein paar Tagen wenigstens hin und wieder fähig war, die Näharbeit in eine Art Automatismus übergehen zu lassen, brachte die Zeit schneller zum Laufen, so viel stand fest, wobei mich die Tatsache, damit gegen die Philosophie des Meisters zu verstoßen, wenig kümmerte, im Gegenteil, ich sogar das Recht zu haben glaubte, nachdem mich Wrobel ausgerechnet während der ersten beiden Wochen so schnöde den Angestellten überließ. Die gaben sich zufrieden, wenn meine Nähte halbwegs gerade waren, und interessierten sich kein bisschen für das Ausmaß meiner Versunkenheit; von ungeteilter Aufmerksamkeit hatten sie offensichtlich nie etwas gehört. Dass die Mehrheit der im Nähsaal herumwuselnden Menschen mich geflissentlich ignorierte, kränkte mich allerdings mehr, als ich mir vorgestellt hätte; unsichtbar war ich schließlich nicht, obzwar ich mir dies manchmal durchaus gewünscht hätte.

Immerhin, unterschiedliche Erinnerungen wirkten unterschiedlich auf das Verstreichen von Zeit, wie ich konstatierte. Wenn ich sie aus einem Wust sterbenslangweiliger Tage, Monate oder Jahre zutage fördern und für ihre Auslotung all meine Konzentration aufbringen musste, kamen sie mir vor wie ein schmutziger, nirgendwohin führender Fluss, in den man besser nicht hineinsprang – dramatische Wendungen hingegen, mit denen ich nicht gerechnet hatte, Abgründe, in die ich gestürzt (worden) war, echte oder solche, die sich als dornige Ebenen erwiesen, gruben zwar unschöne Spuren in mein Gedächtnis, ließen die über der Tapetentür hängende Uhr in der Werkstatt aber auch sehr viel rascher ticken; wenn ich an meine Moskauer Erlebnisse dachte etwa, so rasend schnell sogar, dass ich mich häufig in den Finger stach. Wenigstens dienten meine im Verlauf der Jahre zu Narben gewordenen Verletzungen als Nachweis dafür, dass ich geblutet und sich Krusten über meinen Wunden gebildet hatten, ich keine zusammengeschusterte lederhäutige Puppe aus Kriegszeiten war, deren auf einen Holzkopf gemaltes Gesicht keinerlei Emotionen zeigte. Die Bande zwischen einem lebendigen oder einem einmal lebendig gewesenen Wesen und mir existierten nur in meiner tätigen Erinnerung, dachte ich; wenn mein Gedächtnis nachließ, lockerten sie sich. Es lag am Material, es handelte sich um Materialermüdung, wenn mein Gehirn nicht mehr funktionierte. Wie die blöden Gummibänder, die nicht zu alt sein durften, wenn man sie verarbeiten wollte. Die Frage, ob ich nicht schon zu lange lebte, hatte sich wieder eingestellt, Heidi saß mir immer noch im Nacken.

Tatsächlich ließ sich der Ärger über Wrobel, über sein Fernsein vielmehr, nicht so leicht verdrängen. Drei Tage hatte er mir nach meiner Einstellung gegönnt, bevor er auf eine Reise ging, und mich Urs Marbli anempfohlen, einem großen, breiten, blonden Kerl, der am Morgen als Erster wie aus dem Ei gepellt die Werkstatt betrat, in frischem weißem Hemd und dunklen Wollhosen, die er, nachdem er abends seinen Arbeitsplatz aufgeräumt hatte, mit einer eifersüchtig gehüteten kleinen Kleiderbürste sorgfältig abbürstete. Urs würde der Nachfolger des Meisters werden – so sah es wenigstens aus. Die beiden waren oft ins Gespräch vertieft, mit vorgestreckten Köpfen, sodass sich ihre Stirnen fast berührten, wobei der Kronprätendent etwas in die Knie gehen musste. Sie passten nicht zueinander, sie stießen einander eher ab, wie ich fand, Urs, dieser Naturbursche mit den groben Gesichtszügen und den aggressiven Blicken, den man sich auf einem Bauernhof im Kampf mit einem Bullen vorstellen konnte – und der Meister, schmal und zierlich, seine Erklärungen stets in ausführliche Elogen kleidend, während sich Urs viel direkter ausdrückte.

Alle schienen zu wissen, wo Wrobel sich aufhielt, auch Viktor, der eloquente Verkäufer, der mich eines Tages kurz nach Feierabend, bereits mit Mütze und Mantel, im hinteren Teil der Werkstatt beim lustlosen Nähen entdeckte.

Gottfried Stutz!, rief er aus. Was machen Sie denn hier? (Auch nachdem ich mich als Praktikant geoutet hatte – obgleich dies in Anbetracht unseres Altersunterschiedes wirklich etwas Lächerliches an sich hatte –, hörte er nicht auf, sein Missfallen über meine hoffentlich vorübergehende Einstellung kundzutun.) Herrgott! Ich kann es nicht fassen. Das gibt's doch nicht. Was ist dem Meister denn da eingefallen! Jetzt halst er uns auch noch einen Ungelernten auf, im Dezember, wenn die Touristen kommen. Wenn ich nur daran denke, wie Sie mir hunderte von Euros hingeblättert haben, in der sicheren Annahme, dass ich nicht protestieren würde – obwohl ich dafür jedes Mal zur Bank rennen musste! Warum hat einer wie Sie keine Kreditkarte, frage ich mich!

Es war schwierig, Viktor loszuwerden, nachdem wir auf die Straße getreten waren und er das Geschäft abgeschlossen hatte. Ganz gleich, in welche Richtung ich abbiegen wollte, der junge Mann war nicht davon abzubringen, den neuen Kollegen zu begleiten, selbst als ich ihm versicherte, noch einen Spaziergang durch die Stadt machen zu wollen, vielleicht sogar – nachdem es den ganzen Tag geschneit habe und ich romantische Gefühle hegte – ein paar Schritte darüber hinaus in die Natur. In Wahrheit wäre es mir einfach peinlich gewesen, hätte Viktor herausgefunden, dass ich seit letzter Woche in einer Mansarde im Wohnhaus unseres Chefs lebte, zusammen mit einer alten Singer-Nähmaschine und etlichen Kartons mit vergilbter Schweizer Spitze. Schließlich hatte ich ihm, als ich noch sein Kunde war, einmal erzählt, ich sei Gast im Hotel Schneeleopard. Nur mit einem alten Plattenspieler, ohne Fernseher und immer noch ohne Smartphone verbrachte ich meine Abende, und dies so lange, bis ich Klarheit über meine Situation gewonnen hätte. Sollte mich der Meister weiter beschäftigen, musste ich mich schnellstens um eine andere Bleibe kümmern, nicht ganz so ungemütlich, nicht ganz so eng, nicht ganz so kalt und nass – beim Öffnen der Dachluke fiel mir morgens der Schnee ins Gesicht.

So liefen wir ein paar Runden durch den Fontanapark, vorbei an den eingefrorenen Wasserspielen und der unter dickem Schnee nur mehr zu ahnenden Formenpracht des Barockgartens, blieben vor dem Alten Gebäu stehen, dem Sitz des Kantongerichts Graubünden, wo sich ein Trüppchen Schweizer Fahnen schwenkender, protestierender

Menschen versammelt hatte, unter denen sich seltsamerweise auch Urs Marbli befand. Ich ließ meinen Begleiter einfach reden in seinen von Satz zu Satz wechselnden Stimmungen, darüber etwa, dass er das Textilgeschäft des Maßateliers Adam liebe, als wäre es sein eigenes, mit einigen Kollegen in der Schneiderei nicht gut Kirschen essen sei, und nicht zuletzt über Wrobel, der während seiner Reise nach Großbritannien immerhin einen Abstecher nach Schottland machen werde, um Stoffe einzukaufen. (Wenigstens war der Spaziergang nicht umsonst, dachte ich, während ich neben dem langen Elend herlief. Der Meister befand sich also in England, für mich keine unwichtige Information.) Dabei wisse er genau, dass seine Angestellten Anfang der nächsten Woche einen merkwürdigen Herrn aus Berlin in Empfang nehmen müssten, nachdem es den Lokführern der britischen Eisenbahn wieder einmal eingefallen sei, zu streiken, und Wrobel sich definitiv verspäten werde. *Können Sie sich vorstellen, Herr Saint Clair, dass er es dem Marbli und mir zumutet, dieses dicke preußische Scheusal samt seiner verrückten Boygroup vom Bahnhof abzuholen?*, lamentierte er, während sich seine Aknenarben in der Kälte röteten. *Katzbuckeln sollen wir die ganze Zeit und dafür sorgen, dass er es gut hat, bis der Herr Wrobel geruht, wieder auf seinem Posten zu erscheinen!*

Allmählich begann ich an den Händen zu frieren, anders als Viktor besaß ich keine mit Fell gefütterten Lederhandschuhe. Dass er nach dem dritten Stadtrundgang vorm Hotel Schneeleopard seine Schritte verhielt und schließlich stehen blieb, in der Annahme, sein Kollege logiere dort noch immer, machte mich froh: Hineinzugehen und durch den Lieferanteneingang zu verschwinden, wäre ganz einfach, dachte ich. Einfacher jedenfalls, als mich von Viktor zu verabschieden, der auf meine eigentlich abschließend gemeinte Frage so ausführlich antwortete, dass ich mich gezwungen sah, den Gruß des unsympathischsten und für seinen Beruf viel zu griesgrämigen Kellners des Hotels zu erwidern, der wohl gerade seine Schicht beendet hatte und vorüberging. Was Wrobel während seines Londoner Aufenthalts denn so zu tun pflege, hatte ich nur aus Höflichkeit wissen wollen.

Er lässt sich in einer Privatklinik verwöhnen! Viktor drehte seine Augen gen Himmel, er liebte es anscheinend, Auskunft zu geben, gerade wie im Laden, als er mir die Kaschmir- und Lambswool-Anteile meiner Pullover erklärte, und zwar inklusive der Waschanleitungen und ohne ein einziges Mal auf das Etikett zu gucken.

Mit allem, was mit Spa zusammenhängt, holte Viktor aus, Ölbäder, Massagen, Kaltwassergüsse, Shiatsu, Schwimmen, Osteopathie, was weiß ich, vielleicht ja mit einer Dame. Die Visitenkarte eines Psychoanalytikers samt der Adresse seiner Klinik in Chelsea liegt immer im Safe, wenn er weg ist; ich stand einmal zufällig daneben, als Urs sie herausholte, weil er sich wegen der gigantischen Bestellung eines Hochstaplers bei Wrobel Rat holen wollte. Es geht wohl nicht nur um Wrobels Körper, wenn er nach London reist, sondern auch um seine Seele. Die Kommunisten müssen unserem Chef in ... Polen, in Warschau, da wo er herstammt, Unbeschreibliches angetan haben. Nein, ich weiß nichts Genaues ... aber aus Chelsea kehrt er immer sehr viel heiterer zurück, weniger nervös, umgänglicher, ausgeglichener.

Viktor rubbelte sich die Ohren unter seiner Wollmütze vor lauter Verlegenheit und sprang von einem Bein aufs andere; er trug modische Halbschuhe, die nicht halb so warm und bequem waren wie meine Winterstiefel.

Man hört aber merkwürdige Dinge über das, was Wrobel in seiner Heimat passiert sein soll, vor seiner Emigration, meine ich, bevor er nach England und dann nach Chur kam. Von Widerstand gegen das Regime ist die Rede, von Folter sogar und ... Auf der anderen Seite, es ist schon so ewig lange her! Schmerzen verschwinden doch – im Laufe der Zeit. Das habe ich bei meiner Mutter erlebt.

Na gut! Oder nein, überhaupt nicht gut!, rief ich, der ich von Viktors abgerissenen Sätzen genug hatte. Ich deutete eine Verbeugung an, winkte ihm aus der Drehtür noch einmal zu, bevor ich das Foyer betrat, und schlenderte dann betont lässig zu den direkt neben dem Fahrstuhl gelegenen Garderobenräumen der Bediensteten, von denen aus es zur Küche und zum Lieferanteneingang ging.

An der Rezeption sah ich den jungen Mann, mit dem ich vor kaum zwei Wochen meine Frühstücksbestellung ausgehandelt hatte. Er trug einen Norwegerpullover, unter dem ein kariertes Hemd hervorlugte; vielleicht war er ein Student, der hin und wieder eine Schicht übernahm, wenn Not am Mann war, einer, der über die Weihnachtsferien nach Hause kam und sich ein bisschen Geld verdienen wollte. Er stand mit dem Rücken zum Safe, nickte mir zu und wusste wahrscheinlich nicht, dass sich meine antike Uhr darin befand. *Dann müssen Sie Ihr Erbstück nicht weiter mit sich herumtragen*, hatte Herr Schneidewindt gesagt, die nach Watteau in Emaille gearbeitete Schäferszene eingehend betrachtend. *Wer weiß, wo Sie unterkommen in den nächsten Wochen. Es wäre doch schrecklich, wenn diese Kostbarkeit verloren ginge ... Irgendwo müsste sich in unserem Fundbüro das richtige Etui für eine solche Rarität finden lassen. Es ist schon seltsam, was die Leute so alles bei uns vergessen.*

Nachdem ich die Küche durchquert hatte, in der Köche samt Beiköchen mit dem *mise en table* beschäftigt waren und mich keines Blickes würdigten, verließ ich das Hotel durch die Hintertür und suchte mir meinen Weg durch die verschneiten Gassen, die allesamt im Kreis herumzuführen schienen. Es war gar nicht so einfach, Wrobels Haus zu finden, einige Male war ich schon in die Irre gelaufen, da die schmalen, hoch aufragenden Häuser am Stadtrand alle gleich aussahen. Der Meister bewohnte den vierten Stock; in der über eine Art Hühnerleiter zu erreichenden Mansarde würde ich für ungewisse Zeit schlafen. Zwei Zimmer mit niedrigen Decken und kleinen Fenstern nannte er sein eigen, das Wohnzimmer möbliert mit einem Biedermeier-Sekretär, einer Recamière und dem dazugehörigen Sessel, einem alten, sehr wurmstichig aussehenden Tisch und penibel bestückten Bücherschränken. Keine Teppiche, keine Bilder, keine Fotos, keine Nippes.

Am Abend vor seiner Abreise hatte Wrobel angeboten, ich könne gerne unten bleiben und auf dem Sofa schlafen, jedenfalls solange er fort sei, auch meinen Koffer brauche ich nicht nach oben zu wuchten, gebe es doch oben gar keinen Platz für ihn. Dass wir uns das Badezimmer teilen müssten, sei ein Grund mehr, auf dem schnellsten Weg ein Zimmer für mich zu finden, sagte er, ihm falle da bestimmt etwas ein. *Mein Vorratsschrank ist voll mit Fertiggerichten, greifen Sie zu! Und es spricht nichts dagegen, den Tag mit einem Gläschen eigenhändig in Portugal gekauften Portweins ausklingen zu lassen, wenn Sie Lust dazu haben.*

Ich hatte das Angebot nicht angenommen, sondern war nach oben gestiegen, wo es zwar aus für mich unerfindlichen Gründen keine Heizung gab und nur eine trübe Nachttischlampe, jedoch eine glänzende kupferne Bettflasche und ein von Wrobel aus einem Wandschrank hervorgeholtes Plumeau, das sich nach einer gewissen Zeit von selbst aufplusterte, weil sich die darin eingenähten Federn unverzüglich aufzurichten begannen.

Nachdem ich Viktor glücklich abgehängt hatte, würde ich, bevor ich schlafen ging, den Schnee von der Dachluke entfernen müssen, damit die Sterne, die so schön leuchteten, auf mich herabschauen konnten. Zuerst bereitete ich mir mein Abendessen – die zweite Hälfte einer Dose mit Ravioli –, setzte mich mit meinem Teller an den Tisch und genoss das Schweigen nach Viktors Suada. Danach blätterte ich für eine Schallplattenlänge in alten Museums-Katalogen aus London und Chur, in einem Sessel sitzend, der zu schmal war, um es mir bequem zu machen, und dessen Lehnen für mich zu hoch waren, um die Arme darauf zu stützen. Ein Klavierkonzert von Mozart hatte Wrobel zuletzt gehört, jenes mit dem Volkslied *Komm lieber Mai und mache* im zweiten Satz (es musizierte das Symphonieorchester des Bayrischen Rundfunks unter Rafael Kubelik, Solist war der junge Daniel Barenboim); die Platte rauschte, knisterte und kratzte an bestimmten Stellen so heftig, dass ich beim Abspielen stets damit rechnete, dass der Tonarm verrutschte.

Ich traute mich nicht, eine andere Platte aufzulegen, obwohl mir die meisten Werke der im unteren Teil der unscheinbaren Musiktruhe aneinandergereihten Komponisten bekannt waren und ich sie gerne angehört hätte. Vielleicht sollte möglichst alles so bleiben, wie es war, abgesehen von Wrobels Vorräten, die nach und nach weniger wurden wie das giftgrüne Spülmittel, mit dem ich meinen Teller und mein Glas abwusch, weil ich die dafür gedachte Maschine nicht benutzen wollte. Auch im

Schneeleopard hatte ich spezielle Gewohnheiten entwickelt – mein exzessives Baden, bevor ich zu Bett ging, die Manie mit dem frisch gepressten Orangensaft zum Frühstück, ohne den ich den Tag nicht beginnen wollte, der scheinbar zufällige Spaziergang zum Maßatelier Adam am Morgen, am Mittag und am Abend, meine täglichen Museumsbesuche, die Anhäufung von Kaschmirpullovern in allen Farben –, aber war das nicht natürlich bei einem Menschen, der nicht starb? Was war überhaupt natürlich bei einem Menschen, der nicht starb? Ich musste mich in den unendlichen Weiten meiner Lebenszeit immer wieder an Ritualen festklammern, so kurzfristig sie sich auch halten sollten.

Bei Wrobel war es anders, anders als ich es je erlebt hatte, wo ich doch in so vielen Wohnungen und Gelassen zu Gast gewesen war, um es vorsichtig auszudrücken, aber nie etwas Eigenes besessen oder gemietet hatte. Meine Koje im Keller des in der Nähe des Berliner Königsschlosses gelegenen Bordells – lang, lang war es her. Der Wäscheschrank in der Moskauer Kommunalka, wo mir die Enge den Atem geraubt hatte. Konstanzes Dachwohnung am Hausvogteiplatz in Berlin, wo ich – wenn meine Freundin mit ihren Senioren unterwegs war – wochenlang allein lebte, ohne zu fremdeln, das Apartment genauso selbstverständlich betrat und bewohnte, wie ich es wieder verließ. Bis zu jenem Morgen jedenfalls, an dem ich Besuch von der Polizei bekam und mich von da an abends oft von Freiern abschleppen ließ, um nicht auf der Straße übernachten zu müssen.

Wrobels Wohnung schüchterte mich ein, vielleicht war dies der richtige Ausdruck, sie kam mir so rätselhaft vor wie er selbst, klösterlich irgendwie. Schon im Stiegenhaus konnte ich es spüren, und während ich mir die Schuhe auszog. Sobald ich die Tür hinter mir abgeschlossen hätte, würde mich eine so überwältigende Stille empfangen, über mich herfallen, dass es sich quasi von selbst verbat, andere als die Töne des bewussten Klavierkonzerts zuzulassen.

Was für ein Glück, dass ich nicht erkältet war, mir auch keine Erkältung holte beim Schlafen unterm Dach. Kein Hüsteln, kein Räuspern; beim Essen versuchte ich, nicht mit dem Besteck zu klappern, beim Abspülen fiel mir einmal der Teller zu Boden, was einer Katastrophe gleichkam. Ich vermied jedes Geräusch, jeden Nachweis meiner Existenz, ja, ich vermied es sogar – wenn möglich –, aufs Klo zu gehen, es war, als dürfe ich meinen abwesenden Meister nicht stören, als sei er doch anwesend in dieser Mönchsklausur im vierten Stockwerk eines am Rande von Chur gelegenen Hauses und beobachte, wie linkisch ich mich bei meinen täglichen Verrichtungen anstellte.

Manchmal öffnete ich, bevor ich nach oben in meine Mansarde stieg, die Tür zu Wrobels Schlafzimmer und verharrte ein paar Sekunden auf der Türschwelle, jedes Mal überrascht, dass mein Gastgeber den Raum nicht abgesperrt hatte, zugleich enttäuscht darüber, dass ich nichts Aufschlussreiches darin entdeckte. Es sah ähnlich karg aus wie in der Küche, der man anmerkte, dass darin niemand kochte. Kein Buch lag auf dem Nachttisch, das Bett war schmal, die Wäsche geradezu militärisch glattgezogen, die Matratze wahrscheinlich durch ein untergeschobenes Brett noch härter gemacht, als sie war, die Überzüge wie der Al-Fresco-Anstrich des Raumes hellblau und hochwertig, ohne Volants oder Borten. Allenfalls der Stumme Diener sagte etwas aus über Wrobel.

In das leere Zimmer zu starren und dessen asketische Eleganz zu studieren, kostete mich Kraft und Geduld. Es bildete das Kontrastprogramm zu meinem Luxusdasein im Hotel Schneeleopard, keine Frage, aber eben nicht nur. Es war die Fremdheit, die mich beim Betrachten des Ensembles zu verschlingen drohte und stärker frösteln ließ als oben unterm Dach; die Angst vor einer Lebensweise, die ich nicht verstand. Wer verordnete sich selbst eine solche Kargheit, eine solche Zelle? Sicher besaß Wrobel hellblaue Pyjamas, mit denen er sich unsichtbar machen konnte in seinem hellblauen Schlafzimmer, und einen im Nachttisch verborgenen hellblauen *Pot de Chambre* aus Porzellan – die perfekte Tarnung ...

Nachdem ich mich auf Wrobels Schlafzimmerschwelle allabendlich in Albernheit gerettet hatte, füllte ich meine Bettflasche mit heißem Wasser, wie es mir der Meister am Abend meiner Ankunft gezeigt hatte. Ich wickelte einen meiner Schlafanzüge darum, der dann schön angewärmt war, wenn ich ihn anzog, putzte mir die Zähne, wie von Wrobel verordnet abwechselnd mit der rechten und der linken Hand, dankbar, dass mich schon seit anderthalb Wochen keine Zahnschmerzen mehr plagten, und schluckte vorbeugend zwei Schmerztabletten gegen das mich in letzter Zeit häufig im Morgengrauen überfallende Gliederreißen. Nach Wrobels karger Hausapotheke hatte ich lange suchen müssen, bevor ich sie unterm Herd in der Schublade für die Bratpfannen fand.

Vielleicht war das typisch für einen Menschen wie ihn, dachte ich, dass er seine Schwächen verbergen wollte, zumal sich in der Schuhschachtel ausschließlich Schmerzmittel unterschiedlicher Stärke befanden, auch Morphium-Ampullen. Die Blechdose mit den vorgeschnittenen kleinen Heftpflastern für die beim Nähen sich unweigerlich ergebenden kleinen Wunden stand dagegen griffbereit und sichtbar auf der Fensterbank im großen Nähsaal, fiel mir ein, die Fürsorge des Meisters für seine Angestellten rührte mich. Es gab sogar eine zweite Blechdose; sie befand sich am anderen Ende des Raums, im Regal mit den Kurzwaren, neben den Rollen mit der wunderbar changierenden Nähseide, die unweigerlich ins Rutschen gerieten, wenn man nach der Dose griff.

V. A bheil thu airson mo phòsadh?

Mit der Bettflasche an den Füßen, das Gesicht gen Himmel gewandt, waren die Mansarden-Nächte viel weniger
schrecklich als vermutet. Die Socken behielt ich vorsichtshalber an, ebenso wie die langen Unterhosen, die
ich – nachdem ich erkannt hatte, dass meine Satin-Schlaf-
anzüge den niedrigen Temperaturen nicht standhielten –
in einem Wäschegeschäft in der Nähe des Maßateliers
gekauft hatte, vorsichtig um mich blickend, ob nicht ein
Kollege auftauchte und sich über mich lustig machte.

Wie damals in Schottland, dachte ich, wenn ich mich
auf Wrobels Campingliege in das überdimensionale
Plumeau einwickelte. Dort übernachtete ich ebenfalls
in einer Mansarde, nur dass es Frühling war und in dem
großen Pfarrhaus mit dem grauen Schindeldach eine
gediegene Treppe aus Eichenholz unters Dach führte.
Die Sterne schauten gleichfalls auf mein Bett, während
ich auf Gertie wartete, die tatsächlich in einer der zehn
Nächte, die ich bei ihr im Pfarrhaus verbrachte, zu mir
schlüpfte und sich streicheln ließ. Bis dahin hatte sie sich
von mir betont ferngehalten, nicht anders als in Bangkok, ich kannte das ja schon und hätte mich damit zufrieden gegeben, wenn ihre Briefe mich nicht in eine andere,
eine erwartungsfrohe Richtung gelenkt hätten. Ihren Geschwistern und ihrem Vater hatte sie mich als Kollegen
aus Thailand vorgestellt, der demnächst im Hotel Bal-
moral in Edinburgh eine Stelle als Buchhalter antrete. Sie
tat so, als sei ich einfach hereingeschneit. Dabei hatte ich
doch ein Telegramm geschickt, sie oder ihr Vater wusste

also Bescheid und hätte die Familie ruhig informieren können.

Wie sie sich vor mir aufreihten – den aufgewühlten schottischen Himmel hinter und die hellgrauen Ausläufer der Klippen vor sich, die blassen Mädchen mit Gertie an der Spitze wie die Orgelpfeifen, der Vater mit dem Sohn eine Armlänge entfernt, als sei er der Anführer einer sich gegen Fremdlinge wehrenden Squadron –, wirkten sie wie eine Wand auf mich: undurchlässig, resistent gegen Einflüsse von außen, feindselig. Zehn Tage dürfe ich bleiben, keinen Tag länger, gleichgültig, wann mein Dienst beginne, sagte Gerties Vater, der Pfarrer einer Gemeinde, die zwar nicht in der Nähe lag, dafür aber über einen Friedhof samt Kapelle verfügte, wo während meines Aufenthalts reger Betrieb herrschte. Was am Frühling liege, behauptete Gertie, ohne einen Beweis dafür zu liefern: *Im Frühjahr sterben die Leute gern, weil sie frische Blumen aufs Grab kriegen.*

Außerdem könne der Besucher sich nützlich machen, wenn er schon einmal da sei, fuhr der Vater fort, während er seine Blicke an mir entlang bis zum Dachfirst wachsen ließ und dann so tat, als finde er seinen Gast auf der Erde nicht mehr. Beim Sortieren der Dokumente für seinen Fünfjahresbericht an die britische Schulbehörde zum Beispiel, der dringlich weggeschickt werden müsse. Mit der Hilfe seiner Tochter, die immerzu ins Lesen gerate, anstatt Briefe, Zeugnisse und Fotografien seiner Schüler nach Datum zu ordnen, komme er nämlich kein Jota voran. Immer wieder grüble sie über die Todesursachen irgendwelcher Menschen nach, über die Anzahl der Totgeburten, über das Verschwinden und die Trunksucht der Väter sowie die mangelhafte Ausbildung der Kinder, und verkenne, dass ihr Vater Religionslehrer sei, also weder Arzt noch Gott. Da ich nicht Nein sagen konnte, verbrachte ich mehr als die Hälfte meines Aufenthaltes in Edgar McInnis' dunklem, staubigem Arbeitszimmer und half dem schlecht gelaunten, zuweilen in wüste Hustenanfälle ausbrechenden Mann beim Abheften seiner mit Teeflecken und Tabakkrümeln übersäten Unterlagen. Ohne ein einziges Mal in Versuchung zu geraten, in das Chaos hineinzulesen, beobachtete ich, wie Gertie draußen im Wind die Leibwäsche ihrer Geschwister aufschlug und an die Leine hängte, mit sich selbst sprach und mir gelegentlich zuwinkte. Keinen einzigen Ausflug unternahmen wir, keinen längeren Spaziergang als zu den drei oder vier Beerdigungen auf dem malerischen Gottesacker, bei denen der Geistliche seine in zwei kleine Chöre aufgeteilten Töchter *The Lord's My Shepherd* singen ließ. Allerhöchstens saßen wir auf der Bank vor dem Abgrund an der Klippe, mitten im anlandenden Wind, ich missmutig, Gertie verstockt und in ausreichender Distanz – derweil in Sichtweite aus jedem zweiten Fenster des Hauses ein kleines Mädchen hing. Ganz ohne Buch saß sie neben mir, nackt geradezu, vielleicht weil sie die Bücher ihres Vaters auswendig kannte oder ihr der Kitzel fehlte, sie aus irgendjemandes Koffer zu stibitzen.

Dass mir vor allem das betretene Schweigen bei den Mahlzeiten im Gedächtnis blieb, die über die Teller gesenkten Köpfe der Mädchen am großen Esstisch und die endlosen Gebete, die dafür sorgten, dass das von einer griesgrämigen Haushälterin servierte Gericht kalt war, wenn man endlich zu essen beginnen durfte, war kein Wunder; die Stimmung war kaum zu ertragen. Die Schwestern besaßen die gleichen eng beieinanderstehenden Zahnreihen wie Gertie; sie kauten nicht, sie mümmelten, fiel mir ein in meiner Chur'schen Mansarde, während mir ein Schauder über den Rücken lief. Schon allein das schlimme schottische Essen wäre Grund genug gewesen, dass ich niemals, niemals bei Gertie geblieben wäre, auch nachdem sie mich in dieser einen Nacht um Hilfe gebeten und mir zu erklären versucht hatte, warum sie sich mir gegenüber so merkwürdig benehme, sich nicht anfassen lassen wolle und ... nun ja ... wenn man es genau nehme, Männer hasse wie die Pest.

Nur dich, Léon, habe ich lieben können, andeutungsweise. In Bangkok bist du mir Trost gewesen inmitten der grapschenden Kollegen und Hotelgäste. Dich würde ich heiraten, wenn du versprichst, dich mir niemals zu nähern. *A bheil thu airson mo phòsadh?*, fragte sie auf Gälisch und wiederholte ihren Satz auf Englisch und Deutsch: Möchtest du ... möchtest du mich heiraten? Schau, wie schön es bei uns ist. Das Haus mit seinen vielen Zimmern, der Himmel, die Klippen, die unendliche Sicht aufs Meer bis ans Ende der Welt. Bleib doch hier, du hättest hier ein Auskommen, mein Vater lebt nicht ewig, er hustet, vielleicht hat er ja Tbc. Wir könnten ihn aber auch umbringen, wir alle zusammen, die Schwestern und Frederick vor allem, der immer wieder flüchtet, es aber nur bis Edinburgh schafft. Wie oft habe ich meinen Vater verflucht, diesen falschen Gottesmann, aber ohne Folgen. Ich will nicht ewig fluchen, *my goodness*, verflucht nochmal, heilige Scheiße, ich muss und will und werde etwas ändern!

Hatte sie das wirklich gesagt, meine belesene, unglückliche Freundin Gertie, der nichts auf der Welt wichtiger war als Bücher, den Kopf auf meinen ausgestreckten Arm gelegt und den Blick aus der Dämmerung der engen Kammer hinaus durch das Mansardenfenster in den graublauen Himmel gerichtet? Ohne die Stimme zu erheben, gelangweilt geradezu? Hatte sie sich einen Spaß mit mir erlaubt und erwartete, dass ich mich entsetzt von ihr abwandte? Besaß die Literatur keine Macht mehr über sie? Oder wollte sie die Hauptfigur in einem noch zu schreibenden Roman werden, in dem sie selbst das Ende bestimmte?

Du weißt nicht, was ich ausgehalten habe, um zu dir zu kommen, hätte ich gerne geantwortet und hatte in der Tat Mühe, es nicht auszusprechen, indes Gertie sich in meine Achselhöhle kuschelte und einschlief. Was ich auf mich genommen habe, um dich wiederzusehen. Ich kenne das, was du nicht beschreiben willst. Aus einer anderen Perspektive zwar, aber zur Genüge. Nur auf diese Weise konnte ich zu dir nach Schottland gelangen. Einen Unhold nach dem anderen habe ich abgehakt auf Portenlängers Liste, du kennst den dicken Portenlänger, er war Gast im Hotel Oriental und hatte zu deinem Leidwesen kein einziges Buch im Koffer. Mit ihm bin ich nach München gegangen und wurde sein Angestellter in der Druckerei, weil ich eine so schöne Schrift habe und so gut zeichnen kann, man hätte aber auch sagen können, ich war sein Gefangener. Offiziell sollte ich auf dem Weg zu dir seine Kunden im Vereinigten Königreich abklappern, ich trug Baupläne für Druckmaschinen in meiner Tasche sowie einige Blätter mit neu entwickelten Schrifttypen und hatte ein entsprechendes Visum. Es war aber eine ganz spezielle Liste, es gibt sie praktisch für die ganze Welt. Das heißt, ich wusste, worauf ich mich einließ. An jeder Adresse wartete ein anderer Herr, dem ich während der langen Reise nach Schottland zu Diensten sein sollte, gegen Bezahlung, um weiterzukommen, mit dem Zug, manchmal mit dem Taxi, sogar mit dem Pferdefuhrwerk oder mit dem Rad, Umwege eingeschlossen. Ich bekam Bürgerhäuser, Schlösser und Studierzimmer zu sehen, in Oxford, in Cambridge, Durham, Norwich, Manchester, Leeds. Du glaubst nicht, wie sexy und gierig die britische Oberschicht ist, wie freundlich aber auch und wie spendabel, nicht auszudenken, wie viele Bücher du bei denen hättest abstauben können. Der Parlamentarier aus Southend-on-Sea zum Beispiel, ein großer, starker Adliger, ein Prolet eigentlich mit großem Herzen, fast ein Sozialist, der mich drei Tage bei sich wohnen ließ und mich gut bezahlte. Ich musste nur einmal hart arbeiten unterwegs, in London ausgerechnet, in der Anatomie im St. Mary's Hospital, in der Morgue, wie die Engländer sagten und dieses französische Wort so entsetzlich aussprachen, dass einem wirklich schlecht wurde – wie mir, als ich zusammen mit einem bengalischen Putzgeschwader die Operationssäle reinigte; einmal habe ich mich sogar auf eine Leiche erbrochen, die ich dann natürlich wieder säubern musste, was wohl das Schlimmste ist, was einem bei diesem Job passieren kann. In der Anatomie werde ich mich auch auf der Rückreise wieder verdingen müssen; bei allen Liebhabern kann ich mich nicht mehr blicken lassen, bei einigen bin ich gerade so mit dem Leben davongekommen, man hat mich gewürgt und geschlagen, getreten und ausgepeitscht, und dass ich mich wehrte, war nur bis zu einem gewissen Grad erwünscht, darüber hinausgehen durfte ich nicht. Keinen der Herrschaften umgebracht zu haben in meiner Wut, empfinde ich als Wunder. Ich werde also auch deinen durch und durch verabscheuungswürdigen Vater nicht ermorden, verehrte Gertie. So weit geht meine Liebe nicht, wobei ich mich zu fragen beginne, ob und wann ich dich jemals geliebt habe.

Gertie trug ein gesmoktes Nachthemd aus weiß-blau karierter Baumwolle in jener Nacht, mit einem Krägelchen aus Spitze, es dauerte eine Zeit lang, bis meine Finger die richtigen Stellen darunter fanden. Wie ein kleines Mädchen lag sie in meinem Arm und schlief einen schweren Schlaf. Damit sie unten war, bevor die Haushälterin kam, um mit ihr das Frühstück für ihre Geschwister und den obersten Quälmeister zu richten, musste ich sie aus tiefsten Träumen holen. Ich selbst würde mich dieses Mal nicht zieren bei der ersten Mahlzeit des Tages und verschlingen, was nur in meinen Magen passte, wer wusste, wann ich wieder etwas bekäme, wenn ich mich gleich davonmachte. Die Blutwurst, die gedünsteten Pilze, die Rostbratwürste, das Spiegelei, die gebackenen Bohnen in Tomatensoße, nichts würde ich auf dem Teller lassen. Wer so etwas essen konnte, der hatte bestimmt auch Mordgelüste, dachte ich, auf die Kuhle starrend, die Gertie in der buckligen Matratze meines kargen Gästebetts hinterlassen hatte.

Wie wohl mir plötzlich war nach der Ablehnung, den Vater meiner Freundin zu ermorden. Vielleicht kehre ich gar nicht mehr nach München zurück, zu Portenlänger, diesem Ausbeuter, dachte ich euphorisch vor Erleichterung. Ein anderer würde sein Favorit werden, ein anderer der vielen jungen Männer, die sich bei ihm die Ärmelschoner blankwetzten. Als ich mich von Gertie und der Schar ihrer Geschwister verabschiedete, die plötzlich so taten, als überlebten sie dies nicht, ging es mir so gut wie lange nicht.

Ach, Gertie! Missmutig saß ich einige Tage später in Wrobels Wohnzimmer und konnte mich nicht entschließen, nach oben zu gehen; einmal weil es regnerisch und trübe war und sich seit Tagen nicht einmal mehr die Venus zeigte, zum Zweiten jedoch, weil ich schon lange nicht mehr so intensiv an meine Freundin gedacht hatte und nicht wollte, dass sie mir den Schlaf raubte. Gertie, die mich nach Schottland dirigiert hatte, damit ich ihr Mordkomplize würde. Gertie, die – im blauen Kleid inmitten blühender Ginsterbüsche stehend – still und stumm blieb bis auf diese eine fürchterliche Nacht. Gertie, wie sie zu mir ins Bett krabbelte und mir scheußliche Dinge vorschlug, mir Gift ins Ohr träufelte, wie es bei Shakespeare hieß. Oder war das alles mein eigener Traum gewesen? Eine – wie Konstanze behauptet hätte – verzweifelte Projektion, über die ich gerade ein paar verspätete Krokodilstränen vergoss?

Steifbeinig wie öfter in letzter Zeit stand ich auf und holte mir meinen allabendlichen Portwein, nicht jenen aus Jerez de la Frontera, ich wollte Wrobel nicht schädigen; der aus dem Supermarkt war auch nicht schlecht. Tatsächlich hatten sich meine Gewohnheiten zu ändern begonnen, seitdem mir, der ich einsam ganz hinten im Maßatelier meine Nähte übte, als Letztem mitgeteilt worden war, dass sich die Rückkehr des Meisters noch einmal verzögern würde. Immer später stieg ich nach oben, auch wenn die Sterne sichtbar waren, verlor allmählich meine ehrfürchtige Zurückhaltung, traute mich, Laute von mir zu geben beim Essen und beim Trinken, redete mit mir selbst, was ich seit Jahren nicht mehr getan hatte, und versuchte, wenigstens das Wohnzimmer mit einem Hauch von Leben zu erfüllen, der sich hielt, bis ich abends wiederkehrte. Sogar die Schallplatte mit Mozarts Klavierkonzert wechselte ich aus, stellte sie samt Hülle an die richtige Stelle und entschied mich für Schuberts große C-Dur-Symphonie.

Hier standen sie, Gottfried Keller und andere Schweizer Autoren aus dem neunzehnten Jahrhundert, Jeremias Gotthelf und Conrad Ferdinand Meyer, deren in Leder gebundene Werke wie die Pflichtlektüre zur Erlangung der Schweizer Staatsbürgerschaft anmuteten. Nicht umsonst hatte ich schließlich vor Jahrzehnten mitten im aufmüpfigen Berlin der Studentenrevolution den Film *Die Schweizermacher* gesehen und wusste, worauf es dabei ankam. Diese Kostbarkeiten rührte ich nicht an, nicht einmal den Band mit Kellers Novellen, in dem ich – als braver Praktikant, aber mit zunehmender Lust – nur *Kleider machen Leute* gelesen hatte. Dass Robert Walser auftauchte, rief gleichfalls ein Echo in mir hervor: Vor nicht allzu langer Zeit hatte dieser Schriftsteller bei Konstanze wegen seiner literarisch frisierten Lethargie solche Aggressionen ausgelöst, dass sie ein nach Motiven aus seinem Roman *Der Gehülfe* gebautes Stück laut schimpfend verließ, mit mir im Schlepptau, dem sie auf dem Weg vom Gorki-Theater bis zum Hausvogteiplatz Vorträge über diesen abgründigen Dichter hielt, der sich freiwillig in ein Irrenhaus begeben hatte und am Ende seines Lebens in einer Art Mikroschrift kommunizierte, die seine Exegeten mit der Lupe entziffern mussten. Robert Walser passte irgendwie zu Tomasz Wrobel, wie ich fand. Konstanze hatte eher gegen den mir nicht mehr erinnerlichen Regisseur gewütet; dass Romane zu Theaterstücken gemacht wurden, gefiel nicht jedem, was im Grunde im Widerspruch stand zu den gefeierten verfilmten Romanen, die man völlig ohne Gegenwehr in zunehmendem Ausmaß konsumierte.

Natürlich fand sich auch Zeitgenössisches in Wrobels Bücherregalen: Dürrenmatt, Frisch, Muschg. Mir alle drei unbekannt. Außer mit den polnischen Werken

111

schien sich Wrobel einzig mit den Bänden eines gewissen Wolfgang Hildesheimer näher beschäftigt zu haben, sie sahen zerlesen aus, bunte Merkzettel ragten aus ihnen hervor, etliche Bücher existierten sogar zweimal, mit und ohne Anmerkungen, alle aber mit Widmung, wie ich entdeckte, als ich es endlich wagte, einzelne herauszuziehen, wenn auch nur, um sie schnell wieder wegzulegen.

Bis ich auf *Mozart* stieß, eine Biografie offensichtlich, über einen Menschen, den ich als Lehrbub in Wien mindestens zweimal pro Woche auf der gegenüberliegenden Straßenseite in den Perückenladen hatte tänzeln sehen, von der Notenstecherei Stangerl aus, wo ich meinem am Fenster sitzenden Meister beim Notenkopieren zusehen musste und zwangsläufig mithörte, wie dieser über den *vermaledeiten Compositeur* und *Créancier* schimpfte, ja ein- oder zweimal sogar auf die Straße hinausrannte und die Fäuste gegen ihn erhob.

Beim Blättern bemerkte ich allerdings, dass es sich doch nicht um eine Biografie handelte, jedenfalls keine von der Sorte, wie sie auf Konstanzes Nachttisch lagen, mit nach Themen oder Lebensphasen oder Schaffensschwerpunkten schön aufgelisteten Kapiteln und Unterkapiteln, die man je nach Laune überspringen konnte. In Hildesheimers Mozart-Buch fiel ich einfach kopfüber hinein, in eine Höhlenlandschaft gleichsam, durch die ich mich vorwärtskämpfen musste, angelockt von einem gleißenden Licht, das – sofern man sich in dem unterirdischen Labyrinth nicht gänzlich verlief – immer neue Erkenntnisse zu verheißen schien. Aber selbst wenn es eine Lebensbeschreibung war, da der Autor sich letztlich an Mozarts Lebensstationen und die Entstehung seiner Werke hielt – von seinem Begräbnis zurück zu seinem Wunderkind-Dasein und seinen grandiosen Erfolgen bis zu seinem langen Niedergang und Sterben erzählte, und zwar richtig erzählte, Mozart auf die Couch legte sozusagen und sich selbst jede Menge Abschweifungen gestattete –, dauerte es eine Weile, bis ich, der fahrige, zappelige Leser par excellence, mich dazu durchrang, einige Passagen zu überspringen, jene Exkurse wenigstens, in denen Hildesheimer mit der Beschränktheit einiger Wissenschaftler abrechnete, die sich erdreistet hatten, über das rätselhafte Innenleben dieses Jahrtausendgenies ihre kleinkarierten Thesen zu stülpen.

Hätte ich nur geahnt, in welche Delirien ich mich hineinmanövrieren würde! Ich hätte vor Hildesheimers *Mozart* bestimmt Reißaus genommen. Da es jedoch meine Stangerl-Zeit war, die mir immer fremder, ja exotischer vorkam, konnte ich mich nicht retten. Ich las ununterbrochen, machte sogar zwei Tage blau und rief im Maßatelier an mit erkälteter Stimme, froh, dass ich Viktor – mit dem ich einen halbherzigen Waffenstillstand eingegangen war – an der Strippe hatte und nicht den unzugänglichen Urs Marbli. Den wirklichen Mozart behielt ich beim Lesen immer vor den inneren Augen – wie er auf dem Rückweg direkt an der Notenstecherei vorbeilief, nur unwesentlich größer als ich, ein kleiner Kerl mit großer Nase, mit frisch gestäubter Perücke auf dem Kopf, mit dem Stöckchen schlagend, lustig hüpfend, manchmal im letzten Augenblick den Pferdeäpfeln ausweichend. Wie er zu Stangerl hineingrimassierte, sich an die Stirn tippte, sich auf die Zehenspitzen stellte oder mit beiden Händen wedelte, vielleicht weil er den Hass spürte, der durch die Schaufensterscheibe drang, und diesen solcherart an sich abperlen lassen konnte.

Es musste sich in seinem Kopf so viel ereignet haben beim gleichzeitigen Komponieren mehrerer Werke, schrieb Hildesheimer, dass er das normale Leben um sich herum nur als Farce begreifen konnte, so oder so ähnlich verstand der gedanklich nicht sehr trainierte Praktikant, ich also, die Quintessenz des Buches. Wie gern ich Mozart im Nachhinein die Pferdeäpfel aus dem Weg geräumt oder wenigstens Hänschen und Fränzchen dazu auf die Gasse geschickt hätte. Solche Gedanken waren wirklich umsonst. Das Lesen erschöpfte mich ungeheuer; manchmal, wenn mich meine Beine nicht mehr nach oben tragen wollten, entschied ich mich, auf Wrobels Recamière zu schlafen, in den Kleidern, ungewaschen und mit ungeputzten Zähnen.

Natürlich kannte ich die Psychoanalyse, meine eigene vor allem, und Konstanzes Theorien darüber, und als ich in Hildesheimers bislang nur überflogenem Vorwort entdeckte, dass dieser sein Mozart-Buch nicht ohne Freud und eine eigene Analyse hätte schreiben können, fühlte ich ein Zerren in meinem Brustkorb, das sich leicht als Sehnsucht nach Herrn Doktor Zucker auslegen ließ, was mich noch mehr antrieb, das Buch zu beenden, bevor Wrobel zurückkam; vier Tage hatte ich noch bis zu seiner verspäteten Rückkehr. Der Meister kam aber einen Tag früher als angekündigt wieder, was er immer tue, wie Viktor erklärte, mit einer gewissen Schadenfreude im Gesicht. Da befand ich mich bereits im ersten Drittel von *Marbot*, einem Buch, das Hildesheimer zu meiner großen Erleichterung schon im Voraus als *Eine Biographie* etikettiert hatte.

Auch Julian Barnes' *Der Lärm der Zeit* lag griffbereit auf dem Tisch, ein Bändchen, das ich seltsamerweise zwischen den alten Programmen der Zürcher Tonhalle gefunden hatte. Falls keine Zeit mehr dafür blieb, dachte ich hektisch, konnte ich mir das Büchlein immer noch ausleihen und Wrobel wiedergeben, wenn ich nicht mehr auf seine Gastfreundschaft angewiesen war. Denn auch die Säuberungen waren ja meine Zeit. Alles war meine Zeit sozusagen, selbst wenn ich mich nicht überall verorten konnte.

Im Mai 1937 wartet ein Mann jede Nacht neben dem Fahrstuhl seiner Leningrader Wohnung darauf, dass Stalins Schergen kommen und ihn abholen. Der Mann ist der Komponist Schostakowitsch, und er wartet am Lift, um seiner Familie den Anblick seiner Verhaftung zu ersparen, stand im Klappentext. Schostakowitschs Jazz-Suiten lernte ich erst mit Konstanze in der Berliner Waldbühne kennen, und Elsbeths Geschichten über seine Qualen fielen mir erst langsam wieder ein, was vielleicht ein Glück war. Ob aus den Suiten Verzweiflung klang, konnte ich nicht beurteilen, für mich war es Musik, die einen inneren Rhythmus in mir entzündete. Musste ich mich deshalb verpflichtet fühlen, auch diesen Roman zu lesen? Nur weil meine Glieder schmerzten, meine Füße größer wurden und ich ein bisschen kopflos geworden war in der zwei Wochen dauernden Leseorgie in Wrobels Wohnung? Zugleich aber so hellsichtig wie niemals zuvor? Reichte eine Zusammenfassung nicht aus? Ich kannte doch die Leute, die auf ihren Koffern warteten; in meiner Kommunalka sah dies nicht anders aus, nur dass es keinen Fahrstuhl gab und die grauen Männer etwas schwerer atmeten, wenn sie bei Ninel, dem kleinen Türsteher mit den Fledermausohren, nach ihren Delinquenten fragten. *Ninel ist Lenin rückwärts gelesen,* klang mir stets seine eifrige Erklärung in den Ohren, wenn ich an den armen kleinen Jungen dachte und mir wie ein Verräter vorkam.

Als Wrobel die Tür aufschloss und auf Zehenspitzen seine Wohnung betrat, erschrak ich fast zu Tode. Auf dem Sofa liegend, nahe am Einschlafen, mit dem Buch in der Hand und dem Portwein auf einem Hocker neben mir, vermittelte ich jenen Eindruck, den ich die ganze Zeit über unbedingt hatte vermeiden wollen. Wie gut, dass ich wenigstens das Päckchen mit den gerösteten Erdnüssen entfernt hatte sowie die zwangsläufig entstandenen Krümel. Aber die Portweinflasche riss ich mit, als ich mich aufrichtete, und die Flüssigkeit aus meinem Glas ergoss sich auf das signierte Exemplar der Marbot-Biografie. *Can't help it*, würde Gertie sagen. Und sie hatte natürlich recht.

Zu diesem Zeitpunkt befand sich Herr Eisenzahn schon einige Tage in Chur. Er und sein Begleitschutz wohnten im Schneeleopard, die Willkommens-Feier lag schon hinter mir und meinen Kollegen. Sie hatte sich über das ganze Wochenende erstreckt, weil die unangenehm frechen Berliner wild entschlossen waren, bis spät in die Nacht ohne Skier, aber mit Champagnerflaschen im Arm den Skilift zu benutzen und genauso wieder herunterzuschweben, unter viel Geschrei und nicht enden wollendem Gelächter. Den Laden schlossen die Wrobel'schen Angestellten am folgenden Montag etwas später auf, das störte niemanden, schon weil es der völlig übermüdete Urs Marbli, der noch nicht final ernannte Stellvertreter des Chefs, erlaubte.

Ich aber hatte am Abend, bevor es losging, zu meinem Entsetzen Fritzi vor dem Hotel stehen sehen, lose umringt von ihren Kumpanen, in kurzem Röckchen und Gummistiefeln, mit schlotternden Knien, sie hatte Draht in ihre blonden Zöpfchen geflochten und sah aus wie eine klapperdürre Ausgabe von Pippi Langstrumpf. Später entdeckte ich sie im von unten erleuchteten, grünblauen

Schwimmbad, wo sie – zuerst ganz alleine, dann von Urs Marbli regelrecht gehetzt – unter dem Applaus der Gäste in rekordverdächtiger Geschwindigkeit im Schmetterlingsstil ihre Bahnen zog. Derweil ich mit einem Cocktail hinter einer Säule stand und nach meiner Maraschinokirsche fischte, nahm man sie, die nicht mehr bibberte, am Beckenrand in Empfang, warf sie mehrmals in die Luft und wickelte sie in einen blütenweißen Bademantel. Urs blieb im Wasser, reckte die Arme und präsentierte seine Muskeln inmitten eines Wasserballetts aus kleinen Mädchen, die rosa Badeanzüge und rosa Badekappen trugen und mit rosa Schwimmnudeln winkten. Warum sie das zu den Klängen des Triumphmarsches aus *Aida* taten, blieb mir schleierhaft; warum Herr Eisenzahn unbedingt ins Wasser wollte, ebenso. Hinter einem gold-grün gemusterten Paravent ließ er sich entkleiden und trat in einem eng anliegenden schwarzen Latex-Badeanzug wieder hervor, um dann seine Wampe umfassend und mit angezogenen Beinen neckisch ins Becken zu springen. Dass ihm seine Gefolgsleute nur spärlich folgten und sich am Beckenrand festhielten, als seien sie Nichtschwimmer, machte ihm nichts aus. Er jauchzte und schrie und peitschte mit einer der Nudeln das Wasser, als säße er auf dem Bock einer durchs Feuer rasenden Kutsche.

Alles, was ich sah, kam mir falsch und geschmacklos vor, flüchten aber konnte ich nicht. Bis zum Schluss blieb ich stiller Beobachter dieses kindischen Geschehens; dass man mich ins Wasser warf, konnte ich verhindern, auch allzu vielen Menschen zuzuprosten vermied ich. Irgendwann, da war es schon ein Stück nach Mitternacht, beobachtete ich, wie Fritzi von mehreren Herren nach oben eskortiert wurde. Als sie den Fahrstuhl betrat, wäre sie fast gestolpert in ihrem Frottee-Gewand, unter dem sie vermutlich immer noch nackt war. Ihr rot gepunkteter Kinderucksack, den sie hinter sich herschleifte, verhakte sich, als der Lift seine schmiedeeisernen Türen schloss.

Dass es meine Suite hätte sein können, die die kleine Gesellschaft ansteuerte, versuchte ich, mit Gleichmut zur Kenntnis zu nehmen – dass mir Sätze wie *Hör auf, an Elsbeth zu denken, wenn du dieses Kind ansiehst! Schau einfach weg!* entschlüpften, nahm ich mir dagegen übel. Diese zittrige Gereiztheit vor allem, die mich plötzlich überfiel und meine schöne Gleichgültigkeit in Stücke schlug. Dieser Herzschmerz, der in mir bohrte, hätte mir befehlen sollen, mich auf dem Absatz umzudrehen. Stattdessen blieb ich vor dem Aufzug stehen und wartete wie versprochen auf Viktor, der inzwischen Herrn Eisenzahn – wie jahrelang schon praktiziert – im Namen der Firma ins Bett bringen sollte. Als er erschien, stieg er jedoch nicht aus, sondern zog mich zu sich ins verspiegelte Gehäuse, wo er mir – obgleich sich niemand in der Nähe befand – ins Ohr flüsterte, er schaffe es dieses Mal nicht alleine. Wie ein gestrandeter Wal liege der Kunde im Flur vor der offenen Tür seiner Suite und lasse sich keinen Millimeter bewegen. Er habe ihn unter den Armen gekitzelt, ihn an Fingern und Haaren gezogen, erklärte Viktor, während seine Aknenarben glühten. Aber nichts helfe, er sei eingeschlafen, der dumme Kerl, und schnarche wie ein kanadischer Holzfäller.

Man kann nicht sagen, dass ich begeistert war – nicht Viktors wegen, an den ich mich mittlerweile gewöhnt hatte, sogar an die abendlichen Spaziergänge, wo wir nicht die schlechtesten Gespräche führten, über unser beider Junggesellenleben zum Beispiel, welches ich, was meine unmittelbare Vergangenheit anbelangte, mit den allerschönsten Geschichten ausschmückte. Nein, es war

Herr Eisenzahn, vor dessen überdimensionalen Ausmaßen ich mich fürchtete. Der Mann war einfach zu breit, zu groß und zu mächtig, er erinnerte mich an den Edlen von Zitzewitz, der in seiner Leibesfülle buchstäblich ertrank und trotzdem sofort etwas Schmalzgebackenes auf seinem Teller sehen wollte, wenn er in die Bosnische Drina kam. Anders als Herr Eisenzahn jedoch war der Herr aus märkischem Adel eine ästhetische Zumutung. Er trug eine goldbetresste, aber abgewetzte Jacke in verblichenem Blau sowie Kniebundhosen, deren Nähte immer wieder erneuert werden mussten, er verfügte also über keinen Maßschneider, der die sich jährlich wandelnden, seinem Berliner Kunden immer wieder neu angemessenen Gehröcke als zivilisatorisches Korsett verstand. Was keinesfalls hieß, dass Eisenzahn sie bei der erstbesten Gelegenheit nicht von sich riss – spätestens beim zweiten Glas Weißwein in gemütlicher Runde –, worauf sich das seine Oberarme und Taille umhüllende Fett gleichsam ungehindert in seinen übrigen Körper ergoss. Auch seinen Hosenbund musste Herr Eisenzahn schnellstens öffnen, vielleicht wäre er sonst geplatzt. Es war, als sähe man ihm beim Fettwerden zu. Ein Phänomen! So jedenfalls erschien es denjenigen, die ihn umringten, wobei sie ihre Empfindungen nicht ungern untereinander austauschten. Auch Viktor, der Hüter des Textilgeschäftes, gehörte dazu, und ließ mich umgehend teilhaben. Ohne die seine Wülste zügelnden Gehröcke wurde Eisenzahn zu einem Mann von dramatisch wabernder Fülle, den man beim besten Willen nicht mehr als wohlbeleibt bezeichnen konnte, wie Wrobel dies bisweilen tat, wenn er mit ihm seine künftige Garderobe zusammenstellte. *Künftig* bezog sich nur auf Frühjahr, Sommer, Herbst und Winter des nächsten Jahres, denn der gewesene Jalousien-Fabrikant war keineswegs bereit, sich – wenn er zulegte – seine Kleidung vergrößern, weiter machen oder gar auftrennen zu lassen, was durchaus möglich gewesen wäre, wie ihm der Meister versicherte. Ob Wrobel ihm seine Ausflüge in die Schweiz ausreden wolle, habe Eisenzahn jedoch erwidert, mehr entsetzt als erzürnt. Sämtliche seiner Freunde lebten nur auf dieses eine Ereignis hin, nämlich dass es im letzten Drittel des Dezembers in den Schnee ginge, darauf freuten sich alle, besonders aber auf das grandiose Fest im Schneeleopard, wo sie – von überall her kommend – ihr herzerwärmendes Wiedersehen begehen könnten! Irgendwann werde er sich entschließen, auch seiner Begleitung die richtigen Anzüge schneidern zu lassen, habe Eisenzahn getönt, erfuhr ich von Viktor, der bei dem Gespräch dabei gewesen war. Norfolk-Jacken vielleicht sogar, wobei seine drahtigen Jungs Herrn Wrobel und seinen Angestellten garantiert keine Schwierigkeiten bereiten würden. Einen gewissen Humor könne man dem Herrn nicht absprechen, nicht wahr?, frotzelte Viktor. Oder habe er es etwa ernst gemeint?

Dass Eisenzahns Kopf – dessen löwenartig wuchernde Frisur wohl eher absichtslos Beethovens Mähne glich – hin und her zu wackeln begann, wenn er zu hastig trank, erzählten alle zuerst, sobald das Gespräch auf ihn kam. Sitze er dabei fest verankert an einem Tisch, laufe alles gut, erklärte man mir. Dann trete einer seiner Jünger so diskret wie möglich hinter ihn, nehme seinen Schädel zwischen beide Hände und löse sie sanft, wenn das Beben nachlasse. Im Stehen jedoch, bei einer Cocktailparty beispielsweise, werde es schon schwieriger, weil Eisenzahn dann leicht das Gleichgewicht verliere. Seit er bei einem Bürgerempfang im Roten Rathaus einmal böse gestürzt sei, ausgerechnet in dem Augenblick, als man ihm eine

Ehrennadel anheften wollte, sorgten seine Freunde dafür, dass sich immer ein Stuhl in der Nähe befinde. Gott sei Dank dauere es nie länger als ein paar Minuten, bis die nervlichen Verwirrungen vorbei seien. Sobald sich Eisenzahns Alkoholkonsum eingepegelt hatte, verwandelte er sich wieder in jenen großzügigen und umgänglichen Zeitgenossen, den die Angestellten des Ateliers Adam so schätzten, in den Menschen mit dem sympathischen Embonpoint, wie man in der französischen Schweiz sagte, der seine Umgebung zum Lachen brachte, ein Feuerwerk von immer neuen, durchaus nicht nur schlüpfrigen Witzen abbrannte und irgendwann mit volltönendem, gar nicht schlecht klingendem Bass Opernarien vortrug; Philipps Arie *Sie hat mich nie geliebt* aus *Don Carlos* gehörte genauso dazu wie die des Sarastro aus der *Zauberflöte*. Sobald sich Eisenzahn jedoch für Falstaff rüstete, seine ihm von Gott verliehene Fülle zeigen durfte mithin und *Als Büblein klein an der Mutter Brust* schmetterte, war der Moment gekommen, ihn dezent, aber schleunigst aus dem Verkehr zu ziehen.

Auf den richtigen Zeitpunkt komme es an, sagte Viktor, während wir nach oben in den sechsten Stock ruckelten, wo sich Herrn Eisenzahns mit einem Wintergarten und zwei Badezimmern ausgestattete Suite befand. Tatsächlich munkelte man, er habe sich die Räume vor Jahren gekauft und dem Hotel kurzfristig aus einem finanziellen Engpass geholfen. Man müsse seinen Wimpernschlag und seine Augenbrauen interpretieren, sein Stirnrunzeln lesen können, seine Blicke, wenn sie hektisch würden. Aber dies werde seine Schmarotzer-Bagage wohl nie begreifen.

Trotzdem erschrak auch Viktor, als er mit mir aus dem Fahrstuhl trat und der irgendwie wieder auf die Beine gekommene Riese uns schreiend entgegentorkelte. Fast hätte er uns mitgerissen in seinem Vorwärtsdrang. Da es uns jedoch gelang, uns seine Arme um die Schultern zu legen, konnten wir gerade noch eine Kehrtwendung vollbringen, ohne dass er stolperte. Niemand begegnete uns, als wir Schritt für Schritt zurückgingen und uns unter Viktors Dirigat im Schlafzimmer noch einmal umdrehten, um den Betrunkenen so vorsichtig wie möglich aufs Bett gleiten zu lassen. Wobei Herr Eisenzahn trotz aller Mühen kein gutes Bild abgab: Eines seiner langen Beine schwang in der Luft, mit dem anderen kniete er auf dem Fußboden, sein schwerer Leib lag so verdreht auf der Matratze, dass ich mir nicht vorstellen konnte, wie wir ihn aus dieser Position ordentlich auf seine Liegestatt bekommen sollten.

Ach, das ist nicht weiter schlimm, befand Viktor, Herrn Eisenzahns Nacken umfassend und sich mit dem Oberkörper gegen seinen Rücken stemmend. Wenigstens kotzt er nicht. Geh bitte auf die andere Seite, greif dir sein Oberhemd, auch wenn es in Fetzen geht, und zieh ihn an seinen Händen zu dir rüber. Dann hilf mir, ihm die Hosen auszuziehen, bevor er wieder einschläft. Und entfern seine Manschettenknöpfe, sonst steckt sie morgen früh das Zimmermädchen ein! Puuuh! Sooo! Ach! Noch ein bisschen. Hier. Da. Trau dich ruhig, in sein Fett zu fassen; das spürt er nicht in diesem Zustand ... Merci vielmals, Léon. Vielen Dank! Merci beaucoup. Das haben Sie gut gemacht, Herr Praktikant! Das Schlimmste ist geschafft. Ich finde wirklich, dass wir jetzt Du zueinander sagen können!

Allerdings dauerte es noch, bis wir ihn ins Bett verfrachtet hatten. Eisenzahn hörte nicht auf zu brüllen, zu schimpfen und zu geifern, zu wimmern, zu jammern und zu weinen, während wir an ihm zogen und zerrten. Dass Viktor immer wieder rief: *So schweigen Sie doch still, Herr Eisenzahn, wir haben jetzt das Sagen! Schweigen Sie doch bloß still!*, schien er nicht zu hören. Am Ende fand sich das gezähmte deutsche Monstrum dann doch fein säuberlich gebettet unter seiner Daunendecke, ein gefülltes Wasserglas neben sich auf dem Nachttisch, nachdem er mit Viktors Hilfe zwei Gläser in großen Zügen ausgetrunken hatte, eines davon mit einer Sprudeltablette Aspirin. An seiner linken Seite lagen Handtücher bereit, an seiner rechten hatte ihm der Gebieter über Socken und Krawattennadeln drei Brechschalen aus Edelstahl hingestellt, die sich das Hotel vor Jahren extra für den Besucher aus Berlin angeschafft hatte. *Das Wandern ist des Müllers Lust*, summte Viktor zufrieden vor sich hin, während er die Kissen unter Herrn Eisenzahns Kopf schob, wie im Laden, wenn ein Kunde zu viele Pullover anprobiert hatte und er sie wieder zusammenlegen musste. Es hatte Zeiten gegeben, da war *Luschtig ist das Zigeunerleben* sein Lieblingslied gewesen, aber das wollte Wrobel irgendwann nicht mehr hören, weil man in der Schweiz und auch sonst in Europa solche Lieder nie wieder anstimmen dürfe.

Eisenzahn dagegen liebte es, wenn Viktor sang und summte, gleichgültig was, und hätte eigentlich auch ganz gut mit sich selbst im Reinen sein können, zumal das Hauspersonal informiert war und nach ihm schauen würde, wenn wir beiden Helfer die Suite verlassen hätten. Dieses Mal jedoch kam alles anders, anders jedenfalls, als Viktor es seit Jahren kannte, wie er mir später kopfschüttelnd erzählte. Denn der so schön ins Bett gezirkelte Kunde richtete sich noch einmal auf, bevor er einschlief, riss sein maßgeschneidertes Oberhemd endgültig entzwei, sodass man das Piercing an einer seiner Brustwarzen sah, klopfte auf seine entblößte Brust mit dem dichten rötlichen Pelz und rief: *Lass den Zwerg bei mir, Viktor! Tu mir die Liebe! Er soll bei mir schlafen. Ich mach für ihn Platz! Lass den Zwerg bei mir, ich will ... er kann ... jetzt zier dich doch nicht ...* Immer lauter fuhr er fort mit seinem Geschrei, bis Viktor – die Türlinke schon in der Hand – mich beiseiteschob, sich umwandte und zurücklief, Eisenzahn einen Kinnhaken verpasste und schrie: *Hier gibt es keinen Zwerg, alter Mann! Ich sehe keinen! Siehst du hier einen Zwerg? Ich nicht!*

Viktor hatte aber wohl nicht damit gerechnet, dass auch ich mich auf den Riesen stürzen würde; wir beide verpassten ihm nun eine Abreibung, jeder auf seine Weise, Viktor in grenzenloser, bestimmt nicht sinnloser Wut, indem er ihm die Handgelenke umdrehte und ihn würgte, ich, eher verstört über diesen uneinnehmbaren Koloss, indem ich in seine Schwarte biss, in die Brust, in die Oberschenkel, in seinen Wanst, überallhin, einmal glaubte ich sogar, Eisenzahns schlaffen Penis im Mund zu haben, zusammen mit dem Stoff der Unterhose, den ich voller Ekel ausspuckte. Ich hörte Viktor stöhnen und reden, ohne ihn zu verstehen, während ich stumm meine Aggression zelebrierte.

Fakt war, dass sich Herr Eisenzahn – anders als zuvor, als wir ihn nur ins Bett hieven wollten – kaum wehrte, auch gegen Viktors Angriffe nicht. Für mich repräsentierte er alle Bösen, die mich in meinem langen Leben je gequält und geschunden hatten, aber stets außerhalb meiner Reichweite waren – wobei selbst Herr von Zitzewitz, der Eisenzahn stärker ähnelte als jeder andere in meiner Biografie, niemals jenes Wort in den Mund genommen hätte, das mich noch kleiner machte, als ich definitiv aussah.

Es war ein böser Traum, den Viktor und ich erlebten, ein Traum, den man wie einen Film rückwärts laufen lassen konnte. Es dauerte nur wenige Minuten, bis wir den Alten wieder so präpariert hatten wie zuvor. Ich tupfte ihm die Wunden ab, Viktor wischte ihm den wieder hochgekommenen Aspirin-Schaum vom Mund. Nur die Zipfelmütze fehle, meinte er und wagte ein schiefes Lächeln. Nach einem Blick auf unser Werk trabten wir zusammen zum Fahrstuhl und fuhren wortlos nach unten, wo Wrobels aufopferungsvoller Verkäufer, der sich manchmal selbstironisch *Laden-Hüter* nannte, rasch Adieu sagte.

Später, als mir Tomasz Wrobel kurz nach seiner Rückkehr nicht weit von seiner Wohnung entfernt das Ferien-Apartment eines englischen Freundes zugewiesen hatte, der nur alle Jubeljahre nach Chur komme und sich freue, es für einige Zeit bewohnt zu wissen, grübelte ich vor dem Einschlafen oft darüber nach, warum ich Viktor nicht in die rosarote Morgendämmerung hinein gefolgt war, um das berauschende Gemeinschaftsgefühl noch etwas länger auszukosten. Stattdessen blieb ich an der Rezeption stehen, spürte mein immer noch sehr schnell klopfendes Herz, legte meine zitternden Hände auf den Tresen und sah dem Hilfsportier beim Ausfertigen von Rechnungen zu. Jakobus Niewöhner war sein Name, das verriet das Messingschildchen auf seinem Norwegerpullover. Immer wieder wurde der gutaussehende junge Mann von Eisenzahns durchs Foyer streifenden Kumpanen, die auch ohne ihren Gönner weiterfeierten, bedrängt, sich an ihrer Orgie zu beteiligen, wobei sie mich übersahen. Jakobus Niewöhner aber wollte sich von seinem Arbeitsplatz nicht wegbewegen, er müsse noch Papierkram erledigen, bevor seine Ablösung komme, erwiderte er den Herren. Außerdem vertrage er keinen Alkohol.

Es stellte sich heraus, dass Jakobus der ältere Bruder von Johannes dem Täufer war, der vor Kurzem mir und einigen anderen Touristen in Poschiavo die Kapelle mit den Totenköpfen erklärt hatte; die Welt war klein. In Jakobus' Augen litt Johannes nicht nur an einem religiösen Spleen, sondern auch an dem Hang, die Schweiz schlechtzumachen, das heißt, alte böse Geschichten aufzuwärmen. Meistens liege er der Familie auf der Tasche, es gebe freilich auch Monate, in denen er gänzlich verschwunden sei, freiwillig irgendwo in Südamerika, von wo er leere Ansichtskarten schicke, oder unfreiwillig in einer psychiatrischen Klinik. Aber auch wenn er sich anwesend erkläre, bemerke man ihn kaum. Dass sein Bruder Vorträge halte und sich in der Öffentlichkeit exponiere, sei ihm völlig unvorstellbar, sagte Jakobus. *Soso, Sie haben ihn also getroffen, den Hannes. War er in der Zwischenzeit beim Friseur? Ich werde meinen Eltern jedenfalls nicht erzählen, was er treibt, so ganz in unserer Nähe. Oder sollte ich? Das letzte Mal, als er zu Hause war, hat er meinem Vater die Brieftasche geklaut. Nicht nur das Geld ... auch die Fahrerlaubnis, die Kennkarte, die Scheckkarte, das Passfoto meiner Mutter, auf dem sie so hübsch aussieht ...*

Morgen werde ich nach Fritzi sehen, dachte ich, während ich Jakobus beobachtete, wie er etwas auf einen Zettel notierte und den Laptop zuklappte. Heute, besser gesagt. Am Nachmittag wird sie gewiss mit ihren Kumpanen am Plessurquai herumhängen. Vielleicht kaufe ich ihr ein Paar Jeans und eine wattierte Jacke. Und Winterstiefel. Das Geld aus Konstanzes Bodenvase ging zwar sicher allmählich zur Neige, aber Fritzi brauchte dringend etwas, das sie wärmte.

VI. Der brabbelnde Wackelpudding

Nachdem ich an jenem für mich so peinlichen Abend
von Wrobels Rückkehr in meine Mansarde geklettert
war, träumte ich zum ersten Mal nach meiner Flucht aus
Berlin von den Festen im Ballsaal der Drina. Nacht für
Nacht hatte ich dort die als Wurfgeschosse benutzten
Perücken der preußischen Honoratioren von den mit
brennenden Kerzen versehenen Kronleuchtern pflücken
müssen. Falls sich die Besitzer nicht meldeten, brachte
ich die aufdringlich nach Parfüm und Männerschweiß
duftenden Lockenteile zur Garderobe und trug die im Innern des Balgs notierten Namen in eine Liste ein.

Die Beschaffenheit der Perücken korrespondierte
meist mit dem gesellschaftlichen Stand ihrer Eigentümer,
es gab kaum welche aus Menschenhaar, die meisten waren
aus Pferdeschweifen hergestellt und verströmten noch ihren tierischen Eigengeruch. Daran, wie mich manchmal
der verzweifelte Gedanke streifte, verrückt zu werden,
wenn ich dieser Aufgabe noch länger nachgehen müsste,
konnte ich mich noch gut erinnern. Ich überlegte auch,
ob ich nicht zu eitel gewesen war und meine Gelenkigkeit
allzu deutlich demonstrieren wollte, wenn ich die Haar-
teile von den Kronleuchtern herunterholte, und sich die
hohen Herrschaften ihre unselige Sitte vielleicht abge-
wöhnt hätten, wäre keiner mehr in die Höhe geklettert.

Auch Christian, der Daumenlutscher, der neben mir
in der Kellerkoje schlief, kam in dem Traum vor. Dass
man den Kleinen zum krönenden Abschluss der Feierlichkeiten im Morgengrauen nach oben rief, dorthin, wo

die Separées mit den Geheimtüren waren, durch die sich der märkische Adel seine Liebesopfer – also auch Christian – weiterreichte, gehörte zum grässlichen Ritual. Mir war das bekannt, aber ich drehte mich auf die andere Seite, wenn der Hausdiener kam und Christian weckte, und stellte mich auch schlafend, wenn sich das schluchzende, nach Sperma stinkende Kind wieder neben mich legte.

Als ich aus dem Drina-Traum erwachte, schämte ich mich. Es war ein neues, sehr befremdliches Gefühl, das mich da heimsuchte, ganz in der Ferne schien es mit Reue und Mitleid zu tun zu haben, Begriffen, die in meinem Leben bisher keine Rolle gespielt hatten. Ich hätte mich Christian zuwenden und ihn in die Arme nehmen müssen, keine Koje der Welt wäre dafür zu klein gewesen, dachte ich. Aber mein kaltes Herz konnte sich nicht dazu entschließen, war ich doch nur wenige Monate zuvor durch endlose Leichenfelder gestolpert und hatte tote Soldaten in den Arm genommen, die mir den Umgang mit den Lebenden, den Kindern, Männern und Frauen, zukünftig schwermachten. Ich war mit Überleben beschäftigt, wenn auch noch nicht mit meinem Körper, einem Körper, der nicht lange danach das Wachsen eingestellt haben musste.

Das Wiedereinschlafen wollte mir nicht mehr gelingen, ich wälzte mich hin und her, soweit man sich auf einer Campingliege wälzen kann, schaute frustriert in die Sterne, deren Konstellationen sich nicht entschlüsseln ließen, spürte, wie meine Glieder zu reißen begannen. Vielleicht lag es daran, dass ich Wrobel unter mir wusste, in seinem mönchischen Schlafzimmer, mit blassblauem Pyjama. Oder daran, dass wir nicht geklärt hatten, wer von uns morgen früh zuerst ins Bad ging. Seit dem Angriff auf Herrn Eisenzahn waren drei Tage vergangen, das Wochenende lag dazwischen. Viktor hatte ich in der Zwischenzeit nicht mehr gesehen, wohl aber den Kunden, der inmitten seiner Entourage in einem von Wrobel geschneiderten weinroten Pelerinenmantel majestätisch ausschreitend einen Spaziergang durch die historische Altstadt unternahm und in der Strega-Bar einkehrte, wo man sich laut und fröhlich am Tresen aufbaute, wie ich im Vorübergehen sah, den Kopf in meiner Anorakkapuze verborgen. Zu meiner Erleichterung, zu meiner Freude hatte sich Eisenzahn erholt. Er konnte laufen! Reden schwingen! Und offensichtlich wieder saufen! Wobei diese Beobachtungen zum Aufatmen nicht reichten: Vielleicht saß Viktor ja bereits in Untersuchungshaft, weil der alte Mann die Polizei gerufen hatte, als er am Nachmittag aufgewacht und ihm der frühmorgendliche Angriff wieder eingefallen war, er im Spiegel sein blaues Auge entdeckte und die Bisswunden an seinen Oberarmen. Wohingegen ich, der ich in der Wohnung meines Meisters schlief, nicht aufzufinden war. Vor nicht allzu langer Zeit hatte ich mit der Polizei zu tun gehabt, fiel mir siedend heiß ein, und mich deswegen bis zu meiner Abreise aus Berlin kaum mehr in Konstanzes Wohnung trauen können. Stand mir jetzt Ähnliches bevor? Musste ich Chur verlassen und weiterziehen?

Heute um die Mittagszeit sollte das erste Gespräch über die Details von Herrn Eisenzahns Norfolk-Jacke stattfinden, so viel stand fest. Der geneigte Kunde würde einen der Tweed-Stoffe auswählen, die Wrobel von den Hebriden mitgebracht hatte, und auch das passende Innenfutter, das dottergelb oder froschgrün, zumindest auffällig sein sollte. Womöglich sei eine Norfolk-Jacke doch zu altmodisch für ihn, hatte Herr Eisenzahn während der Orgie an einem festlich gedeckten Tisch am Rand des

erleuchteten Schwimmbads über seine modischen Extra-
wünsche geäußert. Man müsse ihn sehen können, wenn
er durch das graue Berlin spaziere. Die Angestellten des
Maßateliers holten in diesem Moment tief Luft und drehten die Augen gen Himmel, weil sie wussten, wie groß das
Desaster war, wenn Herr Eisenzahn in letzter Minute vor
dem endgültigen Start seine Meinung änderte. Selbst ich
als Neuling konnte ihre Verzweiflung spüren und ihre
Gebete hören: *Lieber Gott, sorge dafür, dass es uns und
unserem lieben Meister dieses Jahr erspart bleibt, unserem
lieben Meister vor allem, um dessen Kräfte es nicht zum Besten steht.*

Selbst wenn alles gut lief, ohne untergründiges Ge-
plänkel ging es nicht, jeder im Maßatelier Adam wusste
darüber Bescheid. Wrobel, der eine Mission hatte und
schon aus Prinzip diplomatisch blieb, und Eisenzahn, der
sich durchsetzen wollte, würden mehr oder minder das
tun, was sie immer taten – gemeinsames Überlegen simu-
lieren, was besser sei: die Norfolk-Jacke und die Knickerbocker tatsächlich zu wagen oder das klassische Modell
beizubehalten, den Gehrock also, der sich doch seit Jahren bewährt habe und in Tweed allenfalls ein bisschen
lebhafter aussähe.

Sie blieben bei Norfolk, wie ich von Viktor zwischen
Tür und Angel erfuhr, dem Himmel sei Dank. Nun kam
es nur noch darauf an, auf wie vielen Innentaschen Eisenzahn bestand, wie viele Gegenstände er darin unterbringen wollte, ohne dass die notgedrungen körpernah sitzende Norfolk-Jacke darunter litte. Auf das größte seiner
silbernen Zigarrenetuis würde er auf jeden Fall verzichten
müssen! Wie eng die dazugehörigen Hosen sein sollten,
ob er sein Glied immer noch rechts trage. Und so weiter,
es war das übliche Procedere. Tatsache aber war auch –

und bei diesem Gedanken begann mein Herz schneller zu schlagen –, dass sich während des Gesprächs auch meine und Viktors Zukunft entscheiden könnte, kam es doch darauf an, worum es sonst noch ging beim Wiedersehen der beiden Männer. Ob Herr Eisenzahn sich beklagte und Wrobel seine Verletzungen zeigte. Ob er verlangte, dass den Rowdys gekündigt werde. Oder ob der Meister selbst so empört wäre, dass er uns beide nicht mehr in seiner Nähe haben wollte.

Als ich nach unten kletterte, war die Wohnung leer und Wrobel schon gegangen, irgendwann in den frühen Morgenstunden musste ich also doch noch einmal eingeschlafen sein. Dabei hätten wir miteinander frühstücken können, ein letztes Mal vielleicht, ich hatte alles Mögliche eingekauft, ohne zu wissen, was der Meister bevorzugte, auch Wurst und Schinken also, trotz der leisen Ahnung, dass Wrobel seinem Wesen nach Vegetarier oder gar Veganer war. Hildesheimers *Marbot* lag auf dem Sofa, diese merkwürdige Biografie, an deren Vielschichtigkeit ich in den letzten Tagen immer wieder zu scheitern drohte, mit einem englischen Paperweight beschwert und aufgeschlagen auf Seite 140. Die gelblichen Portweinflecken waren getrocknet inzwischen, aber noch deutlich zu sehen.

Im Oktober 1822 lernte Marbot in Florenz Schopenhauer kennen, vermutlich bei gemeinsamen englischen Bekannten, denn Schopenhauer frequentierte hier vor allem Engländer, wahrscheinlich weniger aus eigenem Willen als aus Zufall, den er selbst ironisch kommentiert hat. Das war der letzte Satz, den ich gelesen hatte, bevor mir das Buch aus der Hand glitt. Im Folgenden ging es um Marbots Beurteilung Schopenhauers, den er in einem Brief an einen gewissen Mr. van Rossum als *a strange and liveley little German philosopher* bezeichnete, *der behauptete, dass ich* die Welt besser verstehen werde, wenn ich sein großes Werk gelesen hätte. Er ist nicht gerade ein Mann, den man lieben möchte, doch legt er es darauf auch nicht an (he is not out for it). Frauen mag er nicht, er findet Männer schöner, ja, in der Theorie mag er die ganze Schöpfung nicht, er findet die Welt nicht nur fehlerhaft, sondern verfehlt; (not only faulty but a failure;) aber er scheint sie dennoch zu genießen und lebt höchst komfortabel ...

Wie immer konnte ich mich kaum losreißen von diesem seltsam übergescheiten, schwer zu durchschauenden Andrew Marbot, der seine Mutter mehr liebte, als es schicklich war, und seinen Vater mit derselben Kraft hasste, was ihn – so verzweifelt und schwierig wie es nur irgend ging – zur Personifikation von Freuds Ödipuskomplex werden ließ. Wenig jünger als ich, hatte Marbot in derselben Epoche gelebt, wurde zwar unter ganz anderen Verhältnissen groß, verkehrte jedoch gleichfalls in gebildeten, bohèmeartigen Kreisen. Mit dem großen Unterschied, dass der Engländer einen hellwachen Geist und einen analytischen Verstand besaß (wie es ein paar Seiten später bei Hildesheimer hieß) und seine europäische *tour d'horizon* mit dem Geld seiner Familie bestritt, während ich als blinder Passagier reiste, buchstäblich und im übertragenen Sinn, und kaum lesen und schreiben konnte.

Trotzdem! Was waren das für gloriose Zeiten in Berlin, als ich mich so jung fühlte, wie ich wirklich war; was kümmerte es mich, dass ich mein genaues Geburtsdatum nicht kannte. Ich war deckungsgleich mit mir selbst, dachte ich, an jenem Tag, als ich nur ein paar Meter von Napoleon entfernt im Berliner Lustgarten auf Jérôme de Savigny stieß, meinen damals ältesten und stets sehr weit von mir entfernt bleibenden Freund. Und irgendwann war ich es nicht mehr – deckungsgleich. Warum bloß?

Und wann hatte die Entfremdung von mir selbst begonnen? Und warum hatte ich nie darüber nachgedacht?

Am Morgen nach Wrobels Rückkehr jedenfalls nahm ich Marbots Begegnung mit dem pessimistischen Schopenhauer ausschließlich als Zeichen, dass dieser Montag keine gute Woche ankündigte. Nicht nur, weil Wrobel mich versetzt hatte – nach dem Duschen, beim Blick in den großen Rasierspiegel, an den ich kaum heranreichte, wurde ich überdies mit dem schwärzlichen Schatten in meinem Gesicht konfrontiert, den ich schon im Schneeleopard nach meinen Schaumbad-Exzessen, wenn meine Haut mir besonders lebendig erschien, registriert und stets aufs Neue verdrängt hatte. Dass sich auf meinen glatten Kinderwangen ein Bart zu entwickeln begann, erfüllte mich mit Entsetzen, wenngleich dessen wohl unaufhaltsame Ausbreitung aus der Distanz – noch – nicht zu erkennen war. Ich würde mir also in den nächsten Tagen den ersten Rasierapparat meines Lebens kaufen und mich den Tatsachen ergeben, nahm ich mir vor. Nass zu rasieren jedenfalls, wie Wrobel es tat, der alle paar Tage eine kleine Schnittwunde am Kinn hatte, kam für mich nicht in Frage. Vielleicht würde ich dem elektrischen kleinen Ding, das ich demnächst in meinem Kulturbeutel verstauen würde, irgendwann etwas abgewinnen können.

Im Maßatelier wartete Urs Marbli auf mich, der Kronprinz, nicht Wrobel, von dem ich meine erste richtige Unterweisung hätte erhalten sollen. Wenigstens nickte mir der Meister kurz zu, während er mit zwei Lehrlingen die schottischen Stoffe auswickelte und Viktor, der entschlusslos mit den Armen schlenkernd im Laden stand, blass und dünn, als hätte er übers Wochenende ein paar Pfund verloren, zwischendurch anwies, schon einmal das Wasser für den Tee zu filtern und die schottischen Haferkekse bereitzustellen. Marbli fackelte nicht: Exakt als die Ladenglocke bimmelte und Herr Eisenzahns dröhnendes Organ sich über Wrobels helle Stimme legte, begann er den Praktikanten in die Geheimnisse eines Reverskragens einzuweihen, zu dessen korrekter Anbringung die sogenannte Crochetnaht (alias Spiegelnaht) unverzichtbar sei. Über die Vorzüge der Wiener Naht, die auch Prinzessnaht heiße, unterrichtete er mich nicht weniger engagiert, im gleichen gelinden Schwyzerdütsch übrigens, das auch Viktor sprach, aber deutlich ungeübter. Dass ich nicht bei der Sache war, kümmerte ihn nicht, er referierte:

Wahrscheinlich hat sich diese Naht im Rokoko entwickelt, ich weiß nicht mehr genau, was Wrobel uns Lehrlingen darüber erzählte, so gut wie er krieg ich meinen Vortrag sowieso nicht hin. Vielleicht entstand sie auch in der Gründerzeit. Es gab verflixt komplizierte Klamotten damals, die nicht einfach herzustellen waren, sie wurden hauptsächlich für den Adel und später für das gehobene Bürgertum geschneidert. Die armen Schweine mussten sich tagsüber mindestens fünfmal umziehen, wofür sie eine Kammerzofe oder einen Kammerdiener brauchten. Aber keine Sorge! Im Grunde ist die Prinzessnaht bloß eine im Vorder- und Rückenteil eines Kleidungsstücks verlaufende Teilungsnaht, in der man auf dezente Weise Brust- und Taillenabnäher unterbringen kann. Heutzutage spielt sie fast nur noch in der Damenoberbekleidung eine Rolle, weil man dort besonders körpernah arbeiten muss. Was bietet sich also eher an, als die Vorteile der Prinzessnaht auch für Herrn Eisenzahns Norfolk-Jacke zu nutzen?, fragte Marbli maliziös (von dem man kolportierte, dass er der *Partei National Orientierter Schweizer* angehöre und bisweilen antisemitische Parolen von sich gebe). Obgleich der Kunde keine Frau ist, erinnert uns seine Fettleibigkeit doch an weibliche Formen. Ich weiß, was das bedeutet: Ich habe meine Lehrjahre in einem Münchner Maßatelier verbracht. Dort ließen sich Gesellschaftsdamen aller Kleidergrößen mit den schönsten und teuersten Dirndln aufs Oktoberfest vorbereiten und legten Wert darauf, dass ihr Busen richtig zur Geltung kam – selbst die Flachbrüstigsten ...

Erst als er auf die Soutane zu sprechen kam, die der Abt eines grenznahen deutschen Klosters nach intensiver Anprobe zu seiner fünfzigjährigen Profess bestellt hatte, zeigte sich ein Lächeln auf Marblis Gesicht. Aus der Nähe sah er viel jünger aus und sein durchtrainierter Körper deutlich weniger bedrohlich.

Was für ein schöner alter Herr das war, mit seinem schlohweißen Haar und seiner tadellosen Figur! Er hätte Model werden können, echt!, geriet Urs Marbli ins Schwärmen. Er kam zu Wrobel, gab den Hampelmann, streckte die Arme aus, beugte die Knie, machte seinen Rücken rund, hob die Schultern und genoss es ungeniert, sich ausgiebig im Spiegel zu betrachten. Am Ende kaufte er sich zu seinem neuen Gewand – neben einem Dutzend schwarzer Seiden-Kniestrümpfe – sogar ein Paar roter Socken. Was für eine Mühe sich Wrobel mit diesem Abt gab, das kannst du dir nicht vorstellen! Kein Wunder, er kommt schließlich aus einem katholischen Land, obgleich er Jude ist, wie wir alle wissen. Wobei sich sein Scharwenzeln offenbar gelohnt hat, denn die Qualität seiner Arbeit und die Kunst des Maßateliers sprachen sich in kirchlichen Kreisen bald herum. Immer wieder kamen Würdenträger zu uns, deutsche, französische, italienische. Und einer reiste sogar direkt aus Rom an, der spätere Benedikt XVI.; er hatte sich bestimmt das eine oder andere Gewand schon in römischen Werkstätten schneidern lassen. Damals war er noch Präfekt für die Kongregation der Glaubenslehre, fuhr Marbli fort, packte plötzlich meine linke Hand und drückte mir die Nähnadel in die rechte. Die habe etwas mit der Inquisition zu tun, hat unser allwissender Meister erklärt. Er weiß alles, und wir können und sollen ihn alles fragen, so lautet die Regel. Sie sei ihre direkte Nachfolgerin und verhältnismäßig zahm, wenn man bedenke, dass sie im Mittelalter und vor allem während der Gegenreformation nur ihre Instrumente herzeigen musste, um vermeintliche Sünderinnen zu bekehren. Ob wir noch nie von der Hexenverfolgung gehört hätten, hat Wrobel gefragt. Hier im Engadin und in anderen Alpentälern scheint es ordentlich zur Sache gegangen zu sein. Da hat man Frauen und Kinder auf Scheiterhaufen gestellt, sie angezündet und die Leute in einen kollektiven Wahn versetzt. Übrigens verkniff sich Wrobel nicht den Hinweis, dass die Verhör- und Foltermethoden der katholischen Kirche mit denen der Stalinisten im Ostblock oder in der Sowjetunion sehr gut zu vergleichen seien. Also begegneten wir dem künftigen Papst mit Argwohn und Respekt. Er sagte kein Wort zu uns, obwohl er Deutscher war – das Gegenteil von Leutseligkeit. Wir zogen uns bald zurück, weil er bei der Anprobe mit Wrobel allein sein wollte. Selbst der damalige erste Geselle durfte nicht dabei sein.

Marbli kratzte sich am Hals, an einer offensichtlich schlecht ausrasierten Stelle.

Er reiste nur einmal an, der künftige Papst, in Begleitung eines jungen, ausgesprochen gut aussehenden Assistenten, der im Laden auf ihn wartete, lange vor den Vitrinen stand und dann auf dem Sofa Platz nahm, um in einer Herrenmode-Zeitschrift zu blättern. Wie alle unsere Kunden übernachteten die beiden im Hotel Schneeleopard. Die Soutane ließ sich Benedikt zuschicken, anscheinend hegte er keinen Zweifel daran, dass sie tadellos passen würde. Wenige Wochen später orderte er noch eine in Weiß, und auch diese wollte der eitle Mensch mit dreiunddreißig rubinroten Knopflöchern und Knöpfen versehen haben, was die Sache erheblich verteuerte. Wahrscheinlich wolltest du mich fragen, grinste Marbli, der im Laufe seiner Instruktionen vom Sie zum Du übergegangen war, was für Instrumente das waren, die für die Abtrünnigen bereitstanden. Keine Geigen jedenfalls oder Gitarren … Nächstes Mal erkläre ich dir das Knopfloch Milanese, das du unter meiner Aufsicht üben wirst. An ihm führt in der Maßschneiderei kein Weg vorbei! Für Linkshänder ist es ein Martyrium, habe ich mir sagen lassen. Für die Gentlemen dieser Erde jedoch bieten Knopflöcher Milanese den perfekten Ort für ihre Ansteckblumen, ihre Nelke oder Gardenie, ihr Edelweiß, ganz ohne Nadel oder Minivase, letztere würde die Passform des Anzugs buchstäblich zu Boden ziehen. Wichtig ist für dich vorerst nur, dass es *überlappte* und *Stoß-an-Stoß-Nähte* gibt. *Capisci?*

Hier unterbrach Marbli seinen Ausflug in die Theorie; er wollte bei der Vermessung von Herrn Eisenzahns sich jährlich änderndem kompliziertem Körper assistieren und noch etwas dazulernen. Der Praktikant blieb sitzen, wo er saß; bis in die früh einsetzende Dämmerung hinein und ohne Mittagessen nähte ich mit gesenktem Kopf und gerunzelter Stirn an meiner englischen Naht, immer wieder Stoffe und Garne wechselnd, und vergaß vor lauter Nachdenken, das Licht anzumachen. Zu einem Gespräch mit Viktor, der an diesem Nachmittag, dem Beginn der Wintersaison, einen veritablen Kundensturm zu bewältigen hatte, kam es erst am Abend, als wir unsere Runden drehten.

Wrobel hat mich natürlich schon in die Mangel genommen, sagte Viktor schniefend und hielt sich ein handrolliertes Taschentuch aus dem Laden an die Nase; er hatte in der Nacht der Orgie seinen Mantel vergessen, als er so überstürzt das Hotel verließ, und sich einen Schnupfen geholt. Nach diesem beängstigenden Satz absolvierten wir den ersten Rundgang rasch und wortlos. Erst im Fontanapark, wo sich, nachdem es tagelang nicht geschneit hatte, das Immergrün der Buchsbaumhecken wieder zeigte, wurde Viktor gesprächiger:

Eigentlich hatte ich ja gehofft, dass Eisenzahn nichts verlauten lässt über das, was wir gemacht haben. In früheren Jahren ist es tatsächlich zu Exzessen gekommen während der Feierlichkeiten, die viel schlimmere Spuren hinterließen als wir mit unserem lächerlichen Knuffen und Kneifen. Eisenzahn hat nämlich sadomasochistische Neigungen, für die er sich die passenden Leute sucht. Gelegentlich sind auf seinem wabbeligen weißen Körper also wirklich blaue Flecken, wenn er im Maßatelier erscheint, das habe ich mit eigenen Augen gesehen. Wobei es natürlich etwas anderes ist, wenn man Leute darum bittet, einen zu verdreschen, als ungebeten Dresche zu kriegen, findest du nicht auch? Ich bin jedenfalls froh, dass ich ihm nicht die Nase gebrochen habe, ich habe es nämlich einmal knacken gehört, weißt du. Und darüber, dass ich ihm kein Veilchen verpasst habe; Veilchen kommen nämlich selten von aggressiven Sexspielen, die betreffen andere Regionen. Merkwürdig ist nur, dass Eisenzahn nichts von dir gesagt hat, als er mich anschwärzte; Wrobel hat dich nicht erwähnt. Anscheinend tat der Fettsack so, als seist du nicht dabei gewesen. Gespürt hat er dich auf jeden Fall, da bin ich sicher! Gottfried Stutz! Es war schon krass, wie du ihn gebissen hast, an den unmöglichsten Stellen! Wie ein Marder, der Kabel zerbeißt! Wie ein flinkes Murmeli! Niemals hätte ich gedacht, dass der sanftmütige Monsieur Saint Clair derart außer sich geraten könnte. Echt!

Ach Viktor, dachte ich. Leider werde ich dir niemals erzählen können, dass Herr Eisenzahn in meiner Vergangenheit einen Doppelgänger hatte. Einen Herrn Portenlänger, der vielleicht nicht ganz so riesig war, aber doch so reich und mächtig, dass sich sein teuflisches Netzwerk über ganz Europa erstreckte. Ich weiß nicht, ob ich seinetwegen die Beherrschung verloren habe. Ich vermute mehrere Gründe, ehrlich gesagt. Vielleicht wollte ich auch Christian, den Daumenlutscher, rächen, dessen fetter Quälgeist sich zwei Jahrhunderte zuvor gerne über kleine Jungs hermachte. Er hieß Edler von Zitzewitz und passte erst durch die Tür, wenn er seine Perücke abgesetzt hatte, worüber mein kleiner Kollege vermutlich nicht lachen konnte. Oder war es doch das Wort *Zwerg*, das mir den Verstand raubte? Und du hast mich, als du es hörtest, einfach mitgerissen? Pflegst du Beziehungen zu Zwergen – außer zu mir, der ich doch keiner bin?

Ich brauche ein frisches Fazenettli, schniefte Viktor und holte ein sauberes, dieses Mal mit einem V versehenes Tüchlein aus seiner Manteltasche. Klar, Wrobel *was not amused*. Seit ich bei ihm arbeite, war es die erste Orgie, bei der er nicht persönlich anwesend war. Und ich muss zugeben, mit ihm pflegen diese sogenannten Willkommens-Feste deutlich weniger laut und angriffslustig zu verlaufen, viel manierlicher, obwohl er sich nach Mitternacht meist verabschiedet und ohnehin die ganze Zeit im Hintergrund bleibt. Fakt ist, dass es immer meine Aufgabe war, Herrn Eisenzahn ins Bett zu bringen, wenn er irgendwann nicht mehr aufrecht gehen kann ... und da ist ja auch noch die Sache mit seinem wackeligen Kopf. Nein, dieser brabbelnde Wackelpudding, dessen Kotze ich manchmal abbekomme, ist nicht lustig. Gut, am Ende drückt er mir stets ein fürstliches Trinkgeld in die Hand, fummelt mit seinen ekelhaften Wurstfingern etliche Scheine aus seiner prallvollen Brieftasche. Wehe, wenn ich ihm dabei helfen will, da wird er fuchtig. Nur diese Aussicht hält mich davon ab, dem Alten meinen Ellbogen in die Wampe zu rammen oder ihm sonst etwas anzutun. Aber was hat dich so zum Ausrasten gebracht? War es die Sache mit dem Zwerg? Ich finde nicht, dass du einer bist. Kein Liliputaner wenigstens ... Aber, wenn du es genau wissen willst: Anders als alle anderen in der Belegschaft freue ich mich nie auf dieses blöde Fest und seine elenden Auswüchse, schon deswegen, weil ich meiner Mutter am nächsten Morgen immer alles erzählen muss, manchmal auch noch in der Nacht, falls ich meinen Schlüssel vergessen habe. So stelle ich mir die Inquisition vor, dass man so unnachgiebig befragt und – wenn man nicht willig ist – am Ende gefoltert wird und zwangsläufig ins Fabulieren gerät, weil einem die Folterinstrumente die Zunge lösen. Wobei sich meine Mutter, seit ich vierzehn war, nicht mehr an mir vergriffen hat, körperlich, meine ich. Aber natürlich quetscht sie mich immer noch aus und will alles bis ins Detail wissen, immer noch genauer, weil sie der festen Überzeugung ist, dass das Schlimme, das ich ihr beschrieben habe, in Wirklichkeit noch viel schlimmer ist. Weil sie um mein Seelenheil fürchtet, schickt sie mich dann zur Beichte, was mir wenigstens zu etwas Bewegung verhilft, wenn ich stattdessen dreimal um die Erlöserkirche renne.

An der bemalten Front steht Jesus Christus aufrecht in einem Boot, bei einem Sturm auf dem See Genezareth, umringt von seinen ängstlichen Jüngern. Gleich wird er auf dem Wasser wandeln, denke ich dann beim Vorbeirennen. Aber wenn ich um die Ecke biege, steht er immer noch da, der unsinkbare Gottessohn, und sein weißes Gewand bläht sich im Wind ... Übrigens kommt Herr Wrobel sonntags manchmal zum Mittagessen zu uns. An Ostern und Weihnachten sowieso. Schon lange. Da essen wir Sauerbraten, den meine Mutter Tage vorher in Essig mit Lorbeerblättern einlegt, und spielen Malefiz. Sie schlafen miteinander, die beiden, da bin ich mir ganz sicher. Aber sie sind sehr diskret ... nur einmal habe ich beim Nachhausekommen Wrobels Montblanc-Füller auf dem Toilettentisch meiner Mutter gefunden. Und selbstverständlich bleiben sie beim Sie und tun so distanziert, dass es geradezu lächerlich ist. ... Apropos Weihnachten. Hast du Lust, Weihnachten mit uns zu verbringen? Ich muss natürlich erst mit meiner Mutter sprechen. Aber ich glaube, sie hätte nichts dagegen.

Erst beim Bündner Kunstmuseum, wo Arbeiter gerade dabei waren, ein Plakat für die nächste Ausstellung über die Fassade der Villa Planta zu spannen, konnte ich Viktor entwischen.

Da drinnen war ich noch nie, sagte Viktor.

Aber ich, erwiderte ich, du kannst dir dort Gemälde von Angelika Kauffmann und Kunstwerke der Familie Giacometti ansehen. Und ein wunderbares Café gibt es, im Wintergarten der herrschaftlichen Villa. Und eine Kunstbuchhandlung, wo du dich verlieren kannst.

Dann fasste ich Viktor entschlossen am Ellbogen und ging noch drei Schritte mit ihm in die falsche Richtung: Ich danke dir sehr für dein Vertrauen. Deine Loyalität.

Oder warum immer du mich nicht verpfiffen hast. Adieu, Viktor. Bis morgen.

Das Ferienapartment des englischen Freundes war wohltuend spärlich ausgestattet und enthielt doch alles, was ich brauchte: Espressomaschine, Spülmaschine, Waschmaschine, ein kleines Badezimmer mit Dusche, einen Rasierspiegel, der mein Gesicht mit all seinen Poren zeigte und den ich gleich gegen die Wand drehte, ein bequemes rotes, zum Schlafen aufklappbares Sofa, das so ziemlich das Gegenteil von Wrobels Campingliege unterm Dach war. Über einer Kirschholzkommode hingen zwei riesige Poster mit Aquarellen von William Turner, die auf den ersten Blick nicht sehr inspirierend anmuteten, mich bei längerer Betrachtung jedoch immer mehr ansprachen. *Sonnenuntergang über einem See* hieß das eine, *Die letzte Fahrt der Temeraire* das andere. Und um *Temeraire* zu googeln, kaufte ich mir schließlich – als Weihnachtsgeschenk quasi – ein Smartphone. Nun könnte ich Konstanze eine Mail schreiben, fiel mir sofort ein, ihre Adresse hatte ich noch im Kopf.

Hauptsächlich schwamm ich aber über die Festtage im unendlichen Meer der Informationen, aus dessen Beständen ich endlich meinen Wissensdurst stillen konnte, schon weil ich in einem Apartment wohnte, in dem sich nur ein einziges Buch, nämlich Arthur Conan Doyles *The Hound of Baskerville*, befand. Ich blieb die ganze Zeit allein, allein mit meinem Smartphone und einem Weihnachtsstern, den ich zusammen mit dem bereits für gut befundenen Portwein kurz vor Ladenschluss in einem Supermarkt gekauft hatte. Und weil ich plötzlich – wie immer nach einer größeren Anschaffung – geizig geworden war, gönnte ich mir kein Festmahl im Ticino, wo ich

zwischen den Jahren vielleicht hätte Wrobel begegnen
können, sondern aß Zürcher Geschnetzeltes aus der Dose
(es sah wie Erbrochenes aus) und buk mir mit vorberei-
teten Zutaten eine Pizza Margherita, das ging ganz leicht.
Eine Packung Fürst-Pückler-Eis genehmigte ich mir doch
und war froh, dass es im Kühlschrank des Engländers ein
Eisfach gab.

Ruskins Bändchen *Grundlagen des Zeichnens* legte
ich auf den Couchtisch, mein Skizzenbuch daneben, aber
der Blick aus dem Fenster zeigte nur eine mit totem Efeu
bedeckte Hauswand und ein winziges Zipfelchen grauen
Himmels. Zwar empfahl Ruskin, bei schlechter Aussicht
das Interieur zu zeichnen, sei es *Kamingeräte oder die Muster im Teppich*, was für mich bedeutet hätte, mir den Toas-
ter vorzunehmen oder den im Flur stehenden Kleider-
ständer, vielleicht ja auch meine Winterstiefel oder meine
Füße in den neuen grünen, mit Welsh Corgis übersäten
Socken, wozu ich jedoch keine Lust verspürte. Dass mir
auch Hildesheimers *Marbot* zur Verfügung stand in dieser Wohnung, in der ich bis auf Weiteres ungestört leben
konnte, kam mir erst später in den Sinn, als ich aus den
Weiten des Internets zurückgekehrt war, und erfüllte
mich mit Glücksgefühlen. Wrobel hatte mir das befleck-
te Buch mitgegeben, aber darauf hingewiesen, dass man
ein Buch mit persönlicher Widmung niemals verschenken dürfe. *Sie müssen es mir also retournieren*, sagte er.
*Irgendwann. Der arme Marbot! Er hat Ihre Aufmerksam-
keit verdient, scheuen Sie keine Mühe!*

Zwei Tage blieben mir, bevor ich wieder zurück in den
Alltag musste. Am Ende hatte ich nicht nur den Kleider-
ständer gezeichnet, sondern auch ein Stillleben aufgebaut,
für das ich mir Zeit nehmen wollte. Es bestand aus zwei

Kochtöpfen, einer Apfelsine, einer gefleckten Banane, deren Zustand das Tempo der entstehenden Zeichnung beschleunigen würde, wie ich hoffte, einem kahlen Ästchen in einer kleinen Vase sowie der auf Seite 165 aufgeschlagenen, an den größeren Topf gelehnten Biografie, die ich sehr langsam lesen musste, wie ich feststellte, weil ich sonst nur Bahnhof verstand, wie Konstanze meine intellektuelle Überforderung manchmal zu bezeichnen pflegte. Viele der Personen, denen der schließlich nach Italien ausgewanderte junge Gentleman begegnete, fand ich im Meer der Informationen, den Dichter Giacomo Leopardi zum Beispiel, der genauso an unheilbarer Schwermut erkrankt war wie August von Platen, Arthur Schopenhauer samt seiner in Wikipedia ausgebreiteten Philosophie; die miteinander befreundeten Maler Richard Parkes Bonington und Eugène Delacroix ... und ja, William Turner, den Marbot in einem Brief an seine Mutter als *beladen mit großen Mappen und kleinen Blöcken voller Aquarelle, Skizzen zu Gemälden und Zeichnungen* schilderte, *deren einige nur eine Horizontlinie zeigten, die aber den Rest der Landschaft heraufbeschwor.*

Bevor er endgültig in den Süden ging, hielt sich Marbot noch ein paar Wochen in London auf, wo er es – trotz seiner anscheinend überwältigenden Schüchternheit – darauf anlegte, in die Häuser von Standesgenossen eingeladen zu werden, in deren Sammlungen sich Bilder von Rembrandt, Vermeer und van Eyck befanden, im Stadtpalais von General Sir James Hay etwa van Eycks Gemälde *Das Ehepaar Arnolfini*, das mir aus einem der in Konstanzes Apartment verstreuten Kunstbände vertraut war. Ja, es musste grandios gewesen sein, jemandem einen Besuch abzustatten, der eine Zeichnung von Rembrandt besaß oder eine Skizze von Raffael, vielleicht ja sogar Studien zu Großformaten, die man im Kopf trug, zum Beispiel *Die Schule von Athen.*

Wobei ich den jungen Gentleman darum eigentlich nicht beneiden musste, hatte doch auch ich herausragende, mich packende Kunst erlebt, andere Werke natürlich und nicht in Privathäusern, sondern im Museum, in den Berliner Museen hauptsächlich, in die mich meine bildungsbeflissene Freundin so lange mitgenommen hatte, bis ich dafür empfänglich wurde und mich der Anziehungskraft von Memling, Rogier van der Weyden, Botticelli oder eines gewissen Pommerschen Kunstschranks unterwarf, ganz abgesehen von den Fratzen der Messerschmidt'schen Charakterköpfe in Wien, vor denen ich mich fürchtete, als ich noch jung war und mit mir selbst – was mein Wachstum betraf – in Einklang lebte. Und selbst hier in Chur gab es ein Museum mit bemerkenswerter Kunst, wobei mir – wie seltsam – zuerst die Bilder des älteren Giacometti einfielen, die dem Hochgebirge seine Gefährlichkeit zu nehmen schienen, indem sie den Schnee, sogar die blau gefrorenen Gletscher, wie aus einem Spritzsack applizierte Sahne aussehen ließen.

Heute hingen die meisten Bilder, die Marbot gesehen und als Kunstexperte bewundert hatte, ohnehin in Museen, van Eyks rätselhaftes *Ehepaar Arnolfini* in der National Gallery in London zum Beispiel; Marbot hatte sich in das Gemälde versenkt, als es noch im Speisezimmer des britischen Lieutenant-General hing. Ich bewunderte seine Bildinterpretationen, es war die Art von Empathie für Künstler und Werk, die einem gegeben war oder nicht. Wie gerne hätte ich sein Werk *Art and Life* gelesen, aus dem Hildesheimer so ausgiebig zitierte; auf Englisch vielleicht sogar, überlegte ich mit dem untrüglichen Gefühl, mit meinem Bangkok-English daran zu scheitern. John

Ruskin jedenfalls, der Zeichner und Kritiker, tauchte gleichfalls in Marbots Biografie auf und versetzte den traurigen jungen Gentleman in Erstaunen, wenn nicht sogar in eine gewisse Abwehrhaltung gegen die Nähe von Künstler und Leben, so wie Ruskin sie voraussetzte und für sich gepachtet hatte. In der Tat, es war jener Ruskin, mit dessen Hilfe ich gerade das Zeichnen lernen wollte.

VII. Wrobel eins

Als ich an einem Abend im März an Wrobels Bürotür klopfte und ihn um eine Unterredung bat, trug ich zwar Marbots Biografie bei mir und wollte dem Meister das Buch zurückgeben, es ging mir aber um etwas viel Wichtigeres: Mein auf drei Monate verabredetes Praktikum würde demnächst enden und es müssten noch einige Dinge geregelt werden, sollte Wrobel mich zum Bleiben auffordern, was ich so inständig hoffte wie selten etwas in meinem Leben, war ich doch noch immer ein Mensch ohne Papiere, was mir wie ein Stachel im Bewusstsein steckte, während die Tage und Wochen vergingen und ich nähte und nähte, Nadeln diverser Stärken zückte, einfädelte, wie ein Schießhund aufpasste, dass mir die Knoten nicht durch die Stoffe rutschten, meine Stiche eng genug waren, sich das Garn nicht verhedderte und vom Stoff gut unterscheiden ließ, was mir wegen meiner schlechten Augen schwerfiel, Kreuzstiche, Blindstiche übte, die Voraussetzungen, die mich für höhere Aufgaben qualifizierten, Stoffe ausbreitete und zuschnitt und dem Meister und Urs Marbli bei ihren Belehrungen zuhörte, ohne gedanklich abzudriften. Selbst mit einer noch so guten Beurteilung könnte mich Wrobel als vor langer Zeit über England eingewanderter Pole nicht offiziell einstellen, geschweige denn ein anderer Betrieb. Im Gegenteil, ein gutes Zeugnis könnte keinerlei Wirkkraft entfalten. Daran, dass der Meister von meinen Problemen wusste und nur aus Feingefühl, Gleichgültigkeit oder Vorsicht nicht weiter gebohrt hatte, beim Spaziergang nach dem Essen im Ticino und auch danach nicht, bestand für mich kein Zweifel.

Alles in allem hatte ich mich wirklich nicht schlecht geschlagen, fand ich, der ich ein neues Gefühl in mir entdeckte: Nebst Mitleid mit anderen und Scham über mich selbst glimmte nun plötzlich ein Fünkchen Ehrgeiz, eine Charaktereigenschaft, die ich nicht an mir kannte und deren Fehlen meinen Lebensweg wohl nicht unwesentlich geprägt hatte. Wenn man davon absah, dass ein Mann, der nicht starb, beruflich eigentlich nicht erfolgreich sein durfte. Denn wie sollte das gehen, sich auf dem Höhepunkt einer Laufbahn plötzlich aus dem Staub zu machen?

Was die Nähte anbelangte jedenfalls, war ich stur und standhaft geblieben. Ich konnte sie inzwischen auf den ersten Blick unterscheiden, wusste um ihre Funktion und Verwendung und brachte sie in angemessener Geschwindigkeit zustande, manchmal wirklich so versunken, wie es mir Wrobel bei unserem ersten Gespräch empfohlen hatte. Und auch die Knopflöcher gelangen mir; sie waren derart perfekt, dass Urs Marbli nur staunen konnte und zu einem seiner historischen Exkurse ausholte, deren vermischte Details – wie ich gleich vermutet hatte, weil ich ja ähnlich unterwegs war – samt und sonders aus dem Internet stammten, abgesehen vielleicht von seiner unqualifizierten Eingangsbemerkung, wonach alle Linkshänder – wie der arme Monsieur Saint Clair – zum Knopflochnähen absolut ungeeignet seien, rechts und links verwechselten und vor lauter Spiegelbildlichkeit schnell den Kopf verlören. Es gehe ja viel weniger um die dämlichen Knopflöcher als um die Leisten, worauf man – für Männer und Frauen auf verschiedenen Seiten – die Knöpfe anbringe. Männer jedenfalls hätten früher, in grauer Vorzeit, ihren Degen links getragen, weswegen man die rechte Leiste ihrer Uniformen mit Knöpfen versah. Warum? Weil sie beim Ziehen ihrer Waffe nicht daran hängen bleiben sollten? Weil es beim Kämpfen auf jede Sekunde ankam? Weil das Kriegshandwerk auf jeden Fall Vorrang hatte? Frauen hingegen trügen die Knöpfe seitenverkehrt, links also. Warum? Marbli ließ seine muskulösen Schultern rollen. Dazu müsse man wissen, dass nur die Damen der höheren Stände Kleider mit Knöpfen besaßen und stets von – meist rechtshändigen – Zofen angekleidet wurden, weshalb die Knöpfe seitenverkehrt gleich richtig platziert wurden. So rücksichtsvoll sei man damals gewesen, sagte er sarkastisch, hielt mir den verhassten Nähring hin und nahm mir den Fingerhut weg. Es könne auch mit dem Kirchgang zu tun gehabt haben und damit, dass die Männer den Frauen – wenn es Sommer wurde – nicht in die Blusen schauen sollten ..., fügte er hinzu und lachte sein dröhnendes Lachen. *Ach, fragt mich was Besseres, Leute! Ich habe keine Ahnung. Im Grunde bin ich für Reißverschlüsse oder Klettverschlüsse, haha. Die würden deine großartigen Knopflöcher allerdings überflüssig machen.*

Ich hatte niemandem erzählt, dass ich mich – wo immer es möglich gewesen war – auf Beidhändigkeit getrimmt hatte, beim Schneiden, beim Zähneputzen, beim Türöffnen, beim Oberhemdzuknöpfen, sogar beim Zeichnen nach Ruskins Anweisung. *Es gibt nichts Sichtbares, was sich nicht als nützliche Übung für dich eignete!* Und natürlich sagte ich kein Wort von Henriette, dem von seinen Eltern verstoßenen adligen Fräulein aus Potsdam, obgleich sie es war, unter deren Diktat ich im Hinterzimmer der Bosnischen Drina die ausgefransten Knopflöcher meines Mantels zu reparieren lernte, eine unendliche Zahl von Knopflöchern, wie mir schien, denn das mir beim Abschied von meinem Lehrherrn Stangerl zugeschanzte, mich vorm Erfrieren rettende Stück war lang und weit und ich selbst fast noch ein Kind, als ich von Wien über die Pfalz nach Berlin marschierte.

Entscheidender für Wrobels Beurteilung meiner Leistung aber waren wohl eher meine aus dem Hintergrund in die Runde geworfenen Bemerkungen gewesen, wenn der Meister – fast wie in einem Anatomiesaal – sein Personal zur Demonstration der schrittweisen Vollendung von Herrn Eisenzahns Norfolk-Jacke an einem großen ovalen Tisch zusammenrief. Es ging um Körperbau und Geometrie und die Aufteilung des menschlichen Körpers in acht Kopfgrößen, um den goldenen Schnitt, dessen ideale Maße man angesichts von Herrn Eisenzahns sich so unregelmäßig ausbreitender Fülle nicht anwenden konnte, um die Herstellung der Schnittmuster, die Linienführung der Schultern und Übergänge der Ärmel. Die Brustpartie. Die Knöpfe, das Futter. Kurz: die Entstehung eines Gesamtkunstwerks, wie ich einmal keck von hinten nach vorne rief, genauso, wie es mir Wrobel im Ticino passgenau auf die Zunge gelegt hatte. Um die Poesie der Schneiderei und das richtige Maß, um die Verwandlung eines im Schnitt bereits exakt imaginierten Kleidungsstücks – manchmal wusste ich nicht, ob ich Wrobel nachsprach, wenn ich von Form und Inhalt, Präzision und Perfektion redete, oder dem in der örtlichen Buchhandlung bestellten Lehrbuch aus Wien namens *Die hohe Kunst der Herrenkleidermacher*, in dem ich immer wieder nachlas.

Übertreib es nicht mit deiner Schlauheit, warnte mich Viktor eines Abends, als er mich endlich zu meiner Wohnung begleiten durfte und ich ihn zu Crackern und Portwein einlud. Sein Glas abwechselnd auf seinen Knien balancierend und dabei auf seine dürren Finger starrend, verfiel er in jenen schnöseligen Ton, mit dem er schon die Kaschmirpullover vor mir ausgebreitet hatte: Ich selbst finde es ja lustig, wenn du so angibst, Léon, ohne wirklich Bescheid zu wissen. Aber du darfst dich nicht zum Lehrer aufschwingen, denn unser Lehrer ist Herr Wrobel; die in der Berufsfachschule sind Idioten und machen sich über die Lehrlinge des Maßateliers lustig, weil sie sich nur mit Schlossern und Mechatronikern auskennen. Manchmal ist Wrobel wie ein Vater zu mir, weißt du. Oder wie mein Götti – in der Schweiz der Patenonkel, wenn du verstehst, was ich meine. Ein Götti ist unwiderruflich verantwortlich für seine Patenkinder, in meinem Fall für einen Stiefsohn, obwohl er den näheren Kontakt zu meiner Mutter leugnet. Unser aller Götti ist er. Weil er unsere Rotznasen nicht mehr ertragen konnte, hat er uns Taschentücher aus dem Laden geschenkt, und die, die wollten, durften sich ein Monogramm daraufsticken lassen. Und was glaubst du, du deutsche Pflaume, wer außer ihm so streng darauf bestanden hätte, dass du dir eine Brille kaufst und sie auch aufsetzt? Sie steht dir übrigens gut. Aber warum hast du dich für eine gelbe Fassung entschieden?

Wrobels Allgemeinbildungs-Tick ist allerdings ein zweischneidiges Schwert, sagte Viktor und betrachtete angelegentlich mein im Wesentlichen aus Kochtöpfen bestehendes Stillleben auf dem Couchtisch. Seinen diesbezüglichen Eifer können manche kaum ertragen. Er ist mit uns nach Bern gefahren, zu einer Besichtigung des Bundeshauses, er kauft uns die Romane Schweizer Schriftsteller, die wir alle – wegen tödlicher Langeweile – nach den ersten Kapiteln beiseitelegen. Er bestellte uns ein Gemeinschafts-Abo der *Zeit*, später die *NZZ*, weil Urs protestiert hat. Lehrte uns, wie man den Tisch richtig deckt und wie man mit einer Dame die Treppen rauf- und runtergeht. Und sogar nach Auschwitz brachte er uns und bezahlte die Fahrt, obwohl wir doch fast alle in der Schweiz geboren sind und mit der deutschen Geschichte nichts zu schaffen haben. Urs war der Einzige, der nicht mitfuhr ... Ich habe mich von diesem Ausflug nur schwer erholt ... diese Trostlosigkeit, diese Grausamkeit ... diese Brillen, Haare und Schuhe! Auf der Rückreise hätte Wrobel etwas sagen müssen, finde ich. Nur ein paar Worte, wir waren alle ratlos und bestürzt, zumal wir doch wussten, dass er Jude ist ... Unser jüngster Praktikant, Arian, kaum fünfzehn Jahre alt, kommt aus Afghanistan, du kennst ihn ... er ist gerade dabei, Deutsch zu lernen. Morgens geht er zur Schule, nachmittags kommt er zu uns. Er ist mit einem Kindertransport in die Schweiz gelangt, sein Vater starb bei einem Bombenattentat, er war Schneider, weswegen der Kleine auch Schneider werden will. In Auschwitz fiel ihm nichts Dümmeres ein, als zu fragen, wo denn die Nähmaschinen stünden, auf denen man die Uniformen für die Gefangenen nähte ...

Als ich Wrobel *Marbot. Eine Biographie* retournierte, dämmerte es gerade. Auf dem kahlen Schreibtisch leuchtete eine grüne Bankierslampe von der Sorte, die ich Konstanze kurz vor meiner Flucht aus Berlin noch ausgeredet hatte, zu meinem Lehrmeister jedoch gut passte. Ansonsten erschien mir der Raum wie seine Wohnung: karg, nüchtern, ohne professionelle oder persönliche Details; weder Maßband noch Schnittmuster oder Tintenstifte waren zu sehen, geschweige denn Fusseln oder Fädchen. Keine Diplome, keine sentimentalen Fotografien zierten die Wände. Auch Bücherregale existierten nicht. Auf dem Ledersofa hinter dem Schreibtisch befand sich kein Kissen. Da aber die Fenster zur Straße und zum Hinterhof des alten Bürgerhauses weit offen standen, konnte ich zum Glück jene Frühlingsdüfte riechen, von denen die Leute in der Bäckerei, wo ich meine Frühstückssemmel kaufte, schon eine ganze Weile geredet hatten, ohne dass sich bislang eine einzige Amsel gerührt hätte oder nur eine einzige gelbe Blüte an den grauen Forsythienhecken im Fontanapark zu entdecken gewesen wäre. In meiner Kehle spürte ich meine alljährlich wiederkehrende Pollenallergie, die sich in den Sechzigerjahren des vorigen Jahrhunderts erstaunlicherweise entwickelt hatte – das Gerede vom Frühling musste also wahr sein, und es machte mich so froh, dass ich Hildesheimers *Marbot* besonders zärtlich zwischen Wrobels iPad und dessen kabelloser Maus platzierte.

Bevor ich freilich den Belag wegräuspern und von meiner im Ungewissen liegenden Zukunft sprechen, ihn an mein unseliges Praktikantendasein erinnern konnte, ergriff Wrobel das Wort. Er kam gar nicht auf die Idee, ich könnte ihn aus einem ganz anderen Grund sprechen wollen, als noch ein bisschen über *Marbot* zu plaudern, den wir schließlich beide gelesen hatten. Anscheinend war ihm entfallen, wie dringlich er mich vor meiner Einstellung nach meiner womöglich nicht ganz einwandfreien Vergangenheit befragt hatte und dass ich ihm in jeder Beziehung die Antwort schuldig geblieben war.

Wrobel sprach zuerst so leise, dass ich ihn kaum verstand – als müsse er sich schämen für die Tatsache, dass er von sich sprach und nicht von seinem Handwerk, dessen Lobpreis er bekanntlich endlos sang.

Im Biberlichopftunnel haben wir uns kennengelernt, falls Sie das wissen wollen, sagte Wrobel, tief Luft
holend. Ja, im Biberlichopftunnel, Wolfgang Hildesheimer und ich. Ende der Siebzigerjahre. Kaum in Chur angekommen und – nach dem Tod von Kurt Adam, dem
Grrründer des Maßateliers – unglaublich angestrengt
von meiner neuen Position, war ich quasi zu meiner Le-
bensrettung für einen Sonntag nach Basel gefahren, um
mir im dortigen Kunstmuseum die Holbein-Bestände
anzusehen. (Wrobel beugte sich hinunter und holte aus
dem rechten Fach des Schreibtischs eine Flasche Portwein sowie aus dem linken zwei mundgeblasene Gläser
hervor. Es gab also doch ein paar persönliche Utensili-
en.) Wahrscheinlich haben Sie sich schon gedacht, dass
ich den Schriftsteller perrrsönlich kannte, nachdem ich
fast sein ganzes Werk bei mir im Bücherschrank stehen
habe, und das auch noch signiert. (Der Praktikant hatte
sich gar nichts gedacht, ehrlich gesagt.) Auch nach seinem Tod Anfang der Neunziger habe ich alles gekauft,
was es von ihm oder über ihn gab, jetzt gerade die längst
fällige Biografie. Aber als wir uns begegneten, hatte ich
nie zuvor etwas von ihm gelesen. Tja, wie sah er aus, der
Schriftsteller, der in Zürich in den von Frankfurt kommenden Zug nach Chur einstieg und alle Viertelstunde
auf den Gang hinausging, um seine Pfeife neu zu stopfen?
Ich saß allein im Abteil, als er mich, obwohl der Zug bei-
leibe nicht überfüllt war, bat, mit ihm den Fensterplatz
zu wechseln, da er mit Übelkeit reagiere, wenn er gegen
die Fahrtrichtung sitze. Dann schaute er mich eine Weile an, nachdem ich wortlos aufgestanden war und er sich
auf meinen Platz gesetzt hatte, mit mildem, nicht sehr
ausgeprägtem Interesse, und vertiefte sich in einen un-
ordentlichen Packen losen Papiers, vielleicht ein Manu-

skript. Er war mittelgroß, aber ein Riese, sobald er mir gegenübersaß, trug ein abgetragenes, ziemlich auffällig kariertes Tweedjackett, das von Harris hätte stammen können, sowie eine schwere, dunkle Hornbrille, die ihm beim Lesen fortwährend auf der Nase hinunterrutschte. Seine grauschwarzen Haare waren licht über der Stirn und nach vorne gekämmt, wie häufig bei Männern, die ursprünglich einen starken Haarwuchs, wenn nicht gar Locken hatten und sich nicht zu einer Glatze bekennen wollen. Sein sehr gepflegter Bart passte dazu; er wirkte auf mich wie das Paradebeispiel eines gutaussehenden bärtigen Mannes. Eines älteren bärtigen Mannes, muss ich hinzufügen, denn ich war noch keine vierzig damals und haderte immer noch mit dem Stigma des aus dem Osten Zugewanderten, obwohl ich schon zwölf Jahre im Westen lebte.

Normalerweise waren es zwischen Zürich und Chur zweieinhalb Stunden, lange genug also, um sich gegenseitig in Augenschein zu nehmen und daraus irgendwelche Schlüsse zu ziehen, ganz abgesehen von einem sich zufällig ergebenden Gespräch, das ich allerdings stets vermeide. Unsere Fahrt aber erstreckte sich über fast fünf Stunden, zwei davon im Dunkeln, weil wir im Biberrrlichopftunnel stecken blieben. Es kommt zwar öfter vor, dass der Zug anhält, wenn er kurz warten muss; immerhin – die Notbeleuchtung funktionierte ... dieses grünblau schimmernde Licht, das uns das Aussehen von Geistern verlieh. Hildesheimer und ich blieben zu Beginn auch schön ruhig sitzen, weil es draußen auf den Gängen gleichfalls ruhig blieb, keiner hektisch vorbeirannte, nichts polterte und die Menschen in den angrenzenden Abteilen offenbar ebenfalls schwiegen. Warum ich nach ein paar Minuten, als das Notlicht nur noch flackerte, anfing zu zittern und zu jammern, wusste ich sofort und konnte trotzdem nichts dagegen tun. Es war diese ... diese Klaustrophobie, die mich so aus der Fassung brachte. Diese verfluchte Dunkelheit machte mich wahnsinnig. Genauso undurchdringlich dunkel war es gewesen, als mich meine Peiniger in die Zelle einschlossen ... nach der Demonstration vor dem Mikiewicz-Denkmal ... und an den Tagen danach ... in einem anderen Gefängnis. Wenn die letzten hellen Flecken der Scheinwerfer, unter denen ich stundenlang saß, von meinen Netzhäuten verschwunden waren, stürzte sich die Finsternis auf mich wie ein tonnenschweres Tier. So verstehe ich das schreckliche Wort *Umnachtung*, diese Umnebelung von Seele und Geist, die bei mir eintrat. Auf Polnisch heißt Umnachtung *obłąkanie*, ich glaube nicht, dass es dafür wirklich eine deutsche Entsprechung gibt.

Ich konnte meine Zelle nie im Hellen sehen, ich hatte keine Ahnung, wie groß sie war. Wenn ich auf die Toilette wollte, hämmerte ich an die Tür, von meiner Prrritsche aus führten sie mich einen dämmrigen Gang entlang auf den Hof und hinterher wieder zurück ins Dunkle, wobei sie mir auf der Schwelle einen Stoß versetzten, dass ich hinfiel und auf Knien rutschend zu meiner Schlafstelle finden musste. Falls ich nur urinieren musste, war ein Eimer da, der aber täglich woanders in der Zelle stand. Manchmal stolperte ich über ihn und stand im Nassen, nicht selten verfehlte ich ihn beim Pinkeln. Um das Malheur aufzuwischen, lag ein ekelhafter Lappen daneben, den ich – nachdem ich ihn einmal angefasst und dann an meinen Fingern gerochen hatte – nur noch mit den Füßen berührte.

Wenn ich aufstand oder mich streckte, fasste ich ins Leere, meine Schritte zu zählen, führte mich nie zum

Ziel, obwohl ich es immer wieder versuchte. Wahrscheinlich liefen Heizungsrohre durch die Zelle, ich schwitzte, riss mir das Hemd vom Leib, ich hatte Durrrst, unerträglicher Juckreiz quälte mich, ich kratzte mir Arme und Beine blutig. Wenn ich es nicht mehr auszuhalten glaubte, schrie ich nach meiner Mutter, worauf die Wachen draußen die Eisentür aufschlossen und mich verhöhnten, während eiskalte Luft hereinzog. Was sollte ich machen, als Atheist konnte ich nach Gott nicht rufen.

Bald begann ich mich nach den Befragungen im Hellen zurückzusehnen. Nicht nach den Strahlern, die mir die Augen zerstörten, wie mir schien, sondern nach dem beleibten Kerl, der während unserer Sitzungen Milch aus einer Flasche trank und sich bisweilen daran verschluckte. Wo meine Eltern gewesen seien an jenem Tag, als wir vor dem Mikiewicz-Denkmal demonstrierten, fragte er mich. Ob sie mir Anweisungen gegeben hätten, mein Vater, der Rrrenegat, meine Mutter, die Schlampe. Ob ich der Verfasser der Pamphlete sei, die derzeit die Universität überschwemmten. Ob ich heimlich schriebe ... mich etwa als Dichter fühlte oder als Journalist. Wann ich mich den revisionistischen Würstchen angeschlossen hätte, die für ein so miserables Stück wie Mickiewicz' *Totenfeier* ihren Studienplatz aufs Spiel setzten. Ob ich oft ins Theater ginge. In surrealistische Stücke, die die Wirklichkeit verdrehten. Was ich von Stalins Aufsätzen zur Literatur hielte. Schließlich sei ich doch Literaturstudent. Und so weiter.

Nach meiner Rrreligion fragte mich erst der zweite Genosse. Er war hoch aufgeschossen, sehr viel jünger als sein Kollege, hielt eine Stahlbrille zwischen seinen Fingern, ohne sie je aufzusetzen, und trank die ganze Zeit Wasser, das der mit ihm am Tisch sitzende Protokollant eine Zeit lang aus dem rostigen Hahn ins Waschbecken laufen lassen musste, bevor er seinem Vorgesetzten eine Karaffe kredenzte.

Ich habe keine Religion, antwortete ich. Haben Sie nie etwas vom dialektischen Materialismus gehört und von Marx' Feuerbach-Thesen? Ach, ich war ja so naiv. Ich hatte tatsächlich vor, mit ihm zu diskutieren.

Aber als er wissen wollte, ob ich beschnitten sei, knickte ich ein. Warum mein aus einem christlichen Haus stammender Vater es erlaubt habe, dass man Hand an mich legte. Warum ich so verstockt sei. Ob er mir die Hosen herunterreißen solle. Ob ich wisse, dass mein Vater ein Trinker sei, der in der Fabrik, wo er inzwischen als Buchhalter arbeitete, heimlich Kopien von der Auftragslage mache und über mehrere Stationen ins Ausland schmuggle. Ob ich eine Freundin hätte und wo sie wohne.

Es waren zwölf Tage, die ich im permanenten Wechsel zwischen absoluter Helligkeit und absoluter Dunkelheit verbrachte, zwölf Tage, in denen man mir mein Leben um die Ohren und in Stücke schlug. Während der Dicke bei der Befragung sitzen blieb, lief der Dünne nicht selten wütend vor mir auf und ab und schrie sich in Rage. Oder er schleuderte seinen Stuhl in die Ecke, den der Protokollant sofort wieder beflissen an den Tisch schob. Nur einmal fasste er mich an bei all diesem Theaterdonner, stürzte sich auf mich und rammte mir seine Faust ins Gesicht. Meine Nase ging dabei zu Bruch. Und da es nach meiner Entlassung plötzlich sehr schnell ging mit dem Hinauswurf aus meinem Heimatland, konnte sie mir kein Arzt mehr richten. So muss ich es immer wieder selber tun, Sie haben es gewiss schon bemerkt. Es ist mir jedes Mal furchtbar unangenehm.

Natürlich erzählte ich Hildesheimer nichts von meinen Erlebnissen, so aufgelöst wie ich war im Biberlichopftunnel. Warum erzähle ich es Ihnen? Ich weiß es nicht ... Übrigens stammt auch dieser Portwein aus Jerez de la Frrrontera, es ist ein milderer Jahrgang. Gestatten Sie, dass ich Ihnen noch ein Gläschen einschenke?

Mein Mitreisender war inzwischen durch den Zug geirrt, auf der Suche nach einem Doktor für mich oder zumindest irgendeiner Amtsperson, die ihm das Ende unserer unfreiwilligen Dunkelheit hätte voraussagen können, hatte sich doch mein anfängliches leises Wimmern zu lautem Schluchzen gesteigert und mein Zittern zu einer Art Körperkrampf, den ich nicht unterdrücken konnte. Ich gab auch einige polnische Sätze von mir, erinnere ich mich. *Ich will ins Helle* oder *Ihr Teufelsknechte. Ihr, ihr, ihr* ... Verzweifelt suchte ich nach sexuell aufgeladenen Schimpfwörtern, aber mir fielen keine ein, wahrscheinlich habe ich nie welche gekannt. Am Ende war es wie im Knast, ich weinte nach meiner Mutter und glaubte – als Hildesheimer wieder zurückkam –, sie betrete das Abteil. Er brauchte eine Weile, bis er sich zurechtgefunden hatte, und trat mir versehentlich auf den Fuß. Viel zu locker, viel zu unverbindlich griff er nach meinen Händen, wie ich fand. Erst als er seine Finger mit den meinen regelrecht verflocht, legte sich meine Aufregung und ich hörte auf zu beben. Er würde mich nicht loslassen, solange der Zug feststeckte, da war ich mir sicher. Er wusste, was ein Trrrauma war. Ich ja auch – eigentlich. Ich hätte gewappnet sein müssen. Aber die Psychotherapie, die ich in London als Lehrling von meinem überaus geschätzten Chef spendiert bekam, konnte gegen einen in einem Schweizer Tunnel feststeckenden Zug wohl nichts ausrichten. Obzwar sie in London nach ein paar Monaten durchaus half, die *talking cure*, gegen meine Unpünktlichkeit vor allem, nachdem ich mich überwunden hatte, Mister Ormandy, der mit richtigem Namen Weintrrraub hieß, zu gestehen, dass ich jeden Morgen stundenlang zu Fuß ins Maßatelier lief ... zu Fuß, weil ich die *tube* vermeiden wollte, die in den Röhren unter der Stadt gelegentlich hängenblieb und dabei eine unerträgliche Hitze entwickelte.

Weintraub, der buchstäblich im letzten Moment nach England emigriert war, hatte Sigmund Freud noch kennengelernt, müssen Sie wissen, Monsieur Saint Clair. Und weil Weintraub selbst erfolgreich von Anna Freud therapiert worden war, sorgte er dafür, dass ich, einer von 25.000 im Jahr 1969 aus Polen hinausgeworfenen Juden, Hilfe erhielt. Ich habe keine Ahnung, wie aus dem kleinen Weintraub ein Maßschneider wurde, der in der Savile Road sein eigenes Geschäft eröffnete, seine Eltern wohnten in einem galizischen Schtedl, als sich ihr Sohn Richtung Großbritannien aufmachte.

Auf welchen Wegen ich zu ihm gelangte, weiß ich dagegen sehr gut. Es hing mit meinen in Polen zurückgebliebenen Eltern zusammen, mit meinem Vater vor allem, der Geschichtslehrer gewesen war, bevor man ihn zum Lochkartensortieren in eine Konservenfabrik verbannte. Er stärkte Weintraubs in Warschau lebenden Enkelkindern den Widerspruchsgeist – und mir. Aber es wäre ihm lieber gewesen, ich hätte nicht offen gegen die erste nach 1945 in einem europäischen Land stattfindende staatlich geförderte antisemitische Kampagne opponiert, die ausschließlich dazu diente, kritische Intellektuelle mundtot zu machen oder sie ins Exil zu zwingen. Sonntagsnachmittags studierten wir Kowałkowskis Thesen zum Sozialismus und lasen Stanislaw Lems *Solaris*, das große Versdrama *Pan Tadeusz* unseres Nationaldichters Adam

Mikiewicz sowieso, mit verteilten Rollen ... Dass ich mich den Studenten anschloss, die gegen die Absetzung von Mickiewicz' *Totenfeier* auf die Straße gingen, hätte in den Augen meines Vaters nicht sein müssen. Tapferkeit verlangte er von seinem Sohn genauso wenig wie von sich selber. Wobei ich eigentlich nicht tapfer war ... die anderen rissen mich mit. Vielleicht bin ich sogar nur zufällig vorbeigekommen, ich weiß es gar nicht mehr!

Wann Hildesheimer und ich unsere Hände voneinander lösten, kann ich Ihnen nicht sagen, Léon; wahrscheinlich gleich, als wir ins Helle hinausfuhren und eine Stimme erklärte, es habe Probleme mit den Signalen gegeben. Schweigen herrschte zwischen uns, kein bedrückendes, sondern mich bis zur Ankunft in Chur so beseligendes Schweigen, dass ich den Namen des Mannes, der sich meiner angenommen hatte, gar nicht verstand, als wir uns auf dem Bahnsteig verabschiedeten. *Hildesheimer*, wird er in mein aufgelöstes Gesicht hinein gemurmelt und vielleicht erwartet haben, dass ich ihn kannte, aus der Zeitung, aus dem Radio oder Fernsehen. Die Verlegenheit war ihm anzumerken, mir vermutlich noch mehr. Während er sich – die Reisetasche zwischen den Füßen – seine nächste Pfeife stopfte, merkte er, ohne zu klagen, an: *Jetzt brauche ich noch zwei Stunden bis Poschiavo. Herrjeh, war das ein langer Tag. Vielleicht sehen wir uns ja wieder, ich bin in diesem Zug häufiger anzutreffen. So etwas wie heute ist mir allerdings noch nie passiert ...*

Ach, es dauerte lange, bis ich diesen namenlosen Mann wiedersah, der mir im Biberlichopftunnel das Leben rettete. Das ist mir noch nie so deutlich zu Bewusstsein gekommen wie jetzt beim Erzählen, war ich doch fürchterlich beschäftigt damals. Herr Adam, dessen Nachfolger ich werden sollte, war viel zu früh gestorben.

Er konnte mich nicht mehr richtig einarbeiten und hinterließ mir ungeordnete Finanzen. Es gab Kollegen, die mich hassten und es lachhaft fanden, dass ihr gewesener Chef meiner Herkunft aus der Savile Rrroad so viel Bedeutung beimaß. Man schob mir Fehler unter, die mir nie im Leben unterlaufen wären. Auch die Tatsache, dass ich nur mühsam Deutsch lernte und ein polnischer Jude war, machte mir das Leben schwer. Sie können sich nicht vorstellen, wie oft ich es bereute, auf Ormandy gehört zu haben, auf diesen im Alter verrückt gewordenen Idealisten, der vom Hochgebirge und den Giacomettis schwärmte und eigentlich vorhatte, hier in Chur seinen Lebensabend zu verbringen. Natürlich kam er nie, er blieb bei seiner Mischpoke in London, wo er als Greis immer noch die Honneurs machte und seinem Sohn die Schau stahl, aber auch ganz hinten im Nähsaal so manchen schief gegangenen Abnäher auftrennte und korrigierte.

Manchmal fiel ich in einen Sekundenschlaf während Wrobels ausladender Erzählung. Da wir beide im Halbschatten saßen und die Lampe nur die Schreibtischplatte beleuchtete, fiel es dem Meister offensichtlich nicht auf; im Gegenteil, seine Stimme war fester geworden mit der Zeit bei zunehmend polnisch werdender Satzmelodie. Dass mir Wrobels Sprache seltsam gestelzt, umständlich und ein bisschen geschwollen vorkam, rührte vielleicht daher, dass sein gravitätisches Deutsch aus Romanen des neunzehnten Jahrhunderts stammte, er es zumindest daran geschult hatte. Seine manchmal theatralisch ausgekostete Wortsuche einschließlich der Pausen, die dadurch entstanden, paarte sich bestens mit der berühmten Schweizer Langsamkeit. Nichts wäre schlimmer, als jetzt einzuschlafen, ermahnte ich mich mehrmals an diesem

Abend, in dieser Nacht, die verging ohne meine direkte Beteiligung und ohne dass ich auf mein Anliegen zu sprechen gekommen wäre.

Ja, nichts war schlimmer als einzuschlafen, wenn einer erzählte. Auch in meiner Moskauer Kommunalka war es ein eisernes Gesetz gewesen, aufmerksam zu bleiben oder wenigstens aufmerksam zu erscheinen, ganz gleich, worüber und wie ausführlich einer redete. Ob es die Geschichten von Odysseus auf der Suche nach seinem Zuhause waren, wie sie mein Freund Nikiforos nächtelang und mit sozialistischer Färbung verbreitete, oder die Zellen- und Verhörerlebnisse der aus der Ljubjanka Entronnenen, die über ihren Verrat weinten, obgleich sie nicht wussten, worin dieser bestand. *Expressis verbis* Trost zu suchen, war dagegen verpönt, lieber schwiegen sie über ihre Ängste, die Armen, oder warfen sich vor die Trambahn. Selbst den Stimmen aus dem Radio in der Küche hörte man widerstandslos zu, so lange, wie die Nationalhymne währte, wobei hier ganz besonders wichtig war, dass jeder Genosse und jede Genossin die Ohren spitzte und bloß die Lider nicht sinken ließ, in einem Buch las oder in einem Topf rührte, wenn es nach den Zwischenmusiken weiterging. Nicht wenige ließen ihr Essen kalt werden, weil sie sich nicht trauten, zu kauen oder einen weiteren Löffel gestampfter Rüben aus ihrem Teller zu kratzen, während der nicht nur von Stalin, sondern von den sowjetischen Völkern heiß geliebte Radiosprecher Juri Borissowitsch Lewitan uns mit seiner wohltemperierten Stimme über die Anzahl der Todesurteile auf den neuesten Stand brachte.

Wie vielen Menschen hatte ich zugehört während meines langen Lebens. Ganz gewiss war ich der Geheimnisse, die mir anvertraut wurden, nicht immer würdig gewesen, ganz abgesehen davon, dass es für deren komplizierte Zusammenhänge eines klügeren Kopfes bedurft hätte. Am angenehmsten hafteten mir denn auch Kiefers erlogene Sternenkonstellationen im Kopf oder Adelbert Chamissos Märchengesänge, die mir keine Verantwortung aufbürdeten. Sein Schlehmil dagegen ging mir nicht wirklich nahe: Ein Mensch, der seinen Schatten verlor, erschien mir viel wahrscheinlicher als das ewige Leben, unter dem ich litt, zumal mich niemand verflucht oder bestraft hatte.

Dieses Mal verhielt es sich anders. Ich wusste genau, was Wrobel geschehen war. Er sprach klar und deutlich, er hörte sich alt und weise und sanft an, während er vorsichtig seine Sätze formulierte. Ich sah ihn als jungen Mann in der Gefängniszelle, ich sah ihn als Zitternden im Biberlichopftunnel. Und ich verstand, dass er seine Geschichte zu Ende erzählen musste, bevor ich auch nur ein einziges Wort äußern durfte. Ja, dass ich dazu verpflichtet war. Erst dann dürfte ich fragen, was ich tun sollte so ohne Papiere. Was er zu tun gedenke, mein Chef und Meister, nun, da meine Praktikantenzeit zwar zu Ende ging, ich aber weiter bei ihm bleiben und lernen wollte.

VIII. Wrobel zwei

Wrobel goss mir immer wieder nach und ich hatte nicht die Kraft, meine Hand über ein mit so schönen Girlanden graviertes Glas zu legen, aus Angst, es könnte umfallen. Zwar fühlte ich mich zunehmend wohl in der halbdunklen, amphibischen Atmosphäre, der Sessel jedoch – ein Zwilling dessen, den ich aus meines Meisters Wohnung kannte – hörte nicht auf, mich zu quälen. Mein Nacken versteifte sich, Schultern und Kreuz taten weh. Und gewiss war es auch nicht von Vorteil, dass meine Füße nach wie vor kaum den Boden berührten, so weit war es mit meinem Wachstum doch noch nicht gekommen. Es erwies sich schlichtweg als Tortur, in Wrobels schönem Biedermeiermöbel Zuhörer zu sein. Leider kam ich erst gegen Ende unserer Unterredung auf die Idee, die Beine hochzunehmen und sie mit den Armen zu umschlingen. Ohne aus den Schuhen geschlüpft zu sein, saß ich plötzlich wundersam bequem.

Ob sich Rahel Levin, die ähnliche Sessel besaß, gleichfalls dazu hinreißen ließ, es sich leichter zu machen, sobald sie nach ihren Soireen alleine war? Immerhin verfügten ihre Kleider über deutlich weniger Rüschen als die der anderen Gesellschaftsdamen. Oder stieg sie einfach aus ihren heruntergelassenen Röcken, nachdem sie sich aufgeknöpft hatte? Ach, die gute Rahel, dachte ich, der ich sie immer nur aus Zaungastferne gesehen hatte, mit ihren wippenden Löckchen und ihren großen dunklen Augen. Sie war nicht ausgesprochen hübsch, wie man damals zu Unrecht behauptete, aber so herzlich, belesen und klug.

Und Varnhagen von Ense, dieser eitle Mensch, hatte sie und ihre Geisteskraft angebetet und überall herumgetönt, er wolle sie heiraten. Was er auch tat, aber sehr viel später, als ich längst nicht mehr in Berlin weilte und sie das Hoffen wohl schon fast aufgegeben hatte.

Wie schade, dass ich mich nicht getraut hatte, Varnhagen zu bitten, einen Schattenriss von mir zu machen, dachte ich, während ich versuchte, mich von Wrobels Redefluss mitnehmen zu lassen und dabei trotzdem – wenigstens gelegentlich – meine eigenen Wege zu gehen. Einen Schattenriss von Chamissos Freund und Gönner, der praktisch jeden, der ihm gegenübersaß, gleich welchen Rangs, mit einem so flink wie virtuos ausgeschnittenen Bildchen beglückte? Wenn ich jetzt eines bei mir trüge, wüsste ich halbwegs, wie ich ausgesehen hatte mit achtzehn oder neunzehn oder zwanzig Jahren, versuchte ich mir einzureden. Klein, zart, robust, schüchtern, lebhaft? Ach, solche Schlüsse hätte mein aus dunklem Papier herausgeschnittenes Profil wohl doch nicht erlaubt, keine präziseren jedenfalls als die Profile meiner von ihm abkonterfeiten Bekannten, die sich kein Porträt leisten konnten. Wie sehr sie sich dies wünschten, merkte man daran, wie geziert sie ihr Kinn vorstreckten oder ihr Doppelkinn verbargen und sich im letzten Augenblick, wenn Varnhagen schon sein Scherchen aus dem Etui holte, die Haare richteten und den Wildwuchs ihrer Augenbrauen glätteten. Vielleicht ja auch aus diesem Grund verwandelten sich Varnhagens Scherenschnitte im Verlauf ihres Entstehungsprozesses zu Karikaturen, die vor allem Schmollmünder, Spitz- oder Knollennasen sowie bemerkenswert gewölbte Denkerstirnen zeigten, mit denen sich die Dargestellten zu ihren Lebzeiten schlecht identifizieren konnten.

166

Ob Wrobel sich Gedanken über sein Aussehen machte, als er Hildesheimer so überraschend wiedersah? Seit
dem Kennenlernen im Biberlichopftunnel war immerhin
fast ein halbes Jahrzehnt vergangen. Er war mittlerweile über die vierzig hinaus, hatte Haare verloren und sich
einigermaßen etabliert in seinem Geschäft, Kunden hin-
zugewonnen, nur wenige verloren, einigen Angestellten
gekündigt und die anderen gezähmt mit seinem freundlichen, ausgleichenden, bisweilen knallharten Charakter.
So lautete zumindest seine mehr in sich hinein als laut
ausgesprochene, mit einem ironischen Lächeln versehene
Selbstauskunft, als er – weil ein kühler Wind ins Zimmer
wehte – aufstand und die Fenster schloss. *Mögen Sie mir
weiter zuhören, Monsieur Saint Clair? Ist meine Geschichte interrressant für Sie?* So lautete, als er sich setzte, seine
rhetorische Frage. Dass er wie nebenbei eine Schachtel
mit Zigarillos der Marke Nobel Petit öffnete und sich
unter die Nase hielt, erschien mir gleichfalls rhetorisch,
ein Vorgeplänkel, mit dem er mich unterhalten wollte,
bevor er seine schwierige Geschichte mit Hildesheimer
fortsetzte.

Wie verschroben man wird mit den Jahren, seufzte er
denn auch so komisch verzweifelt er konnte. Wenn Sie
Rrraucher wären, würde ich Sie jetzt auffordern, zuzugreifen! Sie glauben nicht, wie gern ich es selber täte. Da
ich aber nicht nur ein sündiger, sondern auch ein süchti-
ger Mensch bin, will und darf ich es nicht und bitte deshalb andere Leute, es stellvertretend für mich zu tun. Sie
glauben nicht, wie oft mir dies verweigert wird! Es gibt
immer mehr Nichtraucher. Solange es irgend ging, habe
ich mich deswegen in die Nähe von Männern und Frauen
gesetzt, die wenigstens hochwertige Zigaretten rauchten,
in Erste-Klasse-Warteräumen von Bahnhöfen oder Flug-

plätzen zum Beispiel, und war entzückt, wenn ich zufällig auf den Duft jener Zigarillos stieß, die ich einst selbst konsumierte, auf dieses Aroma, das mich an bessere Tage erinnerte. White Sumatra. Pure Carrribbean. Dominican. Das war eine Wonne!

Selbst das Maßatelier musste ich ja nikotinfrei machen, die ganze Innenstadt sollte es werden, so wurde es eines Abends im Gemeinderat beschlossen. Wenn ich daran denke, was für eine Anstrengung es war, meinen Schneidern und Zuschneidern das Rauchen abzugewöhnen, wie viele Nikotinpflaster ich ihnen spendierte. Wie dick die Luft zuvor bei uns war und wie lange es gedauert hat, bis sich der kalte Rauch verzog – obwohl wir dies jahrelang gar nicht bemerkt hatten. Zweimal zu streichen reichte nicht, auch die Kurzwaren und die Stoffe mussten ausgelüftet werden, selbst das Nähgarn. Ganz abgesehen von unseren süchtigen Kunden! Herr Eisenzahn zum Beispiel! Wie lange es dauerte, bis er bereit war, bei der Anprobe auf seine Davidoff zu verzichten! Und wie gut ich ihn insgeheim verstehen konnte! Ich muss es mal mit einem Fumoir versuchen, in Chur soll es einen geben, hinter einer Bar versteckt, da könnte ich mit ihm hingehen. Obwohl der Rauch da drinnen, die Mischung vor allem, von zweifelhafter Qualität sein dürfte. Übrigens bin ich fest davon überzeugt, dass es auch Hildesheimers Pfeifenrauch war, der mich beruhigte im Biberlichopftunnel, und der Geruch seiner alten Jacke, die von den Hebriden kam. Ja, Gerüche sind von großer Bedeutung, lieber Léon, ich muss auch Sie irgendwann nach Ihren speziellen Düften fragen.

(Was hätte ich antworten können? Schweiß, Kot, Urin? Oder das überreichlich vergossene Parfüm der Damen und Herren aus meiner Kinderzeit? Die gehackten

Küchenkräuter meiner Mutter, vermischt mit dem Sperma meines vermutlichen Vaters? Die Seeluft von Schottlands Küste? Löwys Freundesgeruch im Wäscheschrank der Kommunalka?)

Wrobel hielt nun auch mir die Zigarillos unter die Nase, wartete auf meine Reaktion, die gleichgültig ausfiel, und fuhr fort: Lange Zeit habe ich mir ja gewünscht, Hildesheimer in unserem Zug zu treffen. Wie oft war ich in Zürich, um die Geldgeschäfte des verstorbenen Herrn Adam abzuwickeln, meine Schuldenlast zu verwalten vielmehr, die er mir neben seinem immateriellen Erbe in Form von Schnittmustern, Zeichnungen und Fotografien großzügig überlassen hat. Jedes Mal ging ich den Bahnsteig auf und ab und im Zug an den Abteilen entlang, um ihn zu suchen, es war wie eine Manie. Aber ich begegnete ihm nie, der ja namenlos für mich war und den ich nur Ihnen gegenüber – deutlich verfrüht sozusagen – Hildesheimer genannt habe.

Dass ich ihn dann woanders entdeckte, im November 1983 – in einem, was das Wetter anbelangt, sehr prrroblematischen Monat, in welchem es in Chur praktisch unaufhörlich regnet und sich auf uns alle eine geradezu rabenschwarze Stimmung legt –, verhieß vielleicht nichts Gutes. Tatsächlich erkannte ich ihn auch nicht sofort auf den überall im Ort plakatierten Ankündigungen, die wie Steckbriefe aussahen. Erst als ich stehenblieb und das schlechte Foto länger betrachtete, konnte ich ihn eindeutig identifizieren. Sie müssen sich vorstellen, Monsieur Saint Clair (Wrobel holte eine Tüte mit Pistazien aus seiner Schreibtischschublade), Sie müssen sich vorstellen, dass ich zu diesem Zeitpunkt von Hildesheimers Dichterexistenz nichts wusste. Er sah nicht aus wie ein Dichter, der Herr im karierten Jackett, eher wie ein Ingenieur oder ein Kaufmann. Aber es war zweifellos der Mann, der mir im Zugabteil die Hände gehalten hatte, jener Mann, der sich um mich kümmerte, als ich dachte, nun würde mein Todesurteil vollstreckt, nun ... als ich dachte, ich würde sterben.

Wrobel besah sich lange die angespannten Fingerknöchel seiner gefalteten Hände, bevor er weitersprach: Ja, es ist seltsam, dass das Entsetzen nicht nachlässt, wenn es einen nach so langer Zeit scheinbar grrrundlos wieder erfasst ... sich sogar verstärkt und einen so lahmlegt, dass man mit all seinen Verstandeskräften nicht dagegen angehen kann. Genauso merkwürdig war, dass nun, da Hildesheimer sich in eine öffentlich angekündigte Person verwandelt hatte, auch das Erlebnis, das wir miteinander teilten, einen anderen Stellenwert erhielt. Meine Hilflosigkeit erschien mir plötzlich so erbärmlich und peinlich, dass ich ein paar Tage mit dem Gedanken spielte, ein Wiedersehen mit ihm zu vermeiden.

Andererseits war es aufregend, den Termin seiner Lesung in meinen Kalender einzutragen, schon weil es noch einige Wochen dauerte bis dahin ... und ich das Datum vielleicht vergessen würde. Aber natürlich vergaß ich es nicht. Da waren erstens die sich wegen des Dauerregens allmählich in Nichts auflösenden Ankündigungen überall, zudem präsentierte die Buchhandlung Quodlibet, wo die Veranstaltung stattfinden sollte, schon Wochen vorher in ihren beiden Schaufenstern Hildesheimers Bücher stapelweise, zusammen mit einer ausführlichen Biografie und Bibliografie auf hektografierten Blättern, die man sich aus einem Kasten vor dem Laden mitnehmen konnte. Dort las ich, dass man Hildesheimer nicht zuletzt aus Anlass seiner Ernennung zum Ehrenbürger von Poschiavo und der nunmehr endgültigen Einbürgerung in Graubünden eingeladen hatte. Wer weiß, wie lange er darauf gewartet hatte, vermutlich länger als ich, der mir die letzte Hürde, ein Test über Geografie, Geschichte, Politik und Gesellschaft der Schweiz, in Bälde bevorstand.

Wrobel riss die Tüte mit den Pistazien auf und ermunterte mich, zuzugreifen. Weil ich Hunger hatte, streute ich mir ein paar in meinen Handteller, die meisten von ihnen aber ließen sich nicht öffnen. Mein Meister war geschickter, es gab einen Knacks, wenn er die Nüsse mit den Zähnen öffnete, und ich hörte ihn kauen und schlucken, leise und dezent. Mir fiel das gezähmte graue Eichhörnchen ein, das im Central Park zu Garys Füßen saß und die nicht zu öffnenden Nüsse knusperte, während mir mein Freund – genauso kauend, essend, redend, schluckend und seine von den Nazis zerquetschten Finger anstarrend – Schuberts Coda-Notationen erklärte, die sich potenziell ins Unendliche verlängern ließen, bis in Ewigkeit Amen praktisch, viel länger jedenfalls als unser Vorrat an Pistazien reichen würde.

Ich kann nicht sagen, dass ich den Laden dann stürmte, Monsieur Saint Clair, fuhr Wrobel fort. Ich wollte es erst einmal mit einem der Bücher versuchen, schließlich war mein Deutsch immer noch sehr holperig, wenngleich ich es besser lesen als schreiben oder sprechen konnte. Weil mich der geheimnisvolle Titel faszinierte, erwarb ich ausgerechnet *Tynset*, Hildesheimers schwierigstes Werk. Der Mann, der darin seinen Gedanken nachhängt, lockte mich allerdings sogleich in die Düsternis seiner Assoziationen, dieses vom Schlafmangel gequälte, etwas verwahrloste Individuum, das Telefonbücher und Fahrpläne wälzt und mitten in der Nacht Leute anruft – Leute mit häufig vorkommenden deutschen Familiennamen – und droht, er wisse, wer sie seien, und dass nunmehr alles zu entdecken sei, was sie verbrochen hätten. Man kann da schon von Telefonterror reden. Aber Mörder und KZ-Kommandanten darf man terrorisieren, finde ich, Stalinisten auch, obzwar sich diese kaum im Westen aufhielten und in den seltensten Fällen einen Telefonanschluss besaßen. Die Verbrecher sollten durch die nächtlichen Anrufe so sehr in Panik versetzt werden, dass sie den Kopf verloren, sich ertränkten oder erhängten. Das ist der Plan des ruhelosen Mannes, und wenigstens einmal klappt es dann auch. Denn als der ohne Namen bleibende Held aus dem Fenster blickt, kann er tatsächlich beobachten, wie ein Mann mit Koffer das gegenüberliegende Haus verlässt. Das böse Gewissen treibt ihn die Flucht ... so einfach hätte es Hildesheimer natürlich nie ausgedrückt.

Tynset also, tja, der Titel ist der Name einer norrrwegischen Bahnstation ... mit *Tynset* tat ich mich schwer, an *Tynset* scheiterte ich, genauer gesagt. Dann aber habe ich es mit der Mozart-Biografie versucht, mit Mozart, der mein Lieblingskomponist ist, und ... und da hat es mich sozusagen erwischt. Durch Hildesheimers Art, Mozarts Leben zu beschreiben, wurde ich ... in ein anderes Zeitalter hinübergelockt ... Es war eine wie von Mozart inszenierte Entführung, so kann man es wohl nennen. Ich habe das Buch so oft gelesen, dass ich mit den darin vorkommenden Leuten, den bösen wie den guten, den gleichgültigen wie den liebevollen, Menuette tanzen könnte. Oder besser Polonaise. Vielleicht ist es Ihnen ja ähnlich ergangen, Monsieur Saint Clair. Trotz der fremden, so geschraubten Ausdrucksweise in den abgedruckten Briefen, der Herablassung der Adligen gegenüber dem armen Musikus, trotz der fremden Sitten und Gebrrräuche. Hildesheimer wollte den Vorstellungswillen seiner Leser entzünden, wie er in seinem endlosen Vorwort schreibt, nicht mehr und nicht weniger. Und genau so ist es mir passiert.

Ich begann zu schwitzen, während ich Wrobels stockenden Sätzen mit wachsender Ungeduld folgte, mir wurde schlecht, ich hyperventilierte. Da war sie wieder, die Gelegenheit, zu rufen oder zu schreien oder gesittet zu sagen: Verehrter Herr Wrobel, es war mein Zeitalter, in das Sie da eingetaucht sind! Lassen Sie mich Ihr Botschafter dieser Epoche sein, ich weiß Bescheid, auch wenn ich nicht so gelehrt bin wie Herr Hildesheimer! Anders als er habe ich Mozart aber persönlich gekannt, er ist direkt an mir vorbeigegangen, und ich konnte sein Parfüm riechen, die Pastellfarben seiner wechselnden Perücken bewundern und das manchmal schon bröckelige Rouge auf seinen Wangen; sehen, wie er sein Stöckchen zwirbelte, Grimassen schnitt und meinem Lehrmeister eine Nase drehte. Ich war ein aus Frankreich geflüchteter Taugenichts, ich wurde von Komponisten und Musikern schikaniert, wenn sie in der Notenstecherei ihre Bestellungen abgaben, einige Male auch in den Hintern getreten oder am Zopf gezogen, aber immerhin bin ich nicht zum Ausmisten im Pferdestall gelandet ... Auch ein wenig schreiben und lesen konnte ich, was keine Selbstverständlichkeit war für einen unter dem Küchenpersonal eines Adligen aufgewachsenen Knaben ...

Wenn die Leute über Mozart redeten, was gar nicht so selten vorkommt, dann überfiel mich jedesmal dieser Impuls, dann juckte es mich, aus meiner Verschlossenheit auszubrechen, den Eisenring zu sprengen, der meinen Brustkorb einschnürte. Dieses Mal, in der grünlichen Düsternis in Wrobels Büro, erhob ich mich, öffnete meine zwei obersten Kragenknöpfchen zum freieren Sprechen und breitete die Hände aus, stand da, windschief, weil mir der Rücken wehtat und meine Beine mich schmerzten, und wollte von meiner Jugend erzählen ...

Aber Wrobel merkte es gar nicht. Er rieb sich seine müden Augen mit den Fäusten wie ein Kind und war blind für meine Aufregung und meinen Wahrheitsdrang, der mein Leben hätte verändern können.

Ich habe Mozart gekannt ... sprach ich es aus? Und sprach ich von Messerschmidt, den ich gleichfalls kannte, wobei auch hier *kennen* ein bisschen übertrieben war? Den Messerschmidt, dessen Werk man erst seit kurzer Zeit in so vielen Ausstellungen würdigte, dessen Skulpturen mittlerweile Millionen kosteten? In Wirklichkeit bin ich nur seinen irrwitzigen Köpfen begegnet, deren Gesichtszüge sich immer mehr zu verzerren schienen, während ich sie eine steile Stiege hinunterbeförderte, sodass ich Angst vor ihnen bekam. Und auch die beiden Halunken, die sie unter der Hand verkaufen wollten, kannte ich, einer von beiden hieß Stangerl und war mein Lehrherr. Mozart hatte Schulden bei ihm, und das nicht zu knapp, aber wohl nie vor, sie zu begleichen ... ach, diese Geschichten, diese verzwickten Geschichten, die ich nur oberflächlich mitbekam, deren innere Geheimnisse aber so einer wie Hildesheimer hätte entschlüsseln können.

Wrobel klappte die Schachtel mit den Zigarillos zu und lächelte mich an. Er war mittlerweile zu Marbot hinübergewechselt, einem Menschen, dem ich gleichfalls hätte begegnen können, am richtigen Ort. Wobei ich vermutete, dass dieser seltsame junge Mann zu meinen jungen Männern kaum gepasst hätte; sie wären zu grob und unerzogen für ihn gewesen, und er viel zu nervös und überzüchtet für sie.

174

Natürlich gab es auch von Hildesheimers *Marbot* einen Stapel im Schaufenster von Quodlibet, führte Wrobel seine Erinnerungen weiter. Sie war gerade erschienen, damals vor drrreißig Jahren, und sollte im Mittelpunkt der Präsentation stehen. Auch dieses Werk kaufte ich. Es ist genau jenes Buch, Monsieur, das Sie mir heute zurückgebracht und hoffentlich ausgelesen haben, trotz seines befleckten Zustandes.

Da ich den Handzetteln entnommen hatte, der Autor habe sich zum Signieren seiner Bücher bereit erklärt, konnte der Stapel meiner Erwerbungen nun doch nicht hoch genug sein. Außerdem würde mir vielleicht seine Stimme helfen, in die Texte hineinzukommen – dachte ich nach den Erfahrungen mit *Tynset*. Wobei ich mich an seine Stimme am allerwenigsten erinnern konnte, wir sprachen ja auch wenig im Biberlichopftunnel.

Viktors Mutter Veronika arbeitete nach ihrer Matura als Verkäuferin in der Buchhandlung – bevor sie mit ihrem Lehramtsstudium begann. Sie wickelte mir meine Einkäufe in Packpapier ein, verschnürte sie mit einer Kordel und fixierte einen der damals üblichen hölzernen Haltegriffe daran. Und erst dann rief sie nach dem Chef, weil sie selbst die Rrregistrierkasse nicht öffnen durfte. Das schöne Stück habe ich nach der Modernisierung des Buchladens, nachdem der Besitzer kein Interesse mehr daran hatte, für das Maßatelier erworben, für das Textilgeschäft, genauer gesagt, das ich in jenen Jahren – in der Hoffnung, es würde sich zu einem zweiten Standbein entwickeln – den hinteren Räumen vorschaltete. Viktor wurde übrigens sehr viel später geboren; er fing bei mir an, als sein Vater beim Klettern verunglückte und starb. Was den Jungen sehrrr ... getroffen hat ... weil er dabei war.

Aber was soll ich sagen? Ich kann nicht behaupten, dass mir die vom Autor gelesenen Passagen besonders gut gefielen, akustisch gesehen war Hildesheimer eine Enttäuschung, er nuschelte. Ich verstand nicht viel, aus der wohl absichtsvollen Kürze konnte ich keine Handlung entwickeln. Die auftretenden Figuren, die bei einigen Zuhörern Reaktionen des Wiedererkennens auslösten, ließen mich kalt. Da ich mich jedoch, bevor der Buchhändler salbungsvoll den geschätzten Gast vorstellte und auf seine sämtlich hier käuflichen Werke hinwies, in die letzte Stuhlreihe gesetzt hatte und – nachdem die Deckenbeleuchtung ausgeschaltet war – nach außen rutschte, saß wenigstens keiner in meinem Blickfeld. Die direkte Sicht empfand ich als Privileg, als unverdiente Nähe, fast so, als wäre ich allein mit ihm und niemand sonst anwesend. Wie er da saß und las an dem viel zu kleinen Tisch, einen Krug Wasser und ein Glas vor sich, von der hinter ihm stehenden Bogenlampe allzu deutlich ausgeleuchtet. Manchmal guckte er hoch, ließ seine Blicke schweifen und sprach die Sätze auswendig weiter. Dass er danach Schwierigkeiten hatte, im Buch den Anschluss zu finden, hinderte ihn nicht darin, das immer wieder zu tun. Manchmal blätterte er auch hektisch zurück, als hätte er etwas vergessen, obwohl doch jede Menge Merkzettel aus seinem Buch herausragten. Gelegentlich stotterte er sogar oder kokettierte damit, als brauche er mehrere Versuche, um über eine gewisse innere Schwelle zu kommen.

Verzeihen Sie mir meine Ausführlichkeit, Léon! Aber Sie müssen diese Episode bis zum Ende hören, sonst können Sie sich kein Bild von seiner Persönlichkeit machen und was ihm so mitten im Leben passieren konnte ... und auch nicht, was unser Wiedersehen in mir auslöste ... Viktors Mutter Veronika war auch dabei, sie könnte man

ebenfalls befragen, aber sie war eine unbeteiligte Beob-
achterin. Der alte Mann, den sie von ihrem Verkaufstre-
sen aus vor lauter Köpfen wohl kaum sah, interessierte sie
nicht, und dass er von einem Gentleman aus dem neunzehnten Jahrhundert sprach, machte die Sache nicht besser ...

Mir selbst kam jedenfalls vor, es sitze ein anderer
Mensch da vorne, dabei waren es doch nur fünf Jahre,
seit er mir im Biberlichopftunnel die Hände gehalten
hatte. Als sei er nur zufällig hereingeschneit, hatte er den
Mantel angelassen, unter dem er einen dunklen Anzug
mit roter Krawatte trug, als hätte er später einen wichti-
geren Termin. Sein Bart war deutlich grauer und länger
als damals, sein Haar lichter, offensichtlich hatte es ewig
keinen Friseur gesehen. Eine dunkel gerahmte Brille zer-
störte sein Gesicht. Seine Mundwinkel zeigten nach unten, das milde, ja freundliche Lächeln, mit dem er sich auf
dem Bahnsteig in Chur von mir verabschiedet hatte, war
verschwunden. Er sah aus, wie ein Jude aussieht, wenn er
alt wird, dachte ich auf dem Stuhl in der hinteren Reihe. Illusionslos, traurig, unglaublich deprimiert, voller
Erinnerungen. Vielleicht auch wie ein aus seinen Studien
herausgerissener Rabbiner, von denen es einige gab in seiner Familie, wie ich später erfuhr. Im Grunde ähnelte er
meinem Vater, dessen letztes, eine Woche vor seinem Tod
aufgenommenes Foto ich nur einmal anschaute, als ich es
kurz nach meiner Ankunft in Chur aus dem Umschlag
nahm, und dann nie wieder. Meine Mutter schrieb, es sei
ihm gut gegangen an jenem Tag, als er fortging, er habe
sich auf seine Kur in der Hohen Tatra sehr gefreut. Auf
mich jedoch wirkten seine weit geöffneten, in eine leere
Zukunft blickenden Augen auf dem Foto wie ein aus seinem inneren Gefängnis herausgeschleuderter Fluch. Er

sah sich nicht ähnlich auf dieser Aufnahme. Er war eigentlich ein liebenswürdiger, ja sogar verschmitzter Mensch, nun aber schienen seine Gesichtszüge regungslos, wie gemeißelt, als sei er sein eigenes trauriges Denkmal. Um dieser Endlosschleife aus Verzweiflung und Hoffnungslosigkeit zu entkommen, hätte er unbedingt Hilfe gebraucht. Hilfe, die er dort, wo er lebte, nicht bekommen konnte. Seine chronisch zweckoptimistische Frau hatte von seinem Elend nichts bemerkt und ließ ihn ziehen. Zwei Tage später starb er, ganz plötzlich, während einer Freiluftgymnastik im Wald. Ich habe ihn nicht wiedergesehen, und auch zu seiner Beerdigung durfte ich nicht einreisen. Wie es meiner christlichen Mutter gelang, ein in den Augen meines Vaters ordentliches jüdisches Begräbnis zu arrangieren, weiß ich nicht. Sie wird wohl ihren Schmuck versetzt haben. Die Bürokraten in den Ämtern könnten nicht genug davon bekommen, hieß es, schnödes Geld verachteten sie. *Schnödes Geld.* An diesen Ausdruck kann ich mich noch gut erinnern.

(Wrobel fasste sich an die Nase, ohne sie gerade zu rücken, vielleicht weil ich den Blick nicht abwandte, sondern ihm direkt ins Gesicht schaute. Gerade hatte ich mir vorgenommen, mein Glas wegzuziehen, als er sich mit der Portweinflasche näherte. Aber dann ließ ich es doch stehen, ich genoss es, den sanften Port in mir zu spüren. Zusammen mit der allmählich weichenden Dunkelheit versetzte er mich in eine angenehm wache Lethargie. Ich konnte zuhören, ohne dass meine Wachstumsschmerzen mich störten, und fühlte mich meinem Meister so nah es eben ging. Obwohl ich immer noch nicht verstand, warum ihm die Geschichte mit Hildesheimer so wichtig war, erwartete ich deren Ende mit viel Geduld und Sympathie. Selbst die Pistazien zu öffnen gelang mir irgendwann, obgleich es meinen Zähnen schaden würde, wie ich nur allzu genau wusste.)

Hildesheimer hatte kein halbes Jahr vor der Lesung einen Herrrzinfarkt erlitten, wie ich es mir inzwischen aus seiner Biografie zusammenreime. Was vieles erklärt. Und in diesem Zeitraum muss er sich auch wieder der bildenden Kunst zugewandt und vom Schreiben abgewandt haben, vom fiktionalen Schreiben wenigstens. Seine ungeschützte Erscheinung griff mir ans Herz, in diesem abgedunkelten Raum, während er wie blind ins Publikum blickte, seine Einsamkeit, seine schmerzliche Aura. Ich hätte weinen mögen – und wäre auch wirklich fast in Tränen ausgebrochen, als sich, nachdem die nach der Lesung anberaumte sogenannte Aussprache eine Weile dahingedümpelt war und Hildesheimer missmutig, ja fast störrisch die naiven Fragen nach seiner letztlich doch brotlosen Schriftstellerexistenz beantwortet hatte, ein Mann ins Gespräch mischte und der Abend damit eine ganz andere, eine böse Wendung nahm.

Ich kannte den Mann, weil er seine Socken und Einstecktücher in meinem Textilgeschäft kaufte. Im Dutzend meistens, er war ein Geck, der sich sonst nicht immer stilsicher in Zürich oder Basel einkleidete. Im wahren Leben war er ein pensionierter, ein paar Jahre nach Kriegsende aus Lateinamerika eingewanderter Deutscher, Gymnasiallehrer für Geschichte und Latein, der Generationen von Schülern mit seinen überzogenen Ansprüchen und den damit verknüpften schlechten Noten die Berufsaussichten vermasselte – was jedermann im Städtchen wusste. Er stellte sich Hildesheimer – nicht dem Publikum, das ihn ja kannte – als Dr. Clemens Drechsler vor und schien für den Moment die Situation zu retten, weil er sich kompetent und durchaus lobend über Hildesheimers Mozart-Roman ausließ, wenngleich sich hinter dieser Etikettierung – wie ich fand – schon eine gewisse Geringschätzung zeigte. Auch seine Bemerkung über Hildesheimers psychoanalytische, einem Genius wie Mozart gegenüber schamlose Eigenmächtigkeit ließ nichts Gutes ahnen. Was sich dann auch bestätigte, leider: Mitten im Satz wechselte Drechsler die Tonlage, seine Stimme klang plötzlich hell und schneidend, er schaltete in den Angriffsmodus, wie Viktor dies bezeichnen würde. Da er wie ich am Rand einer Stuhlreihe saß, fiel es ihm leicht, nach vorn zu stürmen und betont sportlich auf das Podium zu springen, wo er sich – während die Diskussion endgültig versandete – schräg hinter der Bogenlampe positionierte, was Hildesheimer nur als Bedrohung empfinden konnte. Dass der Buchhändler ihm ohne Zögern das Mikrofon überreichte, weil er wohl weitere sachkundige Fragen erwartete, erwies sich als verhängnisvoll. Denn nun begann dieser armselige Rrrevisionist vor Hildesheimers Tisch auf und ab zu stolzieren und ihn mit Fragen und Anwürfen zu traktieren, wobei seine Geckenhaftigkeit – der karierte Anzug, das gestreifte Hemd, die grellgrüne Fliege, der Siegelring am linken kleinen Finger – den gewesenen Lehrer in meinen Augen zwar zur Karikatur machte, seinen inzwischen nur noch schnarrenden Sätzen aber nichts von ihrer denunziatorischen Hässlichkeit nahm. Natürlich hätte das Publikum schreiend davonlaufen sollen, aber das Publikum wartete schweigend ... auf die Sensation, die dann glücklicherweise doch nicht eintrat.

Der Zwischenfall währte wohl keine fünf Minuten, wie ein Film im Zeitrafferverfahren, in dem man diesen Advocatus Diaboli einzig als wirbelnden blauen Farbfleck wahrnahm. Ich kann nur hoffen, dass die Literaturfreunde in der Buchhandlung Quodlibet wenigstens inhaltlich nicht so genau verstanden, was Herr Drechsler von sich gab, wenngleich sein Hass und seine Wut nun unmaskiert zutage traten. Da sprach ein Demagoge, einer, der die rhetorischen Mittel der doppelten Verneinung und der penetrrranten Wiederholung beherrschte, einer, von dem man sich vorstellen konnte, dass er die Kunst des Verhörs und der Folter erlernt und angewandt hatte. Einer wie der Dünne mit der Stahlbrille in meinem Warschauer Gefängnis, dem ich immer wieder auf den Leim gegangen war.

Vielleicht interessieren Sie die Anwürfe, Monsieur Saint Clair, die Drechsler für Hildesheimer parat hatte. Wenn man Mozart und Marbot gelesen hat und somit fast als ein Hildesheimer-Spezialist durchgehen kann, sollte man wissen, mit welchen Beleidigungen der Autor – vielleicht nicht zum ersten Mal – konfrontiert wurde. (Wrobel trank einen Schluck von seinem Portwein und verfiel ein paar Sekunden in Schweigen, bevor er weitersprach.) Warrrum Hildesheimer nach dem Krieg nach Deutschland zurückgegangen sei und weder in England blieb noch zu seinen in Palästina lebenden Eltern zurückkehrte – dorthin also, wo er als Semit hingehöre. Wie er mit den schreibenden Landsern zurechtkomme, die sich, obwohl sie NSDAP-Mitglieder gewesen seien, schamlos bußfertig in dieser lächerlichen Gruppe 47 versammelt hätten. Mit einem so mediokren Schriftsteller wie Böll? Mit Alfred Andersch? Mit Günter Eich und dessen Klagegedichten? Wie er es fertiggebracht habe, sich als Jude von den Deutschen mit Lametta behängen zu lassen. *Mit Preisen*, antwortete er ungnädig, als jemand aus dem Publikum fragte, was *Lametta* bedeute. Das Allerschlimmste für Drechsler war wohl, dass sich Hildesheimer bei den Nürnberger Prozessen von den Briten als Simultan-übersetzer verpflichten ließ und so mit dafür sorgte, dass deutsche Industrielle, *die weiß Gott ihr Bestes für ihr Vaterland gaben*, für Hitlers angebliche Eroberungskriege verantwortlich gemacht wurden. Worauf dieser entsetzliche Mensch endgültig zu schreien anfing: *Warum sind Sie ausgerechnet in die Schweiz gekommen? Was erschien Ihnen an der Schweiz so verlockend? Wie gut, dass man Sie wenigstens lang auf die Staatsbürgerschaft warten hat lassen!* Übrigens musste Hildesheimer auch bei den Verhandlungen über die Einsatztruppen der SS dolmetschen, dies nur zu Ihrer Information, verehrter Herr Saint Clair, vom Deutschen ins Englische, und da ging es bestimmt blutiger zu als in den Wirtschaftsprozessen!

(Seltsam, wie Empörung und Zorn Wrobels Sprache verflüssigten, er redete so schnell, dass ich ihn kaum verstand. Seine Erinnerungen waren ihm anscheinend so nahegekommen, dass seine Hände zitterten, als er das Glas zum Mund führte.)

Ich weiß nicht, ob ich als Ladenbesitzer den Lehrer einfach hinausgeworfen hätte, statt die Aussprache für beendet zu erklären, bevor Hildesheimer den Mund öffnen konnte. Noch während er Drechsler das Mikrofon entwand, rief er dem Publikum zu, es könne nun endlich den Büchertisch stürmen – so ähnlich, als ob er riefe: Das Buffet ist eröffnet! Und tatsächlich, die braven Schweizer erhoben sich von ihren Stühlen und kauften das eine oder andere Werk dieses auf offener Bühne angegriffenen Autors, manche nur *Marbot*, um den es bei der Präsentation gegangen war, einige *Tynset*, weil er dafür den Büchnerpreis erhalten hatte, die meisten aber das bald nicht mehr vorrätige Mozart-Buch, sodass Veronika, die ausnahmsweise die Registrierkasse bedienen durfte, bald beginnen musste, die Namen der Kunden zu notieren, für die sie es nachbestellen sollte. Anschließend stellten sich die Zuhörerinnen – es waren fast nur Frauen, die Männer warteten rauchend vor dem Geschäft, Drechsler hatte den Laden grimmig um sich blickend verlassen – seitlich vor Hildesheimers Tisch in eine ordentliche Reihe, leise miteinander redend, manche schon in den Büchern blätternd, und eine jede reichte dem wieder offen und freundlich blickenden Autor seine Bücher zum Signieren. Es war, als wäre nichts geschehen. Der Spuk war vorüber.

Nein, sagte Hildesheimer, als er mich als Letzten in der Schlange mit dem Bücherstapel zwischen den Händen entdeckte. *Nein, nein.* Und ich erwiderte: *Doch. Doch, doch, ganz gewiss, Herr Hildesheimer.* Ich kann nicht beschreiben, was für ein unglaubliches Glücksgefühl mich in diesem Augenblick durchströmte. Es wird wohl reichen für den Rest meines Lebens! Wenn es mir schlecht geht, kann ich es mir ins Gedächtnis rufen, jemandem davon erzählen sogar, jemandem wie Ihnen, der mir heute Nacht prädestiniert erschien und den ich mit meiner Vergangenheit unentschuldbar belästigt habe.

Wobei Sie nicht annehmen sollten, Monsieur Saint Clair, dass Hildesheimer und ich von da an irgendeine Art der Freundschaft pflegten oder dass wir uns wenigstens regelmäßig sahen, bevor er Anfang der Neunzigerjahre starb, obzwar er in der Nähe lebte, wie Sie wissen. Zu einem Gespräch kam es auch an diesem Abend nicht mehr, obwohl ich begierig darauf gewesen wäre, an dem Tisch zu sitzen, den Veronika im Auftrag ihres Chefs für all diejenigen reserviert hatte, die mit dem Autor in Austausch kommen wollten. Tatsache war leider, dass Frau Hildesheimer, die bei dem Eklat im Publikum gesessen hatte, diesen Austausch im letzten Moment verhinderte ...

obwohl das Ehepaar im Schneeleopard wohnte und es bis ins Bett nicht weit gehabt hätte.

So dachte ich – mit einer kleinen Enttäuschung im Herzen. Letzten Endes aber war ich zufrieden mit meiner unverhofften Glücksinjektion, ich musste nichts erzwingen, das wollte ich nie. Und worüber hätten wir auch miteinander reden sollen – über unsere Traumata? Abgesehen davon, dass man den Begriff damals noch gar nicht verwendete und Traumata unvergleichlich sind, das eine ist nicht wie das andere. Was nicht ausschließt, dass ein Traumatisierter dem anderen beistehen kann, ein Versehrter dem anderen Versehrten, was besser klingt für den Anfang der Achtzigerjahre.

Es ist schwierig, dies auszudrücken ... Mir war wichtig, dass ich erkannt worden war, dass mein Leiden erkannt worden war, dass wir einander erkannt hatten, alles andere schien unwesentlich. Clemens Drechsler konnte daran nichts ändern! Und auch nicht die Erinnerung an Hildesheimers entsetzten Gesichtsausdruck, als dieser Widerling das Podium bestieg. Er legte sofort seine Hände vors Gesicht, aber es war nicht so, dass er den Redeschwall auf sich niederprrrasseln ließ wie einen Wolkenbruch; im Gegenteil: Die Schultern gestrafft, schien er sich für die Rede zu rüsten, die er selbst halten wollte, wenn es vorbei war, ich merkte es an seinen verschränkten Fingern, er wartete auf den richtigen Moment, mir kam es vor, als schaue er durch das Gitter vor den Augen wie jemand, der einen Gegner abschätzt, ohne dass dieser es merken soll ... Tatsächlich bedauerte ich es ein wenig, dass der Buchhändler das in der Luft liegende Duell unterband ... Aber sei's drum, auf seine Weise hat der Gute Mut bewiesen; ich weiß nicht, ob ich mich trauen würde, jemandem das Mikro aus der Hand zu reißen ... In der Weltgeschichte gab es immer wieder Gelegenheiten, irgendwelchen Irren das Mikrofon wegzunehmen – oder abzudrehen. Was ja auch eine gute Idee gewesen wäre.

Wrobel stand auf, hielt den Papierkorb an den Rand des Schreibtischs und schob die Pistazienhülsen hinein, auch meine. Ich wusste, dass er ein ordentlicher Mensch war, der keine Spuren hinterließ, und es hätte mich nicht gewundert, wenn er mit einem Staubtuch nachgewischt hätte. In Wirklichkeit jedoch war das Aufräumen das Signal für meinen Aufbruch. So wand ich mich wenig elegant aus dem Biedermeiersessel und hinkte dem Meister mit eingeschlafenen Beinen hinterher, die mich kaum tragen konnten. Durch die Tapetentür am Ende des kleinen Flurs zwischen seinem Büro und dem Nähsaal gelangten wir ins Textilgeschäft, und dort sahen wir durch die Schaufenster, dass inzwischen ein Wettersturz stattgefunden hatte und es Eis regnete.

Zwei Dinge raunte Wrobel mir noch unter der Ladentür zu, direkt in mein Ohr hinein, wozu er seinen Kopf nur unwesentlich neigen musste. Obgleich wir das Praktikanten-Thema gar nicht angeschnitten hatten, eröffnete er mir, er könne mir Pass und Kennkarte besorgen, wenn ich ihm die dafür vorgeschriebenen biometrischen Fotos innerhalb der nächsten drei Wochen lieferte. Allerdings solle ich mir gut überlegen, ob ich mich darauf einließe oder nicht doch lieber den in der Schweiz so beschwerlichen Instanzenweg ginge, bei dem er mich natürlich gleichfalls unterstützen würde.

Und dann teilte er mir mit, dass Drechsler noch lebe und inzwischen wohl über hundert Jahre alt sei. Seine aus München stammende Gesellschaftsdame, die gleichzeitig seine Pflegerin sei und ihn vermutlich beerben werde, fahre ihn jeden zweiten oder dritten Tag im

Rollstuhl durch die Altstadt und am Ende ins Speiselokal des Schneeleopard, wo er – ganz hinten an der Wand in ein kariertes Plaid gehüllt – ein Ragout Fin verspeise, das man extra für ihn zubereiten müsse, weil dieses aus der Mode gekommene Gericht auf keiner Speisekarte mehr zu finden sei.

Damit er manierrrlich essen kann, zerkleinert ihm seine Begleiterin oder eine der Saaltöchter das spröde Gebäck. Einmal habe ich auch Urs Marbli dabei entdeckt, was mich in akute Gefahr versetzte, dem geschicktesten Schneider, den ich je hatte, die Kündigung auszusprechen. Danach wird Drechsler in die Bar geschoben, wo er ein, zwei Caipirinhas trinkt. Eine schöne Gewohnheit aus São Paulo sei das, wo er nach dem Krieg eine Zeit lang lebte, wie die Pflegerin, die mit meinem Freund Schneidewindt gerne ein Schwätzchen hält, diesem und er dann mir erzählte. Wenn der Herr Drechsler sein Programm absolviert hat und in seine Wohnung zurückkehren will, rollt man ihn nach Hause. Oft begleiten ihn durchtrainierte junge Männer, mit denen der alte Herr scherzt und lacht.

Wie schade, dass Sie ihm nie begegnet sind, lieber Léon, fuhr Wrobel fort (bei dem ich Ironie und Ernst nie genau unterscheiden konnte). Herr Drechsler wohnt ganz in der Nähe des von Ihnen favorisierten Hotels. Vielleicht rufen Sie ihn einmal an, im Namen des Ich-Erzählers von *Tynset*, in meinem Namen, im Namen derjenigen, die er gequält hat, auch in Hildesheimers Namen ... Wahrscheinlich wird er in einem nächtlichen Benzodiazepinrausch liegen und nicht ansprechbar sein. Sie werden mit seiner Gesellschaftsdame vorliebnehmen müssen, die vermutlich des gleichen Geistes Kind ist.

Wrobel wäre nicht Wrobel gewesen, wenn er nicht in sein Büro zurückgeeilt wäre und mir seinen Regenmantel und einen Schirm geholt hätte. Er gehe sowieso nicht mehr nach Hause, erklärte er: Ich werde mich im Büro ein bisschen aufs Ohr legen. Eigentlich wollte ich Ihnen auch noch etwas von Mister Marrrbot erzählen. Aber jetzt stehen wir schon auf der Straße, und es ist kalt. Ein anderes Mal! Wir werden noch viel Zeit miteinander verbringen. *Bezsennosc*, welch fruchtgebende – fruchtbringende? – Schlaflosigkeit haben wir miteinander verbracht!, rief er mir nach, während die Ladenglocke über ihm bimmelte.

So kam es, dass ich mit einem etwas zu langen Burberry nebst geschäftseigenem Schirm durch die morgendlich leeren Gassen lief, sehr lebendig und gar nicht mehr müde. Dass meinen erst kürzlich erworbenen, allzu eilfertig gegen die Winterstiefel ausgetauschten Budapestern die Witterung nicht guttat, merkte ich schon nach wenigen Schritten, es würde schwierig werden, sie nach dem Trocknen wieder an die Füße zu kriegen. Vom Frühling war nichts mehr zu spüren, aber ich fühlte mich trotzdem gut, allerhöchstens ein bisschen beschwipst – und euphorisch, wie immer, wenn mir jemand etwas lieh oder schenkte.

IX. Von Rissen und Adern des menschlichen Herzens

Am nächsten Tag, als wir uns im Nähsaal wiedersahen, erschien mir mein Dienstherr so distanziert wie immer, sein Blick glitt über mich hinweg wie über die Lehrlinge, die um ihn herumwuselten – als sei unsere Unterredung völlig belanglos gewesen und kurz vor unserem Handschlag beim Abschied keine Vereinbarung getroffen worden, die meine nahe Zukunft betraf.

Leider vergaß ich im Trubel des Alltags immer wieder, ihn nach einem guten Zahnarzt für mein ewig währendes Zahnproblem zu fragen; es gelang mir einfach nicht, einen kleinen diesbezüglichen Satz zwischen die unendlichen Fach- und Kundengespräche zu schieben, welche die Räume des besonders im Frühling vor Aufträgen berstenden Maßateliers wie ein einziges großes Gesumm erfüllten. Noch viel weniger traute ich mich, die Stille des Nähsaals zu stören und meine über ihre Stücke gebeugten Kollegen, machte mir doch meine immer mal wieder ausbrechende, für mein Alter wahrhaft nicht mehr zeitgemäße Schüchternheit zu schaffen. Wenn ich das Gefühl hatte, keiner liebe mich oder nehme mich auch nur zur Kenntnis, konnte es vorkommen, dass ich mich gänzlich in mich verkroch. Das war schon immer so gewesen, dann brachte ich oft kein Wort mehr über die Lippen.

Selbst die Tatsache, dass ich mich nur drei Wochen nach der Unterredung mit Wrobel im Besitz eines Schweizer Reisepasses nebst einer Kennkarte befand und mein Meister keinerlei Gebühren dafür verlangt hatte, änderte nichts daran. Die mich über Monate geradezu beseligenden Gefühle, in Chur als Angestellter eines angesehenen Geschäfts auskömmlich leben zu können, schwanden schneller dahin, als sie sich entwickelt hatten. Selbst dass mich Wrobel, weil es für Viktor zu viel wurde, im Laden einsetzte, wo es mir sogar besser gefiel als im Nähsaal, konnte meine Stimmung nicht heben.

Sie müssen eine freundlichere Miene aufsetzen, ermahnte mich mein Chef, Sie hatten doch vor einigen Monaten einen solchen Spaß, hier einzukaufen; nun sollte der umgekehrte Vorgang Sie auch nicht betrüben. Was ist los mit Ihnen, Monsieur Saint Clair?

Ich weiß es nicht, antwortete ich, ich habe wirklich keine Ahnung.

Dabei stand für mich von Anfang an fest, dass die schmerzenden Überbleibsel meiner Jugend, sprich, meine Weisheitszähne, mit meinen Träumen von Nikiforos, dem Griechen aus der Moskauer Kommunalka, zusammenhingen, und diese wiederum mit dem quälenden Wachtraum nach dem nächtlichen Gespräch mit Wrobel. *Schmerzend* war im Grunde nicht das richtige Wort, *leise bohrend* hätte besser gepasst, *leise bohrend*, wie ich mir das ständige schlechte Gewissen eifriger Kirchgänger vorstellte, die sich hin und wieder ein paar lässliche Sünden leisten, ohne an ihrem Verhalten etwas zu ändern. Wobei ich schon lange keine Kirche mehr von innen gesehen hatte, abgesehen von den klobigen preußischen Backsteinkirchen, in die Konstanze mich an Ostern und Weihnachten zu den jeweils passenden Bach-Oratorien zitierte. Ich war nur immer mitgegangen – mitgenommen worden, besser gesagt – und hatte mich einige Male sogar niedergekniet, um meinen jeweiligen Begleitern einen Gefallen zu tun, wie ich mich widerwillig erinnerte. Richtig beteiligt jedoch, oder wie immer das heißt, war ich nie, obwohl ich mich nicht ungern verstellte; bei religiösen Ritualen ging das ja auch ganz leicht. Damals in Italien, als Übersetzer meines Gentleman Jérôme de Savigny, im Musterstaat der Schwester Napoleons, war ich jedenfalls gewiss der einzige Bedienstete, der das *Credo in Unum Deum* auf Lateinisch herunterleiern konnte. Auch die Worte des Herrn während der atemlosen Stille bei der mir niemals glaubwürdig gewordenen Wandlung – dem Zentrum der katholischen Messe – waren mir geläufig, jene Worte, die nur der mit seinen heiligen Verrichtungen beschäftigte Priester sagen durfte, die meinen Luchsohren jedoch nicht entgingen: *Hoc est enim Corpus meum ...* und *Hic est enim Calix Sanguinis mei ... Haec quotiescumque feceritis, in mei memoriam facietis.* Wie schön das klang und wie sinnlos es blieb für mich, der ich die Bedeutung des Singsangs nicht kannte und ihn mir auch nicht übersetzen ließ, da ich nüchtern bleiben wollte inmitten des weihrauchgeschwängerten sakralen Vorgangs.

Tatsache war, dass ich nie begriff, warum meine romantischen Freunde so gerne Kirchen und Kathedralen besuchten und darin – wie sie nicht etwa selbstkritisch bekannten – die fast ekstatisch zu nennende Befriedigung ihrer spirituellen Bedürfnisse finden wollten. Mit Religion hatte das wenig zu tun, wenn ich ihre damaligen Diskussionen richtig interpretierte, eher mit der Sehnsucht nach der Vereinigung von Schönheit und Geist.

Das Wunder der Gotik, so wie wir es im Kölner Dom oder in Notre-Dame in Paris erleben, bietet uns Wege aus der Verzweiflung, je länger wir uns darin versenken, versuchte mir Adelbert im Wachhäuschen am Brandenburger Tor zu erklären, wo ich ihm gerade den Ofen mit Scheithölzern einrichtete. *Es gibt philosophische Aufsätze,*

worin wir genau darüber reflektieren, oder Gedichte, die
uns aufs Blatt geflossen sind beim Gedanken an die fünf
Rosetten im Straßburger Münster, willst du sie lesen? Leider las ich nur Goethes Aufsatz *Von deutscher Baukunst*
aus dem Papierpacken, den er mir beim Abschied in eine
Mappe stopfte. Wie fast meistens, wenn ich mich durch
komplexe Abhandlungen arbeiten sollte, scheiterte ich
früh. Dieses Mal lag es wohl nicht allein an dem inneren
Widerstand, den ich gegen Adelberts ewige Abfragerei
gebildet hatte, sondern auch an der mir unverständlichen
Begeisterung meiner Freunde für Sakralbauten überhaupt.

On the contrary, wie Gertie, die Erfahrung hatte mit
religiösen Dingen, zu sagen pflegte – im Grunde meines
Herzens hatte ich Angst vor Gotteshäusern, egal welcher
Art und Größe, ich floh sie, anstatt ihre Schönheit zu genießen. Vielleicht, weil mir dort Unerklärliches passieren
konnte, wo ich doch ohnehin so sehr mit dem Unerklärli-
chen zu kämpfen hatte, mit der rätselhaften Dauer meines
Lebens zum Beispiel, das mir so viele Volten abverlangte
und so viele Seit- und Rückwärtsschritte auferlegte.

Etwas Rätselhaftes geschah mir dann auch wirklich, hundert Jahre nach Chamisso, als ich auf Empfehlung (*Befehl*
zu sagen, wäre richtiger) eines meiner mir von Drucke-
reibesitzer Portenlänger zugeschanzten, in der Nacht
zuvor besonders teuflisch zu mir gewesenen Kunden die
Kathedrale von Lincoln besuchte, um dort – bevor der
Herr weiter gen Norden reiste – die *Crazy Vaults* in Augenschein zu nehmen. Im Chor des Mittelschiffs seien sie
ganz leicht zu erkennen, die Verrückten Gewölbe, hatte
Lord Benninghouse mit seiner näselnden Oberschicht-
stimme gesagt, als er mich am Westportal verließ und

vorgab, mich wegen eines wichtigen Termins leider nicht begleiten zu können.

Leicht zu erkennen, wiederholte er. *Leicht zu erkennen. In dem Moment nämlich, wenn Ihnen schwindlig wird beim Blick nach oben. Es ist ein großes Erlebnis, das Ihnen da bevorsteht. Über die Bedeutung der Symmetrie im Baustil der Gotik muss ich Ihnen deshalb nichts erzählen. Sie werden schon selbst erkennen, wie Sie sich fühlen, wenn sie fehlt ... haha, die göttliche Symmetrie ... zumal ich Sie vorgewarnt habe.*

Und in der Tat wurde mir entsetzlich übel, als ich unter den Verrückten Gewölben stand, ganz allein, umgeben von ein paar vereinzelten, wie Speere auf mich gerichteten, rot, blau und gelb eingefärbten Sonnenstrahlen. Den Kopf nach hinten gelegt bemerkte ich sofort, dass da oben etwas nicht stimmte – aber was? Die Arme auszubreiten, mich an der ausladenden Schnitzerei des Kirchengestühls festzuhalten oder mich zu setzen, half jedenfalls nicht gegen den einsetzenden Taumel. Vielmehr spürte ich alle Wunden, die mir der böse Adlige in der Nacht beigebracht hatte, alle Erniedrigungen. Seine geifernde Zunge überall auf meinem Körper. Erst als ich mich niederkniete, wurde mir besser, konnte ich wenigstens andeutungsweise die offenbar willentlich vollzogene Störung des Kreuzrippengewölbes erkennen und mit den Blicken nachverfolgen, beschreiben jedoch nicht. Auch nicht das, was ich empfand in der kalten Luft des riesigen Kirchenschiffes: dass der Heilige Geist auf mich niederströmen würde etwa, wenn ich nur demütig genug war, und mir Erkenntnisse zuführte, die anderen verborgen blieben; dass ich mein Leben ändern müsse, so schnell es nur ging. Und es niemals wieder zulassen dürfe, für Geld gequält zu werden.

Verglichen mit der Cathedral Church of St. Mary in Lincoln war die Küche der Moskauer Kommunalka natürlich ein Klacks. Ich kannte jeden verbeulten Topf auf den Regalen und jeden darunter hängenden krummen Schaumlöffel, nicht zu vergessen den unvergleichlichen Geruch, der sich aus Knoblauch, Steckrüben, Waschwasser und menschlichem Schweiß zusammensetzte. Mulmig wurde mir allerdings auch hier, sobald der erste Bewohner – meist war es Karl, Elsbeths Mann – das Radio anstellte und sich nach und nach andere Leute zu ihm gesellten. Und ich wusste auch genau, warum. Weil sie das tägliche Radiohören als eine Art Gottesdienst auffassten, verwandelten sie den Ort, wo sie ihr Essen und ihre Wäsche kochten, in eine Art Gotteshaus. Alles, was gesendet und von ihnen angehört wurde, alles, was sie in ihren Kopf transportierten und verarbeiteten, die Kulturfeatures, die politischen Unterweisungen, die Berichte aus dem verfeindeten Ausland und den Bruderstaaten, die Gespräche mit den Arbeitern auf den unendlichen Weizenfeldern in der Ukraine, alles trug den göttlichen Stempel Stalins, selbst die Musik von Beethoven, Haydn und Schostakowitsch. Wobei sich die Atmosphäre in besonderer Weise verdichtete, wenn Juri Borissowitsch Lewitans samtene Stimme die neuen Todesurteile und Parteitagsbeschlüsse verkündete. Dann wurde aus der einfachen Messe ein Hochamt – was ich durchaus beurteilen konnte –, und selbst ich hörte auf, mir Elsbeths Zöpfe um die Finger zu wickeln, anstandshalber, wo doch alle so ergriffen waren, während neben mir mein seltsam beschämter Freund Löwy seine Augen an einen bestimmten Riss in der Decke heftete, der sich, wie er mir einmal erzählte, täglich mehr verästelte.

Nikiforos musste sich stets erst nach dem Ende der Übertragungen in die Küche geschlichen haben, allenfalls beim letzten Takt der Nationalhymne, als das Radiopublikum bereits aufgestanden war und ihm den Rücken zudrehte. Niemals, nahm ich heute auf meinem roten Sofa sitzend an, hätte sich der so menschenfreundliche Grieche freiwillig der Verlesung von Todesurteilen ausgesetzt. Was nicht bedeutete, dass sein Glaube, mit seinen Euripides-Übersetzungen in ein sozialistisch imprägniertes Russisch zur Verbesserung der menschlichen Spezies beizutragen, durch Stalins Terror – den natürlich niemand so nannte – ins Wanken gekommen wäre, keineswegs. Was sein musste, musste sein, das dürfte auch Nikiforos' Meinung gewesen sein. Vielleicht sogar bei seiner eigenen Verhaftung. Allerdings hätte er es wohl anders ausgedrückt: *per aspera ad astra* ... oder so ähnlich.

Seinen kommunistischen Idealen blieb er bestimmt bis zu seinem letzten Atemzug treu, das war und blieb mein Bild von Nikiforos. Selbst wenn sich mein vielsprachiger Genosse von den Sowjets in britische oder amerikanische Intellektuellenkreise hätte einschleusen lassen, in Harvard oder Cambridge, in Princeton oder Yale. Wo er dann nach einer erfolgreichen, nicht weiter aufregenden Karriere friedlich verschied, ohne sich in die Wirren des Weltkriegs verstrickt zu haben.

Wäre es nur so gewesen, dachte ich, wenn ich – wie so häufig in letzter Zeit – schweißgebadet aufwachte. Wie angenehm, mir den unermüdlich räsonierenden Nikiforos, meinen zerknitterten, unrasierten nächtlichen Lehrer, in Kamingesprächen mit nicht weniger nachlässig gekleideten Kollegen vorzustellen, frisch und lebendig und nicht in die Brust geschossen oder aufgeknüpft mit entstelltem Gesicht und heraushängender Zunge. In diesem Fall nämlich hätte ich nicht von Nikiforos träumen, nicht mit ihm auf der Bank im Gorkipark sitzen müssen,

194

wo der Grieche nicht aufhören wollte, mir die Hand zu schütteln, während er mir eindringlich in die Augen sah und so dicht an mich heranrückte, dass ich seinen nicht ganz einwandfreien Atem spürte und das von allzu vielen Zigaretten herrührende Rasseln in seiner Brust hörte.

Seit Wrobel mir von seinen Erlebnissen in Polen und seiner Begegnung mit Hildesheimer und dessen Erlebnissen berichtet hatte, ging dies so. Seit jener denkwürdigen Nacht, als er mir Einblicke in seine Kindheit und Jugend gewährt hatte, war dies so. Seitdem fragte Nikiforos mich Nacht für Nacht, warum ich ihn ans Messer geliefert hatte, entweder sofort, nachdem ich die Augen geschlossen hatte, oder kurz bevor ich sie morgens wieder öffnete, die Quälerei hörte nicht auf und änderte kaum je ihr Erscheinungsbild. Manchmal schrie ich vor Schmerzen, weil sich meine rechte Hand wie in einem Schraubstock befand und ich die Zähne so sehr aufeinanderpresste, dass sie knirschten. Oder ich nahm den Alp nahtlos mit ins Geschäft, wo mir Nikiforos beim Nähen in die Augen oder beim Kundengespräch über die Schulter blickte – was mir wegen meiner geistigen Abwesenheit blutige Fingerkuppen oder tadelnde Blicke eintrug.

Was hatten Wrobels Warschauer Gefängnistage mit Nikiforos' Verhaftung zu tun? Warum dachte ich erst jetzt, so spät an meinen Freund, den so zu nennen ich mir schon lange selbst verbot? Wieso nützte es nichts, ihn gedanklich, als Wiedergutmachung quasi, von den Toten aufzuerwecken und ihm eine in seinem wirklichen Leben nie erreichte, komfortable akademische Existenz zu imaginieren? Ich kam mir selbst nicht auf die Schliche. Fest stand: Es gab viele Arten von Folter, ganz gleich, ob es sich um die stalinistischen Verhörspezialisten handelte, die aus dem jungen Wrobel ein Nervenbündel machten, oder um den nach Kriegsende ungefähr gleichaltrigen Hildesheimer, der zwanzig Mal am Tag oder öfter *Not guilty* auszusprechen hatte, nachdem sich die Naziverbrecher trotz der Offenlegungen ihrer Gräueltaten nicht einsichtig zeigten. Vor allem die unerhörte, widerliche Intimität musste er ertragen, in welche ihn eine eigens für die Simultandolmetscher der Nürnberger Prozesse erfundene Maschine und die dazu gehörigen Kopfhörer versetzten, weil sie ihm die Sprache der Unmenschen direkt ins Ohr träufelten.

Mein Chef und Meister war zweifellos siegreich aus den Verhören hervorgegangen, er hatte niemanden verraten, war sauber, zuverlässig, *hilfreich und gut* geblieben sein weiteres Leben lang. Das glaubte ich felsenfest. Und aus Hildesheimer wurde ein Schriftsteller, der seine Erlebnisse für Jahrzehnte in absurde Theaterstücke packte, bevor ihm seine Qualen bewusst wurden und er nach dem Umweg über eine echte und eine falsche Biografie und zwei fast unlesbare Romane beschloss, mit dem Schreiben Schluss zu machen. Auch Nikiforos hätte niemanden der Staatssicherheit ausgeliefert – selbst wenn dies der Preis fürs Überleben gewesen wäre, was meinen Wunsch, ihn als Undercover-Professor an einer britischen oder amerikanischen Elite-Universität zu sehen, arg relativierte. Alle drei hatten moralisch einwandfrei gehandelt, davon war ich überzeugt – im Gegensatz zu mir, der ich wegen meiner Liebe zu Elsbeth zum Denunzianten wurde. Ich war keinen Deut besser als Hakob und Kiefer, diese beiden Opportunisten im kommunistischen Gewand, ich wurde immer wieder Opfer meiner Begierden.

Wie unbeholfen sich meine Gedanken doch gerierten, wie verwirrt. Ich verglich Äpfel mit Birnen und konnte doch nicht anders, als mich beim Abwägen der so unterschiedlichen Sachverhalte immer wieder schuldig zu sprechen. Wo ich doch gerade dabei war, zu wachsen, wie mir schien, wenn mich meine Glieder und Füße plagten. Vielleicht würde ich ja auch ansonsten bald zu den wahren Erwachsenen zählen, was ich mir sehnlichst wünschte. Rettung war also greifbar nahe, und damit die Chance, aus dem Kreislauf meiner immerwährenden Abschiede auszubrechen. *Zum Klugwerden ist es nie zu spät*, hatte Nikiforos gerne gesagt, wenn ich mir merken sollte, welcher griechische Gott, welche griechische Göttin für welche Gemütsbewegung zuständig war. *Such dir doch mal jemanden aus, der so imperfekt ist wie du. Jemand, der dem Haupt des Zeus entwichen ist oder einer sanften Quelle. Damit du siehst, dass du vergeblich leidest.*

Die neuen Budapester jedenfalls hatten mir tatsächlich Probleme bereitet am Morgen nach der einseitigen Unterredung mit Wrobel. Wie auf Eiern war ich zum Maßatelier gegangen und mit Blasen an den Zehen zurückgekehrt – was ich gerne wieder einmal als Symptom des Größerwerdens meiner Füße interpretiert hätte. Wohingegen mir Viktor, nicht ahnend, in welch prekärem Entwicklungsprozess ich mich gerade befand, empfahl, künftig Zeitungspapier in meine Schuhe zu stecken, sollte mich ein Wolkenbruch überraschen. Das sauge die Nässe aus dem Leder, sagte er, wie immer ein bisschen gönnerhaft, wenn er etwas besser wusste: Nimm dir die alten *Zürcher Zeitungen* mit nach Hause, die liegen im Hinterhof in einer Weinkiste. Du musst nur darauf achten, ob sich Wrobel die wichtigsten Artikel schon herausgeschnitten hat. Übrigens: Freust du dich schon auf unsere Wanderung? Dieses Mal geht es zum Dreibündenstein, einen Ort von historischer Bedeutung, wo wir eigentlich alle schon einmal waren. Wie gut, dass wir zuerst mit der

Seilbahn fahren können; dann aber heißt es noch sechshundert Meter kraxeln ...

Mit einer Krankenversicherungskarte versehen, die ich als Besitzer eines schönen roten Passes unschwer ausgestellt bekam, ging ich zu einem Zahnarzt, der mir fürs Erste eine Beißschiene aus durchsichtigem Plastik anpasste, die ich mir folgsam zwischen die Zähne legte, wenn ich schlafen ging. Natürlich konnte sie gegen die Träume nichts ausrichten, noch immer saß ich mit Nikiforos auf der Bank und war dabei, ihn zu verraten. Aber mein Kiefer wurde entlastet, und auch meine rechte Hand tat nicht mehr so weh, was eine kaum nachvollziehbare Koinzidenz der Minderung völlig unterschiedlicher Schmerzen bedeutete, mit der ich mich lieber nicht beschäftigen wollte.

Da ich irgendwann feststellte, dass Nikiforos' infernalischer Mundgeruch mein eigener war, entschloss ich mich ein paar Wochen nach dem nächtlichen Gespräch mit Wrobel zu einer umfassenden Sanierung meiner maroden Zähne, worüber sich der freundliche ältere Herr, dessen Praxis in der Nähe des Maßateliers lag, sehr erleichtert zeigte, hatte er sich doch schon Sorgen gemacht über den sympathischen neuen Schweizer Staatsbürger, der sein Immunsystem so ganz ohne Not strapaziere. Dass er auch meinen Chef behandle, wisse ich bestimmt; leider könne er sich die Anzüge, die dieser schneidere, nicht leisten, seufzte er. Was ausgesprochen schade sei, da er doch für sein Alter eine blendende Figur besitze.

Was genau man Nikiforos vorwarf, konnte ich mir damals und konnte ich mir bis heute nicht vorstellen. Dass er homosexuell war, rangierte wohl kaum zuoberst auf seiner Sündenliste, obgleich Hakob, Löwys verhasster

Nachfolger im Wäscheschrank, mir genau dies einzuflüstern versuchte mit dem Verweis auf ein Gesetz von 1934, das die Sodomie wieder unter Strafe stellte, nachdem sie nach der Oktoberrevolution von der Liste der menschlichen Verfehlungen gestrichen worden war. Daneben aber gab es in Stalins Schriften womöglich andere, vom Staatslenker persönlich entwickelte Ideen, die schnellstens umgesetzt oder zumindest ins sozialistische Bewusstsein aufgenommen werden sollten: dass griechische Götter zutiefst dekadent seien etwa und deshalb die Aufmerksamkeit aufrechter Sowjetmenschen nicht verdienten. (In der Realität wären sie Stalin wahrscheinlich viel zu autonom gewesen.) Dass alle antiken Philosophen künftig von den hohen Priestern des Politbüros vereinfacht werden sollten, bevor hereingeschneite Griechen sie in die Finger bekämen, die ihre ohnehin allgegenwärtige Mythologie damit endgültig internationalisieren wollten. Vielleicht spielte Stalin ja auch mit der Idee, alle dicken Leute ins Lager zu schicken, wenn sie nicht nachweisen konnten, wovon sie sich ernährten, dachte ich verzweifelt, während ich schlaflos neben dem nach kostbarem Parfüm riechenden Hakob lag, und dachte ich in Chur auf dem roten Sofa in meinem Apartment, wo seit einiger Zeit der Wasserhahn zu tropfen anfing, sobald ich mich niederlegte. Dass man nicht an eine Straßenecke pinkeln durfte, solange der Stählerne aus den öffentlichen Lautsprechern schallte, war ohnehin klar, obgleich ich genau das Nikiforos ohne Weiteres zutraute. Und so weiter und so fort; der absurdeste Vorwurf reichte, um jemanden loszuwerden, wenn man das wollte. Wer wusste, wann es nach den Dicken wie Nikiforos den Kleinwüchsigen an den Kragen ginge, womit ich persönlich an der Reihe gewesen wäre. Ungeachtet dessen, dass ich die Liebe zu Männern ja ebenfalls kannte. Was hatte ich Jérôme de Savigny oder Adelbert von Chamisso angehimmelt! Lange bevor ich auf den Gedanken verfiel, dass auch Frauen liebens- und begehrenswert sein könnten. Dies alles zu ahnen, zu wissen und darunter zu leiden, hinderte mich trotzdem nicht daran, Nikiforos, meinen verehrten Lehrer, bei der Geheimpolizei zu denunzieren und mich (fast) beden- kenlos Hakob zu unterwerfen, der für Elsbeth und mich die Schäferstunden im Hotel Lux arrangierte. Schäfer- stunden. Schäferstündchen. Schäferhündchen. Ich ver- riet Nikiforos, weil ich nicht auf meine Liebesabenteuer mit der Madonna aus dem Wedding verzichten wollte, weil ich besessen war von ihrem Körper, von den beiden Flüssen auf ihrer linken Schläfe, ihrer weichen, bleichen Haut, ihrem fahlen, blonden und allzu dünnen Haar, aus dem sie ihre Mädchenzöpfe flocht, ihren kleinen robus- ten, trotz der Kälte erstaunlich warmen Händen, ihrem Humor und ihrem Bildungshunger, der sie in die Lage versetzte, mir die Welt zu erklären, so wie Gertie und Konstanze. Wobei ich diesen beiden keine Menschen- opfer darbringen musste, nicht wirklich jedenfalls, allen- falls mich selbst, wenn ich an meine schaurige Reise nach Schottland dachte.

Seit ich von ihm träumte, fühlte ich mich Nikiforos ganz nah; wenn ich mein ständig variiertes Stillleben in Augenschein nahm zum Beispiel oder wahllos in Ruskins *Grundlagen des Zeichnens* las und – wie so oft – über Sät- ze stolperte, die ich verstand und doch nicht verstand, wie jene, *wonach etwas niemals ganz vollständig gesehen wird, sondern immer nur fragmentarisch und unter wech- selnden Dunkelheitsverhältnissen,* womit *die sichtbaren Naturgegenstände ein komplettes Gegenstück zur mensch- lichen Natur* bildeten. Es sei *eine ewige Lehre,* so Ruskin,

der in meinen Augen immer mehr zu Marbots Zwillings-
bruder wurde: *In jeder gezackten Blattspitze und glänzenden Ader, die unseren Blick im Blätterwald täuschen oder
ihm entgehen und die wir kaum hoffen können, klar zu erkennen oder angemessen zu beurteilen, sehen wir zugleich
die Risse und Adern des menschlichen Herzens; was gibt es
nicht alles in den Handlungen und Köpfen der Menschen
um uns herum, was wir zunächst zu verstehen glauben,
was aber bei näherem, zugeneigten Hinsehen sich voller
Geheimnisse zeigt, für immer unergründlich und unwiderruflich.*

Auch Nikiforos schien aus zwei unterschiedlich ver-
schatteten Wesen zu bestehen: einmal aus dem brüderli-
chen Freund, der mir des Nachts so etwas wie Zuneigung
und Heimat gewährte, ganz abgesehen von den inspirie-
renden Ausflügen in die antike und die zeitgenössische
russische Literatur, und dem lauten, im Gorkipark geradezu omnipräsenten Griechen, der mit jungen Männern
zum Rudern ging, dabei nonchalant seine Hand durchs
Wasser gleiten ließ und laut lachend, damit man es am
Ufer hörte, dafür sorgte, dass er ins Zentrum einer kostbaren Seerosenpflanzung gesteuert wurde, aus deren Mitte
ein in der Nacht beleuchteter Sowjetstern emporwuchs.

Im Nachhinein war ich mir nicht mehr sicher, ob
Nikiforos Elsbeth und mich wirklich ignorierte, in der
letzten Reihe im Kindertheater sitzend, von wo aus er
die kleinen Mädchen und Jungen vor ihm zum Kreischen
und Klatschen anfeuerte. Dass er den Beleuchtern und
Statisten derart laut von der unglücklichen, ihre Kinder
ermordenden Medea erzählte, kam mir nun fast wie Absicht vor. Wollte er in aller Öffentlichkeit verhaftet werden? Oder nur zeigen, dass er sich keinesfalls den Mund
verbieten ließ? Vielleicht spielte er seine Unbekümmert-

heit nur und war gar nicht angetrunken, wie ich immer dachte.

In der Realität meiner Erinnerungen war der zupackende Griff nicht anders als im Traum. Manchmal nahm Nikiforos vor lauter Herzlichkeit auch die linke Hand zu Hilfe und hörte nicht auf mit dieser heftigen Bewegung, der ich nichts entgegenzusetzen wagte, auf der Treppe des Hauses, wo wir wohnten und einander zufällig trafen beim Hinauf- oder Hinabgehen und Nikiforos immer so tat, als habe er mich seit Wochen nicht gesehen; in der Schlange vorm Klo, wo er mich plötzlich – eigentlich in ein griechisch-russisches Wörterbuch vertieft – viel weiter hinten entdeckte und es in Kauf nahm, dass er länger warten musste, wenn er sich mit mir unterhielt.

Und schlussendlich auf der grün gestrichenen Bank, die im Traum nicht anders aussah als in der damaligen Wirklichkeit im Gorkipark, jene Bank, wo Nikiforos häufig saß und ich an dem bewussten Tag zufällig vorbeikam, in Wahrheit jedoch, um den Freund zu identifizieren. Ach, es war eine so lächerliche Inszenierung, dieses Treffen zwischen der Kleinkunstbühne für Laien und der Großen Lachmühle, direkt hinter den öffentlichen Toiletten am Platz des Fünfjahresplanes, wo es nach Urin stank und unguten Geschäften. Hakob wusste, wie Nikiforos aussah – auch seine Vorgesetzten werden ein Foto von ihm besessen haben –, er kannte sein blasses, von grauschwarzen Löckchen umstandenes Gesicht, seine Halbglatze, seine tiefschwarzen Augen, sein ungepflegtes Äußeres, seine kompakte Figur. Aber ich war es gewesen, der ihn für die Sicherheitspolizei sichtbar und kenntlich machen musste, weil man damit zwei Fliegen mit einer Klappe schlug, nicht einer von diesen elenden Spitzeln, denen es vielleicht gar nichts ausgemacht hätte.

Von irgendwo her hörten wir schräg tönende Walzer, mein Lehrer und ich, ein bisschen wirkten sie – wobei der Vergleich hinkte – wie die Crazy Vaults in der Kathedrale von Lincoln, weil man ihnen die innere, vielleicht lähmende Symmetrie genommen hatte. (Was war vorher, was war nachher – in meinem Traum und in meinem Leben spielte das keine Rolle.) Sie stammten von Schostakowitsch oder Chatschaturjan oder einem jener falschen Jazzmusiker, die man nach amerikanischem Muster komponieren ließ und später ins Gefängnis warf, weil sie nach amerikanischem Muster komponiert hatten. Möglicherweise gerieten Nikiforos und ich sogar ins Schunkeln. Was für zerbrechliche Fußgelenke der künftige Delinquent besaß im Vergleich zu seinem dicken Leib, mit welcher Grazie hatte er sich bei den unvermeidlichen Blasmusik-Konzerten im Gorkipark von den jungen Mädchen zum Tanz auffordern und seine Holzpantinen fliegen lassen. Bevor jedoch einer von den hinter den Büschen stehenden Häschern der Schmierenkomödie ein Ende bereitete, machte ich mich los, sprang auf, ohne meinen nächtlichen Lehrer wie Judas den Gottessohn zu küssen, wie es vorgesehen gewesen war, und stolperte Richtung Toiletten von dannen, dahin, wo ich hingehörte in meiner Verworfenheit. Während des Laufens, als mir die Tränen wie Sturzbäche aus den Augen schossen, gelobte ich mir, nie wieder glücklich sein zu wollen und fürderhin auf so etwas wie Liebe und Freundschaft zu verzichten, sogar auf Elsbeth. Natürlich war dies für einen Ewiglebenden kaum umzusetzen, ja eigentlich außerhalb jedweder Möglichkeit – weshalb ich meine Vorsätze auch schnell wieder aufgab.

Um etwas Stabilität in mein so vage gewordenes, von schlechten Träumen gebeuteltes Leben zu bringen, entschloss ich mich eines Sonntags, wenigstens die Uhr meines Vaters aus dem Safe des Hotels Schneeleopard zu befreien, wenn es mir mit mir selbst schon nicht gelang. Jakobus Niewöhner tat vermutlich Dienst, wie meist am Wochenende, seit Herr Schneidewindt sich in Richtung Paradies davongemacht hatte; er würde mir mein Eigentum gewiss ohne weitere Umstände herausgeben, wenn ich ihm Schneidewindts inoffizielle Quittung zeigte, ausgestellt auf meine mit einer Liebesszene nach Watteau geschmückte emaillierte Uhr, die der alte Marquis mir in die Hand gedrückt hatte, nachdem er von meiner Absicht, aus dem Schloss und vor der Revolution zu flüchten, erfahren hatte.

Ich war knapp vierzehn gewesen, so alt, wie ich wirklich war, in einem körperlichen Zustand also, den ich damals nicht wertschätzen konnte. Wieso der Alte ausgerechnet mir seine Uhr schenkte, blieb mir ein Rätsel, ich war ihm nie besonders nah gekommen, wollte mich nie um ihn bemühen, vielleicht lag es ja an meiner immer noch bildhübschen Mutter. Es war fast ein Wunder, wie ich das kostbare Stück durch die Zeitläufte hatte retten können – weil es gute Leute gab, die es für mich aufbewahrten, und ich in brenzligen Situationen stets daran dachte, es mir schnellstens wiederzuholen, bevor es eng wurde und sich fremde Hände seiner bemächtigten.

Da nach ein paar trüben, feuchtkalten Tagen der Frühling einen neuen Anlauf genommen hatte und der Himmel strahlend blau war, zog ich zur Feier des Tages meinen blauen Kaschmirpullover und eine helle Hose an und machte mich auf den Weg. Die Vögel zwitscherten, im Fontanapark blühten die Hortensiensträucher, links und rechts auf meinen Wegen wuchsen in akkurat angelegten Beeten und Terrakottakübeln Narzissen und Tulpen in violett-gelber Kombination, was mir eine Andeutung von guter Laune bescherte.

Jakobus war jedoch in ein Gespräch vertieft, als ich die Lobby betrat. Er redete mit seinem Bruder Johannes, an dessen Arm eine junge Frau hing, die ich genau kannte: Fritzi. Fritzi, die unter einem viel zu großen und für ihre zarte Gestalt viel zu schweren Persianermantel fast zusammenbrach. Darunter trug sie ihre übliche Kinderkleidung, ein Röckchen, ein geringeltes Leibchen und – immerhin – ein Paar geringelter Strumpfhosen, was ein Fortschritt war, wenn ich an ihre blaugefrorenen Beine am Abend von Eisenzahns Willkommensparty dachte. Im Grunde sah sie aus wie immer, nur dass sie mittlerweile ihr Haar kurz trug, so raspelkurz, dass ich durch die dünnen, stufig geschnittenen blonden Strähnen ihre Kopfhaut blitzen sah. Ich entdeckte sie, noch bevor sie mich entdeckte, und war in der Sekunde, als ich auf ihre Gummistiefel niederschaute, sehr erleichtert, dass ich ihr am Morgen nach Eisenzahns grässlicher Party nicht in die Hand hinein versprochen hatte, warme Sachen mit ihr kaufen zu gehen. Sie wusste auch nichts von meinem Plan, sie am Quai de Plessur zu suchen, um sie den Klauen ihrer obdachlosen Kameraden zu entreißen, dass ich sie holen wollte, vielleicht nicht nur zum Shoppen, sondern für länger. Ein paar Tage hätte ich es ausgehalten, Fritzi in meiner Nähe zu haben, vielleicht so lange, bis Wrobel aus England zurückkehrte, hatte ich gedacht, war das Mädchen doch sehr süß mit seinen abstehenden Zöpfen! Und die Ähnlichkeit mit Elsbeth machte mich trotz eines seltsamen kleinen Ekels, sobald ich mich in Fritzis Nähe befand, durchaus empfänglich.

Dann aber musste ich mich eine Zeit lang vor der Entdeckung meiner mir nach wie vor unbegreiflichen

Gewaltausbrüche fürchten und vergaß Fritzi darüber so vollständig, dass es einem anonymen Begräbnis glich. Im Grunde war es meine multiple Feigheit, die sich wieder einmal Bahn gebrochen hatte, diese schlechte Charaktereigenschaft, die mir half, die schlimmsten Geschehnisse wie Schutt aus meinem Gedächtnis zu räumen, nicht nur Herrn Eisenzahn und Elsbeth, sondern auch die dürre Kleine, die mich an meine Moskauer Jahre erinnerte. Dass Nikiforos Widerstand leistete, in meinen Träumen zu mir zurückkehrte und sich nicht wegräumen ließ, hatte nur mit Wrobels Geschichten zu tun, mit dessen Leben und dem Leben dieses nicht zu entschlüsselnden Schriftstellers, der lange verstorben war, bevor ich mit meiner Sterbebegleiterin Heidi in die Schweiz reiste. Vielleicht hätte Doktor Zucker mir sagen können, woher dies kam, warum ich so reagierte. Aber wahrscheinlich hätte er geschwiegen wie immer und mir dadurch suggeriert, ich sollte mir gefälligst selbst einen Kopf machen.

Fritzi aber lebte ja noch. Und wie! Sie hatte ein bisschen zugenommen sogar und eine fast rosige Haut. Der Pelzmantel war zwar garantiert geklaut, aus welchem Etablissement auch immer, und ihre Frisur wohl deshalb so kurz, weil sich in ihren verfilzten Zöpfchen Läuse eingenistet hatten. (Wie schnell dies geschehen konnte, wusste ich noch von Christian, dem Daumenlutscher, dessen Köpfchen von Henriette, meiner Herzensfreundin im Bordell, immer mal wieder geschoren werden musste.) Vor allem jedoch hatte sich Fritzis Blick verändert: Ihre Augen irrten nicht mehr durch die Räume, wie um sie geradezu manisch nach Feinden abzuscannen, sondern wirkten klar und stetig. Im Moment sah sie mir jedenfalls direkt ins Gesicht und holte sich Johannes' Hand an ihre Brust. Dabei sagte sie: *Darf ich dir meinen Mann vorstel-*

len: Johannes Niewöhner. Vorgestern haben wir geheiratet.
Sie war so stolz auf ihn, dass sie Jakobus, der seit ein paar
Wochen in der graublauen Uniform der Hotelkette steckte, von der der Schneeleopard übernommen worden war,
und seinen herablassenden Blick glatt ignorieren konnte.
Zu mir sagte sie schnippisch: *Du bist gewachsen, trägst du
etwa Plateausohlen?*, wollte aber keine Antwort hören,
genauso wenig, wie sie meine angriffslustige Frage zur
Kenntnis nahm, warum sie um Gottes Willen ihre Zöpfe
abgeschnitten habe. Stattdessen zeigte sie mir ihren vorerst noch am Daumen sitzenden goldenen Ehering, der
von Johannes' Großmutter stamme. Natürlich müsse der
kleiner gemacht werden, meinte sie, aber der von Johannes schließlich auch.

Bis sich Fritzis Ehemann umdrehte, dauerte es eine
Weile, wollte der frisch gebackene hauptamtliche Portier
doch nicht glauben, dass sein jüngerer Bruder eine Verabredung mit Professor Arbuthnott von der University of
St. Andrews hatte.

Jetzt lueg doch nit so blöd, du dummer Hund!, erwiderte Johannes auf die Abfuhr, der Professor ist Vorsit-
zender des schottischen Vereins für Totentänze und hat
mich zu einem Gespräch eingeladen, in dem es um ein
Jahresstipendium geht ...

Natürlich konnte der Rezeptionist Johannes den
Kontakt zu einem Hotelgast nicht verwehren, aber er war
ganz und gar dagegen, dass sein Bruder dem Professor in
der Kluft begegnete, in der er jetzt vor ihm stand: in Jeans
mit absichtsvollen Löchern über den Knien, mit einem
schlabberigen grauen Pullover, den ihm seine letzte oder
vorletzte Freundin gestrickt hatte, ganz abgesehen davon,
dass er in Sandalen ging und ihm seine Lockenmähne bis
weit über die Schultern reichte.

Johannes solle doch den distinguierten Herrn aus Schottland, der demnächst das Maßatelier Adam aufsuchen wolle – den Termin habe Jakobus selbst fixiert – und der folglich einen ausgeprägten Sinn für Stil besitze, nicht über Gebühr schockieren. Allerdings habe er eine Idee: Er selbst trage ja noch Uniform in den nächsten Stunden, weshalb also Johannes seine zivilen Klamotten anziehen könne, Hemd, Hose, Pullover, Sportschuhe, alles stehe zu seiner Verfügung. Und wenn er dann noch seine Locken zu einem Zopf binde, damit sein exzentrisches Wesen nicht ganz so sehr hervorsteche, sei alles perfekt. Ein Haargummi stehe in der Lost-&-Found-Schublade zur Verfügung, merkte Jakobus noch an. *Komm, gib dir einen Ruck, blamier mich nicht.*

Was für ein Theater, dachte ich, den Vorsitzenden des schottischen Vereins für Totentänze kann Johannes' Aufzug doch wohl nicht schrecken! Weil ich meine Uhr haben wollte und auch neugierig war, setzte ich mich auf eines der Ledersofas gegenüber der Rezeption, wohin mir Fritzi bald folgte, nachdem sie immer wieder erfolglos am Ärmel ihres Ehemanns gezogen hatte.

Dein Ehemann sieht aus wie Botticellis Johannes der Täufer, sagte ich, und Fritzi: Botti... was? Hast du überhaupt etwas verstanden vom Schwyzerdütsch? Sie hätten auch Rätoromanisch miteinander sprechen können, was sie mir zuliebe nicht tun.

Ich: Ja, doch, ich mache mich immer besser. Aber du hast ein bisschen im Gedächtnis kramen müssen, nicht wahr?

Fritzi: Aber nein, du hast doch hier einmal gewohnt, in diesem Palast, ich durfte in deiner Wanne baden. Aber auch an dem Abend, als der fette Industrielle seinen Geburtstag feierte – oder was weiß ich –, warst du hier, unten am Pool, und später im Foyer vor dem Fahrstuhl ... Jetzt habe ich allerdings Johannes kennengelernt. Das war ein seltsamer Zufall, in Poschiavo, bei den Totenköpfen. Ich bin da eines Tages in eine seiner Führungen hineingeraten, nachdem ich immer wieder um die Kapelle herum unterwegs war ... Meine Eltern hatten in Winterthur ein Beerdigungsinstitut, bevor sie mich allein zurückließen auf der Welt. Ich bin sozusagen vom Fach, obwohl ich dort nie einen Totenkopf gesehen habe, wenn auch Leichen, heftig geschminkte Leichen, die meine Schwester für den Sarg wieder hübsch machte oder ansehnlich irgendwie, falls jemand unter die Räder geraten war. Aber ich wollte auch meinen Namen wechseln. Drangsal. Ich heiße Drangsal. Weißt du, was das bedeutet? Not und Elend. Kummer und Schmerz. Johannes heißt Niewöhner, was vielleicht auch nicht besonders optimistisch klingt ..., anders, als der Name sagt, kann man sich aber daran gewöhnen. Ich habe viele Männer gefragt, ob sie mich heiraten wollen, Johannes war der erste, der sofort Ja sagte. Und wir haben ziemlich schnell Nägel mit Köpfen gemacht. (*Nägel mit Köpfen*, dachte ich. Das kam mir aus meinen früheren Leben bekannt vor!)

Fritzi erzählte mir noch ein paar Geschichten, solange wir auf dem Sofa saßen, Lügengeschichten, wie ich bald feststellte, die sich niemals so hätten zutragen können, wie sie sie mir wortreich schilderte, die ich aber lustig fand und packend, auch traurig manchmal, wenn Wörter fielen wie *Waisenhaus* oder *Schläge auf den Kopf*. Fritzi sprach seltsam gehetzt, als könnte ich ihr jede Sekunde die Hand auf den Mund legen, was mir jedoch niemals eingefallen wäre, Zuhören war doch meine Spezialität.

Dann jedoch verschlug es ihr und mir die Sprache, weil Johannes hinter der Rezeption hervorkam, frisch rasiert, in ganz normale Jeans gekleidet, mit einem schwarzen Rolli und roten Sneakers, die Haare aus der Stirn gekämmt, eng am Kopf anliegend zum Zopf gebunden, eine Locke hing ihm über die Stirn. Der Schock ging tief, der Anblick seines schmalen, schönen Gesichts mit den gut gezeichneten Augenbrauenbögen, der geraden Nase, seinen ausgeprägt hohen Wangenknochen, seinen leicht aufgeworfenen Lippen zeigte mir einen anderen Menschen.

So geschniegelt allerdings hätte Botticelli Fritzis Ehemann niemals gemalt, so sah der Art Director einer Werbeagentur aus oder der stellvertretende Pressesprecher einer erfolgreichen NGO, ins Quattrocento übersetzt also höchstens ein nüchterner Geldzähler vor einem mit einem orientalischen Teppich bedeckten Tisch oder ein Anhänger des fanatischen Mönches Savonarola – aber von Holbein oder Dürer gemalt, nicht von Botticelli, der lässige, sanfte Gestalten bevorzugte, wenngleich er wegen der Sittenstrenge des rasenden Mönchs einige seiner schönsten Gemälde verbrannte, wie ich von meiner klugen Konstanze belehrt worden war.

Johannes kam direkt auf uns zu. Als er mich sah, zuckte ein Wiedererkennen in seinen Augen, ohne dass er bereit war, es mit Worten kundzutun. Er wandte sich auch nur an Fritzi, in astreinem Hochdeutsch:

Ich habe dem Jakob dieses Mal nachgegeben, aber das soll nicht wieder vorkommen, keine Bange. Wie seh' ich denn bloß aus! Ich werde jetzt nach oben gehen, zu Professor Arbuthnott. Dass ich mich gut vorbereitet habe, weißt du ja. Ein Referat über die Unterschiede zwischen dem Totentanz der Berliner Marienkirche und dem im Oratorio Sant'Anna in Poschiavo, das fällt mir nicht schwer ... es ist nicht alles eins in der christlichen Lehre, wie es manchen Leuten erscheinen mag. Der ... der ... der Tod hat viele Facetten.

Seit er mich kennt, stottert er fast gar nicht mehr, sagte Fritzi verträumt zu mir, ihr Pelzmantel war von ihren mageren Schultern geglitten und nahm nun fast das ganze Sofa ein. Wir haben eine Methode entwickelt, die funktioniert. Er darf nur innerlich stottern, nicht äußerlich, auch wenn Unterhaltungen dadurch etwas länger dauern. Es ist seltsam, wenn man innerlich stottert, ich habe es probiert. Aber es g-g-g-geht. Wenn Hannes über Totentänze redet, kommt er über alle Hürden. Er wird den Professor, der nur Englisch und Gälisch und kein Deutsch spricht, über den Haufen reden. Wie ein Rennpferd.

X. Danse Macabre

Eigentlich sei es ganz einfach gewesen, sagte Johannes, als er anderthalb Stunden später aus dem Fahrstuhl in die Eingangshalle trat. Da die Prüfungsaufgabe für das Stipendium in der Herausarbeitung der Unterschiede der Totentänze von Berlin und Poschiavo bestand, was keine große Schwierigkeit war, habe er dem in einem tiefen Fauteuil sitzenden Professor zwar immer wieder die Fotodokumentation vor die Augen gehalten – die er im Verlauf der letzten Tage aus dem Internet kopiert und auf dem antiquierten Tintenstrahler eines Freundes ausgedruckt hatte. Ansonsten aber sei er schwungvoll und frei deklamierend im Zimmer auf und ab gelaufen und habe die so gut wie auswendig gelernten Einzelheiten abgespult und dabei gehofft, die in langen Nächten entstandene englische Übersetzung sei den Aufwand wert.

Edmond, wie er ihn nennen sollte, habe sich aber anscheinend nicht daran gestört, fuhr Johannes fort, er sei ihm kein einziges Mal ins Wort gefallen. Regungslos mit seiner linken Hand an der linken Wange (wie der *Fenstergucker* von Riemenschneider, kennt ihr den?) habe er ihm zugehört. Und am Ende des Vortrags, als der Prüfling schon dachte, der zarte Gelehrte sei eingeschlafen, sprang dieser so quicklebendig aus seinem Sessel heraus, dass er, Johannes, vor der geballten Energie ins Zimmer zurückweichen musste.

In Wirklichkeit hat er sich wie ein Kind über mich gefreut, jauchzte der Stipendiat, weil er nun auch seine Freude nicht mehr unterdrücken wollte, riss Fritzi samt

Pelzmantel in seine Arme und tanzte mit ihr durchs mittäglich leere Hotelfoyer. Über mich! Über mein Wissen, *my intelligence, my empathy*, meine Fähigkeit zur Differenzierung ... wenn ich ihn richtig verstanden habe! Ja, stellt euch vor, er kletterte regelrecht an mir hoch, der alte Schotte, drückte meine Oberarme, legte seinen Kopf an meine Brust, vielleicht wollte er ja meinen Herzschlag überprüfen. Er wäre auch nicht abgeneigt gewesen, mich zu küssen, wenn er mein Gesicht hätte erreichen können. Lueg nit so blöd, Jakob! So war es! Genau so! Natürlich wollte er wissen, warum ich mich mit Totentänzen beschäftige. Wir unterhielten uns auch eine Weile über Nekrophilie und andere Merkwürdigkeiten in diesem Zusammenhang. Sonst aber stellte er mir keine weiteren Fragen. *My beloved Eddy*. Nur meine Kontonummer wollte er wissen! Nichts über meine Lebensumstände oder warum ich mein Studium abgebrochen habe. Ist das zu fassen?

Später dachte ich wehmütig, dass mein Abschied von Chur mit Johannes und dessen Abschied schon begonnen hatte, am Bahnhof der schönen Kantonshauptstadt, wo der eloquente, dank Fritzi nur noch mäßig stotternde junge Mann seinem Bruder und mir bis zur letzten Sekunde seltsam panisch vom vermutlich um das Pestjahr 1484 entstandenen und in der Reformationszeit mit Kalk übertünchten Totentanz in der Berliner Marienkirche erzählte, den er demnächst mit eigenen Augen betrachten dürfe. *Er soll nicht gerade in einem guten Zustand sein*, lautete der vorletzte Satz, den Johannes uns zurief, bevor sich die Türen des verspäteten ICE nach Frankfurt schlossen. (So wie die beiden Brüder übrigens, die ganz zerrupft und verschrammt aussahen und wohl eine schlimme Nacht hinter sich hatten.) *Passt mir gut auf Fritzi auf!*, war der letzte, den wir ihm von den Lippen ablasen.

Von Berlin aus würde er Lübeck besuchen, dann Tallinn, weil die Sensenmann-Darstellungen hier und dort sehr viel miteinander zu tun hätten, hatte er uns am Abend zuvor noch erläutert – auf dem roten Sofa in meinem Apartment sitzend und schon ziemlich beschwipst, weil er eigentlich kaum je Alkohol, sondern eher Drogen konsumierte. Auch Paris stand auf seinem Programm, was alle gleichermaßen neidisch machte.

Paris!, rief er aus. Nach Paris! Die dortigen *Danses Macrabres* sind wohl die ältesten der Welt, obgleich sie nur noch in gedruckter Form existieren. Aber auch der Friedhof, auf dessen Mauern sie sich in einer Länge von fünfunddreißig Metern einstmals erstreckten, der Cimentière des Innocents, ist nicht von schlechten Eltern, obgleich es ihn gar nicht mehr gibt. Seinen Namen erhielt er von der benachbarten Kirche, die *Aux Saints Innocents* hieß, nach dem Fest der Unschuldigen Kinder, ihr wisst schon, nach jenen Neugeborenen, die Herodes umbringen ließ, weil er dachte, auf diese Weise auch das Jesuskind zu erwischen.

Johannes legte Fritzi den Arm um die Schultern, das einzige Zeichen der Zärtlichkeit, das er ihr zukommen ließ, und befreite sich von seinem Haarband, sodass seine Mähne sich auch über Fritzi ergoss, die darunter eine Weile regungslos sitzen blieb.

Von den auf dem Cimetrière des Innocents Begrabenen war wohl nur ein Bruchteil unschuldig, nehme ich an, sagte Johannes, eigentlich hätte er *Friedhof der Schuldbeladenen* heißen sollen. Wenn man sich die Totentänze anschaut, dann hat man ohnehin den Eindruck, dass alle gleichermaßen Dreck am Stecken hatten: König, Adel,

Bürger, Bettelmänner, Frauen, Männer, der ganze Querschnitt der damaligen Gesellschaft – weshalb jeder dargestellte Mensch seinen eigenen Tod besitzt, ein grinsendes Skelett, das ihn zum Tanz auffordert. So ähnlich, wie Rilke dies in einem Gedicht fordert – *O Herr, gib jedem seinen eignen Tod* –, wenngleich er es wohl mehr in übertragenem Sinn und nicht ganz so brachial verstanden haben wird. Ich persönlich finde, dass Skelette eigentlich nicht grinsen, das sieht nur so aus. Und dass es Blasphemie ist, einen Friedhof so zu nennen, aus katholischer Sicht und dem damit untrennbar verbundenen Erbsündengefasel jedenfalls. Auf den Fensterläden des Oratorio Sant'Anna in Poschiavo ist der Gevatter Tod übrigens meist allein unterwegs, mit Sichel und Sense, zu Pferd oder im Kampf mit den Erzengeln. Als Skelett natürlich, und er schlägt sich ganz gut, wie ich finde.

Fritzi blies durch Johannes' Haare hindurch auf ihre ausgestreckten Finger, auf deren Kuppen sie Gesichter gemalt hatte, und spielte mit ihnen Kasperletheater, aber ihr Ehemann fing ihre Hände ein und hielt sie fest, während er weitersprach:

Vom Mittelalter bis ins achtzehnte Jahrhundert wurden die Toten sämtlicher Pariser Pfarreien dort begraben. Das hält man im Ko-Kopf nicht aus. Rechnet man mit jährlich dreihundert Bestattungen, kommt man auf zwei Milli-Millionen Männer, Frauen und Kinder, die dort vor sich hin verwesten. Wenn die Pest über die Stadt herfiel oder Hungernot herrschte, wie fast immer, würde die schiere Fläche der Begräbnisstätte irgendwann nicht mehr ausreichen … Nicht nur den Leuten, die ringsherum wohnten, war das irgendwann klar, sondern auch dem städtischen Magistrat. Bis zum Ende des achtzehnten Jahrhunderts haben sie den Gestank aber alle tapfer ausgehalten – wogegen ich ihn ja schon rieche, wenn ich davon rede, es muss fürchterlich gewesen sein.

Nachdem er sein Glas vorsichtig zwischen die Kochtöpfe meines Stilllebens gesetzt hatte, fragte er mich angelegentlich, ob ich nicht ein bisschen Stoff vorrätig hätte: Ein bisschen Stoff, du weißt schon, was ich meine. Ganz egal was. Wenn nicht, geh ich gerne ein bi-bisschen schnorren ... bei den Kameraden unten am Fluss. Ich wäre im Nu wieder zurück.

Sollte seine verschnupfte Nase, die mir in Poschiavo aufgefallen war, nicht von Botticelli, sondern vom Kokain gekommen sein? Oder war es ein echter Schnupfen? Ratlos hob ich die Schultern und Johannes referierte lustvoll weiter:

Bald lag das Niveau des Gottesackers, der Schädelstätte, zweieinhalb Meter über dem der umliegenden Straßen. Zweieinhalb Meter. M-m-monströs, nicht? M-monströs, findet ihr nicht? Was muss das für die Menschen für ein Gefühl gewesen sein, dass die Toten ihnen buchstäblich über den Kopf wuchsen? Aber vielleicht liebten sie es ja, von ihren Vorfahren umgeben zu sein, und hielten es für selbstverständlich. Im Mittelalter wurden ja auch Feste gefeiert auf dem Friedhof, Picknick gemacht auf den Gräbern sozusagen, der Tod glänzte nicht durch Abwesenheit wie bei uns heutzutage, wo man ihn in Geisterbahnen verbannt oder in Horrorfilme ...

Johannes fingerte sich ein Zigarillo aus der schön beschrifteten Petit-Schachtel, die Wrobel mir für alle Fälle, sollte er ganz dringend den Duft brauchen, zugesteckt hatte, und begann, mir die Bude vollzupaffen. Wenn es um Tote und Friedhöfe ging, kannte er kein Pardon, und nur weil er den Aufkleber *Rauchen ist tödlich* mit den Fingernägeln wegzukratzen versuchte, herrschte für ein paar

Sekunden Stille. Dann hob er wieder an zu sprechen – in jenem eigentlich für die Touristen bestimmten, etwas herrisch-pathetischen Ton, den ich sofort wiedererkannte:

Immerhin entschloss sich der Polizeipräsident von Paris – das war noch vor der französischen Revolution –, Beinhäuser bauen zu lassen und die Liegezeit der Toten zu verkürzen. Daran, dass die Leichen nun nicht mehr richtig verwesen konnten, dachte er nicht, von der Toxizität der ausströmenden Faulgase konnte er vielleicht wirklich nichts ahnen.

Jeder Zug an seinem Zigarillo schien Johannes neu zu beflügeln, auch das schöne Zippo-Feuerzeug, das Konstanze mir aus Vermont mitgebracht hatte – wie zur Abrundung der Fakten ließ er es immer wieder auf- und zuschnappen und erleuchtete damit die Szene.

Viele aus den ringsherum wohnenden Familien starben, noch mehr wurden krank. Die Kinder bekamen Skrofulose, die Männer und Frauen stiere, vorstehende Augen. Sie litten an seltsamen Anfällen, sie zuckten und rasten und fielen hilflos zur Erde. So musste der hügelige Friedhof, von dem es etliche schöne Stiche gibt, schließlich doch aufgegeben werden. Niemandem ist das umgekehrte Verfahren eingefallen: Wohnhäuser abzureißen, um Platz für die Toten zu schaffen. Man stelle sich vor, so wäre Paris womöglich langfristig verschwunden oder nie richtig groß geworden.

Dass sich Fritzi inzwischen den Haarvorhang von ihrem Gesicht gerissen hatte, aufsprang, zitterte und zuckte, die Augen rollte und begann, einen Veitstanz aufzuführen – oder zumindest das, was sie darunter verstand –, kümmerte ihren Mann nicht; er sprach weiter und hielt sich an Jakobus und mich, wobei der Bruder den Monolog mit gleichmütiger Miene ertrug und meine Aufmerksamkeit sich ohnehin in Grenzen hielt, da mich meine eigenen Toten, die auf den Schlachtfeldern und jene auf den Berliner Friedhöfen, immun gegen Johannes' Lust am Tod gemacht hatten. Erst als Fritzi allzu sehr raste, packte er sie am Arm und zog sie neben sich: Herrgott, Fritzi, hast du denn gar keinen Respekt? Der Tod ist eine Majestät, kannst du das nicht begreifen? Der lässt sich nicht verarschen. Der kommt, wann es ihm passt, und nicht, wenn du mit dem Hintern wackelst ... Wo war ich? (Johannes betätigte nachdenklich das Feuerzeug und hielt es gefährlich nah an seine Locken.) Ach ja, niemand riss die Häuser ab und machte Platz für die Toten. Stattdessen schaffte man die verbliebenen Gebeine von über einer halben Million Verstorbener sukzessive in die Pariser Katakomben. Wenigstens das! Diese langen Prozessionen aus mit verwesenden Leichen und klappernden Skeletten beladenen Leiterwägelchen! Wie sie sich durch die Straßen schlängelten! Das muss man sich selbst ausmalen, davon gibt es keine Darstellung ... Ob man einen Priester mitschickte und einen Messdiener das Weihrauchfass schwingen ließ? In Poschiavo habe ich mich oft gefragt, ob das der Fall war, als sie Anfang des zwanzigsten Jahrhunderts auf die Skelette rund um Santo Vittore stießen. Brauchen wir solche Rituale wirklich? Ich bin mir nicht sicher. Vielleicht sind sie genauso lächerlich wie die an den Kranzschleifen zupfenden Politiker, wenn sie vor Denkmälern stehen und *Nie wieder* sagen.

Die Toten! Die Toten sind Johannes' Element, summte ich vor mich hin, während ich Kerzen aus dem Sortiment meines englischen Vermieters auf Unterteller verteilte. Im warmen Schein sah der in eine Botticelligestalt zurückverwandelte junge Mann erstaunlich lebendig und rosig aus. Spätestens jetzt konnte ich mir ein Bild davon machen, wie er auf den schottischen Gelehrten gewirkt und welche Zuneigung er in diesem entfacht hatte, wünschte mir jedoch, er möge nun rasch zu einem Ende kommen. Und tatsächlich, Johannes – ein großer Erzähler, keiner, der Geschichte und Geschichten herunterleierte wie Wrobel, der mehr in sich hineinsprach und sich schämte für das, was er aus seinem Innersten hervorwühlte – segelte auf den Abschluss seiner Ausführungen zu.

1851 habe Napoleon III. auf der Fläche des Friedhofs der Unschuldigen die berühmten Pariser Markthallen – Les Halles – erbauen lassen. Und heute befinde sich unter einem ähnlichen Namen ein schnödes Einkaufszentrum dort. Émile Zolas Roman *Der Bauch von Paris*, der dieser gigantischen Glas- und Stahlkonstruktion ein literarisches Denkmal setzte, erwähnte er nur kurz und unterbrach sich selbst – reumütig, fast verlegen –, als er sich über Zolas wundervolle Beschreibung der Marktstrukturen sowie der unendlichen Vielfalt der feilgebotenen Waren auszulassen begann.

So liegen oder sitzen oder stehen wir Menschen doch recht dicht beieinander, oder?, sprach Johannes schließlich und rieb sich die Hände hingebungsvoll wie ein Priester nach der Predigt: Im Leben wie im Tod. Keiner kann dem großen Gleichmacher entkommen. In Poschiavo haben sie wenigstens die Totenköpfe gerettet und fein säuberlich in die Regale der kleinen Trauerhalle geräumt. Aber während sich der Sensenmann auf den Kreidetafeln im Oratorio Sant'Anna hauptsächlich allein durchs Bild bewegt, erstreckt sich der Totentanz in Berlin auf zweiundzwanzig Metern, und jeder Mensch, der dort auftaucht, ob Domherr, Bürgermeister, Wucherer, Gastwirt oder der Kaiser höchstselbst, hat den Tod als persönlichen Begleiter dabei, als Doppelgänger, als angedeutetes

Skelett jeweils, das vom einen zum anderen tanzt und ein Bild der Gleichzeitigkeit vermittelt, das in der Realität nicht existiert, weil der Tanz ja bis in alle Ewigkeit weitergeht, sozusagen. Die Frage ist, was so ein Totentanz mit den Betrachtern macht! Mit denen von damals, die im Mittelalter lebten, und mit denen von heute. Kriegst du Angst, findest du es lustig? Ist der Schrecken gleich geblieben? Und wie will man das beurteilen? Das ist die Frage. Linst ihr manchmal über die Schulter, um zu sehen, ob ein Skelett hinter euch steht? Eher nicht. Aber vielleicht sollten wir es uns angewöhnen!

Oh Gott, Léon! Johannes griff sich ein neues Zigarillo aus der offenen Packung und rollte es zwischen seinen langen Fingern. Hast du wirklich kein bisschen Speed in der Bude, in der Jackentasche oder unter einem der umgedrehten Töpfe deines komischen Stilllebens? Es ist nicht zum Aushalten.

Eigentlich kam er problemlos ohne aus, wie ich, dem mittlerweile die Augen tränten, feststellte. Es war nur ein penetranter, ins Kokette gewendeter Reflex, den Johannes sich zugelegt habe, um die Leute zu schockieren, wie Jakobus mir später erzählte. Auch trinken wollte er nichts mehr und verschonte meinen ältesten Portwein, den ich ihm hätte anbieten müssen, da wir die billigeren Sorten längst ausgetrunken hatten. Jakobus und Fritzi waren mittlerweile eingeschlafen, vom gelben Licht der Stehlampe in der Zimmerecke übergossen. Das Kinn auf der Brust und mit angezogenen Beinen flankierten sie ihren Bruder und Ehemann, der keine Sekunde willens gewesen war, ihre sie allmählich überwältigende Müdigkeit zur Kenntnis zu nehmen. Dass Fritzi ihren Kopf auf die Schenkel ihres Ehemannes legte, wusste Johannes zu verhindern; er brauchte sie selbst, als Ablageflächen für seine gestikulierenden Hände. Es war sein Bewegungsmodus, so lebte und so redete er, dabei durfte ihm niemand in die Quere kommen.

Einzig ich hatte ihm also noch zugehört, mit geröteten Augen, mit vom Portwein schwer benebeltem Kopf. Mir war unbehaglich, nicht nur wegen des in die Höhe gewachsenen Friedhofs, mir taten die Knochen weh, weil ich meinen Gästen das Sofa überlassen und mich im Schneidersitz auf den Fußboden gesetzt hatte. Und auch meine Nase und meine Ohren schmerzten, weil sie wuchsen. Meistens glaubte ich nicht, was ich da fühlte, aber in manchen Momenten kam ich nicht umhin, das mysteriöse Geschehen in meinem Körper wahrzunehmen. Dieses Knistern und Gluckern, Ziehen und Zerren, dieses Raunen meines Blutkreislaufs, der mir etwas erzählte, was ich nicht verstand. Dass ich mich an mein sich stetig veränderndes Gesicht besser gewöhnte, lag womöglich an den Vorteilen, die ich dem ständig wechselnden Missverhältnis zwischen Nase, Mund und Ohren abgewinnen konnte. Mal sah ich jungenhaft und sympathisch aus, mal männlicher und hart – ganz abgesehen von meinem Gott sei Dank noch immer sehr zurückhaltenden Bart. Noch sah keiner, was sich da ereignete in meiner Physiognomie oder wie oft ich nach jenem denkwürdigen Tag im Schuhgeschäft Degiacomi – nach den Schwierigkeiten mit der Fußvermessungsmaschine – schon meine Schuhgröße gewechselt hatte. Was geschah jedoch, wenn es jemand bemerkte? Würde man mich mit Schimpf und Schande aus der Stadt hinausjagen? Und was bedeutete die Entwicklung langfristig betrachtet für mich? Musste nicht auch ich endlich über meine Schulter gucken? Und das Skelett entdecken, das hinter mir stand?

Als ich vom Weckerläuten erwachte, lag ich auf der zum Bett verwandelten Couch, Fritzi neben mir. Tief und fest schlafend, wie schon im Schneeleopard, in Embryonalstellung, den Pelzmantel weit von sich gestrampelt. Ich ließ sie schlafen, als ich zum Bahnhof ging, um mich von Johannes zu verabschieden und ihm, der in Jakobs Kleidern abreiste, wenigstens noch einige Rollkragenpullover aus Wrobels Textilgeschäft zu bringen, wo ich als Angestellter spezielle Konditionen genoss. 8.37 Uhr auf Bahnsteig 3, so hatten wir es vereinbart.

Ach, wie sie einträchtig auf und ab gingen! Jakobus und Johannes, diese beiden hoch aufgeschossenen Brüder. Wie sie einander vorsichtig umarmten und auf die Wangen küssten. Wie Zwillinge sahen sie aus mit ihren bandagierten Handgelenken und ihren im Wind flatternden Leukostrips am Haaransatz und über den Augenbrauen. Die blauen Flecken würden sich später zeigen, wie ich aus eigener Erfahrung wusste. Aber was zur Hölle war passiert? Keiner von beiden wollte etwas darüber verlauten lassen. Jakob wich aus, indem er schwieg, und Johannes, indem er redete.

In der Tat fand ich nie heraus, wann und wo genau der Überfall auf die beiden passiert war, vermutlich auf dem Weg zum Hotel, in dessen hinterem Anbau man Jakobus für die ersten Wochen als Rezeptionist ein kostenloses Zimmer zur Verfügung gestellt hatte. Dass die beiden ordentlich versorgt und verbunden zum Bahnhof kamen, zeigte immerhin, dass sie ein Krankenhaus aufgesucht hatten.

Jakobus kam nicht so leicht darüber hinweg, dass er seinen gerade wiedergefundenen Bruder nach so kurzer Nähe schon verlieren sollte. Er wurde sentimental und fing bereits auf dem Bahnsteig an zu weinen, er tat es

noch, als er sich auf dem Bahnhofsvorplatz von mir verabschiedete, mir die Hände schüttelte, gehen wollte und
dann doch stehenblieb, um den Alptraum zu schildern,
der ihnen beiden widerfahren war. Wie diese Schweine
nicht aufhören wollten, sie zu traktieren, sich immer wieder auf sie stürzten und auf sie eintraten, dass einer sogar
einen Baseballschläger dabeihatte, dass sie es vor allem
auf Johannes abgesehen hatten und sich für Jakob kaum
interessierten. Erst als er einem Burschen, nicht zufällig
dem kleinsten, einen Kinnhaken versetzte, den er in der
Sportschule – wie er dachte umsonst – monatelang trainiert hatte, sei auch er verdroschen worden.

Aber mein kleiner Bruder! (Jakobus schluchzte so
laut, dass sich Passanten umdrehten.) Den beschimpften
sie auf die widerwärtigste Weise, als Schwächling, als Psy-
cho, als Parasit, als schwule Sau. Die Straßen waren leer,
niemand sah uns, während sie uns beleidigten und schlugen, niemand hörte uns, kein Fenster öffnete sich. Und
irgendwann verschwanden die Kerle. Ich kannte keinen
von ihnen; ich weiß nicht einmal, wie viele es waren, und
ich kann mich auch nicht erinnern, ob Hannes Namen
gerufen hat ...

Der Arme war zu schwach, um weiterzureden. Er
konnte kaum mehr aufrecht stehen und erbrach sich
plötzlich in hohem Bogen auf meine Hosen und Schuhe.
Der Notarzt, den ich rief, kam schneller, als ich es nach
meinen Berliner Erfahrungen für möglich gehalten hätte,
und brachte Jakobus ins Kantonsspital. So erfuhr ich –
der ich meine in Mitleidenschaft gezogenen Schuhe und
Hosenbeine an einem Brunnen reinigen musste, bevor
ich mich viel zu spät im Maßatelier einfand – erst am
nächsten Tag, an Jakobs Krankenbett, dass das Unglück
keineswegs aus dem Nichts gekommen war, sondern dass

Johannes bereits in Poschiavo immer wieder angepöbelt und angerempelt worden sei, von jugendlichen Schlägern, Kerlen, die – im Auftrag rechtsnationaler Kreise, wie er vermutete – offensichtlich erreichen sollten, dass er sich von seinen Führungen und seinen anderen nestbeschmutzenden, die Schweiz schlechtmachenden Aktionen zurückzog.

Nicht nur, dass sie ihm Verkrüppelung oder Tod androhten, sie sind Johannes sogar bis nach Chur gefolgt, zum Vollzug ihrer Ankündigungen, schluchzte Jakobus in seinem mit glücksbringenden Kleeblättern übersäten Krankenhaushemd. Nur das Stipendium könne ihn retten ... die sofortige Abreise, hat er noch im Krankenhaus behauptet, als man uns versorgte. Immer wieder fing er davon an! Allein die frühe Abfahrt des Zuges verhindere, dass die Neonazis ihn noch einmal in die Mangel nähmen. Er überlegte sogar, sich erst einmal ins Klo einzuschließen, falls sich einer der Schläger in den Zug schliche und ihn suchte. Wirklich, er zitterte vor Angst ... und trotzdem und trotzdem hätte er seine Abreise verschieben müssen!

Wütend setzte Jakobus sich auf und schwang seine Beine über die Bettkante. Sie waren lang und bleich und mit wohlgestalteten Füßen versehen, und ein paar Augenblicke lang war ich völlig gebannt von ihrer Schönheit und neidisch, wenn ich an meine eigenen, zwar wachsenden, aber immer noch viel zu kurzen Beine dachte.

Bestimmt hat Johannes auch eine Gehirnerschütterung, ihn haben sie ja noch viel heftiger geprügelt als mich. Ich habe gesehen, wie sie ihn auf den Kopf geschlagen haben. Wir hätten zur Polizei gehen sollen, wie sie uns im Krankenhaus geraten haben. Mein Bruder kennt die Angreifer ... Die wären garantiert verhaftet worden!

Aber jetzt ist er unterwegs, der Liebe, der Gute ... leider ohne Telefon. Wie kann man in der heutigen Zeit ohne Telefon verreisen, frage ich dich! Er kann nur scheitern, ich sehe es kommen. Und was wird aus Fritzi? Haben jetzt wir sie am Hals?

Eine ausgesprochen hübsche Schwester betrat den Raum – ganz wie in den Arztserien, die ich mir manchmal anschaute. Mit ihren perfekt sitzenden künstlichen Wimpern klimpernd ermahnte sie Jakobus, nicht so viel zu reden und vor allen Dingen nicht so laut. Die anderen Patienten – es waren noch drei im Zimmer – bräuchten ihre Ruhe.

So erfuhr ich erst in den folgenden Tagen und Wochen – im Bistro des Krankenhauses, wo wir einander eine Stunde oder zwei gegenübersaßen und einen dünnen Kaffee nach dem anderen tranken, später im Café des Graubündner Museums, wo es guten Espresso gab – Näheres über Johannes und wie er sich von Anfang an auf so verstörende Weise von allen anderen Kindern unterschieden hatte.

Ach, ich gönne es ihm so!, sagte Jakobus, in seiner Kaffeetasse rührend (egal wo, im Kantonsspital oder im Wintergarten der Villa Planta, in seiner Kaffeetasse rührte er bis zum letzten Schluck). Ach, wie ich es ihm gönne, dieses Stipendium! Schon als Kind hatte Johannes eine ganz besonders innige Beziehung zum Tod und zum Sterben. Als Messdiener wollte er immer ganz nah beim Sarg stehen, am besten, bevor er verschlossen wurde. Er meldete sich freiwillig zu Begräbnissen, wenn die anderen Jungs Fußball spielten, er tat auch gern in Sterbemessen Dienst. Nachts kletterte er über die Friedhofsmauer, ein bisschen wie ein Schlafwandler. Wie oft haben wir ihn hindern müssen, das Haus zu verlassen, schließlich hat ihn mein Vater nachts in einem leeren Taubenschlag auf dem Dachboden eingeschlossen. Von unserer Mutter wurde er einfach ins Gesicht geschlagen, wie oft kam er mit blauen Backen in die Schule, einmal hat er sich sogar den Arm gebrochen, weil er unglücklich hinfiel, als er davonrennen wollte. Dass er sich irgendwann auf die Totentänze konzentrierte und sozusagen wissenschaftlich wurde, war gut, fürchteten wir doch alle, er werde eines Tages die Gräber ausheben und die Särge öffnen oder schließlich doch – was für meine Eltern eine Schande gewesen wäre – beim Bestatter anheuern. Warum ich ihm nicht beigestanden habe, wo ich doch vier Jahre älter war als er, weiß ich heute besser, als ich es mir wünschen würde: Im Grunde habe ich ihn gehasst, gehasst für die Aufmerksamkeit, die er bei allen erregte, für sein Engelsgesicht, seine Locken, sein so komisch intensives Gebaren. Er sah immer so durchgeistigt aus, als glühe er in seinem Innern ... so unbegreiflich durchdrungen, so ... so unerhört sendungsbewusst, wie neulich abends bei dir. Selbst der Pfarrer, der Johannes häufig rüde behandelte, wenn er ihm bei Beerdigungen zu dicht auf die Pelle rückte, stellte ihn manchmal vor die Klasse und ließ ihn aus dem sechsten Kapitel der Johannes-Offenbarung zitieren, ganze Passagen hat er damals auswendig gelernt in unserer Küche, und ich musste ihn abhören. *Das Öffnen des Buchs mit den sieben Siegeln, die apokalyptischen Reiter.* Bruchstückweise erinnere ich mich noch. Warte ... *Da ... da ... da entstand ein gewaltiges Beben. Die Sonne wurde schwarz wie ein Trauergewand, und der ganze Mond wurde wie Blut. Die Sterne des Himmels fielen herab auf die Erde, wie wenn ein Feigenbaum seine Früchte abwirft, wenn ein heftiger Sturm ihn schüttelt.* Warte, jetzt kommt das Schönste, warte ... *Der Himmel verschwand wie eine Buchrolle, die man zusammenrollt,*

und alle Berge und Inseln wurden von ihrer Stelle wegge-
rückt. Der Himmel verschwand wie eine Buchrolle ...
wow, das muss einem erstmal einfallen. Na, egal. Jetzt
kann Johannes aus seiner Leidenschaft einen Beruf machen. Wenn er es richtig anfängt. Wer hätte das gedacht!
Mein Bruder, ein Jünger der Wissenschaft! Zu seinen langen Haaren passt das wirklich nicht schlecht.

Und Jakobus kratzte den letzten mit Kakao vermisch-
ten Milchschaum aus seiner Tasse ...

Fritzi war glücklicherweise verschwunden, als ich am Tag
von Johannes' Abreise nach der Arbeit im Maßatelier
zurückkam. Nur ihren Persianer hatte sie mir dagelassen
und auf dem Fußboden ausgebreitet wie eine Installati-
on im Museum. Ich musste lange gegen die Versuchung
ankämpfen, das nach Mottenkugeln stinkende Stück Fell
in den Müll zu werfen. Dass ich den Gestank erst jetzt
bemerkte und nicht schon, als sie den Mantel trug, war
unbegreiflich. Während der folgenden Wochenenden
jedoch begann ich das Ungetüm zu zeichnen, mit Widerwillen, aber konsequent, zuerst die schwarz-silbrigen
Löckchen und Kringel, vor denen es mir grauste, weil sie
vor meinen Augen – je nachdem, wie das Licht auf sie fiel –
zu wachsen schienen. Danach die ramponierten Knopflöcher, das unappetitliche graue Seidenfutter, die löchrigen Seitentaschen. Die gesamte Stofflichkeit der Materie
mutete ich mir zu! Ruskin hätte es gefreut, da war ich mir
sicher; ich nahm wirklich nur den Gegenstand wahr und
sonst nichts, mein Kopf war ganz leer, genau so, wie es der
Zeichenlehrer und gestrenge Kritiker von seinen Schülern verlangte. Wie gut, dass ich den Persianer nur zeichnete und nicht etwa auf die Idee kam, ihn zu reparieren.
Eines Nachts träumte ich nämlich tatsächlich, über ihm

zu sitzen, diesem unappetitlichen Ungetüm, und seine zerzausten Nähte aufzutrennen, um sie zu erneuern, und Nadeln im Mund zu haben und zu überlegen, welche der vielen Nähte, die Urs mir beigebrachte hatte, die beste für den abgewetzten Luxusartikel wäre.

Dass ich irgendwann nicht nur die umgestülpten Töpfe zurück in den Schrank stellte, sondern auch den Pelz in einen grauen Plastiksack stopfte und ihn in den Keller trug, kam mir wie eine Selbstrettung vor. Nur die Vaginalcreme, die Fritzi hinter meinem Rasierapparat versteckt hatte, ließ ich liegen. Die Tube war noch nicht ganz ausgedrückt, überlegte ich, also kam Fritzi bestimmt wieder. Dann würde ich sie bitten, mir Modell zu sitzen, so eckig nackt und spillerig, wie sie halt aussah oder wie ich sie mir unter ihrer Pippi-Langstrumpf-Verkleidung vorzustellen traute. Für Schiele wäre sie geeignet gewesen, dachte ich, ob sie es für mich ist, wird sich weisen. Wo hört man auf, wo fängt man an beim Aktzeichnen? Von nackten Frauenkörpern war bei Ruskin keine Rede. Auf das Arrangement kam es jedenfalls an, wie und wo und in welchem Licht ich Fritzi positionierte. Sie war schließlich keine Pflanze, die zufällig am Wegesrand wuchs.

Immerhin kehrte sie früher zurück als angenommen, lange vor dem Verfallsdatum ihres Anti-Pilz-Medikaments. Nachdem sie Jakobus im Hotel nicht angetroffen und erfahren hatte, er sei mit Kameraden in den Bergen und erst in drei Tagen wieder zu sprechen – was sie empörte –, klingelte sie eines Abends bei mir Sturm. *Ist er da?*, fragte sie beim Eintreten im für sie typisch schnippischen Ton, aber sie meinte nicht ihren durch Europa reisenden Ehemann, was ich zuerst angenommen hatte, sondern den Pelzmantel, den sie verkaufen wollte.

Er könnte mir ein paar Franken einbringen, sagte sie. Seit ich erfahren habe, dass sein Fell von frühgeborenen afghanischen Lämmern stammt, finde ich ihn derart igitt, dass es mir nicht schwerfällt, mich von ihm zu trennen. Was hast du mit ihm gemacht? Bist du etwa auf die gleiche Idee gekommen?

Die Frage, wie es dem Totentanz-Spezialisten gehe, musste ich zweimal stellen.

Er schickt seine Postkarten zu Jakob ins Hotel, ich hole sie mir dort ab, entgegnete sie widerwillig. Wenn man mich nicht reinlässt, kommt er raus, die haben inzwischen strenge Sitten dort. Mit dem Persianer war es einfacher. Ansonsten ist alles okay, Lübeck abgehakt, morgen oder übermorgen fliegt er von Hannover aus nach Tallinn. Das war jedenfalls das, was er auf die Karten kritzelte, der Jo. Ich will ihn Jo nennen in Zukunft, oder Jojo, wie das Holzspielzeug, das man mir in meiner Kindheit zur Beruhigung in die Hand drückte. Jojo ... das finde ich schön.

Als ich Fritzi mitteilte, ihr Persianer sei im Keller und ich hätte seine wilden Kringel sogar gezeichnet, bestand sie weder darauf, dass ich den Mantel hochholte, noch wünschte sie die Skizzen zu sehen. Sie wolle nur bei mir baden, wie schon einmal, sagte sie, mich forschend ansehend. Oder duschen. Und dann vielleicht hier schlafen. Sie sei unglaublich müde.

Schließlich erhielt auch ich eine Ansichtskarte, sie kam aus Dresden, von der Neustädter Seite der Elbe, wo sich Johannes in den um 1534 entstandenen steinernen Totentanz in der Dreikönigskirche verliebt habe, wie er schrieb. Von dort werde er nach Erfurt weiterziehen, vielleicht aber auch noch nach Metnitz in Österreich und Hrastovlje in Slowenien. Das Stipendium sei bald abgelaufen, mit Professor Arbuthnott habe er sich in der Westminster Library getroffen und mit ihm eine der fünfzehn Kopien des Londoner Totentanzes studiert, der sich ursprünglich – wie der Totentanz des Cimetrière des Innocents – als Malerei auf einer Klostermauer befand. Am Ufer der Themse habe es dann Fish'n'Chips auf Zeitungspapier gegeben, eine barbarische Sitte, der offensichtlich auch Akademiker anhingen. Er werde sich noch auf eigene Faust auf den Weg machen, bevor er nach Chur zurückkomme und eine Zusammenfassung seiner Erkenntnisse schreibe. Er habe gespart, sich nichts gegönnt, immer in Jugendherbergen übernachtet oder bei Totentanz-Exegeten. *Am Bescherungstag bin ich da*, schrieb er in seiner mikroskopisch kleinen, kaum leserlichen Schrift, die sich für einen Mails und Telefonate hassenden Kartenschreiber bestens eignete. *Küss mir Fritzi, grüß mir Jakob*. Statt mit seiner Unterschrift beschloss er sein kalligrafisches Kunstwerk mit einem winzigen Totenkopf.

Als Strohwitwe lebte Fritzi wechselweise mit Jakobus oder mir zusammen. Das war nicht einfach, weil Pippi Langstrumpf ein Baby erwartete, wie sie behauptete, und nicht bereit war, abzutreiben, obgleich Jakobus und ich ihr dies dringlich rieten und auch Geld dafür anboten. Was wir uns dächten!, schrie sie uns an, greinend wie ein Kind, mit durchgedrückten Knien. Sie lasse sich doch nicht von einem Arzt betatschen ... oder spreize die Beine auf diesem grässlichen Stuhl!

Wie sich herausstellte, war die Schwangerschaft eine Lüge, genauso wie ihre Heirat mit Johannes. Kein Wort davon sei wahr, sagte Jakobus bei einem unserer Brunchs im Museumscafé, wo ich mir im angrenzenden Buchladen jedes Mal einen Katalog kaufte. (Dieses Mal Giovanni Giacomettis *Große Panoramen*, worin ich prompt mein Lieblingsbild entdeckte, das mit dem Rührei auf den Bergen.)

Sie ist genauso verrückt wie Johannes, wahrscheinlich noch viel irrer ..., sagte Jakob. Nur die goldenen Ringe, die beide tragen, sind echt. Johannes hat sie aus Mutters Schmuckschatulle geklaut, als er das letzte Mal zu Hause war. Aus Rache, nicht unbedingt aus Habgier. Und dann war ja auch Fritzi in sein Leben getreten, wie jetzt in unseres. Als sie angeblich noch schwanger war und ich ihr den Kopf über die Kloschüssel hielt, habe ich mir ernsthaft überlegt, ob ich sie nun heiraten muss. Sogar die Übelkeit hat sie simuliert, sie ist schon sehr durchtrieben.

Auch ich hatte Fritzis Kopf über die Kloschüssel gehalten, allerdings ohne an eine Heirat zu denken. Bald kam sie öfter zu mir als zu Jakob, weil es in seiner Kemenate zu eng war und er eine junge Spanierin namens Pilar kennengelernt hatte, mit der er demnächst zusammenziehen wollte. Ihr zu sagen, dass ich von ihrer Hochzeitslüge wusste, brachte ich nicht übers Herz – ich war ein Feigling. Das aufgeklappte rote Sofa reichte für uns beide. Fritzi schlief hinten, im Gegensatz zu mir musste sie nachts nicht pinkeln und somit auch niemals über mich steigen. So weit wie möglich von mir entfernt an die Wand gedrückt, machte sie sich anfänglich ganz klein, nahm aber im Lauf der Nacht wie selbstverständlich den größeren Teil der Decke für sich in Anspruch. Erst als ich mit heftigen Bedenken – weil ich ja quasi einen Präzedenzfall schuf – eine weitere Decke und zwei Kissen kaufte sowie zwei Garnituren Bettwäsche, deren zarten weiß-blauen Streifen ich viel abgewinnen konnte, wurde aus unserem nächtlichen Gerangel ein friedliches Beiei-

nanderliegen. Es kam auch vor, dass Fritzi sich in meine
Arme kuschelte, was ich – eingedenk des Beipackzettels
ihrer Vaginalcreme – lieber abwehrte. Schließlich aber er-
wachten wir fast jeden Morgen in so inniger Nähe, dass
ich mich – der ich als Erster unter die Dusche und dann
ohne Frühstück ins Maßatelier ging – nur unter Schwierigkeiten aus der Umarmung lösen konnte.

Erst beim Nähen – ich war mit einem komplizierten Re-
verskragen und den dafür unerlässlichen Crochetnähten
beschäftigt – fiel es mir auf: Wenn ich neben Fritzi im
Bett lag, träumte ich von endlosen Rapsfeldern und herr-
lich unbedrohten Kutschfahrten in allerbester Feiertags-
garderobe, nie aber von Nikiforos. Ich konnte weder sein
trauriges Gesicht im Gewimmel der vorbeiziehenden
Menschen entdecken, noch saß ich mit ihm auf der Bank
im Gorkipark, dazu verdammt, ihm auf ewig die Hand
zu schütteln. Nicht dass ich sofort einen Bezug zwischen
Fritzis Anwesenheit und meinem nächtlichen Lehrer
hergestellt hätte, dass sie ein Antidot sei etwa gegen mein
Bewusstsein von mir selbst als Verräter, ein Gegengift,
eine Art sanftes Ruhekissen, wo sie doch so knochig und
sperrig war! Als sie jedoch zwischendurch einfach verschwand, wie ich es von ihr kannte, und ich allein war
zwischen all den Daunenkissen und Decken, kam Nikiforos selbstverständlich wieder, blieb, solange sie weg war,
und machte sich davon, wenn sie zum Duschen zurückkehrte, und so fort. Manchmal brachte er Löwy mit, den
verloren gegangenen Freund, oder Elsbeth, deren Wie-
dergängerin Fritzi war, Leidensgenossen von früher.

XI. Der Tod mit Brille

Am Ende empfahl mir Herr Schwanenherz, der Eigentümer des ältesten Künstlerbedarf-Geschäfts am Platz, Rötelstifte fürs Aktzeichnen, als wüsste er von meinem Ursprung in einer anderen Epoche. Dass ich auch die Websites anderer einschlägiger Läden besucht hatte, solcher, die Wochenend- und Abendkurse anboten, verschwieg ich ihm – je länger ich ihn kannte, mit zunehmender Berechtigung, hasste er doch das Internet aus tiefstem Herzensgrund, nicht nur für den Schund, der dort verbreitet werde, wie er behauptete, sondern vor allem als Konkurrenten, der ihm die Kunden stahl. Dass sein Adoptivsohn und Nachfolger eine Agentur beauftragt hatte, auch für *Schwanenherz & Cie* eine Website einzurichten, geschah gegen seinen ausgesprochenen Willen. Wie überhaupt der *junge Mann* – dieser war fünfundsechzig – sich operativ sehr viel herausnehme, obwohl doch vertraglich noch gar nichts geregelt sei.

Das, was ich lernen wollte, das Zeichnen von Menschen, stand allerdings sowieso auf keinem Programm. Abstrakte Malerei mithilfe von Acrylfarben, Sand, Kaffee und Blattgold wurde angeboten, oder die Herstellung kleiner Skulpturen aus Draht, Styropor und Gipsbinden, deren Kopf man mit selbsthärtendem Ton individuell gestalten und anschließend, wenn die Masse getrocknet war, mit einer Farb-Patina veredeln konnte. Auf den Fotos im Netz sahen die hüpfenden und springenden, in dünne Extremitäten auslaufenden Kunstwerke wie Giacomettis *L'homme qui marche* aus – nicht unbedingt etwas, was ich mit nach Hause nehmen wollte. Mir lag an der Lebendigkeit dessen, was ich zeichnete, ich bestand auf einer sprechenden Physiognomie und auf einem atmenden Körper als Gegenüber. Denn nicht zuletzt die Seelenlosigkeit, mit der ich Tag für Tag als Plakatmaler an Löwys Seite Stalins Pupillen und Nasenlöcher mit blauschwarzer Farbe füllte, sorgte dafür, dass sich auch Schwärze über meine Umgebung legte, eine Schwärze, die mich blind machte für das Schicksal meiner Mitmenschen, für das Verschwinden von Leuten, die gestern noch neben mir auf dem Gerüst gestanden waren, in der Küche Radio gehört oder mir – was allerdings selten vorkam – mit einer Apfelschnitze über den gröbsten Hunger hinweggeholfen hatten.

Wie unbeschwert kamen mir dagegen meine im Hotel Oriental mit schneller Hand aquarellierten und mit Blumenranken versehenen Speisekarten vor! Gertie, die mit weißem Spitzenhäubchen und gestärkter, manchmal regelrecht knarrender schwarzer Uniform im Foyer bediente, schien mich über den Rezeptionstresen hinweg bis in das dahinter liegende Büro zu inspirieren. *Girlandisieren* jedenfalls, wie ich alles nannte, was nicht der Annäherung an die Realität und deren innerem Kern entsprach, konnte ich alleine, dazu brauchte ich keine Anleitung. Was bedeutete, dass ich mir das Zeichnen selbst beibringen musste, wieder beibringen, besser gesagt, da ich mich ja immerhin schon in Karikaturen versucht hatte, vor nicht allzu langer Zeit, im Berliner Café Einstein, als ich so manches mir gegenübersitzende Individuum mit wenigen Strichen festhielt.

Bevor ich *Schwanenherz & Cie* betreten konnte, um die Utensilien zu kaufen, die ich zum Zeichnen brauchte, musste ich freilich durchs Fegefeuer; ich hatte eine

Prüfung zu absolvieren, die darin bestand, einen älteren Herrn zu passieren, der auf einer Art Barhocker hinter der Drehtür zum Geschäft thronte und aussah wie der Tod, der dort seine Kunden empfing. Er war groß und schmal, man sah ihm an, dass er sein Leben lang Sport getrieben hatte. Seine Beine reichten im Sitzen fast auf den Boden, er saß sehr leger, fast gelassen, mit leicht gekrümmtem Rücken, man hätte ihm ein Glas Portwein in die Hand drücken können und er wäre der perfekte Hopper'sche Nachtschwärmer gewesen, wenn der so technisch-medizinisch aussehende weiße Kittel, in dessen Brusttaschen ein kurzes Lineal, ein Rechenschieber, diverse Bleistifte und Minenschreiber steckten, dies nicht verhindert hätte. Vielleicht war es aber gerade der weiße Kittel, der mich an das durch die Kreidezeichnungen tobende Skelett im Oratorio Sant'Anna erinnerte, so wie die weißen, ineinander verschlungenen und sich wieder öffnenden dünnen Finger des Mannes und sein wie mit wächserner Folie überzogenes Gesicht, in das – wie mir schien – ein unvergängliches Lächeln gegossen war, das in seiner Gleichmütigkeit jedem, der eintrat, Gerechtigkeit widerfahren ließ.

Da ist einer mit seiner eigenen Totenmaske unterwegs, da will mir einer ein Tänzchen anbieten, da soll ich eine Schwelle überschreiten, dachte ich schwankend zwischen Belustigung und Schrecken, während ich mich – obwohl ich lieber wieder nach draußen gewollt hätte – zwischen den sich ebenfalls durch die Türe schiebenden Leuten versteckt an der Gestalt vorbeidrückte. Aber es war kein Spaß. Es war mehr als das und zugleich weniger. Es handelte sich um die auf die Spitze getriebene Allgegenwart dessen, was uns Johannes an jenem Abend – den ich das *Festival mortale* nannte – als das Wesen des Sensenmannes expliziert hatte. Es wirkte so furchterregend wie banal auf mich, denn außer mir lebten die Leute nun einmal nicht ewig, oder? Weswegen sie auch ohne Gemütsbewegung an dem Herrn vorbeigingen – einige winkten ihm sogar zu, weil sie Herrn Schwanenherz kannten –, während mir die Glieder schlotterten und die Nasenflügel bebten. Denn da saß er wahrhaftig, der Tod, und wartete auf mich, auf Léon Saint Clair, der doch gar nicht sterben konnte, sondern ein langes, ein immerwährendes Leben besaß.

Inzwischen erschien mir das Bild des Mannes auf dem Barhocker wie ein kurz aufgeploppTES Video beim Internetsurfen, ja, wie ein Blitz in meinen Augen, der mir für Nanosekunden das Gegenteil meiner Existenz vorführte. Ich konnte nicht weitergehen, meine Beine und Füße versagten mir den Dienst. Ich musste ihn ansehen, den seltsamen Kerl, der mir jetzt zu grinsen schien, seine Arme streckte und – wenn man genau hinsah – sogar mit den Ohren wackelte. Die Horrorszene verlor erst ihren Schrecken, als ich entdeckte, dass der Mann, der plötzlich aufstand, einer jungen Frau die Hand schüttelte und dabei alle Umstehenden überragte, eine Brille trug, eine halbe randlose Brille auf der Nasenspitze, deren kaum wahrnehmbare Konturen sich erst zeigten, als sich das Licht darin spiegelte. Ein Tod mit Brille, das war paradox, genauso absurd wie ein Skelett mit Krücke oder Rollstuhl. Ich lächelte dem Mann zu, während ich dies dachte, erwiderte sein zwischen Lachen und Weinen changierendes Grimassieren und spürte, wie meine Beklemmung wich, als er auf mich zukam und fragte, was er für mich tun könne.

Ja, auf diese so dramatische Weise lernte ich Herrn Schwanenherz kennen und bin im Nachhinein froh und dankbar, dass ich ihm nicht davongelaufen bin, mich an sein fahles Gesicht gewöhnte und an seine auf wenige Ausdruckweisen beschränkte Mimik, und vor allem nicht länger glaubte, der Umgang mit ihm könnte mir Unglück bringen. Im Gegenteil, in seiner Begleitung lernte ich das Universum der künstlerischen Hilfsmittel kennen, die Welt der Papiere und der Stifte, der Farben und Pigmente, der Maße und Gewichte. Weil der Herrscher über die Künstlerbedarfsartikel ein Schlitzohr war, das in mir sofort den Dilettanten erkannte und vielleicht ja auch etwas ahnte von den trotz allem immer noch reichlich vorhandenen Geldbeständen aus Konstanzes Bodenvasen, verkaufte er mir jedes Mal mehr Artikel, als ich brauchte: Skizzenbücher und Blöcke mit säurefreiem und alterungsbeständigem Papier, Bleistifte jeglicher Härtegrade, Pastellkreide, englische Zeichenkohle, die aus kleinen Ästen hergestellt wurde, Radiergummis aller Arten sowie Fixier-Spray für meine künftigen Kunstwerke. Seine Frage, ob ich im Begriff sei, eine private Malschule zu besuchen oder gar eine der Kunstakademien in Zürich oder Basel, war rein rhetorisch, er wusste, dass davon nicht die Rede sein konnte.

Ach, er war ein freundlicher Tod, der Herr Schwanenherz! Er verkaufte nicht nur, sondern erzählte auch und verknüpfte mit jeder biografischen Andeutung, die ich ihm aus meinem Leben gönnte, Anekdoten aus seinem eigenen. Insofern war die Frage nach der Kunstakademie doch nicht nur so dahingesagt, sondern die Brücke zu seinem früheren Beruf, zu seiner Laufbahn als Berufsmodell, die ihn durch die ganze Welt geführt hatte:

Wie viele Studenten ich gekannt habe, die sich über ihre unfähigen Lehrer beklagten!, rief er aus, während er nach einem bestimmten Skizzenblock suchte, den er mir dringend empfehlen wollte. Da wünsche ich Ihnen wirklich mehr Glück, mein Herr. Und wie viele Kollegen und

Kolleginnen, die das Modellstehen oder -sitzen nur zur Auffüllung ihrer Urlaubskasse benutzten und glaubten, sich deshalb keine sonderliche Mühe geben zu müssen. Dabei ist es eine Kunst, seinem Körper die gewünschte Stellung und Form zu geben, sich locker zu machen, sich starr zu geben und die Haltung zu wechseln, wenn dies verlangt wird! (Er wies auf seine Hände und seinen Hals, seine Schultern und Oberarme.) Weil ich immer durchtrainiert und definiert war – wie man so sagt –, konnten die Zeichenschüler bei mir die Beschaffenheit von Muskeln und Sehnen bereits aus der Entfernung studieren. Einige von ihnen kamen aber trotzdem zu mir in die Mitte, wo ich saß, lag oder stand, fassten mich an, befühlten meine Schenkel und Waden und ließen ihre Finger über meine Rippen gleiten wie über ein Saitenspiel – nicht ohne *Darf ich?* zu fragen freilich. Haut, Knochen, Muskeln, was für ein faszinierender Zusammenhang! Einige Lehrer hielten einen Vortrag darüber, bevor die jungen Leute mit ihrer Arbeit begannen. Und es war mir eine Ehre zu wissen, dass sie dabei nicht zuletzt von mir sprachen, der ich *in nuce* verkörperte, wovon sie sprachen. In nuce, verstehen Sie? In des Wortes doppelter Bedeutung ... wenngleich ich manchmal ein bisschen fror, wenn die Vorträge zu langatmig wurden. In Berlin, wo ich einige Jahre in der Nähe der Kunstakademie in der Wohnung eines von den Damen heiß begehrten Professors lebte, gab es einen jungen Studenten – ein bildhübscher Kerl übrigens –, der sogar seine Augen zumachte, wenn er mich anfasste, als könnte er nur so – mit der Kraft der Versenkung – der Harmonie all meiner Glieder und Organe teilhaftig werden.

Auch Herr Schwanenherz schloss nun für ein paar Sekunden seine Augen, was er öfter tat während seiner Erzählungen – vielleicht weil er damit nicht nur sich selbst, sondern auch seinem Zuhörer die Gelegenheit bieten wollte, die Atmosphäre kennenzulernen, in der er einst posierte. Den lichtdurchfluteten hohen Saal, in dem man nur im tiefsten Winter die Neonröhren knistern hörte, weil das Tageslicht sonst reichte, die großen Fensterscheiben und die trockene, staubige Luft, die nicht nur ihn zum Husten reizte, das Gluckern der Heizung, wenn der Herbst begann, der Duft der Holzdielen, die bisweilen von türkischen Putzfrauen geölt wurden.

Vor allem die nur sehr vereinzelt auftauchenden jungen Damen bereiteten mir Freude, setzte Herr Schwanenherz seine Erinnerungen fort, wobei er ein bisschen kicherte. Ich hatte keine Probleme mit ihnen, aber sie anscheinend mit mir. Sie sinnierten lange, bevor sie ihre Stifte aufs Papier setzten, wichen meinen Blicken aus. Und an meinem Glied versuchten sie sich liebend gerne vorbeizumogeln. Eine versah es sogar mit einem Feigenblatt. Es war eine Künstlerin, die sich später der Bildhauerei zuwandte und ganz und gar in der Abstraktion aufging ... Man konnte Stahlskulpturen von ihr sehen in Westberlin, am Ku'damm sogar ... im Grunde hat sie ihren Kommilitonen eine Nase gedreht ... jedenfalls wüsste ich nicht, dass einer von denen berühmt geworden wäre, ganz zu schweigen von dem Geld, das sie verdiente. Auf meine Ganzkörperbräune verwandte ich jedenfalls viel Mühe ... (Er trat zur Seite und verhielt ein paar Sekunden den Ton, weil ein Verkäufer hinter ihm eine lange Schublade aufziehen wollte.) Ich habe keinem die Spuren einer Badehose zugemutet, einen weißen Po meine ich, der ja immer etwas Lächerliches hat. Auf der Wiese am Halensee, der einzigen Nacktbadestelle in Westberlin, auf die man vom Bus aus – auf dem Weg zum Kurfürstendamm – herabschauen konnte, wenn man oben saß, lagen damals viele junge Männer, nicht nur solche, die Modell standen. Keiner war jedoch so ansehnlich wie der Student, der sich einmal in der Woche in meinen Körper versenkte und auf den ich mich freute, obwohl ich mit dem Hochschullehrer liiert war. Er als Einziger bemerkte auch, dass mir an meiner rechten Hand der Zeigefinger fehlt. Irgendwas an der Haltung meiner Hände musste ihm komisch vorgekommen sein, weswegen er nach vorne kam und mir vorsichtig die Faust öffnete ... Ach, ich kann nicht verhehlen, dass ich mich ein bisschen in ihn verguckte, Sie merken es schon, Monsieur Saint Clair, in diesen jungen Menschen aus Süddeutschland, der wie ich einen alemannischen Dialekt sprach. Niemals hätte ich mich selbst als schwul bezeichnet wie die angeblich so progressiven Homosexuellen, die irgendwann in den Siebzigern das ursprüngliche Schimpfwort in eine Kategorie umwandelten ... eher: *vom anderen Ufer.* (Sagte er träumerisch und bewegte seine langen Finger in der Luft, als wollte er Klavier spielen.) Das ist für mich wie Poesie, auch wenn es anders gemeint war. Der Ausdruck zeigt mir die Entfernung, in der ich mich lebenslang empfand, diesen breiten, ungestüm oder träge dahinfließenden Fluss, der mich von denen trennte, die ich mehr liebte als die, die mir ihre Zuneigung hinterhertrugen.

Nachdem Herr Schwanenherz die Rötelstifte in Seidenpapier verpackt und in ein Holzkästchen gelegt hatte, darunter ein paar Silberstifte, die für besonders fragile Menschen geeignet seien, wie umgekehrt Kohle oder Kreide für eher kompakte Personen, fügte er noch eine Geschichte hinzu – was er in der Folge immer tat, wenn ich bei ihm vorbeischaute.

Apropos Anatomie, sagte er also und setzte sich auf einen für mich unsichtbaren Hocker hinter der Theke.

Von Michelangelos berühmten Vorstudien für die Ausgestaltung der Sixtinischen Kapelle muss ich Ihnen ja wohl nichts erzählen, oder? Schon in Florenz hat der Unvergleichliche zu diesem Zweck nach Leichen zum Sezieren gesucht. Nachts. Auf den Friedhöfen. Wobei dies selbstverständlich verboten war. Einmal, als er gerade dabei war, den Bauch eines Mannes aufzuschneiden, hat man ihn erwischt, was ihm die Folterungen der Medici'schen Geheimpolizei eintrug. Obwohl er seine Forschungen nur der Wahrhaftigkeit wegen auf sich nahm, zur Verbesserung seiner Kunst, also auch für das riesige Stichkappengewölbe der Capella Sistina, wo er auf diese Weise die riesigen Leiber seiner biblischen Gestalten ins richtige Verhältnis setzen konnte. Ob er dazu ihre inneren Organe kennen musste, die Leber, den Magen, ihre Gedärme, sei dahingestellt, so recht verstehen kann ich es – offen gesprochen – nicht. Die Silberstifte brauchen übrigens ein besonders grundiertes Papier, um Ihre Strichführung sichtbar zu machen, Monsieur Saint Clair. (Und zu dem Lehrling gewandt, der dabei war, die von uns beiden ausgewählten Waren in einen Korb zu füllen, um damit zur Kasse zu gehen:) Suchst du mir bitte noch zehn Blatt Barytpapier heraus und machst mir die Rechnung fertig? Das ist lieb von dir, Tobias!

Ob es an meiner Unzulänglichkeit lag oder an Fritzis nicht zu bezähmender Ungeduld: Die Freude an meiner Beschäftigung mit ihrer Nacktheit währte nicht lange. Das Zeichnen ihres mageren Körpers war nur eine weitere quälende Episode in unserer wechselvollen Beziehung. Sie ließ sich einfach nichts vorschreiben; weder räkelte sie sich nach meinen Vorstellungen auf dem Teppich vor dem roten Sofa, noch legte sie die Unterarme flach an die

Wand und reckte Kinn und Brüste vor oder setzte sich auf einen Stuhl, die Beine leicht geöffnet, die eine Hand auf dem rechten Knie und die andere um den linken Knöchel geschlungen. Am liebsten kauerte sie sich aufs Bett oder auf den Boden, zog die Beine an den Körper und vergrub ihr Gesicht in der dunklen Höhle zwischen ihren dürren Oberschenkeln. So blieb mir nichts anderes übrig, als ihre stachelige Wirbelsäule zu zeichnen, ihren halben Hintern sowie ihren – zugegeben außerordentlich schön geschwungenen – Nacken, inbrünstig an Egon Schieles niemals erreichbares Zeichengenie und seine mageren Mädchen denkend, die in der Realität wohl echt gehungert hatten, wohingegen Fritzi nur magersüchtig war. Weil ich mich nicht traute – wie der schöne Berliner Student –, mein Modell zu berühren und zu fühlen, wie sich dessen Haut über den Rippenbögen spannte, blieb es bei einer einzigen Serie ziemlich schneller Kohle-Skizzen, obgleich ich lieber mit Rötelstiften und definitiv kleiner zu Werke gegangen wäre. Ich benutzte auch nur einen schnöden Spiralblock, nicht Herrn Schwanenherz' schönes Büttenpapier, als ich Fritzi zeichnete, von der Seite, an den Türrahmen gelehnt, in einer Haltung, in der sie sich einigermaßen wohlfühlte. Dass ich um ihre Zöpfchen trauerte, die mir immerhin das Girlandisieren erlaubt hätten, brauchte sie nicht zu wissen, zumal ich ihr ja nichts von Elsbeth erzählen konnte, von den zwei Flüssen an ihrer Schläfe, geschweige denn davon, wie oft sie mich nachts auf dem roten Klappsofa vor Nikiforos rettete, wenngleich die Nähe, die uns nachts so zärtlich verband, tagsüber in unbeschreibliche Kühle überzugehen pflegte.

Einige Wochen lang kam es zu heftigen Streitereien. Fritzi streckte mir die Zunge heraus, sagte *Bäh!* oder zeigte mir so aufreizend ihre Schamregion, dass ich den Stift fallen ließ und die Hände vors Gesicht schlug. Wie hatte ich bloß auf die Idee kommen können, dass dieses widerborstige Wesen meiner geliebten Elsbeth glich? Sie hätte mich niemals einem solchen Schrecken ausgesetzt, ganz abgesehen von ihrer nicht nachlassenden, manchmal etwas gouvernantenhaften Anteilnahme an meinem Geschick und ihrer Aura, wenn sie ein Buch las. Fritzi hingegen sah ich niemals lesen, es sei denn die Gebrauchsanweisung für ihre Vaginalcreme oder Johannes' schwer entzifferbare Ansichtskarten. Ganz abgesehen davon, dass sie sich im Grunde nicht für mich interessierte; ich war ihr Herbergsvater, mit dem sie zufälligerweise in einem Bett schlief. Das verpflichtete sie nicht einmal zu einem Lächeln.

Den liebenswürdigen Herrn Schwanenherz jedenfalls verbuchte ich in meinem Dasein, in dem wegen der unverändert erfreulichen Auftragslage im Maßatelier Adam kaum Zeit für private Gespräche blieb, eindeutig als Gewinn. Fast ähnlich wie ich selbst – aber natürlich ganz anders – konnte das einstige Berufsmodell auf ein langes Leben zurückblicken und schien deshalb ebenso häufig in den Tiefen seines Gedächtnisses zu versinken wie ich. In einer seiner fortlaufenden Anekdoten erzählte er mir eines Tages – ich brauchte Pastellkreiden und ein Sortiment unterschiedlicher Bleistifte, weil ich wieder dazu übergegangen war, tote Gegenstände zu zeichnen –, er sei in seinen Jugendjahren das Lieblingsmodell Giacomettis gewesen, als dieser noch zeichnete, was er sah. Leider habe er kein einziges Blatt aus den damals rasend schnell und in nur wenigen Sitzungen entstandenen Serien je in einer Ausstellung gesehen, obgleich er viele besucht habe im Laufe der Zeit. Während Alberto Giacometti heftig und mit rotem Gesicht zeichnete und sich zwischendurch die Locken raufte, habe er als Modell sich fortwährend bewegen müssen – ein Blatt für eine Bewegung sozusagen, und noch ein Blatt und noch ein Blatt, wodurch fast ein Film entstanden sei, wenn man die Blätter nebeneinandergelegt habe.

Meine Extremitäten jedenfalls sind länger und länger geworden, während Giacometti zeichnete, sagte Herr Schwanenherz, sie veränderten sich und begannen den Skulpturen zu ähneln, für die er später berühmt wurde. Ja, so könnte man es ausdrücken ... es ist wirklich zum Staunen!

Aber, mein verehrter Herr, in diesem Fall müssten Sie über hundert Jahre alt sein!, hätte ich ihm gerne entgegnet, tat es aber doch nicht, als ich in sein von feinen Linien durchzogenes blasses Gesicht blickte, ein Gesicht, in dem die Zähne zu groß und der Mund zu klein erschienen, was mich bisweilen doch an unsere allererste Begegnung erinnerte und trotz seines Charmes etwas Abstand nehmen ließ.

Natürlich kann ich mich nicht an alles gleich gut erinnern, sagte Herr Schwanenherz, als habe er mich denken gehört. Schließlich begehe ich noch in diesem Jahr meinen einhundertachten Geburtstag, inzwischen bin ich wohl einer der ältesten Bürger der Schweiz. In Chur gibt es noch einen Überhundertjährigen, der wird von einem Rechtsradikalen, dem Sie bestimmt schon begegnet sind, im Rollstuhl durch die Stadt gefahren. Ich kenne diesen Altersgenossen, aber ich würde kein Wort mit ihm wechseln wollen. Man hört nichts Gutes von ihm, auch soll er kein echter Schweizer sein, was man von Ihnen aber wohl auch nicht behaupten kann ... Eigentlich darf man in meinem Alter schon einmal etwas vergessen, finden

Sie nicht?, meinte er dann und sah mir schelmisch in die Augen. (Wenn mir später dieser Nachmittag wieder einfiel, hörte ich ihn manchmal *in unserem Alter* sagen, was aber bestimmt eine Täuschung war.) An Giacometti jedoch erinnere ich mich genau, da würde ich keine Abstriche machen, nicht weniger genau als an die Basler Kunsthochschüler, die mich als Erste auf der Alm auf Geheiß ihres Lehrers als Aktmodell benutzten und später leider auch auf andere Weise. So wie ich aussähe, so schlank, so blond, so schön, könne ich nicht weiter in dieser Einöde leben, riefen sie, obwohl ich doch mitten in einer blühenden Alpenwiese stand. Ich müsse in die Stadt, ich müsse Modell stehen und dürfe meinen idealen Körper nicht durch schwere Arbeit beschädigen. Ich war damals vierzehn oder fünfzehn und dachte nicht sehr weit in die Zukunft, aber der Satz hat sich mir eingeprägt, zumal mich das bäuerliche Leben, meine hartherzigen Eltern, der traurige Alltag, der Misserfolg in der Schule quälten. So verließ ich eines Tages das Engadin, ging nach Zürich, trieb mich in der Nähe der Kunsthochschule herum, bot mich an, in dieser oder jener Funktion, und entwickelte im Laufe der Zeit eine solche Beliebtheit, dass man sich um mich stritt und an andere Institute weiterempfahl. Bis nach Genf kam ich und Lyon, dann nach Karlsruhe, auf die andere Seite des Rheins, und am Ende, Anfang der Siebzigerjahre, sogar nach London und Berlin, beides Städte, die noch ziemlich zerbombt waren nach dem Krieg, aber auch voller Leben, Lust und Opposition. (Er seufzte tief, bevor er sich wieder auf unsere Geschäftsbeziehung besann.) Darf es sonst noch etwas sein, mein Herr? Vielleicht eine Packung Pigmentliner mit unterschiedlichen Strichstärken? Eine Tischstaffelei? Oder eine elektrische Spitzmaschine? Falls Sie in einen Raptus geraten beim Zeichnen, hat so ein Ding durchaus seine Vorteile ...

Was ist ein Raptus?, wollte ich ihn fragen, wann wäre ich je in einen Raptus geraten, fragte ich mich selbst. Aber da hatte Herr Schwanenherz schon wieder seinen Faden aufgenommen:

Klar, dass es unterschiedliche Tarife fürs Modellstehen gab, je nachdem, wo ich hinkam. Schlecht lebte ich allerdings nicht, ein paar Jahre sogar in einer auskömmlichen eheartigen Beziehung, bis ich merkte, dass ich nicht mehr als ein erotisch aufgeladener Stummer Diener war. Immerhin, das Geld, das ich sparen konnte, reichte irgendwann aus, um das völlig heruntergekommene Künstlerbedarfsgeschäft zu übernehmen, in dem Sie heute stehen. Seitdem bin ich glücklich, mit gelegentlichen melancholischen Schüben, weil sich keiner mehr für mich interessiert; als Modell, meine ich. Das Alter will hier in der Gegend niemand zeichnen. Und ich kann auch nicht leugnen, dass meine Muskeln schlaffer geworden sind und meine Haut poröser. Ganz abgesehen von meinem mittlerweile haarlosen Schädel, der von nichts als von verflossener Schönheit spricht. Ach, wenn ich an Albrecht Dürers alte Mutter denke, an dessen geniale Zeichnung von ihr vielmehr, und an das Plakat, das der Heidelberger Agitprop-Künstler Staeck daraus machte. Was stand nur drauf?, fragte sich der alte Herr, während ich schon googelte.

Würden Sie dieser Frau ein Zimmer vermieten?, sagt die Suchmaschine, gab ich schließlich Bescheid, und wir beide lachten so herzlich, dass wir unser Alter vergaßen – er das seine und ich das meine –, wobei ich nicht sagen konnte, wen von uns beiden dies mehr Mühe kostete.

XII. Die vermaledeiten Abschiede

Auch Schwanenherz war ein Vielredner, dem ich nur zuhören konnte, dachte ich manchmal, wenn ich am Sams-
tagmorgen mit meiner Einkaufstasche voller Blöcke und
Stifte über den Wochenmarkt nach Hause schlenderte
und versuchte, Viktor auszuweichen, der oft um die gleiche Zeit im Auftrag seiner Mutter unterwegs war und
ebenfalls gerne einen Schwatz mit mir hielt.

Alle waren sie Vielredner, alle wollten sich verständlich machen. Alle außer Fritzi, die ich dafür liebte, dass
sie so wenig redete und nach ihren seltenen Zornausbrü-
chen, in denen es um ihren Ehemann und dessen hassens-
werten, langweiligen, abends im Bett nur Gesetzestexte
lesenden Bruder ging, für Stunden, manchmal tagelang
schwieg; dafür, dass sie ohne einen Laut von sich zu geben das Bett mit mir teilte, selbst während unseres merkwürdig unentschlossenen, lustlosen Sex, der sich durch
die schiere körperliche Nähe manchmal ergab. Ganz zu
schweigen von dem Wunder, dass meine Besucherin in
meine Träume eingreifen konnte und Nikiforos von mir
fernhielt, selbst wenn dieser sich schon auf die Bank gesetzt hatte und mir entgegensah. Über ein Baby, das sie
erwartete, sprach sie schon lange nicht mehr, ihr Bauch
rundete sich nicht, nicht so jedenfalls, wie er sollte. Sie
nahm auch nur unwesentlich zu, obwohl sie aß wie ein
Scheunendrescher, vorwiegend Kartoffelchips und
Ketchup, bisweilen aber auch grüne Bananen, die ihr
qualvolle Verstopfung bescherten und sie ewig lange auf
der Toilette festhielten.

Als Sybille ihre kleine Schwester holen kam, waren ein paar Monate vergangen seit Johannes' Abschied, dem ein sehr viel längeres, sozusagen unbewusstes Adieusagen folgte. Wie sie Fritzi in der Ferienwohnung eines lange nicht mehr in der Schweiz gewesenen Engländers aufspüren konnte, blieb mir ein Rätsel. Vielleicht hatte die Familie einen Privatdetektiv beauftragt, wie früher schon, wenn die Tochter das Weite gesucht hatte, womöglich waren Schulkameraden, ehemalige Lehrer oder Nachbarn aus Winterthur auf Pippi Langstrumpf gestoßen, in Poschiavo oder Chur, und hatten ihre zufällige Entdeckung postwendend weitergegeben. Dass Friederike – wie die Älteste die Jüngste von fünf Geschwistern unbeirrt nannte – neben einem Ehemann auch zwei tote Eltern erfunden hatte, erfuhr ich bereits aus Sybilles erstem, noch im Treppenhaus herausgeschleuderten Satz, in welchem sie der unsichtbaren Fritzi Grüße von Mama und Papa entgegenschrie. Und ohne Gegenwehr ließ ich auch alle folgenden Neuigkeiten über mich ergehen, während sie in der Diele – trotz meines Einspruchs – die ihr bis zur halben Wade reichenden Lederbänder ihrer griechischen Sandalen aufdröselte. Dass der sich bester Gesundheit erfreuende Besitzer des Beerdigungsinstituts Drangsal und seine ebenso quicklebendige Frau sozusagen auf dem Sprung waren, die Schweiz zu verlassen, weil sie ihren Lebensabend in Florida verbringen und deshalb – bevor sie das Geschäft und die Häuser verkauften – die Familie noch einmal zusammentrommeln wollten: die in Deutschland wohnenden Zwillingssöhne, die beiden älteren Töchter. Und auch die Anwesenheit des Nesthäkchens sei vonnöten, weil die Eltern nicht etwa beabsichtigten, Friederike zu verstoßen; sie selbst sei es gewesen, die ihr Zuhause aufgegeben habe, um in der Weltgeschichte herumzustreunen.

Wer also wird wieder einmal losgeschickt, um unsere wilde Jüngste einzufangen?, rief Sybille augenrollend, setzte sich unaufgefordert an den Esstisch und verbog die Zinken der dort liegenden Gabel. Ich natürlich! Schon als Kind, solange wir in dasselbe Schulgebäude gingen, wurde ich gerufen, weil Friederike zu brüllen anfing, sobald man sich ihr näherte und wagte, sie etwas zu fragen. Ich bin die Einzige gewesen, die sie zur Ruhe bringen konnte. Keiner hat sich getraut, sie so fest an sich zu drücken, bis sie still war, außer mir, weder im Kindergarten noch im Klassenzimmer. Irgendwann ging meine schlaue Schwester jedoch aufs Gymnasium, nachdem man ihre Intelligenz entdeckt und sie zu schreien aufgehört hatte; in Literatur war sie anscheinend ein Ass. Schwülstige Aufsätze schüttelte sie geradezu aus dem Handgelenk und liebäugelte wohl mit einer Schauspielkarriere. Hat Sie Ihnen nie den Monolog der Luise Miller aus *Kabale und Liebe* vorgetragen? *Wer sollte der Tochter des armen Geigers denn Heldenmut zutrauen?* So ging es den ganzen Tag. *Wer soll der Tochter des armen Geigers, den Heldenmut, mitten in die Pest sich zu werfen ...* Es klingelt in meinen Ohren! Oder Gretchen aus Goethes *Faust*: *Meine Ruh ist hin, mein Herz ist schwer ... Mein armer Kopf ist mir verrückt, mein armer Sinn ist mir zerstückt ...* Es waren immer solche Anklagen, solch wehleidiges Getue, worin sie sich versuchte ... nicht Lustiges. Und trotzdem lagen wir alle auf dem Boden vor Lachen, wenn sie vor uns stand und mit den Armen wedelte. Haha! (Immer wieder unterbrach Sybille ihre Sätze mit diesem rauen, irgendwie rast- und ratlosen Lachen.) Meinen Eltern hat das trotzdem nicht schlecht gepasst, das Gymnasium. Sie wollten Friederike tatsächlich zu einer Übergescheiten machen, nachdem meine Brüder nicht mehr greifbar waren; die verdingten sich früh auf dem Bodensee als Schiffsjungen. Vielleicht könnte sie ja Lehrerin werden, dachten sie wohl, oder wirklich Schauspielerin. Ich selbst, die Idiotin der Familie, begann nach der Mittelschule, im Geschäft zu arbeiten, und schminkte die Verstorbenen. Am Tag meiner Hochzeit – kurz nach der Trauung, ich hatte einen Standesbeamten geheiratet, der mich überreden wollte, mit dem Leichenschminken aufzuhören, wo ich es doch nur deswegen im Begräbnisinstitut ausgehalten habe –, stahl sich Friederike, die hübscheste meiner Brautjungfern, samt hellblauem Kleidchen und Blumenkranz im Haar davon und verwandelte sich in Pippi Langstrumpf, von der sie als Kind abends beim Vorlesen nicht genug kriegen konnte. Haha. Jetzt allerdings ist Schluss mit lustig!

Die stämmige junge Frau stand ruckartig auf, ging zum Spülbecken in der Küchenzeile und ließ sich kaltes Wasser übers Gesicht laufen. Sie hatte recht, es war ein brütend heißer Tag, ihr Zorn jedoch ließ sich dadurch nicht abkühlen. Im Gegenteil, ihre Stimme wurde schärfer und lauter, unmöglich, dass Fritzi sie hinter der Badezimmertür, wo sie vermutlich mit hochgezogenen Beinen auf dem Toilettendeckel saß, nicht hörte.

Ich sehe nicht ein, dass du dir einen schlauen Lenz machst, während wir uns Urlaub nehmen müssen, um die Häuser auszuräumen, die künstlichen Blumen, die Kränze, Särge und Urnen zu verkaufen, Container zu bestellen, Gerümpel loszuwerden, Papiere zu ordnen, die Besuche beim Notar zu organisieren. Du musst zurückkommen! Wie sollst du sonst erfahren, was du erbst und was dir zusteht?

Wie immer war ich völlig hilflos, wenn von ihren Gefühlen überwältigte Leute anfingen, im Dialekt zu reden.

Wienerisch, Pfälzisch, Schwyzerdütsch, solche Ausbrüche fühlten sich für mich an wie Kabarettnummern, vor deren Intensität ich sofort kapitulierte.

Ist sie denn noch süchtig?, fragte Sybille, mich ins Visier nehmend. Und als ich nicht antwortete: Ich meine, ist sie noch magersüchtig? Lebt sie noch von Luft und Liebe? Schnorrt sie sich immer noch durch die Gegend? Ich werde sie aufpäppeln, das sage ich Ihnen, nicht nur, was die Kalorien anbelangt. Sie muss Verantwortung übernehmen, sie muss ihre Matura nachholen, es muss aufhören mit ihren widerlichen ... Männergeschichten, sie darf nicht mehr auf der Straße leben! Und auch das hier ist nichts für dich, Friederike!, schrie Fritzis Schwester in Richtung der geschlossenen Tür und deutete auf das zerwühlte Bett. Diese unaufgeräumte Junggesellenbude, zu eng, zu klein ... und zu alt ... womit ich Sie meine, mein Herr! Komm endlich raus, du Biest, ich weiß, dass du hier bist!

Und während ich, Léon Saint Clair, noch überlegte, ob ich mich vorsichtshalber vor die Badezimmertür stellen sollte, falls Sybille sie einrennen wollte, geschahen zwei Dinge auf einmal: Die große Schwester entdeckte die am Boden liegenden Aktskizzen, Fritzi in der Hocke mit krummem Rücken, Fritzi mit gespreizten Schenkeln, Fritzi, die sich gegen den Türrahmen lehnte und ihre kleinen Brüste zeigte. Und gleichzeitig kam Fritzi ins Zimmer, mit einem ihr knapp über den Hintern reichenden Pyjamaoberteil von mir, weil ihre Klamotten – unerreichbar für sie, aber für Sybille umso aufreizender – vor dem Bett auf den Boden lagen.

Es war eine Slapstickszene, ich hätte gerne gelacht, wenn ich nicht Angst vor den Schwestern bekommen hätte, die in der nächsten Sekunde aufeinanderprallten und anfingen, sich zu attackieren, sich mit den Fäusten gegen die Arme und Oberkörper schlugen, sich schubsten und gegenseitig zu Boden zu werfen versuchten, sich an den Haaren zogen, wobei Sybille bei Fritzis kurzen Stoppeln arg im Nachteil war, sich in die Schultern bissen und an den Ohren rissen, während sie die ganze Zeit kreischten und wüst schimpften, um danach zu einer Kissenschlacht überzugehen, die ihnen zwischenzeitlich – wie eine uralte Übung – sogar Spaß zu machen schien. Als sie schließlich am Boden lagen, beide außer Atem und zitternd vor Wut, entdeckte ich amüsiert, dass Fritzi sich nicht einmal ein Unterhöschen hatte anziehen können, bevor sie die Bühne betrat. Wie tapfer sie sich geschlagen hatte! Dafür konnte ich sie nur bewundern. Sie kam mir auch unverletzt vor, während Sybille so stark aus der Nase blutete, dass ich mit meinen Papiertaschentüchern nicht nachkam. Nie hätte ich das Fritzi und ihrer chronischen Schlaffheit zugetraut. *Chapeau, meine Süße*, raunte ich ihr zu und tätschelte ihr den Rücken, aber sie stieß mich von sich.

Als Sybille aufstand, trat sie absichtlich auf die gelungenste Zeichnung, die ich von Fritzi angefertigt hatte, auf jene Kohlezeichnung, die ihre kleine Schwester wenigstens ein bisschen entspannter zeigte als alle anderen. Da sie mit Fleiß darauf herumruckelte, ja sich regelrecht die Füße daran abwischte, trug das Blatt neben Portweinflecken nun auch die Spuren eines Schwesterndramas, was mir, der sofort den Entschluss fasste, es rahmen zu lassen und neben den Druck von Turners *Die letzte Fahrt der Temeraire* zu hängen, nicht schlecht gefiel: Einen Akt als Fußabtreter, das gibt es wahrscheinlich nicht so häufig, dachte ich. Oder doch? Mal sehen, was Herr Schwanenherz dazu sagen würde, seine über hundertjährige Sanftheit eigentlich, die den Mantel über alles deckte.

Was soll diese Schweinigelei?, fragte Sybille, mich böse anblickend und gänzlich ohne Schuldbewusstsein. Sogar für einen Hobbykünstler ist das üble Stümperei! Sie haben kein Talent, lassen Sie sich das gesagt sein. Haha! Jeder Leichenbestatterlehrling, der mit mir in den Schminkkurs gegangen ist, könnte das besser. Sind Sie nicht Schneider? Warum bleiben Sie nicht bei Ihrem Handwerk? Und du, Friederike: Raff dich auf! Zieh dich an! Pack deine Sachen! Mein Auto steht vor der Tür. Wir fahren sofort nach Hause!

Dass die Routine, mit der ich sonst meine Abschiede abzuwickeln pflegte, plötzlich ins Wanken geriet, verwirrte mich. Ganz abgesehen von der Tatsache, dass Fritzi nicht freiwillig gegangen, sondern von ihrer Schwester entführt worden war, fiel mein Versuch, zur Tagesordnung überzugehen, geradezu jämmerlich aus. Zwar fehlte mir das Durcheinander nicht, das sie anrichtete, sobald sie die Wohnung betrat, weder der Lärm des ewig laufenden Fernsehers noch das enervierende Scheppern aus ihren Kopfhörern – kurzfristig gesehen. An der abgrundtiefen Schwermut jedoch, mit der ich den Abgang der beiden Frauen beobachtet hatte, änderte sich nichts mehr. Sie blieb einfach in mir stecken, obwohl ich die Skizzenblätter zerriss, Sybilles blutverschmierte Taschentücher in eine Plastiktüte stopfte, Kissen und Decken frisch überzog und den von Daunenfedern übersäten Dielenboden saugte, vor dessen starr blickenden hölzernen Augen es Fritzi immer gegraust hatte.

Nichts half! Weder Fritzis Rucksack zum Müll hinunterzutragen – Sybille hatte ihn mir mit *Friederike wird jetzt erwachsen!* vor die Füße geworfen – noch ihre herzförmige rote Seife und nach Himbeeren schmeckende Kinderzahncreme im Badezimmer zu belassen, damit der mit Fritzi verbundene Geruch nicht gar so schnell verschwand. Die Spiele, die wir miteinander gespielt und die Fritzi so hippelig gemacht hatten – *Malefiz, Mensch ärgere dich nicht, Fang den Hut* –, ließ ich sowieso unberührt, sie stammten von Viktor und ich würde sie ihm demnächst zurückbringen.

Wie so oft beim Abschiednehmen im Verlauf meiner Jahrhunderte schwankte ich zwischen Erleichterung und Jammer, mit dem Unterschied, dass mir das Schwanken dieses Mal viel mehr zusetzte und ich bald auf die dunkle Seite hinüberzukippen drohte. Wie um mir selbst noch eine Chance zu geben, stieg ich deshalb bei einsetzender Dunkelheit ein zweites Mal zum Abfall hinunter und war unendlich froh, dass der Rucksack noch in der Mühltonne lag, gab es doch auch in Chur Leute, die im Müll etwas Verwertbares vermuteten und selbst hier, im Hinterhof eines unscheinbaren Mehrparteienhauses, übernachteten, wie ich auf dem Schild lesen konnte, das oberhalb des Abfallbereichs angebracht dazu aufrief, im Falle des Falles das Ordnungsamt zu benachrichtigen.

Vor allem der Rucksack auf dem Tisch – nein, ich würde ihn nicht zeichnen – und die plötzlichen Schmerzen in meinen Gelenken bewirkten, dass ich das Weinen nicht mehr unterdrücken konnte. Da Sybille mein letztes Päckchen Taschentücher mitgenommen hatte, musste ich für meine heftig fließenden Tränen ein Küchenhandtuch benutzen, das ich mir schließlich – ich wollte die Welt einfach nicht mehr sehen – aufs nasse Gesicht legte. Wie hatte Konstanze gesagt in ihrem Luxusbett unter dem Himmel des geöffneten Dachfensters, immer dann, wenn wir beide melancholisch wurden beim Vergleich ihrer Lebensgeschichte mit der für sie erinnerbaren Weltgeschichte: *Für das Jewesene jibt der Jude nüscht.* Wobei ich aufgrund meiner besonderen Umstände durchaus in eine längere Gedankenschleife hätte geraten können als sie, viel weiter zurück als jetzt beim Überfliegen meiner jüngsten Vergangenheit.

Wäre ich Heidi nicht davongerannt, dachte ich schluchzend, läge alles längst hinter mir, weder mein Leben mit Fritzi noch ihre Entführung hätten überhaupt stattfinden müssen. Obwohl es nicht an meinem Lebensüberdruss lag, dass ich mich mit der Sterbebegleiterin im Café Einstein verabredete, nachdem ich herausgefunden hatte, wozu ihre Kundengespräche dienten. Eigentlich lebte ich ja gern, ich litt keineswegs am existenzialistischen Blues wie so viele von Konstanzes wohlhabenden Freunden. Ich hatte mich ins Bockshorn jagen lassen von diesen aufgeblasenen Polizisten, die mich als Zeugen für einen Raubmord nicht aus ihren Fängen lassen wollten, mich, Léon Saint Clair, der unglücklicherweise seit längerer Zeit ohne Papiere lebte. Diese Wichtigtuer. Wie ich sie abgehängt hatte, tagelang, nächtelang, wie ich sie an der Nase herumführte, in U-Bahn-Stationen übernachtete, mit Frauen und Männern auf Hotelzimmer ging, mir mit einem übergriffigen Zahnarzt sogar eine Rauferei lieferte.

Ja, wirklich!, sagte ich laut und schnäuzte in das Handtuch. Ich hätte auch ohne Heidi Berlin verlassen können, wäre ohne sie allerdings nie in der Schweiz gelandet. Wofür ich ihr immerhin eine enorme Summe aus Konstanzes Bodenvasen bezahlt hatte!

Nein! Es waren die vermaledeiten Abschiede, die mich fertigmachten, die heimlichen vor allem, aber auch die bewussten, die jedes Mal Schuldgefühle in mir auslösten. Gut, von meiner geliebten Konstanze hatte ich mich freiwillig getrennt, heimlich jedoch, weil ich dachte, es sei das Beste für sie und sie habe einen so unsteten Kerl wie mich nicht verdient. Ich ließ sie stehen in Tegel, hinter einem Zeitungsständer versteckt, obwohl ich sie doch abholen sollte und sie auf mich wartete, nachdem sie ihren Senioren ewig und drei Tage Adieu gesagt hatte. Nur weil Heidi bereits im ICE nach Interlaken saß, riss ich mich los – und riss mir zugleich das Liebste, was ich besaß, aus dem Herzen.

Und dann lief ich Heidi doch schnellstmöglich davon, weil ich die gnadenlose Geschäftsmäßigkeit nicht aushielt, mit der sie mein Ableben plante. Adelbert von Chamisso dagegen, mein großer Lehrer, und Henriette, die mir nicht nur das Knopflochnähen beigebracht hatte, verschwanden von einem Tag auf den anderen aus meinem Leben, ohne ein Wort zu sagen, so als hätte es mich nie gegeben und sie selbst ja vielleicht auch nicht. Ganz zu schweigen von meinem Gentleman Jérôme de Savigny, der mich mehrmals irgendwo stehenließ – beim Pinkeln am Straßenrand einmal sogar – und Monate oder Jahre später an einem anderen Ort wieder auftauchte.

Ich habe eine Abschiedsneurose, ich bin krank vom Abschiednehmen!, skandierte ich vor mich hin, während ich aufstand, meine Zeichenbedarfsartikel zusammensuchte und sie inklusive Ruskins Lehrbuch wütend in den Louis-Vuitton-Koffer pfefferte. Und dennoch kann mich nur die Erinnerung erlösen, dachte ich, als ich den Krimskrams reuig wieder herausholte und sorgsam, wie es meiner Ordnungsliebe entsprach, in die Schuhschachteln verpackte, wo alles seinen Platz hatte. Vielleicht ja auch die Transformation der Erinnerung in etwas Milderes, murmelte ich ein paar Mal vor mich hin, damit es nicht so weh tut.

Nikiforos und Elsbeth waren die schwierigsten, die traurigsten Fälle. Weil ich es gewesen war, der Nikiforos sitzenließ, buchstäblich sogar, und nicht sehr viel später schweißgebadet unterm Bett lag, als Elsbeth von der Geheimpolizei abgeführt wurde. Um dann fast ein Jahrhundert später diesem spillerigen Mädchen nachzulaufen, nur weil es ihr ähnlich sah. Fritzi mit den dünnen blonden Zöpfen und den beiden Flüssen an der Schläfe, dachte ich. Waren die Flüsse auf der rechten oder auf der linken Seite? Gertie hätte eine präzise Unterscheidung verlangt; ich konnte es nicht verifizieren, da ich keine Fotos von Fritzi besaß, nicht einmal welche auf dem Smartphone, und ich auf meinen Aktzeichnungen ihr Gesicht ausgespart hatte. Abgesehen davon, dass Linkshänder – auch auf Beidhändigkeit getrimmte – Schwierigkeiten mit rechts und links hatten und nach längeren geistigen Verrenkungen rechts und links erst recht nicht mehr richtig verorten konnten. Und so fort und auch so weiter. Ich hob den Rucksack hoch, schüttelte ihn und wusste sofort, dass sich darin die unvermeidliche Creme befand; tatsächlich hatte ich sie im Badezimmer nicht finden können. Es waren sogar zwei Schachteln, es musste ein Sonderangebot gegeben haben.

Ach Gott! Wie mich die Erinnerung quälte! Während Fritzis kleiner Busen so spitz war, als könnte sie mich mit ihren Brustwarzen aufspießen, hatten Elsbeths Brüste etwas Mütterliches gehabt. Ich konnte mich in deren Fülle verstecken, wenn wir im Hotel Lux in den manchmal noch warmen Betten lagen, indes mich Fritzi von sich stieß und erst kurz vorm Einschlafen ihre Starre verlor. Elsbeth war schöner als Fritzi gewesen, wohlgestaltet, nicht so dünn und eckig. Und dieser Abschied, als ich anstelle von Karl ihr schmales Reisegepäck zum Zug brachte, verlief wie in Tolstois Roman *Auferstehung*, den ich kurz zuvor gelesen hatte, und war eigentlich gar keiner. Wir schauten uns nur noch von ferne an, das heißt, konnten uns zufällig fixieren, als ich Elsbeths Koffer neben den vielen anderen abstellte, die schon am Bahnsteig standen. Wie sollte sie ihn finden und erkennen können, fragte ich mich, unter all diesen braunen Pappbehältnissen, die dem ihren gleichsahen? An dem Liebesbrief mit der schwachen Rechtschreibung, den ich unter die von ihrem Ehemann hastig zusammengeraffte Wäsche geschmuggelt hatte? Oder an dem Roman *Weg ins Leben*, worin der Sowjet-Psychologe Anton Semjonowitsch Makarenko seine Erfahrungen als Heimpädagoge von schwererziehbaren und von der Straße aufgelesenen Kinder poetisch verarbeitet hatte? Makarenko war Kult gewesen unter den mit Elsbeth befreundeten Kindergärtnerinnen, sein Buch eine Bibel, die auch in der Kommunalka gelesen wurde, vorgelesen sogar passagenweise von Karl, der natürlich nicht vergaß, auf die Einflüsse von Jean-Jacques Rousseau und Heinrich Pestalozzi hinzuweisen. Kinder gab es schließlich auch im Lager, mochte Karl gedacht haben, solche, die von ihren Eltern mitgenommen worden waren, und solche, die sich dem Transport unterwegs anschlossen, vielleicht konnte Elsbeth im Lager ja ihrem Beruf nachgehen. Wobei es sein Exemplar war, das er ihr in die Verbannung mitgab, nicht das ihre. Tatsächlich erinnere ich mich, dass Karl – während er packte – ins Vorlesen kam, als er das Buch aufschlug, nicht Makarenko zitierte jedoch, sondern seine eigenen, mit spitzem Bleistift an den Rand gekritzelten Kommentare.

Den Namen Rousseau brachte ich mit jenem Zittern und Zagen in Verbindung, das mich als kleinen Jungen erfasste, wenn ich – zusammen mit nahezu allen Dienstboten des Schlosses – alljährlich am 2. Juli, dem Todestag des Philosophen, die Bäume und Sträucher des Parks mit weißen Bändern schmücken musste. Den über ihren Gatten weitergegebenen und außerordentlich schwierig zu befolgenden Befehl hatte die sich stets im Verborgenen aufhaltende Schlossherrin erteilt, die in ihrer Jugend zusammen mit ihren pädagogisch aufgeschlossenen Eltern regelmäßig an einer Diskussionsrunde mit dem als sehr exotisch geltenden und sich sehr frei äußernden Schriftsteller teilgenommen hatte. Bei der Nachricht seines Todes – so erzählten zwei Dienstmägde – sei sie in kaum zu stillende Tränen ausgebrochen.

Natürlich waren es weniger die Gefühle der scheuen Dame, die mich als Kind schwermütig machten, sondern die immer wieder neu aufflammenden Schauergeschichten über das Ableben Rousseaus, der – so verbreitete es sich in Windeseile – nicht eines natürlichen Todes gestorben, sondern ermordet worden war. Dabei wurde vor allem über seine Frau getratscht, deren jugendlicher Liebhaber – ein Stallknecht des Marquis de Girardin, in dessen Gästehaus der Denker wohnte – ihn am Frühstückstisch überfallen habe. Man munkelte auch von einer tödlichen Intrige seines fern von Frankreich, in Preußen nämlich, weilenden Rivalen Voltaire, der einen Mordbuben beauftragt habe, dem armen Rousseau ein paar Tropfen Gift in seinen Café au lait zu träufeln.

Der Mensch ist frei geboren, und überall liegt er in Ketten, so sangen, während sie im Park die Bänder verteilten, einige aufmüpfige Dienstboten den überall geläufigen Spruch wie in einem Gottesdienst vor sich hin: *L'homme est né libre, mais partout il est enchaîné.* Ich sang ihn manchmal nach, ohne dass ich die Quintessenz verstanden hätte, den Aufruf, dringend etwas zu ändern: die Ketten zu sprengen also, in denen die Menschen – nicht nur das Personal dieses Marquis – gefangen gehalten wurden.

Als die schwarz gekleidete Schlossherrin sich dann doch locken ließ, an der Seite ihres Mannes das dekorative Werk zu begutachten, stampfte sie bisweilen – wenn die Trauerbänder nicht gleichmäßig genug auf Bäumen, Sträuchern und Hecken verteilt worden waren – mit ihrem unter den ausladenden Rüschen und Spitzen verborgenen linken Schühchen auf. Ich zum Beispiel, der in einem Jahr besonders verschwenderisch mit den Girlanden umgegangen war und meinen ganzen Armvoll auf einen einzigen Busch geworfen hatte, erhielt einen Rüffel von der hohen Frau und musste, da sie in mir – obwohl sie mich doch gar nicht kannte – die notorische Faulheit ihrer ganzen Dienerschaft repräsentiert sah, mit neuen Bändern losziehen. Aber auch andere Kinder wurden bestraft, kleine Mädchen vor allem, die statt der langweiligen weißen Streifen lieber bunte Stoffreste aus der Hausschneiderei über den Buchs verteilten und in dem erst kürzlich angelegten, aufwändig zu zwei korrespondierenden Sternen zurechtgestutzten Labyrinth Fangen spielten. Natürlich wurden sie eingefangen und hatten wieder ihre Dienste aufzunehmen, so ein Kunstwerk diente schließlich nicht der Belustigung von Kindern, auch wenn sich darunter bestimmt Sprösslinge des Herrn Marquis befanden. Wie gerne hatte ich verfolgt, wie sie durch die Gänge hüpften und sich gegenseitig an den Haaren zogen, wobei von draußen nur ihre Köpfe zu sehen waren. Auch traurige Erinnerungen stiegen in mir hoch – dass sich unter dem Labyrinth der mühsam trockengelegte Teich befand, in dem der kleine Pierrot ertrunken war, zum Beispiel. Und dass ich es immer schwerer ausgehalten hatte, meinem Vater den Staub von den Stiefeln zu wischen, sobald er die Küche betrat, oder es kaum ertrug, dass mich meine Mutter nicht mehr zu sich ließ, obgleich ich immer noch klein genug war, um unter ihre Röcke zu kriechen.

Wenn die Marquise nicht ärgerlich auf mich gewesen wäre allerdings, hätte ich bei meinem neuerlichen Rundgang durch den Park nicht die prächtig livrierten jungen Kammerdiener belauschen können, die sich vor gleichaltrigen Pferdeknechten und Heckenstutzern darüber ausließen, dass die Frau meines Vaters unter ihrer taubenblauen Lockenperücke total kahlköpfig sei und sich das Ungetüm beim Schlafengehen stets dergestalt neben ihr Kissen lege, als sei es ein weiterer Pudel, der mit ihr das Bett teile. *Manchmal wissen wir auch nicht, wen sie nun küsst, den Pudel oder ihre Perücke*, flüsterten sie. *Am Schmatzen und Grunzen kann man das von draußen nicht unterscheiden. Es muss an diesem Luxus liegen, dass sie so verwirrt ist. Möge die Revolution kommen! Bald!*

Dass der Marquis das Trauergewese seiner Frau verachtete, war ohnehin klar. *Ich weiß nicht, warum meine Gemahlin diesen gelehrten Kretin so bedeutend findet*, sagte er zum Mann meiner Mutter, in dessen Diensten ich beim Rasieren manchmal die stark parfümierte Seife zum Schäumen bringen oder den Lederriemen zum Messerschärfen halten durfte. *Ich finde es auch verwerflich, dieses Philosophengesindel in unseren Schlössern willkommen zu heißen*, grummelte meine wahrer Vater undeutlich, weil er gerade die Zunge in seine linke Backentasche steckte, um seinem Figaro die Arbeit zu erleichtern und nicht geschnitten zu werden. *Ein Schmarotzer wie Rousseau liefert die sündigen Gedanken für die kommenden Aufstände, verstehst du? Eines Tages werden wir hier alle mit Äxten und Sensen ermordet, von euch oder von den anderen, die ihr herbeigerufen habt.*

Nicht einmal eine Umarmung andeuten konnte ich, so dicht umringt stand Elsbeth zwischen den Leuten vor dem Zug, der sie in die Verbannung bringen sollte. Und niemand konnte zum Abschied winken, als die Männer und Frauen getrennt voneinander die Waggons bestiegen, vor lauter Enge, eingeschnürt in die kollektive Paranoia, in der wir alle lebten. Weil ich zu furchtsam war, mich durch die Menschenmenge zu drängen, und mir mein Schreien immer wieder im Hals stecken blieb – deshalb war ich nicht in den Gulag mitgegangen, das war die einzige Ausrede, die mir einfiel. Da es nach Elsbeths Verhaftung zudem nicht ratsam war, in die Kommunalka zurückzukehren, gab es keinen Menschen mehr zum Reden, um mir die Seelenlast zu erleichtern. Hätte ich mich etwa mit Ninel, dem kleinen Professor mit den Fledermausohren, unterhalten sollen, diesem vom NKWD am Eingang der Wohnung postierten Kinder-Spitzel, der die Namen der Bewohner und Besucher sowie die Uhrzeit ihres Kommens und Gehens notierte? Oder mit Hakob, dem schlimmsten aller Maulwürfe, der womöglich schon dabei war, die mittlere Nomenklatura zu infiltrieren, nachdem er sich mit Löwy, Nikiforos und Elsbeth für größere Aufgaben empfohlen hatte?

Nur ein einziges Mal träumte ich, dass ich Elsbeth in den Gulag begleitet hatte, und zwar beim Übernachten in einem Holzkasten auf dem Bauch einer riesigen Bronzefigur, tief unter der Erde, als in den Dreißigerjahren des zwanzigsten Jahrhunderts Moskaus prächtige U-Bahnhöfe entstanden und ich – von Station zu Station weiterziehend – zu den heimlichen Bauarbeitern gehörte, die von gutherzigen Tartaren mit Kefir ernährt wurden und einträchtig von diesem sauren Getränk Sodbrennen bekamen. Vielleicht gaukelte mir meine kalte Nase Sibirien

vor und das feucht gewordene Stroh in der Kiste Schnee-
matsch unter meinen abgelaufenen Sohlen. Wenigstens
im Traum hatte ich meine Angst vor den Massen überwinden und meine Stimme wiederfinden können. Ich
lebte mit Elsbeth in einer Kate zusammen, so etwas gab
es im Gulag, man durfte heiraten, es war wie in Gretna
Green, keiner wollte irgendwelche Papiere sehen. Träu-
mend war es mir auch ganz egal, ob es mir gleich an den
Kragen ging oder mich die Arbeit in Workutas Perma-
frost allmählich umbrachte; solange die Sowjets nichts
gegen die Liebe einzuwenden hatten, war alles gut.

Auf dem Glastisch vor der Couch lag noch immer Fritzis
gepunkteter Rucksack. Vielleicht musste ich ein drittes
Mal nach unten gehen und ihn in die hinterste Tonne
werfen, dachte ich, während ich mir die Zähne putzte
und im Spiegel ein erstes graues Haar, nein, ein ganzes
Büschel davon entdeckte.

Zu alt ... ging mir durch den Kopf, bevor ich einschlief. Zu alt! Ich sei zu alt! Was wirklich lachhaft war.
Was wusste die megärenhafte Sybille über mein Alter?
Von der Ewigkeit, aus deren Schraubzwingen ich mich
gerade zu befreien begann? Wie zur Strafe für mein Kneifen, dafür, dass ich Fritzi kämpfen ließ und es nicht selber
tat, bekam ich massenhaft Besuch in dieser Nacht, von
Freunden und Bekannten, die ich geliebt und/oder verraten hatte, die nicht mehr lebten, aber so taten als ob,
von vielen Männern, Frauen und Kindern, welche die
blinden Flecken meiner Vergangenheit bevölkert hatten,
ohne dass ich ihre Spuren im Gedächtnis behalten hätte.

Sie kehrten in den folgenden Nächten nicht zurück,
auch Nikiforos nicht, obwohl Fritzi mich nicht mehr
beschützte, was ich allmorgendlich mit großer Erleichte-

rung feststellte. Nicht einmal Stalin sah ich wieder, Gott sei Dank, unter dessen breitbeiniger Aufsicht ich – Seit' an Seit' mit meinem Freund Löwy – in einem Kohleschacht das Eis freihackte. Ich reichte meiner Freundin Elsbeth damals höchstens bis zum halben Ohr, heute dürfte ich sie überragen.

Ach, der Schnee von gestern.

XIII. Das schöne Schweben

Als Johannes – viel früher als angekündigt – eines lauen
Spätsommernachmittags wiederkehrte, verpasste er Fritzi nur knapp. Für Kost und Logis sorgte zwar fürs Erste
sein Bruder, der immer noch in einer Dienstbotenkam-
mer im Schneeleopard wohnte, da sich seine spanische
Freundin von ihm getrennt hatte und er alleine nicht auf
Wohnungssuche gehen wollte. Viel lieber wäre Johannes
jedoch bei mir eingezogen, so lange wenigstens, bis sich
seine Zukunft geklärt habe. Dass er etwas von einer Tuto-
renstelle in Zürich murmelte, überhörte ich. Ich sei noch
viel zu fritzigeschädigt, machte ich ihm stattdessen klar,
fest entschlossen, bei meiner Entscheidung zu bleiben.
Nach den Erlebnissen mit ihr könne ich mit niemandem
auf einer Couch schlafen, gleichgültig ob Mann, Frau
oder Kind. Das müsse er einfach begreifen.

Ich hatte fürs Erste wirklich genug von hautnaher Gesellschaft. Mein Bedürfnis nach menschlicher Nähe wurde vollkommen gedeckt durch eine neue, für mich sehr
angenehme Routine, die sich mehr oder weniger zufällig
ergeben hatte: allsonntägliches Mittagessen mit Wrobel
bei Viktor und dessen Mutter Veronika. Das erzählte
ich Johannes aber nicht; auch den Ringkampf der beiden Schwestern verschwieg ich dem Rückkehrer, es sollte
ihm besser so scheinen, als sei Fritzi freiwillig mit Sybille nach Hause gegangen, zumal sie ja – was ihm sofort
einleuchtete – eine Stange Geld erwarten konnte. Dass
sie sich wieder eingliedern ließe in ihr spießbürgerliches
Elternhaus, bezweifelte Johannes. Selbst wenn die Eltern

künftig in Florida lebten, träten doch die dominierenden Schwestern an ihre Stelle.

Fritzi, ach ja Fritzi ... er habe sie wirklich geheiratet, versicherte er mir, wenn auch nur an der frischen Luft unter einer uralten Eiche und ohne Trauzeugen, dafür aber mit den goldenen Ringen seiner verstorbenen Großeltern! Wie wolle sie es schaffen, mit den beiden Dampfwalzen auszukommen, geschweige denn, die Matura nachzuholen mit ihrer Unfähigkeit, stillzusitzen und sich auf etwas zu konzentrieren! Das könne er sich in seiner kühnsten Fantasie nicht ausmalen. Andererseits habe sie eines Nachts lauter Mondgedichte aufgesagt. (Johannes wurde auf einmal persönlicher, als er es vielleicht beabsichtigte.) Viele, viele, eines nach dem andern, du glaubst es nicht, aus dem Schlafsack heraus, in dem wir am Rande von Poschiavo auf einer Blumenwiese lagen, wo es gegen Morgen richtig kalt wurde. *E-es war, als hä-hätt der Himmel die Erde still gek-üsst ...*, deklamierte sie zitternd in die eisige Luft zum Sternenhimmel empor, von wo tatsächlich der Mond auf uns herabschaute und unsere Atemwolken mit seinem kühlen Licht beleuchtete.

Wie entzückt Johannes noch immer war, sah ich an seinen hin und her schießenden hellen Blicken, er befand sich in jenem leicht ekstatischen Zustand, der mir schon während seiner Totentanz-Vorträge aufgefallen war.

Es war, als hätt der Himmel die Erde still geküsst ... So! So ist es richtig. Das ist das einzige Gedicht, an das ich mich erinnere, weil ich es selber einmal auswendig lernen musste. Eigentlich mag ich es nicht besonders, weil es auf jeder zweiten Todesanzeige auftaucht, unvermeidlich. Tatsächlich habe ich mal ganz allgemein einen Text über Trauerbekundungen verfasst, den ich der *NZZ* anbot, weißt du! Weil da immer so ungeheuerliche Sachen drinstehen, ein ganzes Leben sich dort widerspiegelt, wenn man genauer hinsieht! Mit einem Gedicht ist man da natürlich auf der si-sichereren Seite. A-aber wenn Fritzi vom Himmel und der Erde spricht und wie die sich kü-küssen, sofern der Mond scheint, dann, dann ... ist das einfach unwiderstehlich. Irgendwann fing sie *Der Mond ist aufgegangen* zu singen an ... und ließ sich nicht unterbrechen, ja sang jede Strophe dreimal hintereinander und begann aufs Neue, auch als ich sie ki-kitzelte und knu-knuffte und wir fast die Nähte unseres morschen Schlafsacks zum Platzen brachten.

Johannes atmete tief aus und ein. Dann schrieb er das Gedicht in sein Notizbuch und riss mir die Seite heraus; sie wurde zu meinem neuen Talisman, den ich lange mit mir herumtrug, bevor er zerbröselte, das Gedicht war ein bisschen reaktionär, wenn man es recht bedachte, im Vergleich zu dem Flugblatt mit den die *Marseillaise* singenden Soldaten, das mich jahrzehntelang begleitet hatte. Was hatte ich mit Joseph von Eichendorff zu tun, dessen Geburtsdatum sich mit dem meinen zwar ungefähr traf, wie ich beim Googeln herausfand, freilich gab es keine Örtlichkeiten, an denen wir uns hätten begegnen können. Als Erinnerung war er dennoch aller Ehren wert, der Zettel, als Andenken an einen frühherbstlichen Nachmittag am Ufer der Plessur, wo Johannes und ich uns von den dort herumlungernden Jugendlichen fernhielten und uns auf einer ungefährdeten Bank niederließen, ohne doch ignorieren zu können, wie sich seine früheren Kumpane Drogen zusteckten und ihn zu sich winkten.

Vielleicht hängt diese Vorab-Erbschaft ja von weiteren Bedingungen ab. (Johannes verstaute die Kladde in der bauchigen Aktentasche, die er beständig mit sich herumtrug, weil dort die Anfänge einer in seinen Augen grundlegenden Studie steckten, und auch sonst allerhand, was ihm etwas bedeutete.) Dass Fritzi ins Geschäft einsteigen muss zum Beispiel, wenn sie die Matura nicht schafft. Zumindest Si-Sibylle scheint nicht ganz so brachial zu sein. Das Leichenschminken spricht für sie, finde ich. Sie betrachtet den Tod wohl nicht nur ökonomisch. Fritzi hat mir erzählt, dass Sybille nur mit ihr spielte, wenn sie die von der ältesten bis zur jüngsten Schwester weitergegebenen Puppen auch zur letzten Ruhe betten durfte, wozu sie Särge aus Zigarren- oder Schuhschachteln und kleine Kissen und Decken aus Tortenpapier bastelte und die kleinen Leichname mit trockenen Rosenblättern bestreute und Trauerreden für sie verfasste. Sie flog sogar nach Japan für ein Praktikum ... als sie achtzehn war und die Eltern es ihr nicht mehr verbieten konnten. In Kyoto hätten sie die Besitzer des größten Bestattungshauses am liebsten adoptiert, weil sie so talentiert war. Sogar eine Heirat ihres Sohnes mit der jungen Schweizerin wollten sie arrangieren ... eine irre Ge-ge-geschichte. Ich wollte Sybille immer fragen, was sie in Japan gelernt hat. Ich hätte ihr auch gerne einmal zugeschaut, es ist ein Bereich, über den ich mehr wissen möchte, über diese Nähe zu frisch Verstorbenen, zu Leuten, die noch nicht lange tot sind ... Aber es ergab sich nicht, und jetzt wird es wohl nicht mehr dazu kommen. (Johannes schaute auf seine Hände und drehte an seinem Ehering.) Irgendwann sollten wir auf jeden Fall nach Fritzi schauen und sie dort wegholen, wenn sie unglücklich ist.

Du vielleicht, antwortete ich, nicht meine Person, nicht ich. Ich habe in der nächsten Zeit andere Sachen vor.

Keine Ahnung, warum ich so garstig reagierte, vielleicht weil ich plötzlich ein Ladenschild mit den Namen *Drangsal & Niewöhner* vor meinen inneren Augen sah und durch ein Schaufenster Johannes und Sybille einträchtig beim Leichenschminken – einer Tätigkeit, von der ich mich nicht auch noch faszinieren lassen wollte, schließlich hatte ich Lenin im offenen Sarg erlebt und Hakobs Leichengeruch in der Wäschekammer aushalten müssen.

Immerhin, schämen musste sich Jakobus für seinen Bruder dieses Mal nicht, sah Johannes doch immer noch manierlich aus, fast wie an jenem Tag, als ihm Professor Arbuthnott das Stipendium gewährte. Er trug einen kurzen Haarschnitt, schien also zwischendurch etliche Male beim Friseur gewesen zu sein, hatte seine Kleidung nicht vernachlässigt und sich auch einige Stücke zum Wechseln gekauft, etwa einen Hoodie mit dem Spruch *Warning! May Spontaneously Start Talking About Edinburgh*, den er trug, als wir uns vor dem Schneeleopard wiedersahen, sowie diverse andere mit noch merkwürdigeren Slogans, in denen er später auftauchte. Das Mitbringsel für Fritzi, einen Kapuzenpullover in Kindergröße, zeigte er mir – darauf stand der Shakespeare-Satz *There is nothing either good or bad, but thinking makes it so* –, bevor er ihn auf dem Heimweg in den Altkleider-Container des Roten Kreuzes warf. Der Arme! Vielleicht hatte er ja ein bisschen gehofft, Fritzi zu sehen unten am Fluss, und seine und meine Schritte ganz bewusst in Richtung Plessurquai gelenkt.

Wie ein biblischer Johannes sah er kaum mehr aus, fand ich; nicht nur die Locken waren weg, sondern auch der sanfte Liebreiz seines Gesichts. Stattdessen hatte sich eine Verschlossenheit darauf ausgebreitet, die ich von vielen jungen und mittelalten Leuten kannte, denen ich in den letzten Jahren begegnet war, auf den Straßen, in der

Bahn, im Bus, bei Konzertbesuchen gleich welcher Art, in Wartezimmern, selbst im Textilgeschäft des Maßateliers: eine Mischung aus Schmerz, Resignation und Zynismus. Und wären nicht der empfindsame Mund und die klare Stirn gewesen, die ich von Botticellis Johannes-Darstellungen so gut kannte, hätte ich auf den Gedanken kommen können, neben einem ganz und gar normalen jungen Mann zu sitzen, neben einem, der vielleicht gerade ein Leadership-Seminar abgeschlossen hatte und vor der Beförderung stand. Und noch etwas fiel mir auf, während ich für einen Moment Johannes' Profil fixierte. Einerlei, welchen Johannes der Künstler gemalt hatte – Johannes, den Jugendfreund Jesu, der auch *der Täufer* genannt und dessen Kopf von Prinzessin Salome nach seiner Hinrichtung auf einem Tablett präsentiert wurde, damit sie ihn endlich küssen konnte, oder den Apostel und Evangelisten, dem wir die Horrorvision der apokalyptischen Reiter verdanken –, auf Botticellis Bildern sahen sie sich alle gleich. Was hieß, der Totentanzexperte ähnelte in meinen Augen dem einen und dem anderen, immer blieb er ein Gott naher Mensch. Einer, der diesbezüglich nicht aus seiner Haut konnte und wohl deshalb vor der Bigotterie seiner Mutter floh, weil er sie sonst eines Tages umgebracht hätte.

Ja, so ist das, seufzte ich, Léon Saint Clair, der nachsichtig gewordene, heimlich wachsende Verwalter seiner unabsehbaren Lebensjahre, innerlich. Wenn man mit einer der Bibel entsprungenen Gestalt befreundet ist, die sich von einem ausgeflippten Mädchen widerstandslos in Beschlag nehmen lässt und dessen Lügen zum Opfer fällt, bleibt man nicht ganz unberührt von der daraus entstehenden Tragödie. Obgleich Herodes' Stieftochter mit Friederike Drangsal nicht zu vergleichen war. Zumindest nicht mit denen, die ich auf der Bühne gesehen hatte, der Salome von Oscar Wilde oder Richard Strauss und deren gellender Lautstärke.

Er werde sich weiterhin mit dem Totentanz von Poschiavo beschäftigen, ließ Johannes mich wissen. Die Bildfolge sei so einzigartig, dass es sich lohne, sie mit den vielen Varianten, die er inzwischen gesehen und fotografiert habe, zu vergleichen und ihn auch in Beziehung zu setzen mit dem barocken Altar und den beiden Engelsgestalten, die im Oratorio Sant'Anna zu sehen seien, so irrsinnig dies auch anmute. Vielleicht lasse er die Wissenschaft sogar gänzlich sausen und schreibe ein Essay oder einen Roman. Über die aus dem Nichts gekommenen Totenköpfe zum Beispiel, die in den Regalen lägen, über den ihnen – zumindest örtlich und vielleicht auch zeitlich – nachgelagerten barocken Glanz, der die Menschen blende. Ihn elektrisiere beides, sagte Johannes: Das kannst du bestimmt nicht verstehen, du bist jedoch der Erste, dem ich es erzähle. In dieser Totenhalle spüre ich Schwingungen, die historisch nicht zu fassen sind. Davon komme ich erst einmal nicht weg; ich ziehe tatsächlich wieder nach Poschiavo, unterdrücke meine Angst vor den Schlägern und versuche, den Eltern aus dem Weg zu gehen. Meine Führungen kann ich wieder aufnehmen, das hat mir der Chef des Tourismusbüros versprochen. So ernährt der Tod seinen Mann. Mach dir keine Sorgen, Léon, ich komme schon klar. Und auch die Trauer wegen Fritzi wird verschwinden. Sie sitzt doch ohnehin in meinen beiden Herzkammern.

Bevor Johannes Chur erneut verließ, begleitete er mich noch zur Totenfeier des ihm unbekannten Herrn Schwanenherz, der seine Asche nicht in den Alpen begraben, sondern lieber auf See verstreuen lassen wollte. Wer immer dies tue, sein Adoptivsohn und Erbe oder die Angestellten eines dänischen Beerdigungsinstituts, Hauptsache seine Überreste würden von den Wellen in Empfang genommen, die an den Strand vor der Festung Kronborg an Land schlügen, bei Helsingör, am Öresund also, vier Kilometer von der schwedischen Küste entfernt. So stand es in der Todesanzeige, welche die Belegschaft des Künstlerbedarfsgeschäftes innen an der Schaufensterscheibe befestigt hatte, unterhalb des kursiv gesetzten Satzes *Sein oder Nichtsein, das ist die Frage.*

Ganz schön anspruchsvoll, dein Einhundertundachtjähriger, flüsterte Johannes mir zu, als wir die Leichenhalle betraten, wo wir während der Reden auf eine vergrößerte, leider sehr verschwommene Farbfotografie blicken konnten, die den jungen Schwanenherz im grüngoldenen Renaissance-Kostüm samt Totenkopf zeigte, was die Wahl des Ortes seiner Verstreuung und das Zitat erklärte.

Ist das nicht sehr exaltiert? Meine Gefühle sind zwiespältig, sagte Johannes kopfschüttelnd, als wir wieder gingen. Am schlimmsten war Hamlets Monolog von diesem komischen in Tränen gebadeten ehemaligen Lehrling, auch wenn er immerhin auswendig vortrug. Warum haben sie nicht Bruno Ganz eingespielt oder Angela Winkler? *Schlafen, sterben, schlafen, vielleicht noch träumen ...* Hast du gewusst, dass dein Freund in dieser Richtung Ambitionen besaß? Hat er vor dir Shakespeare rezitiert? *Es ist etwas faul im Staate Dänemark?* Im Laden, bei den Buntstiften und Papieren? Hier befindet sich eindeutig zu viel Bedeutungsballast zwischen Leben und Nichtmehrleben, zu viel Larifari, zu viel Sentimentalität, zu viel Eitelkeit. Brrrr. Nein, so möchte ich nicht verabschiedet werden, da ziehe ich eine streng katholische Beerdigung

272

vor. Am besten eine mit schwarzem Katafalk und schwarz gekleideten Männern und verschleierten Frauen, eine, bei der es entweder Himmel oder Hölle gibt. Nicht beides.

Wahrscheinlich hat Herr Schwanenherz nur Modell gestanden und den Hamlet gar nicht gespielt, erwiderte ich traurig. Das ist ein Unterschied. (Aber Johannes hörte mir nicht mehr zu. Er lief Staub aufwirbelnd voraus, seine Haare kräuselten sich schon im Nacken, bald würden sie sich zu einem kleinen Zopf zusammenbinden lassen. Und auch seine Jeans hätte er ruhig mal in die Hotelwaschmaschine werfen können, dachte ich, als ich beim Gehen seinen mit weißer Farbe beschmierten Hosenboden betrachtete, anscheinend hatte er irgendjemandem beim Streichen geholfen. *Hast du eine Ahnung, wie groß die Distanz zwischen Tod und Leben sein kann, du elender Theoretiker. Dein sogenannter Bedeutungsballast kann mir gestohlen bleiben, mir sind ganz andere Dinge wichtig.*)

Kurz bevor er starb, hatte ich Herrn Schwanenherz noch in seinem Geschäft besucht, obwohl ich keinen Künstlerbedarf mehr benötigte und mich wieder mehr auf meine nach wie vor ungeklärte berufliche Zukunft konzentrieren wollte. Immerhin, bei dieser Gelegenheit kaufte ich jene elektrische Spitzmaschine, zu deren Kauf für die eigene Nutzung ich mich nie hatte entschließen können. Als Geschenk zu Wrobels bevorstehendem Geburtstag jedoch passte sie ganz vorzüglich, schließlich hantierte auch er mit Bleistiften und geriete vielleicht ja wirklich – anders als ich – in einen Raptus beim Entwerfen seiner Modelle. Herr Schwanenherz kannte den Meister natürlich, von den Versammlungen der Einzelhändler, die etwas gegen die sich in der Churer Innenstadt breitmachenden Filialisten tun wollten.

Dass das Hotel Schneeleopard jetzt einer Kette gehört, ist doch ein Skandal, oder? Und die ehemalige Drogerie mit der eisernen Wendeltreppe im Innern, wo sie früher noch eigenhändig ihre Tinkturen rührten? Wie kann man solche Kleinode bloß veräußern?, wetterte er. Als Kind habe ich denen die Kräuter verkauft, die ich beim Kühehüten nebenbei pflückte, und wurde mit Lakritzschnecken bezahlt.

Er hoffe, sein Erbe könne verhindern, dass Schwanenherz & Cie von irgendwelchen Haien übernommen werde – oder er, Reto Schwanenherz, müsse es wenigstens nicht mehr erleben. Fest stehe nämlich, dass er längst nicht alles wisse von den Plänen dieses Menschen, den als er Zwanzigjährigen adoptiert habe, als Jüngling noch, dessen berückende Schönheit ihn über seine früh einsetzenden Bosheiten hinwegsehen habe lassen, *ach Gott ja*!

Womit wir wieder bei unserem Thema waren: dem Tod. Ich schnappte mir einen Hocker und setzte mich Herrn Schwanenherz gegenüber. Wenngleich die Theke für Distanz zwischen uns sorgte, zumal, wenn sich darauf die Waren türmten, hinderte sie den alten Herrn nicht daran, von seinen Sehnsüchten zu reden, deren er so viele hatte. Jedes Mal kamen andere zur Sprache, in vielen einzelnen Erzählungen, die ich gebannt anhörte, weil sie in erfüllten, bemerkenswerten, häufig auch schmerzlichen und gefährlichen Zeiten spielten und sich beim tätigen Erinnern oftmals in ihr Gegenteil verkehrten, wie Schwanenherz beim Plaudern erstaunt konstatierte.

Einmal noch in der Zürcher Tonhalle eine Beethoven-Symphonie anzuhören, stand zuoberst auf seiner Wunschliste, die fünfte am besten, weil er bei dieser Gelegenheit jenen bezaubernd robusten, unschuldig blickenden Jungen aus Triest kennengelernt hatte, den er

womöglich besser adoptiert hätte als das Ekelpaket, mit
dem er jetzt zurechtkommen musste. Dass er den Flie-
gengewichtler mit den Teddybär-Knopfaugen und der
gebrochenen Nase dem Bekannten ausspannte, in dessen
Begleitung er zum Konzert gekommen war, intensivierte
das Geschehen, wobei von schlechtem Gewissen keine
Rede sein konnte. *Ach Gott ja, was waren wir unmoralisch
damals! Wie wir uns gegenseitig die Jungs geklaut haben,
das spottete jeder Beschreibung.*

Ein weiterer Wunsch bestand darin, noch einmal die
Zeichnungen des unglaublich unterschätzten Hans Bal-
dung Grien im Basler Kupferstichkabinett zu betrachten, drei Tage lang, mit Übernachtung in einem schönen
Hotel, weil Zeichnungen dem Ursprung aller Kunst nahe
kämen, wie er finde, Zeichnungen, für die er als ehemali-
ges Modell so empfänglich sei, weil er sich während deren
Entstehungsprozess vorstelle, auf welche magische Weise
Linien und Körperlandschaften, mithin auch die Um-
risse seiner selbst, ineinander übergingen und deckungsgleich wurden. Es sei auch der Traum vom Verschwinden
gewesen, den er da träumte, vom schmerzlosen Hinüber-
gleiten in andere Seinszustände, sagte er, *wovon Sie, Herr
Saint Clair, vermutlich keinen blassen Schimmer haben.
Aber dafür können Sie ja nichts.*

Nach Frankfurt zu fahren und in der Paulskirche Johannes Grützkes *Zug der Volksvertreter* anzuschauen,
wäre wohl am schwierigsten zu bewerkstelligen. (Er stand
auf, ging ein paar Schritte und schaute mich beim Wieder-
hinsetzen beziehungsvoll an, weil ich partout nicht sig-
nalisieren wollte, ihm bei der Erfüllung seiner Wünsche
zu helfen.) Dort nämlich, in der Paulskirche, wo 1848 das
erste deutsche Parlament tagte, könne man ihn als füsi-
lierten Robert Blum auf den Armen einiger unbekann-

ter Abgeordneter bestaunen. In leuchtender Blässe, mit einem hängenden, perspektivisch verlängerten Arm, baumelndem Kopf und ausgetrockneten, wie matte Geldstücke aussehenden Wunden, ganz ohne Blut und ohne Tränen. Natürlich habe er Grützke nicht Modell gestanden, als sein Werk entstand, in den späten Achtzigerjahren sei er längst wieder in der Schweiz gewesen und habe Bleistifte und Pigmente verkauft. Aber in einem riesigen Schrank neben dem Eingang zum Zeichensaal habe es hunderte von in offenen Schachteln aufeinandergehäuften Aktfotos gegeben. Dort konnte jeder zugreifen, der sich über die anatomische Richtigkeit einer Pose nicht im Klaren war und diese zu Hause noch studieren wollte. So musste der Herr Grützke auf ihn gestoßen sein, anders konnte er es sich nicht erklären. Auch Studenten hätten sich dort bedient und ihn und andere Modelle in ihre laufenden Arbeiten integriert. *In Berlin gab es die Schule des Kritischen Realismus, müssen Sie wissen, da kam es auf Genauigkeit an, leider wurde sie von der Schule der neuen Prächtigkeit abgelöst ...* (Wo war ich 1848 gewesen? War je etwas vom ersten deutschen Parlament zu mir gedrungen, fragte ich mich, aber es fiel mir nicht ein. Schwanenherz versuchte, Blums Haltung nachzumachen, und unterließ es mit schmerzverzerrtem Gesicht.) Was glauben Sie, wie es mir erging, als ich meinen toten Körper aufs Grützkes Wandgemälde erkannte!, rief er aus. Der *Zug der Volksvertreter* war in allen Zeitungen abgebildet, auch hier bei uns in der Schweiz. Davon abgesehen: Eine tolle Idee, die lebenden unter die toten Abgeordneten zu mischen ... wobei ich mich politisch-historisch nicht auskenne. Keiner hat mich identifiziert, zu meinem Leidwesen, ehrlich gesagt. Meine Blässe sah aus wie die der Leiche in der *Anatomie des Dr. Tulp.* Sie kennen Rembrandts Dr. Tulp, oder? Wie hieß nur der Tote, an dessen Muskeln der Doktor am geöffneten Arm gerade zieht? Ich habe es vergessen.

Herr Schwanenherz stützte die Ellbogen auf die Theke und bedeckte sein Gesicht mit beiden Händen, sodass ich nur noch seinen mit weißem Flaum bedeckten Schädel und seine großen, gut durchbluteten Ohren sah. Es geht zu Ende mit mir, sagte er halb tragisch, halb fröhlich und breitete die Arme aus, als wolle er mich segnen. Ich nehme es als Zeichen, dass Sie sich als Kunde zurückziehen. Übel nehmen kann ich es Ihnen nicht, im Gegenteil, es ist eine Erleichterung, dass ich mich nicht mehr ständig auf meine Aufgabe als Geschäftsinhaber besinnen muss, da doch ohne mich alles genauso gut läuft. Die Zweifel kamen, als man mir einen Lehrling mit Korb zur Seite stellte, den sympathischen kleinen Tobias, der so tut, als bemerke er meine Hinfälligkeit nicht … und meine schlechten Augen, die nicht registrieren, wenn sich die Leute die Taschen vollstopfen. Mit Krimskrams, nun gut, aber auch der kostet ja was. Tatsächlich erwäge ich, Ihren Abschied zum Anlass zu nehmen, nicht mehr täglich ins Geschäft zu kommen, was meinen Sie? Es schmerzt mich, wenn ich mich nicht mehr auf Sie freuen kann … aber jetzt … nun ja … (Er hob seine Augen zu den mit weißen Schwänen und roten Herzen bedruckten Regenschirmen empor, die zu Reklamezwecken an der Decke aufgespannt waren.) Wonach ich mich wirklich sehne jedoch, sagte er schließlich und legte mir seine schmale Hand mit den polierten großen Fingernägeln auf den Ärmel, ist zu erfahren, ob ich noch schwimmen kann! Nachts kann ich darüber oft nicht einschlafen. Über zehn Jahre habe ich es nicht mehr getan, vielleicht auch schon länger. Ich weiß, dass man Schwimmen nicht verlernen kann, ebenso wie

Fahrradfahren; so sagt man wenigstens. Zum Fahrradfahren wäre ich definitiv nicht mehr fähig, Fahrradfahren ist mir auch egal. Schwimmen dagegen nicht. Noch einmal spüren, wie das Wasser mich umspült und Wasserpflanzen meine Beine, meinen Oberkörper berühren und an mir emporwachsen, bis sie mir zum Mund reichen und ich sie essen kann. Als Kind habe ich mir das in meinen Träumen oft gewünscht, es gibt auch eine antike Sage darüber, aber ich kann mich nicht erinnern, wo ich sie nachlesen könnte. Jetzt schwimme ich in der Fruchtblase meiner Mutter, wenn ich träume, hin und her geschaukelt, ohne dass ich viel dazu tun muss, absichtslos, friedlich, ohne dass wir böse aufeinander sind, anders als früher, zur Zeit unserer endlosen Fehde.

Wobei der Beginn meines Daseins auf einer Wiese stattfand, wie ich hinzufügen sollte, als ich meiner Mutter während der Heuernte aus dem Körper schlüpfte, rutschte, sprang, was weiß ich. Ich war das neunte Kind von elf Geschwistern, sechs Mädchen, fünf Buben, wovon die letzten beiden Zwillinge waren, Ueli und Beat, die als Einzige von uns auf die höhere Schule gehen durften und jedermanns Lieblinge waren. Es lebt keiner mehr von meiner Verwandtschaft, weder Neffen und Nichten noch Großneffen und Großnichten, vielleicht Urgroßnichten und Urgroßneffen. Nach meiner Rückkehr aus Deutschland und einem schrecklichen Eklat bei einer Familienfeier hatte ich keinen Kontakt mehr zu meiner Sippschaft, ich wurde verstoßen, weil ich mich geoutet hatte, wie man heute sagt ... Ich stand am anderen Ufer des Flusses und sah den Leuten beim Leben zu. Schauen Sie nicht so erschrocken, Herr Saint Clair! So etwas kann auch Spaß machen ... Ach Gott ja, das Fruchtwasser meiner Mutter, wie hat es geschmeckt ... wie schade, dass einem dies nicht im Gedächtnis bleibt. So warm, so angenehm, versorgt mit allem ... so nah am Herzschlag eines anderen Menschen ... ja, so muss es gewesen sein.

Er kicherte ein bisschen, über sich, über mich, über die Welt. Dann begab er sich vor meinen Augen ins zivile Leben, zog seinen gestärkten weißen Kittel aus und reichte ihn Tobias, der seinen Chef ratlos anstarrte, bevor er die Utensilien auf die Theke legte, die noch in den Taschen steckten, eine Schieblehre, deren geniale Funktion – die gleichzeitige Feststellung von Innen- und Außenmaßen – mir Herr Schwanenherz erst kürzlich erklärt hatte, mehrere plattgedrückte Radiergummis, die er zwischen Daumen und Zeigefinger traktierte, wenn er an der Drehtür im Eingangsbereich saß. Salbeipastillen und Haftkleber für sein Gebiss, das in der Tat klapperte, wenn er zu lange redete und es zwischendurch nicht zurechtrücken konnte.

Dann stemmte er sich hoch, reichte mir die eine und Tobias die andere Hand und sagte, als wolle er einen Scherz machen, während er mit uns beiden bis ans Ende der Theke lief: Ich fühle, wie ich schwach werde, Monsieur Saint Clair, ich muss mich hinlegen. Tobias wird mich jetzt in die hinteren Räume begleiten, das hat er die ganze Zeit schon gemacht, jetzt müssen wir auf Diskretion nicht mehr achten. Leben Sie wohl, mein Herr, Sie waren mir ein angenehmer Zeitgenosse ... und denken Sie nicht über das nach, was ich so vor mich hingeplappert habe. Es ist nicht wichtig ...

Natürlich gelang mir dies nicht. Ein paar Tage lang war ich während des Nähens derart abgelenkt, dass ich mich einmal heftig in den Finger stach und mir von Arian, dem kleinen Afghanen, die Blechdose mit den Heftpflastern bringen lassen musste, um nicht überall mein Blut zu verteilen. Wie könnte ich dem alten Herrn seinen Wasserwunsch bloß erfüllen? Die Seen waren zu kalt, die Freibäder geschlossen, es war schließlich schon Herbst, und das Hallenbad vermutlich viel zu voll, als dass der zerbrechliche Herr Schwanenherz in aller Ruhe hätte darin schwimmen können.

Mir fiel jedoch das unterirdische Bad im Hotel Schneeleopard ein. Mit Eisenzahns Orgie und dem Wasserballett der kleinen rosa Mädchen hatte sich meine Angst davor verflüchtigt, ich konnte nicht mehr glauben, dass mich ein Ungeheuer von unten anfallen oder gar verschlingen würde, Herrn Schwanenherz also ebenso wenig, den ich mit Schwimmflügeln und Schwimmnudeln ausstatten und von einer Phalanx von jungen Männern eskortieren lassen wollte. Ja, so stellte ich mir das vor – aber wo sollte ich eine Phalanx junger Männer herbekommen? An Viktor könnte ich mich wenden, und an Jakobus, der Spätschicht haben sollte, damit wir den Hundertjährigen nach unten zum Schwimmbad bringen könnten. Johannes war in Poschiavo, wo man ihn, wie mir Jakob erzählte, inzwischen gebeten hatte, nach seinen Vorträgen im Oratorio Sant'Anna noch die Totenköpfe abzustauben, was er zähneknirschend akzeptierte.

Es war nicht einfach, die Sache zu planen, immer hatten andere für mich geplant, das machte sich jetzt bemerkbar. Unabdingbar für den reibungslosen Ablauf unseres Unterfangens schien mir jedenfalls, dass sowohl Viktor als auch ich pünktlich Feierabend machten an diesem Tag, kam doch Wrobel nicht selten auf die Idee, uns bis in den späten Abend hinein mit irgendetwas Unaufschiebbarem zu beschäftigen; der Faktor Zeit existierte für unseren

Meister nicht. Dass seine Angestellten private Termine hatten, konnte er nicht leiden – wenn es in seinen Augen etwas Wichtigeres zu tun gab, mussten Verabredungen abgesagt werden. Dem armen Viktor, der in seiner Freizeit Fußball spielte, passierte dies am häufigsten von allen. Er schaffte es einfach nicht, sich Wrobel zu verweigern, sein Bedürfnis nach Harmonie obsiegte stets, weshalb er seinem Verein – dessen Kassenwart er zudem noch war – irgendwann kündigte und das Kicken einstellte. Es passe ja auch nicht unbedingt zu seinem Beruf als Textilfachverkäufer in einer feinen Maßschneiderei, erklärte er mir bei einem unserer Spaziergänge. Das Risiko, sich den groben Jargon anzugewöhnen, sei nicht zu unterschätzen. *Du glaubst nicht, wie die Jungs sich gegenseitig beschimpfen. Gottfried Stutz! Wirklich, einige benutzen Wörter, die ich noch nie gehört habe.*

Jakobus konnte prüfen, ob es zu kalt war für Herrn Schwanenherz, das Wasser, die Duschräume, die Umkleidekabinen. Besaß der alte Herr überhaupt eine Badehose? Er konnte doch nicht in der Unterhose schwimmen gehen. Viktor fand einteilige, blau-weiß geringelte Herrenbadeanzüge weit hinten in einem Fach, wo Dinge aufgehoben wurden, von denen man annahm, sie eines Tages noch zu benötigen. Es seien Überbleibsel von der ersten Willkommensfeier des ungeliebten Berliner Kunden, in denen er da wühle, erklärte mir Viktor, mit dem Kopf knapp unter der Decke auf der Leiter stehend und nicht gerade gut gelaunt ob der sich in seinem Kopf allmählich einstellenden Episoden. Zur Eröffnung habe es ein von Urs Marbli choreografiertes Herrenballett gegeben, mit rauschenden Charleston- und Tangoklängen aus einem alten Grammofon. Sogar an einer menschlichen Pyramide hätten sich die jungen Männer versucht, leider sei die

Übung – zur Erheiterung der Gäste – immer wieder ins Wasser gefallen. An diesem Abend habe er Herrn Eisenzahn zum ersten Mal ins Bett bringen müssen, den alten Sack, der von ihm verlangt habe, er solle ihm wenigstens die Füße küssen, wenn schon nicht sein Geschlechtsteil und die gepiercten Brustwarzen. *De Säuniggel wäscht sich nid emol d'Händ, nochdem er uf em Hüüsli gsi isch! So einer ist das, weißt du!*

Ich glaube nicht, dass wir mit diesen Einteilern viel anfangen können, meinte Viktor schließlich (die Leiter zitterte so sehr, dass ich sie von unten stabilisieren musste), die sind alle verschieden groß, wir können mit einem Hundertjährigen doch keine Modenschau veranstalten. Besser wären Badeshorts, die führen wir auch, da hat es Glücksklee drauf oder Tennisschläger. (Zu seiner Beruhigung blieb er noch ein bisschen oben stehen.)

Leider keine mit Schwänen und Herzen, rief ich zu ihm hinauf und freute mich über meinen Witz, ohne dass er darauf reagierte. Nimms nicht zu schwer, Viktor, diese Kerle kriegen irgendwann alle ihr Fett ab, davon bin ich fest überzeugt, Eisenzahn hat es ja auch schon vom Fressen, vielleicht geht er daran zugrunde. Jedenfalls wirst du diesen *Cheib* sicher nie wieder ins Bett bringen müssen nach dem, was wir getan haben.

Schwanenherz stand nicht im Telefonbuch, ich musste also Tobias nach Ladenschluss abpassen, er wunderte sich jedoch kaum, sondern kritzelte mir die Adresse auf den Handrücken. Das Brieflein und die gewundene Sprache, in der es zu verfassen war, sowie der mit dunkelrotem Seidenpapier gefütterte Umschlag bereiteten mir großes Vergnügen; es erinnerte mich an meine Bürozeit im Hotel Oriental, wo ich zu allen möglichen Anlässen Postkarten und Briefe verfasste und selbst die Adressen und Anreden mit bunten Girlanden versah, nicht zu vergessen die zwei- oder manchmal gar dreisprachigen Speisekarten, deren Gerichte mir das Wasser im Mund zusammenlaufen ließen. Herr Schwanenherz reagierte sofort, er rief mich an, als ich im Maßatelier gerade einen Karostoff zuschnitt und für die gewundene Kreidelinie all meine Konzentration brauchte.

Nächsten Dienstag, achtzehn Uhr, vor meinem Haus, sagte er rasch, weil er wohl spürte, dass ich gerade nicht reden konnte.

Einverstanden, erwiderte ich, wir sind pünktlich.

Und das waren wir dann auch. Wir holten ihn mit dem Rollstuhl ab, worüber Herr Schwanenherz zuerst die Stirn runzelte, weil er wohl eine Limousine erwartet und bisher nie, nicht einmal im Krankenhaus, in einem Rollstuhl gesessen hatte. Dann rollten wir ihn durch die Altstadt, ohne dass jemand die in eine Decke gehüllte fragile Person zur Kenntnis nahm, und schoben das Gefährt über die Rampe, welche die Hotelkette, die den Schneeleopard übernommen hatte, sofort errichten hatte lassen.

Dass wir im Foyer auf Herrn Dr. Drechsler stießen – ebenfalls im Rollstuhl sitzend und von Urs Marbli kutschiert –, ließ sich als prekäres, aber im Nachhinein sehr lustiges Zusammentreffen bezeichnen. Drechsler trug noch die Stoffserviette vom Abendessen, wütend riss er gerade an dem Stoff, der mit einer silbernen Kette und zwei Klammern am steifen Kragen seines Oberhemds befestigt war. Als die beiden einander entdeckten, zuckten ihre greisenhaften Gesichter. In Herrn Schwanenherz' Physiognomie verursachte das eine erstaunlich intensive Reaktion, lebhafter, als ich es je bei ihm gesehen hatte, zerlegte sich doch sein sonst maskenhaftes Gesicht in tausend Falten und Knitter, als sei ein Stein in eine vereiste Pfütze geworfen worden. Wie Albrecht Dürers Mutter sah er plötzlich aus, der alte Herr, verletzlich, angestrengt, auch etwas gequält – wohingegen es Marbli, als er Viktor und mich entdeckte, die Sprache verschlug, was nicht hieß, dass er zwei Tage später vor dem versammelten Personal des Maßateliers darauf verzichtete, uns wegen der erstbesten Nichtigkeit auszuschimpfen.

Drechsler selbst blieb erst gleichmütig bei der Begegnung. Er wandte auch nicht den Kopf, als Viktor den Rollstuhl rückwärts in den Fahrstuhl zog, sodass Herr Schwanenherz den Abgang des von ihm verachteten Altnazis beobachten konnte. Erst als Drechsler sich fast schon auf der Rampe nach draußen befand, ließ er sich von Marbli noch einmal umdrehen und schrie – gerade als die Aufzugtüren sich schlossen – *Schwanenherz, du Sodomit, du Kanaille!* durchs Foyer.

Es muss etwas passiert sein zwischen den beiden, sagte Viktor, ihre Augen sind so voller Hass, man glaubt es kaum.

Als wir im Keller ankamen, fanden wir zu unserer Freude ein festlich erleuchtetes, menschenleeres Bassin vor, was Jakobus veranlasst hatte; er wusste, wo der Schalter für die Illumination war, und er hatte vor den Eingang des Schwimmbads ein rot gestreiftes Band mit der Aufschrift *Geschlossen* geklebt, das wir mühelos entfernen konnten.

Zugegeben: Ich hätte es gerne pompöser gehabt bei Herrn Schwanenherz' Leibesübungen im warmen Wasser des Hotelpools, wie ich es mir nachts für ihn erträumt hatte: mit jungen Fackelträgern, die zu den Klängen von Purcells *Sonata for Trumpet and Strings* das Becken umstanden, und schwimmenden Lichtlein auf der Wasseroberfläche, während sich die Schwimmnudeln des Greises in riesenhafte Engelsschwingen verwandelten.

Die karierten Badeshorts, die Viktor ausgesucht hatte, akzeptierte Schwanenherz noch widerstandslos, die Schwimmflügel jedoch schlug er ihm aus der Hand. Auch die ins Becken führende Leiter verschmähte er, lieber wollte er sich an den Rand setzen und von dort aus langsam ins Wasser gleiten lassen. So gab es einen kleinen Disput zwischen uns, bevor er schließlich bereit war, sich bei uns einzuhaken und die kleine Treppe zu benutzen. Als wir ihn losließen, reichte ihm das Wasser bis zur Brust, seiner schönen weißen Brust, unter der ein wildes Schwanenherz schlug.

Langsam und in aller Würde zog er dann drei, vier Bahnen, sich zwischendurch an den Schwimmnudeln ausruhend, die Jakobus im Wasser verteilt hatte. Sogar den Toten Mann führte er uns noch vor (obwohl der eigentlich für Anfänger sei, wie er Viktor und mir zuraunte, die wir stets an seiner Seite blieben), mit ausgebreiteten Armen, leicht bewegten Beinen und erhobenem Kopf mühelos im Wasser ruhend. Im Toten Meer sei diese Position länger durchzuhalten als in Süßwasserseen oder hier im Pool des Schneeleopard, erklärte er uns später, als er – (von mir) mit einem hoteleigenen Frotteetuch trockengerubbelt – in seinen (von Viktor) auf der Heizung angewärmten Kleidern im (von Jakob) gerufenen Taxi saß. Es komme auf den Salzgehalt an, sagte er heiter. Der steigere den Auftrieb des menschlichen Körpers immens. *Abgesehen davon hängt das schöne Schweben von der Knochendichte und vom Fettgewebe ab ... und vom Alter, ja, vom Alter natürlich auch ...*

XIV. Lamento majestoso

Seit Wrobel die Synagoge in Zürich besuchte, verlebte ich langweilige Wochenenden, hatte es sich doch eingebürgert, dass ich nach Fritzis Entführung mit ihm, Viktor und Veronika sonntags zu Mittag aß und danach noch einen Spaziergang durch die Altstadt machte. Nun vermisste ich nicht nur den Sonntagsbraten, sondern vor allem den Austausch mit Tomasz Wrobel, wenn wir uns auf dem Weg zu meiner Wohnung auf der einen oder anderen Parkbank niederließen. Es waren Gespräche, die hierhin und dorthin liefen; dass sie tiefsinnig gewesen wären, hätte man nicht sagen können, sie berührten Wrobels Zeit im Vereinigten Königreich, das Maßatelier, das er in einem so maroden Zustand übernommen hatte, dass er darüber – schon weil seine Schulden noch nicht gänzlich abbezahlt waren – immer wieder verzweifelte, oder das Muttersöhnchen Viktor, das dringend in die Welt hinausmüsse. Am Ende aber landeten wir stets bei Hildesheimer, dessen Werk ich mittlerweile fast ganz gelesen hatte, sogar *Tynset* und *Masante*, diese Antiromane, sowie die *Lieblosen Legenden* und einige der surrealistischen Theaterstücke, deren Hintersinn sich mir noch immer nicht erschließen wollte.

Warum bloß war Wrobel so besessen von diesem Schriftsteller? Nur weil er vor einem halben Jahrhundert Händchen mit ihm gehalten hatte?, fragte ich mich oft; sein Insistieren strapazierte meine Geduld. Konstanze hatte mich ebenfalls getröstet in meiner Berliner Zeit, in ihren Armen gewiegt und mich später, als mein nächtliches

286

Schreien nicht nachließ, zu Doktor Zucker geschickt, wo ich monatelang auf der Couch lag und schwieg; ich Verräter, der ich über meine Schandtaten nicht sprechen wollte. Weder Bücher schreiben noch Maßkleider entwerfen blieben mir als Kompensation. Was für eine Lösung gab es für mich? Ich konnte mir keine vorstellen.

Immer wenn ich mich zu wenig bewegt und zu viel gegessen hatte, taten mir die Glieder weh, wie einem alten Mann mit erhöhtem Harnsäurespiegel, ich kannte das schon und interpretierte die Schmerzensstarre als Strafe für mein überhandnehmendes Wohlleben. Den Sonntagsbraten verwendete ich dabei als alles überwölbende Metapher. Bereits Friedrich der Große kannte das Phänomen, bei ihm hatte sich das übermäßige Fleischessen zu einer veritablen Gicht ausgewachsen, wie mir Jérôme de Savigny erzählte, so schlimm, dass er kaum noch seine Gesetze unterschreiben konnte. Und auch der große, von Andrew Marbot so hochgeschätzte William Turner litt an der Krankheit der Könige, wie ich im Internet zutage förderte, und hätte vielleicht länger malen können, wenn er sich mehr am Riemen gerissen hätte.

Wrobel schien gleichfalls nicht ohne Schmerzen zu sein, hörte ich ihn doch nicht nur leise mit den Zähnen knirschen, sondern sah ihn auch vorsichtig seine Nase richten, während wir auf einer der grün gestrichenen, mit einem Messingschild und den Namen ihrer Stifter versehenen Bänke saßen und sich unsere Ellenbogen gelegentlich berührten. Bald würde er wieder nach London fliegen, zu seiner obligatorischen Kur, davor mussten freilich die Anzüge für Eisenzahns Entourage fertiggestellt werden sowie ein paar neu entworfene Mönchskutten, die ein amerikanisches Franziskanerkloster für seine Äbte und Prioren bestellt hatte.

Vielleicht werden die ja ein Hit und verkaufen sich weltweit, dann müssen wir die Prrroduktion anderswohin verlegen, wagte Wrobel zu träumen. Ja, diese Gewänder sind wirklich sehr elegant. Ich hätte fast Lust, darin an einer katholischen Orgie teilzunehmen. Inkognito. An der Abschlussfeier einer Pilgerreise nach Santiago de Compostela zum Beispiel, oder auf dem Petersplatz in Rom beim Ostersegen ... Man riecht den Herbst, finden Sie nicht? Auch wenn die Luft noch weich ist und es wenig geregnet hat, werden die Blätter gelb. Und die Berge hüllen sich in ein gewisses Sfumato. Ob Eisenzahn mitkommt zur letzten Anprrrobe für die Uniformen seiner Bodyguards, hänge von mehreren Faktoren ab, hat er in seiner letzten Mail angedeutet. Er hat uns dieses Jahr schon einmal beehrt, wir müssen ihm also keine Willkommensfeier ausrichten.

Er lächelte und warf mir einen scharfen Blick zu, schließlich wusste er, auf welche Art und Weise Viktor und ich den Berliner Koloss ins Bett geschafft hatten. Da legte direkt vor unserer Bank ein kleiner Junge aus dem Rennen heraus eine derartige Vollbremsung hin, dass unsere Schuhe staubig wurden, weil wir sie nicht rechtzeitig hochgenommen hatten. Keiner half dem Kind auf, keiner wies es zurecht, weder seine ihm mit dem Roller hinterherlaufende Mama noch wir, die beiden Herren auf der Bank. Es weinte auch nicht, sondern erhob sich und lief weiter. Später, als wir ihm wieder begegneten, sahen wir seine aufgeschlagenen Knie und seine blutigen Handflächen. Seine Mutter und er schienen den Verletzungen keinerlei Beachtung zu schenken, es waren wohl die üblichen Folgen ihres Sonntagnachmittagsspaziergangs. Hoffentlich ist der Kleine gegen Wundstarrkrampf geimpft, dachte ich. Für alle Fälle. Frau Doktor

Zucker, die Ärztin war, verabreichte mir nach der Schlägerei mit dem übergriffigen Zahnarzt auch eine Impfung, wie hätte sie wissen können, dass ich mich in einer sterilen Arztpraxis geprügelt hatte. Ich hätte die Frau meines Analytikers die ganze Zeit küssen mögen, als sie sich über mich beugte mit ihrem weichen Busen und so besorgt um mich war. Dass ich mich weigerte, zum Röntgen in eine Notaufnahme zu gehen, verstand sie nicht. Dass Menschen wie mir, ohne Krankenkassenkärtchen oder irgendeinen Existenznachweis, dort nur Probleme blühten, verschwieg ich ihr natürlich. Lieber blieb ich ein wenig länger auf der speckigen Couch liegen und träumte, sie sei meine Mutter und ich hätte mindestens noch drei Brüder und eine Schwester, echte Geschwister, nicht solche, die der Herr Marquis seinen Dienstmägden in der Küche seines baufälligen Renaissanceschlosses en passant in den Leib pflanzte.

Es war unser letztes längeres Gespräch vor Wrobels Zürcher Wochenenden. Dieses Mal wollte der Schneidermeister ein anderes Thema anschneiden, das spürte ich, Hildesheimer wurde erst einmal verschoben. Bevor er jedoch zu sprechen begann, reinigte er seine randlose Brille mit seinem seidenen Einstecktüchlein und schlug seine ebenfalls staubig gewordenen Wildlederschuhe gegeneinander, immerhin blätterte er nicht in seinem Taschenkalender und machte sich Notizen, was meist länger dauerte. Seine Übersprunghandlungen kannte ich inzwischen, es gab deren viele, und ich nahm sie hin. Dass ich sie nicht lächerlich fand, war seiner professionellen Würde geschuldet, die ich so selbstverständlich akzeptierte wie alle meine Kollegen. Der Chef eines Maßateliers muss immer eine tadellose Erscheinung abgeben und eine gewisse

Aura pflegen, da gab es kein Vertun. Mit seiner Vergangenheit hatte das nichts zu tun und wohl auch nichts mit seiner Gegenwart oder Zukunft, eher mit seinem Entschluss, wieder die Synagoge zu besuchen und mit seinen Freunden Sabbat zu feiern. Was er sonst noch in Zürich trieb, ging niemanden etwas an.

Dann begann er zu reden, auf seine gefalteten Hände blickend und nicht etwa auf mich: Ich mache mir Sorgen um Sie, Léon. Sie sehen angegriffen aus. Sie sollten zum Arzt gehen. Vielleicht ernähren Sie sich falsch, vielleicht müssten Sie ja ein paar Vitamine schlucken. Oder Sie haben Eisenmangel. Was erschöpft Sie so? Was ist geschehen? Macht Ihnen ein Burnout zu schaffen? So wirken Sie wenigstens auf mich mit Ihren Augenringen und Ihrem tragischen Blick. Als Sie hier ankamen, waren Sie ein vor innerer Kraft strotzender junger Mann. Sie haben mich sehr beeindruckt mit Ihrer Hartnäckigkeit, als Sie vor unseren Schaufenstern auf und ab tigerten, als Sie mich regelrecht belagerten und verfolgten, aber auch später, bei unseren Werkstattbesprechungen, in die Sie sich sofort und ohne zu zögern einmischten und altklug die allerfrechsten Ansichten äußerten, furchtbar sophisticated taten, was bei unserem Beruf ja nicht unwesentlich ist.

Ein etwas verzerrtes Lächeln ging über sein Gesicht, bevor er weitersprach, etwas gemächlicher nun, da er den Auftakt hinter sich gebracht hatte.

Wie ... soll ich es ausdrücken? Sie waren wie ich, als ich in der Savile Road anfing, einfach nicht zu bremsen, offen für alles, unendlich motiviert, grenzenlos interessiert. Und jetzt, jetzt sehen Sie aus wie ... zumindest so, als ... als nagte ein großer Kummer an Ihnen. Als hätten Sie sich verwandelt. Als seien Sie gar nicht da. Als seien Sie abwesend im wahrsten Sinne des Wortes. Im Frühsom-

mer, bei unserer großen Wanderung rund um den Dreibündenstein, ich erinnere mich noch gut, da haben Sie
sich so langsam hinter uns hergeschleppt, mit gesenktem
Kopf und schweren Beinen, als hänge ein Zentnerge-
wicht an Ihnen. Kein Blick für die grandiose Landschaft
rings um Sie, keine Fragen, wie die Gipfel heißen, keine
Spur von Ihrem stets präsenten, manchmal für uns alle so
lästigen Wissensdurst. Urs Marbli, unser Heimatkundler,
hätte Ihnen jeden einzelnen Berg mit Namen samt Höhe
nennen können, Sie aber guckten nicht einmal ins Smartphone und aktivierten Ihr GPS, wie sonst immer. Der
gute Viktor überlegte ernsthaft, ob er Ihnen einen Stock
schnitzen sollte, wollte Sie aber nicht kränken. Also … Sie
können mir wirklich sagen, was Sie bedrückt, Léon, vielleicht kann ich Ihnen ja helfen … Haben Sie Liebeskum-
mer, Heimweh … leiden Sie an Melancholie? Vielleicht
liegt sie in Ihrer Familie?

Litten meine Eltern an Melancholie?, fragte ich mich,
während wir eine Weile schwiegen und das Gefühl der
Verlegenheit in uns niederkämpften. An der schwarzen
Galle, wie man dies Leiden in meinen Jugendjahren noch
nannte? Meines Erachtens hatte mein Vater nur Angst
vor der Guillotine gehabt und meine arme Mutter davor,
schwanger zu werden. Aber ließen sich solche zielgerich-
teten Ängste Melancholie nennen? Meine chronische
Schwermut hing eher damit zusammen, dass mich keiner
je liebte, nicht bedingungslos jedenfalls, weder Mann
noch Frau noch Kind, auch Ninel und sein Schwester-
chen Elektra nicht, selbst wenn ich ihnen in der Kommunalka mein Steckrübenmus überließ oder den Apfel, den
Elsbeth mir heimlich zugesteckt hatte.

Wie viel Zeit doch verging, bis ich diesen Mangel erkannte und – einigermaßen wenigstens – verstand, wie

alles zusammenhing! Lag es an den anderen? An mir? Daran, dass ich nie den Mut aufbrachte, die Probe aufs Exempel zu machen, die eine oder die andere entscheidende Frage zu stellen? Die Frage, die sich auf die Leere bezog, die rings um mich herrschte, auf die Leere, die bewirkte, dass man mich nicht nur nicht lieben konnte, sondern mich aus den unterschiedlichsten Gründen bloß nützlich fand? Warum man mich in Gefühlsdingen mied, als hätte ich die Krätze? Spürte man die Kälte der Jahrhunderte, die sich zwischen der Welt und meinen Schulterblättern breitmachte? Warum sonst ließ man mich alleine stehen oder – falls nicht – schleifte mich aus mir nicht kenntlich werdenden Gründen quer durch Europa? Vielleicht hätte sie mich ja erlösen können, diese niemals gestellte Frage, von meiner eigenen Herzlosigkeit und der meiner Mitmenschen! Vielleicht hätte sie die Ketten gesprengt, die ich mir irgendwann im Verlauf meines Lebens um meinen Brustkorb hatte schmieden lassen, damit mir mein Herz vor Leid nicht zerspränge.

Ja, dies war die Kurzfassung der Tragödie meines unauffälligen, seelenstarren Lebens, mit einem Anklang aus dem *Froschkönig*, den mir Adelbert von Chamisso, der die Brüder Grimm verehrte und gerne Balladen nach deren Fundstücken dichtete, von einer seiner Reisen nach Kassel mitbrachte. Vielleicht hätte ich Wrobel nur das Märchen erzählen müssen, damit er verstand, was ich meinte. Obwohl ich nicht Heinrich hieß und auch nicht Diener eines jungen Königs war, der sich, weil sein Herr von einer bösen Hexe in einen Frosch verwandelt wurde, seines Lebens nicht mehr freute. Vielleicht stimmte die Analogie ja auch überhaupt nicht, die ich da erfand, während sich Wrobel neben mir dezent die Nase richtete, und ich hatte mir nur den Ausruf *Heinrich, der Wagen bricht* gemerkt und dazu die Antwort des Dieners: *Nein, mein Herr, der Wagen nicht, es ist ein Band von meinem Herzen, das da lag in großen Schmerzen ...*

Tatsächlich war mein Gedächtnis nicht mehr das beste, aber dass ich niemals den Mund aufgemacht hätte, das wusste ich wohl. Es war wie beim Psychoanalytiker, es war wie bei Dr. Zucker, so kam es mir vor, nur dass ich auf einer Parkbank saß und mir mein geliebter Chef nur allzu bald mitteilen würde, er wolle mich zwar haben, befinde mich letztlich aber dann doch nicht für gut genug. Ich musste nur noch ein paar Minuten warten.

Ob sie mich liebten oder geliebt hatten, mich, der ich ein Trauerkloß war, mich, der ich sie doch so gerne wiederlieben wollte? Wrobel? Johannes und Jakobus? Fritzi gar oder Herr Schwanenherz? Und was hätte dies in meinem Leben geändert? Alles in mir sträubte sich, darüber nachzudenken. Zumal es kluge Leute gab, die darüber dicke Bücher geschrieben hatten. Wie hieß noch einmal der Schriftsteller, dessen Melancholie praktisch über allem schwebte, was er schrieb, selbst wenn es um die Zubereitung einer Hühnersuppe ging, wie Jérôme de Savigny behauptete? Nein, es war nicht Montaigne, dessen *Essais* mein Dienstherr während unserer Kutschfahrten auf seinen Knien balancierte, obgleich ihm vom Lesen übel wurde. Es war ein anderer, von dem er schwärmte, ein Engländer namens Robert Burton, dessen Abhandlung *Anatomy of Melancholy* zur Zeit unserer Italienreise groß in Mode war, wie ich ausnahmsweise einmal nicht im Netz, sondern im Großen Brockhaus der Stadtbücherei herausfand. Natürlich eignete sich einer wie Burton kaum für mich, mein Gentleman kam jedenfalls nicht auf die Idee, ihn mir als Lektüre zu empfehlen, auch kein anderes Buch, das er während unserer langen, schwankenden Fahrten las. Dass er mir hin und wieder erzählte, was ihn gerade fesselte, muss ich ihm immerhin zugutehalten. Ich war sein Schuhputzer und Kofferträger, als solcher musste ich nicht belesen sein. Für keinen, für keine! Sogar Gertie, die mich vor ihrem Heiratsantrag zumindest eine Zeit lang uneigennützig geliebt hatte, wie ich annahm, weigerte sich, ihre kostbaren ausgeliehenen Bücher meinen Tintenfingern zu überlassen. Und Elsbeth, meine Geliebte, die im Hotel Lux so häufig in verbotenen Schmökern versank, wollte beim Lesen lieber alleine sein und ließ sich ungern über die Schulter gucken, zumal sich mein Interesse weniger auf die Buchstaben als auf ihre duftenden Brüste richtete.

Keine Ahnung, warum ich ausgerechnet in Konstanzes Dachwohnung zu lesen begann, in ihrem Luxusbett, von Daunenkissen umgeben und an ihre Seite gekuschelt, leichte Bücher, Bestseller, Liebesromane vor allem, was folgerichtig war bei meinen Mangelerscheinungen, einmal aber auch ein Sachbuch mit dem merkwürdig gestelzten Titel *Darm mit Charme*, welches mir weiszumachen versuchte, dass sich mein mich so oft quälendes, aus Dick- und Dünndarm bestehendes Verdauungsorgan über sieben Meter Länge erstreckte und über ein fast ebenso raffiniertes Nervensystem verfügte wie mein Gehirn. Eine Kuh hingegen besaß nicht nur einen erheblich längeren Darm – dreiundsechzig Meter lang konnte der werden, wenn man ihn denn ausgebreitet hätte –, sondern auch sieben Mägen, deren Namen und Funktionen ich eine Zeit lang auswendig wusste, bevor ich sie willentlich dem Vergessen anheimgab.

Ich war ein Spätzünder, so viel stand fest, ich brauchte lange, Monate, Jahre, Jahrhunderte, bis ich etwas begriff und richtig verdaute – um im Bild zu bleiben. Und ich merkte mir zu viele unwesentliche Dinge, Rindermägen zum Beispiel oder lateinische Gebete. So kamen Hildesheimers anspruchsvolle Werke gewissermaßen zu früh für mein noch immer kindliches Gemüt. Nur Mozarts und Marbots Biografien hatten mein Interesse entfachen können, wegen deren Zeitgenossenschaft, weil ich sie kannte oder hätte kennen können. Und Wrobel, der Menschenfreund? Er war ein guter Pädagoge, aber seine todmüden ernsten Augen und seine Überzeugung, Lesen sei ein Überlebensmittel, bremsten mein Vergnügen – das Vergnügen an etwaigem Erkenntnisgewinn, dessen Nutzen ich aus lauter Faulheit nicht wahrhaben wollte.

Der Meister beugte sich zu mir herüber, tippte mir leicht aufs Handgelenk und suchte meinen Blick. An seinem rechten Lid befand sich eine kleine Warze, die mir noch nie aufgefallen war, seine Augen waren nicht braun oder schwarz, wie ich angenommen hatte, sondern grau mit dunkelblauen Einsprengseln, was eine ganz andere Art von Dunkelheit bedeutete. Ich hätte ihm so gern erzählt, wie es sich unter den Rupfenröcken meiner Mutter anfühlte oder wie es war, meinem Vater beim Kopulieren zuzusehen, aber ich brachte es nicht fertig, nicht die kleinste Andeutung durfte ich mir leisten. Einem Rationalisten wie ihm mein Vertrauen zu schenken, würde unweigerlich eine Kettenreaktion auslösen. Die Maßschneiderei funktionierte nicht anders als das Werk eines Ingenieurs, sie musste von vorne bis hinten berechnet werden. Auch wenn Wrobel warmherzig und lebensklug war sowie gequält und gefoltert wie praktisch alle Leute, die ich sympathisch fand, so besaß er bestimmt nicht genug Fantasie, um sich vorzustellen, wie es ist, mitten im Leben nach einem Stillstand von annähernd zweihundertfünfzig Jahren aufs Neue mit dem Wachsen zu beginnen und sich fortan – endlich, endlich? – mit dem Nichtmehrleben – ich will es aussprechen: mit dem Tod – konfrontiert zu sehen. Mit dem echten Tod, dem auf Johannes' Totentänzen, nicht dem von Heidi, der Sterbehelferin, die mich in die Schweiz gelotst hatte.

Im Grrrunde habe ich mir gewünscht, fuhr Wrobel fort (der meine innere Unruhe genauso wenig wahrnahm wie den Schwall von gelben Blättern, den der Ginkgobaum über uns ausschüttete), ... wie soll ich es ausdrücken? Im Grunde habe ich mir sehnlichst gewünscht, Sie würden mein Nachfolger. Hatten Sie sich doch nicht nur die Beidhändigkeit antrainiert – was ich regelrecht bestaune, weil es nämlich gar nicht so einfach ist, wie ich, um Sie anzustacheln, behauptete, und gewiss nicht so wichtig, wie ich vorgab –, nein, Sie entwickelten auch fortwährend gute Ideen, selbst wenn deren praktische Umsetzbarkeit Sie nicht kümmerte und Ihnen Ihre Naivität noch hätte ausgetrieben werden müssen. Sie besitzen Sinn für Stil und Schönheit sowie das rrrichtige Gespür für Qualität und die Wünsche Ihrer Kunden, sogar wenn man ihnen diese besser ausreden sollte. Sie kamen mir vorausschauend und traditionell vor, beides mit Leichtigkeit verbunden, was selten ist unter jungen Leuten. Ob Sie wirklich so jung sind, wie Sie anfangs auf mich wirkten, sei dahingestellt. Vielleicht hätten Sie mir meinen Laden umgekrempelt, das fürchtete ich manchmal. Zumindest hätten Sie mir die Langeweile vertrieben, die ich seit einigen Jahren, je mehr Menschen vom Schlage Eisenzahns meinen Laden frequentieren, kaum mehr ignorieren kann. Schlicht und einfach: Was Sie mir zu versprechen schienen, war die Erlösung aus der Verzweiflung über die Vergeblichkeit meines Tuns … (Noch eine dringend nötige Erlösung, dachte ich.) Und tja, seufzte Wrobel. Man macht sich so seine Gedanken und wird leider ein bisschen theatralisch dabei.

Er sendete mir ein verunglücktes Lächeln, das ich beim besten Willen nicht erwidern konnte. Dann atmete er tief ein und kam zum befürchteten Punkt: Klugheit, Witz und gute Einfälle reichen jedoch nicht aus, um eine Arbeit zu vollenden, das wissen Sie selbst ganz genau. Denn ein Kunstwerk zu schaffen – wenn man ein banales Jackett so nennen will –, verlangt Fleiß, Konzentration, Ergebung, die bedingungslose Bereitschaft, sich zu schinden, kurz, all das, worüber wir uns vor fast einem Jahr unterhielten … und … wovon Sie leider nur wenig umgesetzt haben. Viel zu wenig, wie ich meine. Herrgott, ich habe Ihnen nur deshalb einen Schweizer Pass verschafft, weil ich Sie halten wollte!, rief er. Was glauben Sie, Monsieur, wie unangenehm es war, die zweifelhaften Kontakte zu erneuern, die ich nach meinem Weggang aus England abgeschüttelt zu haben glaubte? Bevor ich überhaupt mit den richtigen Leuten sprechen konnte, musste ich mich demütigen, Versprechungen machen, Schmiergeld bezahlen, nein, all das tat mir nicht gut. Sie haben mich nie gefragt, wie mir die Beschaffung der Dokumente so rasch gelang und was es mich kostete. Wobei ich Ihnen in beiden Fällen natürlich keine Antwort gegeben hätte.

Er streckte die Hand aus, fing ein durch die Luft segelndes gelbes Blatt mit der linken und legte es mir mit der rechten aufs Knie. Jetzt leuchtete es auf meiner dunkelblauen Hose.

Was mich außerdem interessiert, ist, selbst wenn es nur Äußerlichkeiten betrifft, wie Sie einwenden könnten: Wo sind Ihre leuchtenden Kaschmirpullover geblieben? Seit Wochen kleiden Sie sich vorwiegend in Grau, wie ein

Finanzbeamter. Ich wüsste nicht, dass wir derlei Kleidung in unserem Sortiment führen, vermutlich stammt sie aus Ihren deutschen Koffern. (Gott sei Dank, den Vuitton-Koffer hatte er nicht gesehen.) Und wohin ist Ihr ansteckendes Lächeln verschwunden? Darüber zerbricht sich mittlerweile die halbe Belegschaft den Kopf. Zumindest das Lächeln sollten Sie schleunigst wieder hervorkramen. Bloß raus damit, selbst wenn es nicht von Herzen kommt.

Während er mit seinen gerade gesäuberten Schuhen im Kies wühlte, stellte er mir endlich die Frage, auf die ich die ganze Zeit gewartet hatte und über die ich gerne laut gelacht hätte, wenn es mir denn recht gewesen wäre, ihn zu kränken: Haben Sie schon einmal an eine Therapie gedacht? Wie Sie wissen, kenne ich mich damit ein bisschen aus ... Ich wäre auch bereit, etwas zu den Kosten beizusteuern! Sie wissen ja, wie es mir selbst erging und wie dankbar ich meinem Meister war. So würde sich die Geschichte wiederholen ... auf eine sympathisch abgewandelte Weise. Was halten Sie davon?

Nachdem ich keine Anstalten machte, ihm zu antworten, sondern mich nur noch mehr versteifte, erhob sich Wrobel, klopfte mir leicht auf die Schulter und sagte versöhnlich: Kommen Sie, Léon! Lassen wir das Thema! Ich wollte Sie nicht vor den Kopf stoßen. Wandern wir doch noch ein bisschen aus der Stadt hinaus. Ich sehe den wilden Knaben von vorhin zurückkommen, dieses Mal auf seinem Roller. Und seine Mutter steht viel weiter hinten bei den fast ganz im herbstlichen Nebel verschwundenen Pappeln, ins Gespräch vertieft mit einer anderen jungen Frau. Wir müssen uns in Sicherheit bringen, er fährt direkt auf uns zu!

Die Hand, mit der er sich an die Nase hatte greifen wollen, ließ er wieder sinken, als er fortfuhr: Auf jeden

Fall werden wir zwei noch nach Poschiavo fahren und ein paar Steine auf Hildesheimers Grab legen. (*Wir zwei ...* Wir zwei. Für diese Worte würde ich Wrobel ewig lieben, das war mir sofort klar. Dafür konnte ich ihm auch verzeihen, dass er – so schwer es ihm offensichtlich gefallen war – meine Schwächen offengelegt und meiner und natürlich seiner Selbsttäuschung den Deckmantel weggezogen hatte.) Auf dem christlichen Friedhof, auf dem man ihn begraben hat, macht sich das besonders gut. Ich bestehe darauf! Wussten Sie, dass Hildesheimer bildender Künstler werden wollte und in London eine Tischlerlehre und eine Ausbildung als Bühnenbildner absolvierte, bevor er zu schreiben begann?, fragte Wrobel. (Ganz ohne seinen verehrten Schriftsteller ging es also doch nicht.) Die Tatsache, dass er an einer Rot-Grün-Blindheit litt, das heißt, *niemals frei in die Farbtöpfe greifen konnte*, wie er dies ausdrückte, sei absolut niederdrückend gewesen, schrieb er in seinen *Briefen an Max*, womit natürlich Max Frisch gemeint war. Meiner unmaßgeblichen Meinung nach konnte Hildesheimer seine seelische Verletzung durch die Hinwendung zur Literatur allerdings viel besser kompensieren. Denken Sie an die überwältigenden Einblicke in Mozarts tragisches koboldhaftes Dasein und an Marbot, jenen wunderlichen, sexuell gesehen leider etwas eigenwilligen jungen Adligen, der das Leben nicht mehr aushalten konnte. Sie verhalfen Hildesheimer zu literarischen Fluchtbewegungen, sie schützten ihn vor dem Nachdenken, er lebte dann in einem anderen Zeitalter und in anderen Verhältnissen. Es war ja nicht nur seine eigene Vergangenheit, die ihn quälte, das, was er während seiner Übersetzertätigkeit bei den Nürnberger Prozessen gehört und gesehen und gefühlt hatte, die Lampenschirme aus Menschenhaut, die Seife aus menschlichem Fett, die bis zum Erbrechen wiederholte Formel *Not guilty*, sondern auch seine berechtigte Angst vor der Zukunft, die ja längst Gegenwart war, die er selbst erlebte, als sich vor dreißig Jahren Wasser- und Schuttmassen durch Poschiavos Gassen wälzten und das Dorf zerstörten. Temperaturanstieg, Schneeschmelze, Dauerregen – schon damals sprach man vom Klimawandel. Hildesheimer hat sich damit befasst, auch mit Atommüll, der sich nicht entsorgen ließ. Aber darüber konnte er weder Romane noch Satiren oder Stücke schreiben ... Hildesheimer war trotz seines spröden Wesens erfolgreich, er bekam Preise, hielt Reden, wurde zu Tagungen eingeladen. Aber als er dann kundtat, er werde mit dem Schreiben aufhören, weil der Menschheit eine Umweltkatastrophe bevorstehe und Literatur in diesem Zusammenhang rein gar nichts mehr zu sagen habe, hat das seine schreibenden Kollegen in Deutschland eher belustigt. Sie glaubten, dem einsamen Mann im Engadin sei die Schaffenskraft ausgegangen, die Neugierde, die Lust an neuen Zusammenhängen und Zuspitzungen. So gestaltete er am Ende Collagen, der Arme, schuf Kunst aus Kunst, zerschnitt Plakate, Lithografien und Ausstellungskataloge, wobei ich finde, man merkt, dass er farbenblind war; alles scheint so fahl und blass und wirkt so gleichgültig, als habe man ihm – oder er sich selbst? – den Furrror gestohlen, als sei das Kleben und Basteln nur Beschäftigungstherapie gewesen, ein Abgesang allerhöchstens auf das, was er literarisch errichtete. Sein letztes Blatt, das er am Nachmittag des 20. August 1991 aus der Papierpresse nahm, hieß übrigens *Totentanz*. Er hat es aus dem Plakat einer Andy-Warhol-Ausstellung gefertigt ...

Ich habe einen Freund, der sich mit Totentänzen beschäftigt, murmelte ich und blickte auf meine am Morgen frisch gewienerten und nun so staubigen Schuhe hinunter, die mich drückten, weil meine Zehen wieder einmal wuchsen, vielleicht gerade jetzt, in diesem Augenblick, weswegen ich am liebsten in Socken weitergegangen wäre.

Ich weiß, darum erzähle ich es Ihnen ja!, antwortete Wrobel. Ich kenne diesen jungen Mann, der aussieht wie nicht von dieser Welt. Er ist mir hier, im Hotel Schneeleopard, aber auch in Poschiavo über den Weg gelaufen. Ich habe ihn bei einem seiner Rrrundgänge erlebt, er ist erstaunlich redegewandt ... trotz seines Stotterns. (Und dann, nach ausführlichem Räuspern:) Auch Ihre anderen Freunde sind mir nicht unbekannt. Nicht nur der junge Stadtführer, auch Jakobus, sein Bruder, der sich inzwischen zu einem würdigen Nachfolger meines Freundes Schneidewindt gemausert hat. Das obdachlose Mädchen. Und auch mit dem Besitzer des Künstlerbedarfsgeschäfts konnte ich im Verlauf der Jahre ein paar Worte wechseln – Herr Schwanenherz, auch er eine hochgradige Merkwürdigkeit.

Dann hielt er für ein paar Sekunden inne, und ich merkte, dass er sich quälte, bevor er weitersprach: Kann es sein, dass ich gleich am Anfang unserer Bekanntschaft zu viel geredet habe, Herr Saint Clair? Dass ich Sie überfordert habe mit meinen Maximen und meiner Lebensgeschichte? Sie müssen mir die Wahrheit sagen, unbedingt. Der verstorbene Herr Schwanenherz war bestimmt nicht so mitteilungsfreudig wie ich, wobei *freudig* nicht der richtige Ausdruck ist ... diese deutschen Komposita bereiten mir immer wieder Schwierigkeiten. War er vielleicht ein einsilbriger ... ein einsilbiger Mensch? Der ein Jahrhundert mit sich herumschleppte und nichts davon preisgeben wollte? Oder schon ein bisschen senil, einer, den man nicht mehr ernst nehmen konnte?

Nein, nein!, rief ich vor Empörung bebend aus und staunte über mich, weil ich mitten auf dem Weg stehen blieb und in Kauf nahm, dass einige der Sonntagsspaziergänger gegen uns prallten. Sie täuschen sich! Sie täuschen sich, Herr Wrobel! Ein einsilbiger Mensch war Herr Schwanenherz gewiss nicht. Im Gegenteil. Er redete ohne Unterlass ... fast so wie Sie, wenn er erst einmal in Fahrt geraten war. Und er erschien mir aufgekratzt und fröhlich dabei. Als Hundertjähriger hat ihm doch auch genug Zeit zur Verfügung gestanden, alles zu verwinden, was ihm Schlimmes geschah, finden Sie nicht? Das Schlimme ging bei ihm immer schnell vorüber, es kam nur in Nebensätzen vor. Und auch was Sie selbst betrifft, Herr Wrobel, sind Sie im Irrtum. Sie haben nicht zu viel geredet, nein. Wer viel gelitten hat, muss viel reden. Das ist heilsam, habe ich mir sagen lassen. Wenngleich ich Ihnen nur als Wand diente in jener Nacht, ich weiß, als sprachloser Klotz, den Sie in der Dunkelheit sowieso nicht wahrnahmen, als Projektionsfläche, wie man in der Fachsprache sagt. Hildesheimer ist Schriftsteller geworden, Sie entwerfen Maßkleidung, deren Herstellung man sich komplexer nicht vorstellen kann. Nicht ganz dasselbe, aber ähnlich, oder?

(Das war genau das, woraus Sigmund Freuds Lehre bestand, ging mir in diesem Moment ein Licht auf: Zu sagen, was einen quälte. Ich dagegen hatte durch mein störrisches Schweigen die Gelegenheit verpasst, ich wollte nicht geheilt werden, ich behielt meine Gedanken, mein Leben für mich.)

Wrobel zögerte, womöglich war er überrascht von meiner Redseligkeit und von meinen ungewohnt lebhaften Gesten. Dann aber erwiderte er in astreinem Hochdeutsch, in dem weder englische noch schwyzerdütsche, ja nicht einmal polnische Anklänge zu hören waren, nur ein bisschen lauter als sonst wurde er und vielleicht ein wenig aggressiv: Sie dagegen, verehrter Monsieur Saint Clair, lassen gar nichts verlauten, könnte man sagen, und zwar seit Sie hier sind. Mit Ihrem Schweigen streuen Sie den Leuten permanent Sand in die Augen, das regt mich wirklich auf. Lässt sich daraus etwa schließen, dass Ihnen nur Schönes widerfahren ist? Das können Sie Ihrer Großmutter erzählen!

Er blies die Backen auf und machte ein paar Freiübungen, wie er es manchmal auch im Nähsaal vor seinen feixenden Lehrlingen tat. Beim Weitergehen hätte ich gerne seine Hand ergriffen, sie schwang direkt neben mir vor und zurück, unsere Größenverhältnisse harmonierten immer besser, wenngleich er schlanker und drahtiger war als ich. Es wäre ganz einfach gewesen, seine Hand einzufangen.

Als wir bemerkten, dass Viktor hinter uns herrannte und einmal *Tomasz!*, einmal *Léon!* schrie, war schon eine kleine Weile vergangen. Flehend und wütend zugleich streckte er Wrobel den Montblanc-Füller entgegen, den dieser abermals auf dem Toilettentisch seiner Mutter vergessen hatte. Weil er stolperte, fiel nicht nur das teure Schreibgerät vor uns in den Kies, sondern auch Viktor, das große Kind, das um seinen Götti weinte. Wrobel zog ihn mit beiden Händen hoch, aber er hätte ihn nicht in die Arme nehmen können; ihre Proportionen stimmten nicht.

XV. Ich weiß, dass ich träume

Noch Wochen nach unserem Gespräch erfüllte Wrobel und mich eine seltsame Scheu, wenn wir einander begegneten, was wohl daran lag, dass wir uns zu sehr ins Private gewagt hatten und sich dies fortan nicht mehr ignorieren ließ. Es war anders als früher, anders als nach den Erzählexzessen des Meisters, deren nächtens erzeugte Intimität wir im Trubel des folgenden Tages so leicht für null und nichtig erklären konnten. Da er mich gleichmütig ansah, war es nicht schwer, gleichmütig zurückzublicken und nicht an das Unglück zu denken, das er vor mir ausgebreitet hatte. So verhielt sich das – während sein Geständnis, mich gerne als Nachfolger gehabt zu haben, seine Enttäuschung über mich und mein Gefühlsausbruch, der gegen Ende – wie ich im Nachhinein fand – einer besserwisserischen Ansprache gleichkam, alles komplett veränderten.

Auch Wrobels Schicksal lag nun also in mir begraben und ich musste es mit mir tragen, unerklärt wie die Schicksale all derer, denen ich während der vergangenen Jahrhunderte, Jahrzehnte, Monate und Tage nähergekommen war. Das Leben der Brüder Johannes und Jakobus gehörte ebenso dazu wie das Fritzis, meiner leibhaftig gewordenen Erinnerung an die alptraumhaften Moskauer Zeiten, sowie – ganz nebenbei – Wolfgang Hildesheimers Biografie und Werk. Was hatten sie bloß alle mit mir zu schaffen, mit dem mittlerweile zum Schweizer gewordenen linkischen Praktikanten, fragte ich mich, diesem bis vor Kurzem Unsterblichen, der nur in Ruhe nähen und richtig schneidern lernen wollte – wenngleich ihn auch daran zunehmend Zweifel quälten?

Dass mir allmählich alles zu viel wurde, schien zumindest Wrobel zu bemerken, vielleicht auch der inzwischen ins Meer verstreute Herr Schwanenherz, zumal ich unter Wachstumsschmerzen und schlechter Laune zugleich litt und von der Hilflosigkeit gegenüber meinem körperlichen Zustand schlichtweg zermürbt wurde. Dazu kam: Ich war und blieb zum Verzweifeln ungeschickt im Umgang mit Menschen. Je länger ich existierte, desto fremder kamen sie mir vor. *Mein kleiner Autist*, hatte Konstanze mich zuweilen zärtlich angeredet, ohne dass ich je dahintergekommen wäre, was genau sie damit meinte. Meine Verstocktheit, mein Schweigen, meinen Eigensinn, meine Vagheit? Und wo und wann um Gottes Willen war ich am wenigsten autistisch, am zugänglichsten gewesen? In der Schweiz? In Moskau? In Berlin? Im Fernen Osten? In den flandrischen Schützengräben? Als kleiner Junge beim Bänder-Drapieren für Rousseau? Oder wenn mich die Liebe am heftigsten am Wickel hatte und ich es kaum aushielt, mich nicht zu offenbaren, sprich, wenigstens ein paar Details meines komplizierten Daseins auszuplaudern, dessen gänzlicher Verlauf von meinen Zuhörern nicht nur viel zu viel Geduld gefordert hätte, sondern auch den Willen und die Fähigkeit, etwas ganz und gar Unerklärliches für möglich zu halten.

Während ich maß und schnitt und nähte, dachte ich manchmal darüber nach, warum es mir immer so schwer gefallen war, Konstanze nach Tegel zu begleiten und mit der mich dort jedes Mal überfallenden Wehmut zurechtzukommen, wenn sie von ihren Senioren, von denen nicht wenige Abonnenten ihrer weltweiten Exkursionen waren, begrüßt und in die Arme genommen wurde –

ohne dass ich je zu irgendwelchen Erkenntnissen gelangt
wäre. Die traurigen Busfahrten nach Hause jedenfalls
entwickelten sich zum Inbegriff des Abschiednehmens
für mich, fast immer kämpfte ich bis zum Hindenburg-
damm mit den Tränen. Manchmal fing ich tatsächlich an
zu weinen, und es fehlte nicht viel, dass ich meinen Mit-
fahrern von der speziellen Bewandtnis meines Lebens erzählt hätte, der Frau mit dem Kleinkind auf dem Schoß
neben mir, dem jungen indischen Paar, das in einer Soft-
warefirma in Berlin Mitte demnächst mit dem Program-
mieren beginnen würde, wie ich ihrem Gespräch ent-
nahm, und sich wunderte, dass kein Mensch gekommen
war, um die beiden Spezialisten in Empfang zu nehmen.
Auch als Wrobel mit Viktor umkehrte und ich alleine
weiterlief, bekam ich nasse Augen. Ich hatte mich in eine
Heulsuse verwandelt, stellte ich fest, wie war es nur so
weit gekommen?

Im Herbst schlug Tomasz Wrobel seiner Belegschaft vor,
den Rheinfall zum Ziel unseres Jahresausfluges zu machen. Zu diesem Zeitpunkt war mir schon bewusst, dass
ich wieder einmal Abschied nehmen musste, weil Wrobel
mich praktisch aufgegeben hatte und ich keine Hoffnung
hegte, daran etwas ändern zu können. Sollte ich mir mehr
Mühe geben? Mich mehr einbringen, wie man so schön
sagte? Ein heiteres Gesicht machen? Mein Lächeln hervorkramen, wie Wrobel verlangte? Mit meinen Kollegen
zum Kegeln gehen am Abend, Rommé oder Bridge spielen?

Alle stimmten freudig zu; Europas größter Wasser-
fall, endlich ein Naturerlebnis, endlich einmal keinen
Geschichtsunterricht, der alle in Depressionen stürze,
sagten sie, als sie in der Mittagspause beisammenstanden

und sich die Fädchen von den Hosen zupften. Vielleicht würde der strenge, nichtsdestotrotz geliebte Meister einmal nicht ins Monologisieren geraten.

Diese Hoffnung erfüllte sich nicht ganz, hatte doch Wrobel, der ohne sein aufklärerisches Ethos nicht sein konnte, diverse geografische und historische Informationen zusammengestellt, die er einen Lehrling kopieren und ein paar Tage vor unserer Fahrt verteilen ließ, inklusive der Reaktionen einiger berühmter Schriftsteller und Poeten, die sich vom Rheinfall hatten begeistern lassen, Goethe, Mörike, Schopenhauer, Victor Hugo, Hans Christian Andersen, um nur diese zu nennen.

Das sind Leute und Namen, von denen meine Angestellten vermutlich noch nie gehört haben, flüsterte Wrobel mir zu, der ich im Bus neben ihm saß. Leute, deren Beruf die Sprache ist, können das grandiose Schauspiel, das uns bevorsteht, am besten ausdrücken. Maler und Zeichner sind da meines Erachtens im Hintertreffen, weil ja auch ihre Bilder zuerst interpretiert werden müssten. Ich habe den Rheinfall schon erlebt, er ist wirklich einzigartig, und ich wäre dankbar für eine Handreichung gewesen. Ob die Ergüsse vorher oder nachher gelesen werden, ist gleichgültig, ja sogar wenn dies niemals der Fall wäre, ist es in Ordnung. Vielleicht bleibt ja doch etwas hängen und bringt den einen oder anderen meiner Jungs dazu, etwas mehr erfahren zu wollen. So ein bisschen Nachhilfe kann nicht schaden; ich gebe die Hoffnung nicht auf.

Wrobel hatte recht, wenngleich es mich wieder einmal große Mühe kostete, seinen Gedankensprüngen zu folgen. Wir sollten wissen, was uns bevorstand, oder eben nachexerzieren können, was wir erlebt hatten, falls uns die Worte dafür fehlten – das war der Kern von Wrobels Anliegen. Irgendjemand Berufeneres drückte quasi stellvertretend für uns aus, was wir fühlen würden oder was uns geschah beim Anblick dieser ewig neuen, sich aus großer Höhe in die Tiefe stürzenden Wassermassen, sorgte dafür, dass wir die wilden Ströme nicht so bald vergaßen, oder sie, umgekehrt, gut gewappnet bestaunen konnten, diese flüssigen Gebilde, die unaufhörlich Gischt produzierten und Regenbögen, Dunst und Licht, ohne dass das menschliche Auge es je schaffte, die nicht abreißenden Wahrnehmungen in ihre Einzelteile aufzulösen oder ein Nacheinander zu erkennen, weil sich ja alles gleichzeitig ereignete, davor und danach, danach und davor. Für jeden von uns bot sich dieselbe wilde Pracht, wenngleich wir sie unterschiedlich intensiv verarbeiteten, davor, währenddessen oder danach, oder überhaupt nie, auch das war möglich.

Ich selbst empfand bereits im Voraus große Angst vor der Unbegreiflichkeit dieser Naturgewalt, diesem Augenrausch, dieser Ohrenbetäubung, die mir da bevorstand, eine Angst, die mit keiner meiner vielen Ängste vergleichbar war, am ehesten noch mit jenem so verstörenden Schwindel in der Kathedrale zu Lincoln, beim Blick nach oben auf die Crazy Vaults, jene verrückten Gewölbe, die mir mit ihrer falschen Symmetrie wer weiß wie lange das Bewusstsein trübten, mit diesem Höhenschwindel, der mich erfasste, diesem Höllenschwindel, der mich zu verschlingen drohte. Die Erinnerung daran, dass mir mein Körper auch damals wehtat, nicht vom Wachsen, sondern von den perversen Turnübungen, zu denen ich auf der Reise zu Gertie gezwungen gewesen war, schob ich weg.

Als ich am späten Abend nach unserer Fahrt zum Rheinfall und dem Abschied von meinen Kollegen als Erster aus dem Bus kletterte, wäre ich jedenfalls fast auf die Straße gestürzt vor Müdigkeit. Das Treppensteigen fiel mir schwer, oben in meiner Wohnung angekommen putzte ich mir weder die Zähne, noch stopfte ich meine nassen Schuhe mit Zeitungspapier aus, obgleich ich genug davon parat gehabt hätte. Ich warf mich nur noch auf mein Bett, das ich seit Fritzis Weggang so gut wie nie mehr in eine Couch verwandelt hatte – vielleicht weil ich den Duft ihrer rosa Seife nicht vertreiben wollte, der sich noch immer zwischen den Polstern hielt. Mein Herz fühlte ich nicht weniger heftig schlagen als Stunden zuvor auf der direkt über die sprudelnden Fluten des Rheins gebauten Känzeli-Plattform, wo wir alle – dicht gedrängt und bald von der Gischt durchnässt – hatten beobachten müssen, wie Viktor sich plötzlich bis auf seine Boxershorts entkleidete und über das Geländer kletterte, um ins Getose zu springen.

Im Traum, den ich nun zu träumen begann, gelang ihm dies, Viktor tauchte nicht mehr auf aus den türkisfarbenen Schaumspiralen, nur seine fuchtelnden Arme waren noch ein paarmal zu sehen, bevor er verschwand. In Wirklichkeit schaffte es Urs Marbli, den dürren jungen Mann zurück über die Brüstung zu ziehen, wobei es tatsächlich Leute gab, die ihre Handys zückten und das gefährliche Gerangel filmten, auch solche aus Wrobels Team. Weil ich am nächsten stand, ließ Marbli den nassen Viktor in meine reflexhaft geöffneten Arme gleiten, halten aber würde ich den Geretteten nicht können, das wusste ich gleich, während ich strauchelte und eine Kettenreaktion bei den hinter mir stehenden Leuten auslöste, die zurückwichen und übereinanderfielen.

Viktor, der sich beim Fallen den Arm verletzt hatte, geriet in eine so heftige Erregung, dass wir alle erschraken. Ich wollte mich doch nicht umbringen!, schrie er und boxte einige seiner Kollegen in die Rippen, die alle gleichzeitig versuchten, ihm Hemd, Hose und Socken über den nassen Körper zu streifen. Gottfried Stutz! Herrgott nochmal! Ich wollte springen. Wozu hätte ich mich sonst ausgezogen? Wozu ein Handtuch mitgebracht? Wozu den ganzen Sommer über trainiert? Ich bin ein guter Schwimmer, ein sehr guter Schwimmer! Dies ist für mich nichts weiter als das Zehn-Meter-Brett im Freibad ... Lasst mich los ... Fasst mich bloß nicht an!

Später im Bus, in eine Decke gehüllt auf der hintersten Bank liegend, wollte er sich nicht von mir verabschieden, sondern wandte den Kopf ab, als ich mich ihm näherte. Vielleicht fand er, dass ich mich nicht genug angestrengt hatte, als Urs ihn mir in die Arme warf. Womöglich lag es auch daran, dass er argwöhnte, ich wäre dabei, ihm seinen geliebten Götti abspenstig zu machen. Dieses Gefühl hatte ich schon lange, es trat etwas Schmerzliches in Viktors Miene, wenn er mich erblickte in seinem heiligen Textilgeschäft, etwas Gequältes, zutiefst Einsames, das sich nicht wegwischen ließ. Vielleicht kam ihm gerade seine Kindheit abhanden, weil Wrobel seine Wochenenden in Zürich verbrachte, ihn allmählich die Gewissheit überwältigte, sich von seiner Mutter trennen zu müssen, damit sie ihn nicht mehr schurigeln konnte – und ja, weil ihm dämmerte, dass ich nicht derjenige war, der für beide als Ersatz dienen konnte.

Noch weitere vermeintliche Tatsachen drängten sich in meinen Kopf im Verlauf jener Nacht, in der Traum und Wirklichkeit kaum mehr auseinanderzudividieren waren. Dabei entsprach es wohl der Realität, dass das gelbe Schiff der Rhyfall-Mändli-Flotte in mehreren Anläufen auf den mittleren Felsen zuhielt, den die Maßatelier-

Truppe gleich besteigen würde, und immer wieder – absichtlich oder nicht – in die unmittelbare Nähe des tosenden Wasserfalls steuerte. Wie verhielt es sich mit Wrobel, den ich zwischen den Sitzreihen stehend Texte vorlesen sah von den feucht gewordenen Blättern, die er wohl vor allem für seine eigenen Bedürfnisse zusammengestellt hatte, schreiend und flüsternd ... war das geträumt? Stand er tatsächlich da und redete gegen Wind und Wasser? Zitierte er die Sentenzen? Rezitierte er vollständige Gedichte? Dazu hätte ich näher an ihn herantreten müssen, und selbst dann wäre das, was ihm über die Lippen drang, wohl nicht verständlich gewesen.

Dass jeder von uns ekstatische Momente erlebte, war nicht zu übersehen. Einige teilten sie miteinander, legten sich die Arme um die Schultern, bildeten eine Kette quer übers Deck, schaukelten im Rhythmus des Schiffes und brüllten gegen das Tosen an. Andere standen für sich; besonders Verwegene versuchten im Schneidersitz zu meditieren auf dem Boden des Mittelgangs und versperrten dadurch den Weg. Marbli presste sich an die Reling, klatschnass inmitten des immer wieder überschwappenden Wassers, er hatte den Mund geöffnet – ich konnte seine unglaublich weißen Zähne sehen, aber nicht hören, was er von sich gab –, wohingegen Arian schweigend die steile Leiter hinab in den Bauch des Schiffes stieg und erst nach der Landung wieder hervorkam.

Viktor war der Einzige, der sitzen blieb mit seinem wahrscheinlich gebrochenen, von Wrobel mit Tüchern und Schals bandagierten, unnatürlich verbogenen Unterarm – sich ins Krankenhaus bringen zu lassen, hatte er vehement abgelehnt. Sein mir an diesem Tag besonders kindlich erscheinendes Gesicht war nass, er schien zu schwitzen vor lauter Erschöpfung, es hätten aber auch

Tränen sein können. Und ich selbst? Schrie auch ich wie meine Kollegen, begeistert davon, von niemandem verstanden zu werden und mitten im Lärm des sich in die Tiefe stürzenden Flusses Geheimnisse hinausposaunen zu können, die mir im wahren Leben niemals über die Lippen gekommen wären?

Ich? Ich schrie *Sehnsucht!* in das Getöse, fiel mir am nächsten Morgen ein, da hatte ich mich schon fertig gemacht und befand mich auf dem Weg ins Maßatelier in meinen böse drückenden Schuhen, *Sehnsucht, ich habe Sehnsucht! Sehnsucht!* sowie *Konstanze!* und noch einmal *Konstanze!*, wobei die letzten beiden Silben des schönen Namens meinen Mund kaum verlassen konnten, so widerständig war die Luft, die sich wie eine Mauer gegen mich stellte.

Es war Eduard Mörikes *Rheinfall*, antwortete Wrobel, als ich ihn nach seiner Rezitation fragte. Shakespeares Sonette zu deklamieren ist für einen Polen einfacher als dieses Gedicht, das kann ich Ihnen versichern. Ich rezitiere öfter Gedichte, müssen Sie wissen, vor dem Einschlafen vor allem, beim Aufwachen mache ich manchmal einfach weiter ... Hören Sie, die ersten Verse kann ich noch aufsagen ... *Halte dein Herz, oh Wanderer, fest in gewaltigen Händen! / Mir entstürzte vor Lust zitternd das meinige fast. / Rastlos donnernde Massen auf donnernde Massen geworfen, / Ohr und Auge, wohin retten sie sich im Tumult?* ... Und so weiter. Großartig daran ist, dass dieser schwäbische Landpfarrer vor anderthalb Jahrhunderten genau das beschrieb, was ich gestern sah und fühlte. Hier hat sich offenbar auch nicht so viel verändert, wie alte Ansichten zeigen. Auch Turner hat sich übrigens – wie sagt man? – am Rheinfall verlustiert. Das wissen Sie, nicht wahr? Er war mit Marbot bekannt, erinnern Sie sich?

Wie ist das eigentlich mit den Eisbergen, frage ich mich. Hatten Amundsen und Shackleton Poeten dabei? ... Einen Menschen, der das Knirschen des Packeises hätte beschreiben können? Das Knarren der Schlitten, das Bellen der Hunde? Probieren Sie das Gedicht aus, wenn Sie alleine sind, Léon; Sie haben es ja auf Ihrem Zettel, als einziges vollständig ... Man kann sich dabei buchstäblich die Zunge verknoten.

Ja, Ohr und Auge, wohin retteten sie sich im Tumult? Mir war es nicht gelungen, meine Ohren in Sicherheit zu bringen. Seit dem Rheinfall – eine zeitliche Einordnung, die in meinen inneren Chroniken fortan beständig wiederkehrte – hatte sich ein Tinnitus in meinen Gehörgängen eingenistet, dessen Zischen, Brodeln und Brausen so ähnlich klang wie die Fluten, deren immenser Lautstärke ich ausgesetzt gewesen war. Wobei die akustischen Irritationen immer ähnlich verliefen: Ein paar Tage gelang es mir, den Lärm in meinen Gehörgängen zu ignorieren, manchmal blieb er auch im Hinterhalt. Dann aber kam er überfallsartig zurück und verwandelte die Geräusche, die sich um mich herum ereigneten, in eine unerträgliche Kakophonie, sobald ich bei der Arbeit den Kopf über die Abnäher der von Herrn Eisenzahn immer wieder nachbestellten Glencheck-Knickerbocker neigte etwa und sich in meiner Nähe Lehrlinge über ihre Abenteuer am Wochenende unterhielten. Wenn ich im Museumscafé saß, in meinen Espresso blickte und das Klappern des Löffels am Porzellan wie die Trommel einer Militärkapelle klang. Selbst das Umblättern der ausgeweideten *NZZ*, worin ich – *by the way*, wie Gertie sagen würde – die schweizerische Verachtung für das scharfe S entdeckt hatte, wütete wie ein Herbststurm in meinen Ohren.

Den Tinnitus nahm ich mit über die Grenze, als ich im Winter von Chur über München nach Berlin fuhr, zusammen mit Nikiforos, der mir an einem Tisch im Großraumwagen des ICE gegenübersaß, Kreuzworträtsel in kyrillischer Schrift löste und später mit flatternden Augenlidern in die schneebedeckte Ferne sah, ohne je meinen Blick zu erwidern. Elsbeths magere Doppelgängerin schien ihn zwar eine Zeit lang in ihr Exil mitgenommen zu haben, hatte er doch seine nächtlichen Besuche seit ihrem Weggang sang- und klanglos eingestellt, nun aber war er wiedergekommen, ohne dass ich mich fürchtete. Ein bisschen zu dünn angezogen für Ende Januar saß er da in fadenscheinigen Klamotten, lehnte seinen Kopf an die mit einem hellblauen Kissen versehene Rückenlehne wie ein x-beliebiger Gast der Deutschen Bahn und kraulte seinen Bart. Der hatte schon in Moskau voluminöse Dimensionen gehabt, mittlerweile jedoch bedeckte er die Brust meines nächtlichen Lehrers zur Gänze und schien ihn zu wärmen wie ein Fell.

Meinen Schweizer Pass musste ich nicht vorzeigen, genauso wenig wie den Rest des Geldes aus Konstanzes Bodenvase und meine Uhr, deren Freigabe aus dem Hotelsafe Jakobus von einer Einladung ins Museumscafé abhängig gemacht hatte, wo wir beide einen schönen Nachmittag verbrachten und ich die Gelegenheit nutzte, mit meinem Freund die Landschaften des älteren Giacometti zu betrachten. Wir umarmten uns beim Abschied, ich richtete Grüße an Johannes aus, der sich inzwischen – wie der junge Rezeptionist beim Kuchenessen erzählt hatte – in einen besonders schönen Totenkopf verliebt hatte und über diesen einen Transgenderroman schreiben wollte, weil er schließlich nicht wissen könne, wes Geschlechts der schöne Schädel sei.

Keine Ahnung, ob das stimmt, sagte Jakobus und klemmte sich den Ausstellungskatalog, den ich ihm geschenkt hatte, unter den Arm. Eigentlich hört es sich wie ein Witz an. Aber er schreibt wie der Henker, er ist voll im Thema. Und seine Führungen sind mittlerweile ein Highlight für Kulturreisende. Inzwischen könnte er echt europaweit tätig sein, wenn es ihm nicht so schwerfiele, flüssig zu sprechen. Seit Fritzi nicht mehr bei ihm ist, hat sein Stottern wieder angefangen.

Dass er nicht fragte, warum und wohin ich ging, kränkte mich nicht, dass er kein Bedauern über meinen Abschied äußerte, desgleichen. Schließlich verhielt sich alles genau so, wie ich es kannte, seit ich auf der Welt war, wofür ich lange Jahre sogar eine gewisse Dankbarkeit empfunden hatte. Keiner wollte mich in seinem Gedächtnis behalten, keiner erkundigte sich nach meiner Adresse, meiner Telefonnummer oder nach irgendeiner anderen Möglichkeit, mich zu kontaktieren. (*Kein Schwein ruft mich an, keine Sau interessiert sich für mich*, wie Max Raabe sang, der mir in der Berliner Newton Bar gelegentlich über die Füße gestolpert war.) Offenbar fanden es die Leute nicht weiter schwierig, mich aus ihren Erinnerungen zu tilgen, anscheinend hinterließ ich keine Spuren, keine bösen, keine erfreulichen, falls Spuren überhaupt nennenswerte Eigenschaften besaßen, das heißt, ich hatte niemandem etwas Außergewöhnliches getan. Selbst Nikiforos nicht, wenn man es genau nahm und die historische Situation bedachte, in der wir uns alle befanden. Wer war ich, dass ich mich meinen Mitmenschen moralisch hätte überlegen fühlen können? Wer war ich, dass ich gut bleiben hätte können unter bösen Verhältnissen? In Chur, wo ich seit über einem Jahr lebte und arbeitete, war nichts geschehen, das mein Gewissen hätte belasten können, wenn man von meinem falschen Pass und vom Wachsen absah, diesem undurchschaubaren, anfangs nicht leicht einzuschätzenden Vorgang, der nicht nur meinen Körper, sondern auch meinen Verstand und meine Gefühle in Unruhe versetzte.

In der Nacht nach dem Abschied von Jakob hatte ich einen seltsamen Traum, von dem ich wusste, dass ich ihn träumte, ja, mich auf Schritt und Tritt beobachtete und gespannt war, in welchem Zustand ich erwachen würde. Gemessen an meinen wilden, assoziativen Denkgewohnheiten, die mich dahin und dorthin führten, fand ich den Traum im Nachhinein sehr geradlinig. Er nahm mich gefangen und bot mir keinen Ausweg, ich musste ihn absolvieren. Und ich stand noch lange unter seiner Wirkung, selbst als ich schon begonnen hatte, Nägel mit Köpfen zu machen, sich mein Koffer aufgeklappt auf dem Wohnzimmertisch befand, bereit, meine Habe in Empfang zu nehmen, die allerbuntesten Kaschmirpullover zuerst, da ich sie in Chur ohnehin nicht mehr tragen würde. Auch Ruskins *Grundlagen des Zeichnens* legte ich hinein, mit einer gewissen Schwermut, weil ich an Sibylle denken musste, die mir so rigoros das Talent abgesprochen hatte.

Im Grunde war es ein ganz einfacher Traum, lief ich doch – immer in Richtung einer unangenehm, geradezu außerirdisch gleißenden Helligkeit – einen sehr hohen, langen Gang entlang, von dem viele Türen abgingen, rechts und links. Die meisten waren geschlossen, manche standen nur einen kleinen Spalt, manche weiter offen, andere wiederum wurden von riesenhaften Wächtern in groben Leinenkitteln geöffnet, die mich – aus der Ferne gleichsam und auf diese Weise geschützt – durch bis zur Decke reichende Fenster auf endlose Landschaften blicken ließen, wogende Weizenfelder mit Klatschmohnsprenkeln, Meeresbuchten mit Windjammern am Horizont.

Allmählich kamen gemalte Bilder hinzu bei meiner Tour d'Horizon durch den nicht enden wollenden Korridor, Seestücke etwa, deren Brandung aus den Rahmen zu quellen drohte, Stillleben mit Pfirsichen, Melonen, Johannisbeeren und fettem Käse. Die Gemälde wurden lebendig, wenn ich sie ansah, und veränderten sich, derweil ich sie betrachtete, Rembrandts Tuchmacher etwa, die sofort aufeinander losgingen und sich die Nasen krummbogen, als sie aus ihrer Starre fielen, Schlachtenszenen aus den Freiheitskriegen, deren Formationen aus Menschen und Pferden sich auflösten und in ein Ameisengewimmel übergingen, während ich schaute. Fabrikhallen, aus denen es ratterte und stank. Menzels Walzwerk aus der Alten Nationalgalerie, das ich so liebte, war in ein einziges Zimmer gezwängt worden und in flirrender Bewegung. Gerne wäre ich länger stehen geblieben, um meinem Gedächtnis die Verwandlungsprozesse einzuprägen, die sich da vollzogen. Als sich aber am Ende die grün schimmernden Fliegen von den langsam faulenden Früchteensembles lösten und um meinen Kopf zu surren begannen, hatte ich genug und warf die Türe zu. (Dafür, dass ich mir dabei nicht die Finger brach, war ich nach dem Aufwachen dankbar, eine Stauchung blieb jedoch zurück, zu deren Besserung mir Viktor Umschläge mit essigsaurer Tonerde empfahl, damit ich die Oberhemden richtig zusammenlegen konnte, wenn ich ihm im Geschäft half.)

Dass meine Wächter ihr Interesse an mir verloren und irgendwann im Stehen mit halbgeschlossenen Lidern einschliefen, war ein Glück, denn so überwand ich mich und öffnete selbst die Türen, nicht ohne mich zu fürchten. Davor hatte ich nur geübt, das spürte ich, aber die Fliegen waren eine Warnung gewesen vor dem, was mir sonst noch an Lebendigem begegnen würde. Immerhin griffen sie mich nicht an, die wilden Tiere, die in den von Henri Rousseau direkt auf die Wände gemalten tropischen Wäldern auf mich lauerten: Gorillas, Pfauen, Tiger, Löwen ... ich schauderte nur und konnte in sicherer Entfernung verharren. Was aber mit meinem Herzen, meiner Seele oder meinem Geist geschah – oder wie immer man diese unsichtbaren Regulatoren meines Inneren nannte –, war schwieriger auszuhalten. Die Konfrontation all dessen, was ich erlebte hatte, mit dem, was ich dann sah, raubte mir im Traum jedenfalls fast den Verstand, um noch die vierte Kategorie hinzuzufügen, die meine armselige Existenz gelegentlich ausmachte, purzelten doch die Jahrhunderte übereinander; sobald ich die Türen öffnete, geschahen Dinge zur gleichen Zeit, obwohl sie nie gleichzeitig stattgefunden hatten, alles begleitet von einem Geknatter und Gedröhne, das aus einem kaputten Radioapparat zu kommen schien. Mein guter lieber Löwy zum Beispiel tat statt meiner Dienst in den Hallen der Bosnischen Drina und holte – sehr viel geschickter als ich – die Perücken von den Kronleuchtern herunter. Er war es auch, der sich traute, mit E. T. A. Hoffmann in einer stillen Ecke des Saals über dessen *Lebensansichten des Katers Murr* im Vergleich zu Michail Bulgakows *Der Meister und Margarita* zu debattieren, wozu er ein paar gebräunte Seiten des Originalmanuskripts mitgebracht hatte. Sie rauften sich die Haare, während sie in anderen Büchern, die sich wie Geschlechtertürme vor ihnen stapelten, nach bestimmten Stellen suchten, sie tauschten ihre anscheinend viel zu stumpfen Messer, wenn sie die Seiten aufschlitzten, sie waren sichtlich in Streit geraten und debattierten heftig. Ich selbst gewährte hinter der nächsten Tür meinem kleinen Kojen-Kollegen Christian endlich den Trost, den er so lange von mir hatte haben wollen, und nahm den Schluchzenden in die Arme, es war jedoch nicht der Erwachsene, der da in sicherer Distanz auf der Schwelle verharrte, sondern der Léon von damals – während ich eine Tür weiter schon Adelbert von Chamisso zuzuwinken versuchte, der an der Reling eines riesigen, aus Papier gefalteten Schiffes stand, ein Mikroskop an sich gedrückt und auf dem Kopf einen schlecht sitzenden Tschako, der ihm die Sicht verwehrte.

Auch einen Blick in die Küche der Moskauer Kommunalka tat ich und roch die spezielle Mischung aus Wirsing und jenem Parfum namens Rotes Moskau, für das nicht wenige Frauen ihre dialektisch-materialistische Überzeugung geopfert hätten – Ende der Dreißigerjahre des vorigen Jahrhunderts, als man für eine falsche Redewendung zum Tode verurteilt werden konnte. Konstanze, meine allerliebste Konstanze, stand vor einem grauen Grabstein, auf dem ich – dicht hinter ihr – zwar meinen Namen entziffern konnte, nicht aber meinen Geburts- und meinen Sterbetag, die dort ebenfalls vermerkt waren. Eine Tür später sah ich meine schottische Freundin Gertie theatralisch weinend in einem rosafarbenen Sari aus Zahnseide auf einem zerwühlten Bett liegen, und Elsbeth, die in meinem gegenwärtigen Leben Fritzi hieß und von ihrer Schwester entführt worden war, auf der Kante meiner roten Schlafcouch sitzen, wie sie sich sachkundig ein Weißes Scherzel aus ihrem Oberschenkel schnitt. Natürlich bot sie mir etwas davon an, waren wir doch alle am Verhungern. Bevor ich aber zugreifen konnte, kam mir der kleine Junge in die Quere, der schon eine geraume Weile wie ein Hündchen um meine Beine strich und jetzt mit ausgestrecktem Arm und Zeigefinger in Richtung Helligkeit wies. Ich hatte schon nach ihm getreten, wenn er zu aufdringlich war; jetzt aber, nachdem ich vor Fritzis grausigem Anblick die Tür zugeworfen hatte, erkannte ich ihn. Das war ich selbst, ein fröhlicher, etwas zu zierlich geratener hellblonder Knabe, wie ich bei genauerer Betrachtung feststellte, der sich vor nichts und niemandem fürchtete, sondern vor Neugierde zu bersten drohte, weswegen ihn die Riesen von den Türschwellen wegholen mussten. Einem der somnambulen Kerle riss nun die Geduld und er setzte mir den Kleinen auf die Schultern, damit er hinter der nächsten Tür nicht aus Versehen ertrank oder in eine Feuersbrunst rannte.

Es handelte sich um einen Zeitstrahl, auf dem ich mich bewegte, das war mir bereits im Traum bewusst, so etwas gab es in Geschichtsbüchern oder jenen Arte-Sendungen, die ich mir – seit Fritzi weg war – sonntagnachmittags gerne ansah, er führte zurück ins Holozän oder weit in die Zukunft, je nachdem, in welche Richtung man seine Forschungen betreiben wollte. Und noch im Traum fiel mir auch der Abend in der Komischen Oper ein, als Offenbachs *Hoffmanns Erzählungen* gegeben wurde und ich wieder einmal schwer daran kaute, nicht erzählen zu können, dass ich die Titelfigur kannte. Konstanze hatte mir den Leiter des Berliner Naturkundemuseums vorgestellt, einen Herrn mit einem großartigen, wahrscheinlich sehr zeitaufwändig zu pflegenden hängenden Schnäuzer, der uns beide nach einem Gespräch über die in unseren Augen grausam schief gegangene Inszenierung so sympathisch fand, dass er uns zu einer Extra-Führung in sein Haus einlud – irgendwann, wir sollten ihm nur eine Mail schicken, derzeit sei er meistens anwesend, im schlimmsten Fall könne uns eine Assistentin übernehmen.

Dass es nicht dazu kam, war meine Schuld beziehungsweise die Schuld von Kriminalkommissar Fritjof Meyer, der mich mit seinen Spießgesellen durch ganz Berlin jagte, wobei ich mich nun wunderte, warum ich nie die Chance ergriffen hatte, mich im Museum für Naturkunde zu verstecken, nachdem mich mein Verfolger in der chronisch leeren Gemäldegalerie fast geschnappt hätte. Im imposanten Gründerzeit-Lichthof in der Invalidenstraße hätte ich mich in der grauen Vorzeit in der tröstlichen Nähe eines erst kürzlich in Montana ausgegrabenen Tyrannosaurus Rex namens *Tristan Otto* nachts einschließen lassen können, bevor morgens die wilden, von Dinos besessenen Schulklassen anrückten, war ich doch zu der Zeit noch kleiner und wäre unter den Halbwüchsigen nicht so leicht auszumachen gewesen.

Die Trennung von Jakob fiel mir leicht, Tomasz Wrobel Adieu zu sagen würde schwieriger werden, weil er mir am Herzen lag. Den Abschied von ihm fädelte ich nicht weniger sorgfältig und vor allem (ungefähr) zeitgleich ein wie das Wiedersehen mit Konstanze, wobei ich mir, was meinen Meister betraf, Zeit nehmen und auf den richtigen Augenblick warten wollte. Eigentlich eilte es ja nicht, meine Liebe zu Konstanze wuchs einfach weiter in der Zwischenzeit, wenngleich die Geduldsprobe mit ihrem – Gott sei Dank noch existierenden – Anrufbeantworter zunehmend an meinen Nerven zerrte. Dabei sagte ich immer dieselben zwei einfältigen, auf einen Zettel notierten Sätze, nachdem ich meine Telefonnummer hinterlassen hatte: *Meine liebe, liebe Konstanze! Ich möchte dich so gerne wiedersehen* ..., meine Stimme wurde immer leiser und unsicherer.

Wenigstens der Klang ihres schönen Alts tat meinen vom Rheinfall so malträtierten Ohren wohl, wenn ich abends mein Telefon zückte, zu Hause auf dem roten Sofa, da ich mich im Atelier, wo mir jeder zuhören konnte, nicht traute. Sie war mein Trost, bevor ich mich – ohne Fritzi frei in meiner Wahl – dem abendlichen Fernsehprogramm zuwandte, wo ich, wenn ich der Ratesendungen und der amerikanischen Spielfilme überdrüssig geworden war, nicht selten bei einem History-Channel landete. Häufigstes Thema war der Nationalsozialismus, Hitler und seine Machenschaften kamen in Endlosschleife, ich fürchtete mich vor den Lagern und den halbtoten Menschen, die ich dort sah, ich hielt mir die Finger vor die Augen und musste doch durch sie hindurch auf all das Elend sehen, das Menschen Menschen angetan hatten, während ich anderswo deutlich weniger gefährdet lebte. Meine Westberliner Kommilitonen fielen mir ein, die sich über das Wesen des Faschismus die Köpfe heißredeten, die verschiedensten Theorien darüber zum Besten gaben und mich in Seminare schleppten, in denen ich mitschrieb wie sie, aber kein Wort verstand.

In den Augen meines Freundes – wie hieß er gleich? Franz? –, bei dem ich im Studentendorf wohnte in jener Zeit, war es ein Sakrileg, Stalinismus und Nationalsozialismus zu vergleichen, und als ich einmal zaghaft die Hand hob und vom Gulag und den Terrorprozessen erzählen wollte, nahmen mich Franz und seine Genossen, wie sie sich untereinander ansprachen, sofort ins Gebet und verordneten mir einen *Kapital*-Kurs, in dem ich Karl Marx' Kernsatz, wonach nicht das Bewusstsein der Menschen ihr Sein, sondern umgekehrt, ihr gesellschaftliches

Sein ihr Bewusstsein bestimme, auswendig lernen und in den folgenden Wochen dreimal täglich korrekt wiederholen musste, bevor ich mich wieder an den gemeinsamen Tisch setzen durfte.

Hitlers Rede vom Balkon der Neuen Hofburg am Wiener Heldenplatz wurde in den History-Kanälen besonders gerne gezeigt, also sah und hörte ich den lächerlichen Mann auf die außer Rand und Band geratenen Massen hinunterbrüllen und stellte mir Konstanzes Vater unter seinen Bewunderern vor, mit seinen sieben Kindern und seiner Frau im Dirndlkleid, alle mit erhobenem Arm, es gab Farbaufnahmen, die rot-weißen Fahnen wehten im Wind. Und als ich mir eines Tages in der Buchhandlung Quodlibet irgendein Sachbuch über den Nationalsozialismus kaufen wollte und mir keines zusagte, weil die meisten mir schon beim Aufschlagen viel zu wenig erzählerisch waren, und ich bei der älteren Angestellten, die mich schon öfter bedient hatte, nach etwas Literarischem zu diesem Thema fragte, drückte sie mir Thomas Bernhards *Heldenplatz* in die Hand, ein schmales Buch, das ich nach den sachkundigen Wälzern verwundert betrachtete. Dieses Theaterstück habe in Österreich in den Achtzigerjahren einen Riesenskandal ausgelöst, erzählte sie: Da steht drin, was Sie wissen müssen, finde ich. Alles andere gibt es im Fernsehen ...

An *Heldenplatz* beeindruckte mich am tiefsten, dass die Frau des jüdischen Professors Schuster jedes Mal die Volksmassen kreischen hörte, wenn sie ans geöffnete Fenster ihrer Wohnung trat, aus dem sich ihr Mann gestürzt hatte. Warum? Weil ich seit dem Rheinfall-Ausflug unter der fixen Idee litt, mein Tinnitus beginne sich als Rauschen der Jahrhunderte in meinen Ohren zu manifestieren? Weil mich die Episode an die Türen und Fenster aus meinem Traum erinnerte, die man nur öffnen musste, um in die Vergangenheit zu schauen? Die Wucht der Bernhard'schen Sprache jedenfalls traf mich so stark, dass ich mir auch seine anderen Theaterstücke und vor allem seine Romane kaufte. Ich wollte sie in Konstanzes Bett importieren sozusagen, wo wir sie zusammen lesen könnten, obwohl sie als Österreicherin Bernhard bestimmt kannte. Seine langen Sätze nahm ich in Kauf, ja, ich bemühte mich aufrichtig, an deren Ende zu gelangen. Dass ich dabei in Trance geriet, kann ich nicht behaupten, obgleich ich manchmal darüber nachdachte, ob wohl die größten Schriftsteller die längsten Sätze machten oder sich in kürzeren Sätzen vielleicht doch genauso viel Substanz auf den Weg bringen ließe.

Vielleicht konnte sie mir einiges erklären, vielleicht fiel ihr manches ein aus ihrer Familie, ich wusste so wenig über sie. Und ich würde ihr erzählen, wie ich im Frühjahr 1937 in Moskau ankam und mit Kiefer auf Baustellen arbeitete, verlaust und verdreckt und bis auf die Knochen abgemagert. Kiefer beseelte immerhin seine Ideologie, sein Glaube an den Kommunismus, aber ich war ein leeres Gestell ohne Seele und Glaube, bevor ich Löwy traf, Löwy, den Menschenfreund, der mich eines Tages von der Straße auflas und mit in seine Kommunalka nahm, obwohl er mich überhaupt nicht kannte.

Solange ich nichts von Konstanze hörte, kein Wort auf mein Flehen *Meine liebe, liebe Konstanze! Ich möchte dich so gerne wiedersehen*, konnte ich nicht viel anderes tun als Lesen und Fernsehen, während mir Marbli im Maßatelier immerzu neue Nähte beibrachte und meine Abnäher in Grund und Boden kritisierte.

Es war eine schwierige Zeit, in der mir vor allem Viktor Kummer bereitete, weil er nicht nur meine Versöhnungsversuche rigoros zurückwies, sondern mir im Gegenteil immer wieder seinen nicht ordentlich zusammenheilenden Arm unter die Nase hielt und sich beklagte, er müsse zur Ergotherapie zu einer Zwergin gehen, die ihm auf penetrante Weise ohne Unterlass vom *Froschkönig* und anderen Verwandlungsmärchen erzähle, so als ob eines Tages sowieso alles von selber wegginge. Irgendwann aber verliebte er sich anscheinend in die Akribie ihrer putzig-patschigen Händchen und fand sie so klug und adrett, dass er sich mit ihr anfreundete und sie sogar seiner Mutter vorstellte, wie er nicht etwa mir, sondern dem sprachlosen Arian erzählte, während ich danebenstand, um Viktor ein paar fertig genähte Hosen zu überreichen.

Noch wusste niemand, dass ich dabei war, mich zu verabschieden, und nur noch auf Konstanzes Signal wartete, auch Wrobel nicht, zumal wir unsere neue Vertrautheit nicht vertiefen hatten können und dabei waren, wieder zur Tagesordnung überzugehen. Auf keinen Fall würde es genügen, meinem Lehrmeister einfach die Schlüssel zur Ferienwohnung seines englischen Freundes auszuhändigen und anstandshalber zu fragen, wie viel Miete er für mich ausgelegt habe. Das wäre schäbig über alle Maßen gewesen, zumal Jakobus ja Bescheid wusste und vielleicht schon irgendjemandem von meinem Entschluss erzählt hatte. Nachdem ich einige Tage mit dem Gedanken gespielt hatte, Wrobel die Schlüssel in den Briefkasten zu werfen, das heißt, mich gar nicht zu verabschieden, wie es lebenslang meine Manier gewesen war und die vieler Leute mir gegenüber, klopfte ich eines Abends, nachdem alle schon gegangen waren, doch an seine Bürotür.

Ich störe Sie, sagte ich verlegen, als er mir öffnete.

Hinter ihm sah ich sein sonst perfekt aufgeräumtes Büro in ein Chaos verwandelt, den Boden übersät mit angefangenen, zusammengeknäulten Skizzenblättern, die Portweinflasche und sogar einen vollen Aschenbecher auf dem Schreibtisch. Einen Bleistift hinter dem Ohr, den anderen zwischen Daumen und Zeigefinger seiner linken Hand und – was so gut wie nie vorkam – ohne Jackett und in Hosenträgern sagte er selbstironisch lächelnd: Hallo Monsieur! Ich befinde mich gerade in einem Schaffensrausch! Das heißt, ich probiere aus, wie es wäre, wenn der alte Wrobel eine Kollektion von Abendkleidern entwürfe ... nur zu meinem Vergnügen! Sie können sich gerne anschauen, was für ein Mist dabei entstanden ist. Ihre elektrische Spitzmaschine leistet mir dabei übrigens hervorragende Dienste ...

Es war eine Qual! Wie so häufig gelang es mir nicht, mein Anliegen unverzüglich vorzutragen, wieder einmal hinderte mich eine schmerzliche Blockade, mein angeborenes Manko am Reden. Wie sollte ich Konstanze je die Wahrheit über mich sagen, wenn ich nie einen Anfang fand und mich immer wieder unterbrechen ließ ... Von Wrobel vor allem, Wrobel, der mich zu einem Plausch in sein Büro einlud, wo ich mich doch gerade zur Ankündigung meines Abschieds entschlossen hatte, wie es normale mitteleuropäische Leute zu tun pflegen, wenn sie auseinandergehen. Andererseits, Konstanze hatte sich noch nicht gemeldet, ich konnte die Schlüsselübergabe also verschieben und mir stattdessen an diesem und an den folgenden Abenden anhören, wie sehr das Herrengeschäft meinen Meister anödete und wie gerne er sich – in einer kleinen Filiale vielleicht? – auch um die liebenswürdigere Hälfte der Menschheit kümmern würde.

Ich weiß, das ist unmöglich, erläuterte Wrobel in seiner stockenden Redeweise, momentan zumindest, zumal ich mir dazu Geld borgen müsste. Das Maßatelier ist derzeit eher ein Verlustgeschäft, wie Sie wissen, so gut der Laden auch zu laufen scheint. Jedes zweite, dritte Jahr allerdings verschafft mir eine Londoner Agentur einen Auftrag für ein paar ganz spezielle Roben ... wobei es zwei aus der letzten Kollektion sogar auf den roten Teppich in Cannes geschafft haben ... eine an Emma Thompson und die andere an Juliette Binoche, älteren Damen also, wenn Sie so wollen.

Erst am dritten Abend rang er sich nach viel zu viel Portwein durch, mir zu erzählen, dass er längst einen Laden und ein Atelier in Zürich angemietet hatte und schon wusste, welche Kollegen und Kolleginnen (ja, Kolleginnen!) er einstellen werde, um seine Firma so frisch wie bekannt zu machen. Sogar die Skizzen, die überlebt hatten, zeigte er mir schließlich: erstaunlich farbenfroh aquarellierte Kleider mit exotischen Mustern, schmal und körpernah, zugleich weich, fließend und schwungvoll mit großen Dekolletés. Die in mir für ein paar Sekunden aufblitzende Sehnsucht, mitkommen zu dürfen, unterdrückte ich, lieber erkundigte ich mich nach den passenden Hüten, für die er sich jedoch nicht zuständig fühlte – bei Hüten handle es sich letztlich um Skulpturen, die sein Können und seine Vorstellungskraft überstiegen.

So plänkelten wir hin und her, es herrschte gute Stimmung. Das Reden über seine Pläne und Wünsche schien ihm seltsamerweise nicht peinlich zu sein. Er hatte mich als Vertrauten auserkoren, das war das größte Kompliment, das er seinem Praktikanten machen konnte. Und ich meinerseits nahm ihm nicht mehr übel, dass er mich verschmäht hatte und mir zwar weder Talent noch Geschmack, aber Fleiß und Hingabe für das Schneiderhandwerk abgesprochen hatte. Möglicherweise wäre es noch lange so weitergegangen und wir hätten uns noch einige Male bei Portwein und gedämpftem Licht um den zwischen uns kreiselnden Abschied herumgemogelt, wenn sich Konstanze nach meinen täglichen Sätzen auf ihrem Anrufbeantworter nicht plötzlich gemeldet und mich angeschnauzt hätte: *Dann komm halt her, du verrückter Kerl, Herrgott nochmal!*

XVI. Figugegl

Eigentlich hätte ich mir einen großen Bahnhof gewünscht, mit Leuten, die ihre Taschentücher zückten
und dem Zug ein paar Meter hinterherliefen, bevor sie
resigniert die Arme sinken ließen. In Wirklichkeit stand
ich am Morgen des 10. Januar 2015 ganz allein am Bahnsteig – es war kalt, es schneite – und stieg ohne großes
Brimborium mit dem Koffer, mit dem ich gekommen
war, sowie einem neuen, geräumigen Rucksack in den
Zug nach München, von wo aus es weiter nach Berlin
gehen sollte. Für denselben Abend hatte ich mich mit
Konstanze in der Philharmonie verabredet, wo Herbert
Blomstedt die achte Symphonie von Anton Bruckner dirigieren würde.

Es schien ein einigermaßen sportliches Unternehmen,
wenn ich an die üblichen Verspätungen der Bundesbahn
dachte. Aber es war zu schaffen, so hoffte ich, wenn ich
am Hauptbahnhof sofort eine S-Bahn erwischte und
vom Potsdamer Platz aus zur Philharmonie hinüberliefe.
Wie schön, dass mir der Berliner Nahverkehr noch so geläufig war – nach über einem Jahr in der Provinz. Dass
ich dann einen Bus nehmen und feststellen musste, dass
es nicht mehr weit her war mit meinen Kenntnissen, irritierte mich umso mehr. Wie eitel ich doch war, und wie
großsprecherisch!

Was Blomstedt betraf: Ich kannte ihn, das heißt, ich
war mit Konstanze in seinen Konzerten gewesen, in
Berlin, Leipzig, Dresden, auch einmal in Hamburg in
der Elbphilharmonie, deren Inneres mir den zwiespäl-

tigen Eindruck von aneinandergefügten Eierschachteln vermittelte. Ich wäre gerne sein Fan geworden und ihm überallhin gefolgt, so wie manche Verrückte es mit spektakuläreren Dirigenten taten. Freilich hätte ich nur etwas überprüfen wollen, etwas, was mit seinem hohen Alter zusammenhing und mit dem vagen Gefühl, ihm irgendwo schon einmal begegnet zu sein, die Art seines Dirigierens wiederzuerkennen, weil mir seine Gebärdensprache genauso vertraut vorkam wie seine ganze Gestalt mit ihren langen Beinen und Armen, dieser große schlanke Mann, der sich kaum bewegte, während er selig lächelnd und nur gelegentlich etwas stirnrunzelnd den Musikern seine sparsamen Anweisungen gab. Wenn er seine Arme hob und seine langfingrigen Hände durch die Luft streifen ließ, schien er Skulpturen zu modellieren, die aus Klängen bestanden.

Es war in Karelien geschehen, wo Kiefer und ich Ende der Dreißigerjahre des letzten Jahrhunderts Richtung Russland die Wälder durchstreiften, auf dem Weg ins Paradies der Arbeiter und Bauern, auf der Flucht vor den Nationalsozialisten, die sich so hoch im Norden noch nicht hatten blicken lassen. Irgendwo auf einem freien, teilweise noch schneebedeckten Feld las er uns auf, Herbert Blomstedt, wo wir inmitten der kahlen Blaubeersträucher sitzend am Verhungern waren und geradewegs in eine sanfte Ohnmacht glitten. Wenn er es denn war, dieser zehn, zwölf Jahre alte, schon damals eine Brille tragende Knabe, der uns das Leben rettete.

Mit seinen Kameraden schleppte er uns zu einem mitten in der Landschaft stehenden einsamen Holzhaus mit blauen Fensterläden, wo seine Mutter sich gerade für den sonntäglichen Gottesdienst richtete, während sein Vater, ein Pastor, schon auf dem Weg zur Kirche war, ohne dass

Kiefer und ich irgendwo einen Kirchturm erblickt hätten oder überhaupt Häuser und Hütten von Leuten, die seine Schäfchen gewesen sein könnten. Ein älterer Bruder wartete unter der Türe und beobachtete verächtlich, wie wir ihm entgegenwankten, er rührte sich nicht von der Stelle, bis seine Mutter sich bei ihm untergehakt hatte und sie in eine Richtung gingen, wo wohl nicht nur der Turm stand, sondern auch die dazu gehörige Kirche, in der die Gläubigen inzwischen der Predigt lauschten, während sie zu spät kamen.

Der kleine Bruder blieb auf Weisung seiner Mutter bei uns, er wärmte Milch in einem Topf, der schon auf der Herdplatte stand, und goss die überschäumende Flüssigkeit in tiefe Teller, in die er zuvor Brot gebrockt hatte. Er schien mir zappelig und nervös zu sein während seiner Verrichtungen, mit seinen für sein schmales Gesicht viel zu großen Ohren hörte er dahin und dorthin. Wer sagte, dass diese beiden zerlumpten Kerle am Küchentisch, diese zwei verlausten Kommunisten mit Sowjetsternen an ihren Baskenmützen, nicht Kumpane mitgebracht hatten, die ihn hinterrücks überfallen und das Haushaltsgeld seiner Mutter rauben würden. Gewiss war ihm früh die Milch der frommen Denkungsart eingeflößt worden, behandelte er uns doch ohne Eile und mit großer Sanftmut. Er fand aber auch den richtigen rauen Ton für seine neugierigen Kameraden, die durch die niedrigen Fenster hereinzuklettern versuchten und Kiefer und mir die Zunge herausstreckten.

Auch ein paar schwarze Beeren hatte der kleine Blomstedt in die Suppe gestreut, sie schwammen oben, indes die schwerer werdenden Brotstücke nach unten sanken. Ich erinnere mich noch genau an die heiße, mit Feuchtigkeit vollgesogene Substanz des weich gewordenen

Brots an meinem Gaumen, auch dass ich dabei die Augen schloss, weil Kiefer mir befohlen hatte, die Schublade zu öffnen, vor der ich saß, da es dort bestimmt etwas zu stibitzen gebe. Das war auch der Grund, warum ich nach dem Essen zum Aufbruch drängte. Ich wollte mich nicht an fremdem Eigentum vergreifen, auch Kiefer sollte es nicht. Als Herbert uns jedoch kurzzeitig den Rücken kehrte und mit den Jungen sprach, die ihm immerhin geholfen hatten, uns zu seinem Elternhaus zu transportieren, schob mein problematischer Weggefährte mich kurzentschlossen weg von der Lade und fand beim blinden Zugriff eine mit Münzen und Scheinen prall gefüllte Geldbörse, die uns in den nächsten Wochen bestens über die Runden half. *Ich habe es ja gewusst*, sagte er in Moskau triumphierend. *Ohne diese Unterstützung hätten wir es nie geschafft ins gelobte Land des Genossen Stalin, wo schnödes Geld keine Rolle mehr spielt. Von Pfaffen, Frauen und Kindern darf man sich dabei nicht aufhalten lassen.*

Ich weiß nicht, ob es Herbert Blomstedts Mutter war, die Kiefer und ich beklauten. Gleichzeitig aber war ich mir sehr sicher, seines zutiefst verinnerlichten Gesichtsausdrucks wegen, der sich auch in seinen Neunzigern nicht verändert hatte, allenfalls ein bisschen gebändigter oder müder erschien. Wie gesagt, ich wäre gerne sein Fan gewesen und hätte ihn irgendwann vielleicht gefragt, ob er es war, der uns die heiße Suppe servierte und sich bestimmt für den nicht verhinderten Diebstahl hatte durchprügeln lassen müssen. Aber ihn bei Konstanzes und meinem Wiedersehen als Dirigenten zu erleben, war fast genauso gut wie die Falsifizierung meiner unzuverlässigen Erinnerungen. Das Konzert, das ich noch am selben Abend besuchen würde, genügte völlig, obgleich er den anstrengenden Bruckner und nicht Mozart zur Aufführung brächte. Das wurde mir auf dem zugigen Bahnsteig in Chur endgültig klar.

Und noch etwas fiel mir ein, während ich den Bahnsteig auf und ab lief. Wenn Wrobel mit einem Kunden vor die Ladentüre trat, um ihm einen im relativen Halbdunkel des Ateliers in seiner Herrlichkeit kaum erkennbaren Anzugstoff zu zeigen, erzielte er vielleicht einen ähnlichen Effekt: die gloriose Entdeckung von Farben und Strukturen einer bis dahin langweilig anmutenden Materie. Manchmal forderte mein Meister mich auf, an dieser Erscheinung zu partizipieren, nur um mich eine Viertelstunde später darauf hinzuweisen, dass kostbare Textilien niemals der Sonne ausgesetzt werden dürften. Vielleicht habe ich meine Erinnerungen zu lange der Sonne ausgesetzt, dachte ich, als ich den Zug kommen sah und vom Gebirge Abschied nahm, das mich viel weniger als erwartet gefangen genommen hatte, weswegen ich wohl für immer ein schlechtes Gewissen hätte, wenn ich mit Konstanze nicht bald wiederkäme, um Abbitte zu leisten. Meine Erinnerungen begannen zu bröseln, ihre vermeintlichen Einzelheiten ließen mich erkennen, dass kein Verlass mehr auf sie war. Womöglich konnte ich deshalb nicht konkretisieren, ob der kleine Junge in Karelien Herbert Blomstedt war oder ein anderer Pastorensohn.

Leider habe ich die zweite Abokarte einer Freundin geschenkt, sagte Konstanze mit so spröder Stimme, dass es mich fror, als wir am Neujahrstag telefonierten. Da du dich so kurzfristig gemeldet hast, musst du dir die Karte jetzt selbst besorgen, an der Abendkasse oder digital im Voraus. Vielleicht kriegst du überhaupt keine mehr. Auch gibt es keine Pause bei dieser enervierend langen Symphonie, wir können uns also erst danach treffen, im Foyer ... und hoffen, dass wir uns nicht verpassen. Vielleicht wäre der westliche Ausgang gut. (Sie wusste genau, dass ich mit den Himmelsrichtungen meine Schwierigkeiten hatte.) Dort ist es nicht so zugig. Am besten, du wartest dort, wo die Abendkassen sind.

Anfang Januar machte das Maßatelier Adam ein paar Tage zu, zur Inventur und zur Reinigung der Schränke, Fächer, Garderoben und Schubladen. Dazu hatten die Angestellten nicht etwa frei.

Wir sollen unsere Sauerei selbst aufräumen, meckerte Viktor während eines Besuchs an meinem letzten Tag in Chur. Wobei der Meister völlig recht hat. So eine Schneiderei verursacht Staub, Fussel, Fädchen und Wollmäuse ohne Ende, ganz abgesehen von den verloren gegangenen Näh- und Stecknadeln, die zwischen den Dielen stecken, und den Bleistiften, die neu angespitzt werden müssen. Schief gewickelte Stoffballen warten in den Regalen auf ihre akkurate Ausrichtung. Und ich soll meine Pullover ordentlich zusammenlegen – was ich sowieso schon die ganze Zeit tue –, meine Fächer mit einem weichen Tuch auswischen sowie mein Lager überprüfen, die Stückzahl meiner Waren, um wenigstens annähernd eine Verkaufsstatistik erstellen zu können, was wiederum der Identifikation von Ladenhütern dient, die ich – da Wrobel Schlussverkäufe verachtet – meinen Kunden ganz besonders heftig andienen soll, so wie dir letztes Jahr. Ganz abgesehen von dem bürokratischen Kram, verehrter Léon, um den du dich als Praktikant sowieso nicht kümmern musstest, um Rechnungen, Mahnungen, Bestellungen, wütete Viktor weiter (der in seinem Leben alles persönlich nahm, selbst wenn im Maßatelier mit seinen alten sanitären Anlagen die Toiletten verstopft waren). Mitte

Januar wird uns Wrobels scheintoter Steuerberater heimsuchen, dieser alte Zausel in seinen fettigen Haaren, den man nicht mit der Kneifzange anfassen möchte. Aber er ist sich zu fein dafür, unsere Buchhaltung zu sortieren, er will nicht herumwühlen in den Unterlagen, die ich ihm liefere, sondern sie nach Datum geordnet und abgeheftet haben. Kannst du dir vorstellen, wie ich ihn hasse?

Der arme Viktor! Dieses lange Elend im Fair-Isle-Pullover, das mich trotz meines anstrengenden Wachstums noch immer um anderthalb Köpfe überragte, wollte tatsächlich noch gut Wetter machen, bevor ich die schöne Alpenstadt verließ; eine Art von Versöhnung ins Werk setzen sogar, indem er meine Hand ergriff und sich mit halbgaren Worten für sein unstetes, harsches Benehmen mir gegenüber entschuldigte.

Du Armer!, sagte ich dann auch laut, als ich ihn nach mehreren Gläsern Portwein hinauskomplimentierte (gerade als seine von Akne-Narben versehrten Wagen ein wenig von ihrer heftigen Röte verloren hatten, musste er sein Gesicht abermals der aggressiven Kälte aussetzen). Es ist wirklich alles ein bisschen vorsintflutlich im Maßatelier Adam, da hast du recht. Aber macht es nicht den Charme dieses Ladens aus? Dass die Zeit dort stehen geblieben ist?

Erst als ich sicher war, dass Viktor nicht wiederkam, was bei ihm häufig passierte, wenn ihm noch etwas Wichtiges einfiel, breitete ich vor dem roten Sofa einige Seiten der *Neuen Zürcher Zeitung* aus und widmete mich dem Schuheputzen, dem Putzen all der mir in diesem Jahr zu klein gewordenen Schuhe, indem ich sie abbürstete, mit den entsprechenden Pasten behandelte, noch einmal bürstete und anschließend auf Hochglanz polierte. Ich liebte es, meine Schuhe zu putzen, ich wäre auch mit einer

Stelle als Schuhputzer zufrieden gewesen, in Bangkok, als ich mich im Hotel Oriental bei Madame Maire vorstellte. Ach, wenn ich an das schöne Büro zurückdachte, wo ich schließlich landete, an diesen riesigen Schreibtisch mit der grünen Lederauflage, wo ich in aller Seelenruhe meinem Girlandisieren nachhing und alle Farben dieser Welt zur Verfügung hatte. War das die schönste Zeit in meinem Leben? Unbedroht? Niemals am Verhungern? Allerhöchstens ein bisschen frustriert über die lesesüchtige Gertie, die sich nicht berühren ließ?

Der digitale Fortschritt hatte sich in Wrobels Laden tatsächlich noch nicht blicken lassen, das wurde jedem klar, der die riesige Registrierkasse erblickte. Viktor hatte für die bargeldlose Zahlung regelrecht kämpfen müssen, wie er mir erzählte. Bis sich Wrobel für ein Kartenlesegerät entschieden hatte, das farblich zu seiner Einrichtung passte, dauerte es Wochen. Wobei ich mich sofort fragte, wie wohl die diesbezüglichen Planungen für das Zürcher Damenatelier aussahen – würde der Meister einen jungen Mann einstellen, der nur fürs Digitale zuständig war? Oder eine junge Frau? Seine Näher und Näherinnen mit iPads ausstatten, in die sie für die Schnittmuster nur noch Dimensionen scannen und Maße eingeben mussten?

Wie gut, dass mich dies alles nichts mehr anging! Ich musste auch nicht mehr groß putzen und wienern in meinem Apartment, sondern nur noch meine Schuhe auf Vordermann bringen sowie Koffer und Rucksack packen. Zum Säubern der kleinen Wohnung würde Wrobel eine Reinemachefrau schicken, dieselbe, die auch ins Maßatelier kam, sobald seine Angestellten mit der Sortierarbeit fertig wären. Allenfalls die Herdplatte und vor allem den Backofen wollte ich noch scheuern, bevor ich ging, wo der Käse, mit dem ich die gelieferten, manchmal sehr karg belegten Pizzen ein bisschen schmackhafter machte, übergelaufen war. Fritzis Himbeerzahnpasta und die eingerollte Tube ihrer Vaginalcreme warf ich zwei Tage vor meiner Abfahrt unten im Hof in die hinterste Mülltonne, vorher mochte ich mich nicht von ihnen trennen. Und erst am letzten Nachmittag kamen zwei junge Leute vom Roten Kreuz und nahmen meine Schuhe mit. *So viele Schuhe, und alle noch so neu!*, riefen sie fröhlich, als sie mit ihren Tüten und Taschen die Treppe hinunterpolterten. *Danke für Ihre Großzügigkeit!*

Noch am Vormittag war ich bei Degiacomi gewesen, bei den freundlichen jungen Verkäuferinnen in ihren graublauen Uniformen, die mich schon kannten und angesichts der steigenden Größen auf dem digitalen Fußvermessungsgerät nie auch nur eine einzige irritierte Frage gestellt hatten, wenn ich mir wieder einmal neues Schuhwerk anschaffen musste. Dieses Mal kaufte ich Schuhe mit Gummisohlen, keine Budapester, denn wer wusste, wie das Wetter in Berlin war; ich vergaß aber auch nicht, auf die Plattform des piepsenden Geräts zu steigen, das ich zu schätzen gelernt hatte, weil es mich vor allzu großen Schmerzen bewahrte. Derzeit stand meine Schuhgröße in einem klaffenden Missverhältnis zu meiner Körpergröße, stellte ich betrübt fest, wo doch die angemessene Proportion mittlerweile den Kern meiner Sehnsucht bildete. Ich wusste, es würde noch eine Weile dauern, bis die beiden harmonierten; bei Degiacomi wurde es mir immer wieder vorgeführt.

Während ich an der Kasse noch ein bisschen mit den Mädchen schäkerte und ihnen en passant mitteilte, ich würde morgen auf eine größere Reise gehen und ihre Freundlichkeit vermissen, wechselten sie nur ein paar vage Blicke, ohne dass auch nur eine ihr Bedauern äußerte. Sie verhielten sich wie Jakobus, sie taten so, als sei es kein großer Verlust – obwohl ich in diesem Jahr mindestens fünfzehn Paar Schuhe aus ihrem Laden getragen hatte, weswegen ich mich doch aufraffte, ihren indifferenten Mienen meine Empörung zu zeigen, indem ich sagte: Garantiert müsst ihr lange warten, bis ihr wieder einen Kunden kriegt, dem ein so spätes Wachstum vergönnt ist! Ihr tut gerade so, als ob das völlig normal sei!

Aber auch danach wollten sie mich nicht mit Fragen traktieren, im Gegenteil, sie kicherten nur und sammelten die um die Stühle und Hocker verstreuten Schuhe zu Paaren zusammen, um sie in die richtigen Schachteln zu verpacken. Zugegeben, sie hatten vor und nach dem Kauf stets ein bisschen Arbeit in mich zu investieren, denn ich brauchte immer sehr lange für meine Entscheidung und verließ deswegen den Laden häufig mit zwei Paar Schuhen.

Immerhin, eine von ihnen begleitete mich zum Ausgang und öffnete mir die Tür, ganz wie es Viktor tat, wenn er einen guten Kunden mit prall gefüllten Tüten auf die Straße entließ; für billige Manschettenknötchen tat er dies natürlich nicht. Aus der Nähe sah sie nicht mehr so jung aus, ihr Gesicht war sorgfältig geschminkt, sie trug einen feinen seidigen Glanz aus Rouge auf den Wangen, zu dessen Aufbringung sie wahrscheinlich einen großen Pinsel benutzte, so ähnlich wie Konstanze, die sich gleichfalls Rouge auflegte, obgleich sie es – wie sie versicherte – ganz und gar *old fashioned* fand und niemals auf die Idee gekommen wäre, sich in der Öffentlichkeit mit der silberne Puderdose aus dem Familienerbe zu zeigen. Ich sah ihr gerne zu, wenn sie sich schön machte, und war zumeist begeistert von der Verwandlung, die das bewirkte – auch umgekehrt übrigens, wenn sie abgeschminkt und noch feucht von der Dusche zu mir ins Bett schlüpfte. Die Dame, die mir jetzt die Tür aufhielt, hätte auch eine russische Ballerina sein können, so schmal und durchtrainiert, wie sie war, mit ihren straff zurückgekämmten schwarzen Haaren und dem auffällig grell ausgemalten roten Mund.

Seien Sie nicht gekränkt, Monsieur Saint Clair, zwitscherte sie, es ist sehr schade, dass Sie gehen, und wir hoffen inständig auf ein Wiedersehen. Wenn Sie das Geschäft betraten, haben wir sie stets als unser großes Kind bezeichnet, da kommt unser großes Kind, haben wir gesagt und uns immer bemüht, Sie so feinfühlig und liebenswürdig wie möglich zu bedienen. Dass man einem Kunden persönliche Fragen stellt, ist nicht üblich, wissen Sie, Fragen sind in einem Schweizer Schuhgeschäft nicht erlaubt, auch nicht nach der Schuhgröße, denn wozu hätten wir sonst unseren Vermessungscomputer, er gibt uns präzisere Auskunft als der Kunde. Es gab kontroverse Meinungen unter uns, das will ich nicht verschweigen, eine besonders kecke Kollegin, die allerdings nicht mehr bei uns arbeitet, wollte stets mehr von dem Wunder wissen, das sich so offensichtlich an Ihnen vollzieht ... wir konnten sie nur mit Mühe daran hindern, Ihnen auf die Pelle zu rücken, weil sie Sie so bezaubernd fand.

Am schönsten wäre es gewesen, wenn ich mich sofort am Morgen nach unserer kleinen Silvesterfeier in den Zug nach Berlin hätte setzen können. Es gab allerdings keine Konzerte in den ersten Januartagen, in der zweiten Woche des neuen Jahres fing der musikalische Betrieb erst wieder an; die nicht aus meinem Kopf zu vertreibende Idee, Konstanze unbedingt bei einem Konzert der Berliner Philharmoniker wiedersehen zu wollen, musste deshalb um einige Tage verschoben werden. Ich wäre auch gerne allein geblieben während der Feiertage zum Jahresende hin, was mir an Weihnachten zwar gelang, nicht aber an Silvester. Da wurden sie diktatorisch mir gegenüber, nun, da sie wussten, dass ich fortging. Nicht nur Wrobel bestand darauf, dass ich mich am 31. Dezember um neunzehn Uhr bei Viktor zu Hause zum Fondue-Essen einfand, auch Veronika und später ihr Sohn, als wir beim Wintergemüsestand auf dem Wochenmarkt zufällig aufeinandertrafen.

Das Fondue an sich und die sich darum rankenden Legenden waren mir bekannt, wenngleich ich das Zeremoniell des stundenlangen gemeinsamen Essens nicht ganz so spektakulär fand wie die Schweizer selbst, da ich bereits während meiner Zeit in Thailand Gerichte kennengelernt hatte, bei denen man Fleisch oder Fladenbrot an Stecken in eine würzige Soße tunkte und dabei nicht enden wollende Diskussionen führte. Für die Eidgenossenschaft typisch war höchstens der geschmolzene Käse, wobei sich mir nicht erschloss, warum ausgerechnet die auf dem Boden des angeblich in jedem Haushalt der vier Landesteile vorhandenen gusseisernen rot-weißen Topfs namens Caquelon angebackene fettige Masse so pikant sein sollte. Sie wurde *La Religieuse* oder *Nonne* genannt, was ich eindeutig zweideutig fand.

Im Übrigen kam es auf die Zusammensetzung der Käsesorten an: Die Traditionalisten bevorzugten *moitié-moitié* mit Le Gruyère und Vacherin Fribourgois, zusammen mit etwas Weißwein und Maisstärke als Bindemittel, Jüngere hingegen nahmen mit jeder Käsemischung – ob Appenzeller, Tilsiter, Edamer oder Gouda – vorlieb, Hauptsache, der Käse war nicht zu jung, denn reifer

Käse schmolz besser. Vor allem Geschick sei erforderlich, während man esse, teilte mir Wrobel schon bei seiner Einladung mit. Die Brocken durften einem nicht in die blubbernde Masse fallen, was mir sofort Sorgen bereitete, denn auch meine Finger hatten inzwischen zu wachsen begonnen, weswegen ich mit dem Balancieren der verlängerten Gabel inmitten der anderen verlängerten Gabeln garantiert Schwierigkeiten bekäme.

Das Fondue-Essen verwandelte sich dann allmählich in ein Gesellschaftsspiel, in ein Pfänderspiel vielmehr; und ich selbst wurde an dessen Ende als derjenige gekrönt, der am häufigsten die Herrschaft über sein Werkzeug verloren hatte. Mein Skizzenbuch und mein Portemonnaie, ein Kugelschreiber sowie der silberne Klip für Geldscheine, den Viktor mir einst verkauft hatte, wanderten deshalb unter das von Veronika, die keinesfalls Vroni genannt werden wollte, auf einem Beistelltisch ausgebreitete Geschirrhandtuch, am Ende sogar die Uhr meines Vaters, die zwar wieder einmal nicht lief, aber betrachtet und bewundert wurde. Gelegentlich lupfte Veronika lächelnd das Tuch, zückte den Zeigefinger und tat so, als zähle sie die Gegenstände, die sie zur einstweiligen Verwahrung eingesammelt hatte. Das Lächeln stand ihr gut, es war das erste Mal, dass ich die Grübchen sah, die dabei in ihren Wangen entstanden.

Kein Zweifel, es war eine schöne Silvesternacht, wenn man davon absah, dass Viktors Angriffslust immer wieder aufflammte. Er störte sich an vielem, an der allzu großen Aufmerksamkeit, die ich mit meinen unbeholfenen Fingern in ihrem Kampf mit dem Spieß erregte, an Wrobel, der seinen Angestellten diese blöde gemeinsame Säuberungswoche aufbrummte, nachdem er sie letztes Jahr erfreulicherweise vergessen hatte, an seiner Mutter, die er – wenn auch liebevoll-ironisch – eine Nationalistin nannte, da sie das Fondue als Schweizer Nationalessen bezeichnete, welches 1529, beim Friedensschluss nach dem Ersten Kappeler Krieg, gemeinsam von um einen großen runden Topf versammelten Katholiken und Protestanten aus Mangel an anderen Lebensmitteln kreiert wurde und eigentlich eine Milchsuppe mit Brotstückchen war – wohingegen er, der schlaue Viktor, es viel besser wusste, nämlich dass es die Schweizer Großmolkereien und Käselobbyisten gewesen waren, die – als nach der Machtergreifung Hitlers der deutsche Markt wegbrach – eine den Käsekonsum enorm steigernde Werbekampagne starteten, die schließlich damit endete, dass auch die Armee nach ihren Manövern mit Fondue verköstigt wurde und dessen spezielle Käse-Variationen in ihr Militärkochbuch aufnahm.

Dass seine Mutter ihrerseits hinzufügte, kein Geringerer als Jean-Jacques Rousseau, der Verfasser des *Contrat Social*, habe in einem Brief an einen Freund das Fondue mit Gruyère-Käse vom Mont Salève überschwänglich gelobt, interessierte den Sohn kein bisschen. *Fondue isch guet und git e guete Laune*, prustete er stattdessen los, den Mund voller Käse und zwei sich kreuzende Käsefäden am Kinn, die er sich vergeblich wegzuzupfen versuchte. *Figugegl*, jubelte er, *habt ihr wirklich nie davon gehört?*

Sein Pfand bekam man erst wieder, wenn man einen Schwank aus seinem Leben erzählte, was Wrobel, Veronika und Viktor souverän erledigten – Wrobel, indem er lebhaft und in sehr elegantem Deutsch schilderte, wie er an einem Frühlingsmorgen des Jahres 1968 in der Warschauer Universität mit seinem Philosophie-Professor Leszek Kołakowski zusammengestoßen war, der – es musste kurz vor dessen endgültigem Lehrverbot gewesen sein, überlegte mein Meister – in seine Vorlesung hetzte und in seinem schwarzen Pullover und dem weißen Hemd wie ein katholischer Priester aussah. Da er allerdings in die falsche Richtung lief, musste er, um seinen Lehrsaal zu finden, von Wrobel und dessen Kommilitonen buchstäblich umgedreht werden. Wrobel zögerte kurz, bevor er fortfuhr: Ich kann mich noch so gut erinnern, an seine knochige, leichte, trotz ihrer Größe fragile Gestalt, als er den bewussten Satz aussprach: *Nun bin ich umgedreht.* Wobei wir alle wussten, was er meinte, und trotzdem in verzweifeltes Gelächter ausbrachen. Bei diesem Fondue jedoch, bei dem wir ja zugleich den bedauerlichen Abschied unseres Freundes Léon begehen, möchte ich euch nicht verschweigen, wie sehr ich meinen Lehrer für seinen Heldenmut und die Brillanz seiner Schriften liebte. *Die Gespräche mit dem Teufel* vor allem, und darin *Die große Predigt des Pater Bernardus.* So unterhaltsam, so vergnüglich, so frech! Ich hätte mein Leben hergegeben, von diesem außerordentlichen Gelehrten bemerkt zu werden – als einer der willigsten unter all den Studenten und Spitzeln, die auf harten Bänken vor ihm saßen, als einer, der alles las und buchstäblich alles fraß, was Kołakowski produzierte, aber nie etwas sagte. Ich verehrte ihn für seinen Tiefsinn und seine Ironie, seinen Sarkasmus und seinen heiligen Ernst, weil ich weder über das eine noch das andere verfügte, ja auch nicht verfügen musste als Schneider, als Schneidermeister schließlich, nach einer langen Ausbildung, die mich für die korrekte Einkleidung der Monster dieser Welt befähigen sollte, von Bankern, Klerikern, Waffenlieferanten, Fabrikanten von Jalousien und anderen üblen Gesellen, ich könnte die Liste endlos verlängern. Ein, zwei Jahre wohnten wir zeitgleich in England, er in Oxford, ich in London. Immer wieder spielte ich mit dem Gedanken, ihn aufzusuchen ... und blieb dann doch bei den Anzügen, den Hosen und Jacketts. Dass dies ein philosophischer Akt war, lässt sich wohl schwerlich behaupten. Aber ich sah es in Anbetracht meiner Entscheidungsschwäche einige Zeit tatsächlich so an.

Viktor, der nur einmal etwas hinterlegen musste und – weil er anscheinend nichts anderes bei sich hatte – ein gebrauchtes Taschentuch deponierte, berichtete dagegen von den sieben Zwergen, die er einmal im Zirkus um einen langen, mit Tellerchen und Becherchen gedeckten Tisch herumflitzen sah und deshalb, als das Fräulein im Kindergarten das Märchen *Schneewittchen und die sieben Zwerge* vorlas, davon überzeugt war und dies laut aussprach, dass die sieben Zwerge auch in der Realität existierten und er sie leibhaftig gesehen habe – worauf man ihn aus dem Stuhlkreis ausschloss und ihn tagelang ignorierte, wenn er auf dem Spielplatz ums Mitmachen bettelte.

Damals war ich wirklich noch sehr klein, sagte Viktor und sah seine Mutter bedeutungsvoll an. Deshalb habe er gegen Ada, seine Ergotherapeutin, so rebelliert, ja sie geradezu gehasst am Anfang der Behandlung, weil sie ihn mit ihren blöden Märchen derart nervte und so penetrant auf der Möglichkeit einer Verwandlung bestand, quasi stündlich darauf zu warten schien, wenn man sich ihre kleinwüchsige Figur anschaute. *Sollte aus mir etwa König Drosselbart werden?*, fragte Viktor. *Ein Feldwebel im Bundesheer? Oder ein Gipfelstürmer wie mein Vater? Davor möge mich Gott bewahren.*

Viktors Mutter taute merklich auf beim Fondue. Beim sonntäglichen Sauerbraten war sie so streng und distanziert gewesen – in ihrem taubenblauen Twinset, mit ihrem asymmetrisch geschnittenen grauen Lockenkopf, ihrer doppelreihigen Perlenkette –, dass ich jedes Mal meine Angst überwinden musste, um ihr Wohnzimmer zu betreten. Nun saß sie mir mit Wrobel gegenüber, beteiligte sich lebhaft am Gespräch und schaute mir beim Prosit-Sagen direkt in die Augen. Ein gerahmtes Foto ihres in den Alpen abgestürzten Ehemanns stand auf dem Sideboard hinter ihr, ich musste die ganze Zeit in dessen wettergegerbtes Gesicht schauen, wenn ich mit ihr redete, und sehen, wie er lachte und was für schöne weiße Zähne er hatte.

Wie freundlich sie jetzt wirkte, dachte ich, während ich meine Weißbrotbrocken in die Käsesauce tunkte und vom Weißwein allmählich betrunken wurde. Wie warmherzig, und wie ihr Gesicht leuchtete, wenn sie sich ihrem Geliebten zuwandte. Dabei hatte mir Marbli im Bus nach Viktors vermeintlichem Suizidversuch am Rheinfall zugeraunt, dass ja auch die Mutter des Textilverkäufers eine unsichere Kantonistin sei. Ein Geheimnis umschwebe sie, wogegen er im Prinzip nichts einzuwenden habe. Allerdings erzählten die Leute in der Stadt, sie sei als ganz junge Frau für ein paar Jahre von der Bildfläche verschwunden, das heißt, mit einem gutaussehenden, sehr wohlhabenden Kunden der Buchhandlung, in der sie damals arbeitete, nach Genf gezogen und von diesem zur Prostitution gezwungen worden, als er bankrott ging. Aber vielleicht sei sie ja gar nicht gezwungen worden, insistierte Marbli und hielt mich an der Strickjacke fest, als ich versuchte, mich wegzusetzen. Zurück kam sie dann jedenfalls als fertige Grundschullehrerin, beliebt und geachtet nach kurzer Zeit. Eine feine Dame, keine engagierte Pädagogin, die mit ihren Schülern auf den Bolzplatz geht oder physikalische Experimente macht, habe ich mir sagen lassen, ich selbst hatte sie nicht im Unterricht. Und nun plant sie anscheinend, sich nach ihrer Pensionierung als Grüne in den Gemeinderat wählen zu lassen. Darf sich das so eine erlauben? Mit dieser Vergangenheit? Kann man so eine wählen?

Ach, der böse böse Marbli, wie er laberte und laberte, derweil ich sitzen blieb und mir die Ohren zuhielt.

Mit den Episoden aus ihrem Leben fertigte uns Veronika, die gleichfalls mehrere Pfänder hatte abgeben müssen, so schnell ab, dass ich mich auf dem Heimweg kaum noch daran erinnern konnte. Wir hörten dies und das aus ihrem Schulalltag; dass sie am Anfang ihrer Tätigkeit oft vergaß, die Schüler aufzufordern, nach dem Unterricht ihre Stühle auf die Pulte zu stellen etwa, sodass sie dies am Ende selbst tun musste, und nicht nur einmal. Und dass sie ausgerechnet in ihrer allerletzten Lehrprobe vor dem Diplom ihre Uhr vergessen hatte, sich nicht traute, dies zuzugeben, und deshalb – zwecks Planeinhaltung – gezwungen war, sich stets in der Nähe von Schülern aufzuhalten, auf deren Armbanduhren sie blicken konnte. Es habe nicht so viele Kinder mit Uhr gegeben, sagte sie: Nur zwei oder drei in der Klasse, sodass es dem kleinen Ferdinand, der mein Lieblingsschüler war, obwohl ich mir dies natürlich nicht anmerken lassen durfte, mit der Zeit bestimmt lästig wurde, dass ich so häufig hinter ihm stand. *Ach ja*, seufzte sie und trank einen Schluck Champagner. *Es nutzt ja nichts. Mit der Vergänglichkeit müssen wir alle leben.*

Ich selbst kam um das Erzählen herum, weil die Kinder auf der Straße zu knallen begannen und Viktor schon nicht mehr richtig anwesend war, als er uns halbherzig mit einem Glas Apfelsaft in der Hand – seine Mutter hatte mittlerweile alles Alkoholische aus seinem Blickfeld gerückt – viel Glück zum neuen Jahr wünschte. Schließlich wollte er sein Versprechen halten, den Kindern mit ihren Raketen und Knallfröschen behilflich zu sein, ungeachtet dessen, dass er auch sein eigenes Feuerwerk mitnahm. Er ist ein großes *Chind*, sagte Veronika, und ich merkte mal wieder, wie leicht es war, Leute mit kindlicher Ausstrahlung als chronisch unerwachsen abzuqualifizieren.

Sie müsse das *Chind* nur erwachsen werden lassen, antwortete ich zu meiner eigenen Überraschung und sprach dabei nur zum Teil für Viktor, dann gehe alles wie von selbst. Was natürlich völliger Quatsch war, wie ich aus eigener Erfahrung wusste.

Weil sich der Himmel über Chur wegen schwerer Nebelschwaden nicht erhellen wollte, saßen wir restlichen drei – nach einem kurzen Ausflug auf den Balkon – noch eine Weile am unaufgeräumten Tisch und formten aus dem Konfetti, das Viktor im Laufe des Abends über uns hatte niederregnen lassen, kleine bunte Hügel. Wie erwartet fragten mich meine Gastgeber nicht, was ich künftig zu tun gedachte; es ging ja auch alles sehr schnell und sie beide überhaupt nichts an.

Sollen wir uns jetzt gleich verabschieden oder kommen Sie noch einmal ins Maßatelier?, fragte Wrobel, als er sich abrupt erhob. (Tatsächlich hatte er sich im Verlauf unseres Beisammenseins kein einziges Mal an die Nase gefasst und sah auch nicht so aus, als wollte er in dieser Nacht noch nach Hause gehen.) Nein, wir machen das jetzt; zweimal Verabschieden bringt Unglück.

Er ging schnell in den Flur hinaus zu seinem alten, nur an Wochenenden und privatim getragenen Lodenmantel, in dessen großen Taschen sich wohl ein Geschenk für mich befand, so hoffte ich wenigstens. Und als er dann die beiden Bücher aus dem Packpapier wickelte und mir entgegenstreckte, ohne sich einen Schritt auf mich zuzubewegen, ganz so, als halte er meine Nähe nicht aus und kämpfe gegen das Bedürfnis an, mich zu berühren, wurde er dann doch ein bisschen feierlich.

Ich möchte Ihnen etwas auf Ihre Reise mitgeben, lieber Léon, etwas, das vielleicht ein bisschen erklärungsbedürftig ist, sagte er und war immer noch nicht bereit, mir die beiden Suhrkamp-Bände zu überreichen. Den einen Band kennen Sie ja schon! *Marbot*, die Biografie. Ich habe sie Ihnen wieder mitgebracht, obwohl man handsignierte Bücher nicht verschenken darf, ich weiß. Das zweite Buch heißt *Das Ende der Fiktionen* und enthält einige Reden Hildesheimers über seine Arbeits- und Denkmethoden. Warum ich mich bei Ihnen entschuldigen sollte und dies auch – bezeugt von meiner zukünftigen Frau, wenn sie denn endlich meinen Antrag annimmt – hiermit tue, werden Sie herausfinden. Beim Lesen. Warum ich es trotz mehrerer Anläufe nicht fertiggebracht habe, Ihnen die Wahrheit über Marbot zu erzählen, weiß der Himmel. Sie waren so fasziniert von diesem jungen, unglücklichen Menschen, nahmen so viel Anteil an seinem Leben, an den Leuten, die er traf, ich hätte es als Vertrauensbruch gegenüber den Absichten des Autors und als Missachtung Ihrer Leidenschaften empfunden, wenn ich ...

Veronika, die beim Tischabräumen meine Uhr unter dem Küchenhandtuch entdeckt hatte, lief mir bis ins Treppenhaus nach; kurz zuvor hatten Wrobel und ich uns noch bei den Schultern genommen und umarmt. Es wehte ein kalter Luftzug zwischen den offenen Stockwerken des Plattenbaus aus den Sechzigerjahren, es war unangenehm, die Kälte biss, lärmende Kinder befanden sich auf dem Rückweg in ihre Wohnungen und hatten unten die Haustür offenstehen lassen. Von Viktor keine Spur, obwohl er doch auch ein *Chind* war. Veronika blieb oben auf dem Treppenabsatz stehen und hielt mir meine Uhr entgegen, ließ die Kostbarkeit an der Kette baumeln und mich von unten nach ihr greifen.

Ade, Léon!, rief Veronika, während ich das gute Stück in meine Hosentasche stopfte und bereits nach unten rannte.

Adieu, Veronika!, rief ich zurück.

Und obwohl mir Konstanze dies später nicht glaubte, vor allem, da ich darauf bestand, dass es sich um ein Wunder handelte, spürte ich just vor dem Schaufenster des Maßateliers Adam, wohin ich trotz des nasskalten Wetters noch einen Schlenker machte, die rastlose Unruhe meiner Zeitmaschine an meinem Körper. Wie oft hatte sie mir ihre Dienste verweigert, wie häufig musste sie repariert werden. Nun lief sie von selbst, ganz wie von selbst, sollte ich sagen, und war offensichtlich entschlossen, mir meine kommenden Jahre zu vermessen.

XVII. Life and Art

Nachdem ich mich im Großraumwagen nach München eingerichtet, mir einen Kaffee vom Tablett eines vorbeieilenden Bundesbahnangestellten gegriffen und dafür bezahlt sowie zu meinem Leidwesen am Tisch gegenüber Nikiforos entdeckt hatte, begann ich sofort im *Ende der Fiktionen* zu blättern.

In den darin enthaltenen Essays *Arbeitsprotokolle des Verfahrens ‚Marbot'* und *Schopenhauer und Marbot* stand alles, was Wrobel mir in seiner polnischen Umständlichkeit hätte erklären müssen, aber aus mir unerfindlichen Gründen nicht gewollt hatte. Ich konnte es nicht fassen: Marbot war eine Fiktion und nie existent gewesen! Die ganze lange Zugfahrt über fühlte ich mich persönlich beleidigt – von Hildesheimer, von Wrobel, von mir selbst, der ich nicht auf die Idee gekommen war, eine Suchmaschine zu betätigen. Wie geschickt Hildesheimers Täuschungen waren, wie umsichtig er sie geplant hatte, das konnte ich nun mit wachsendem Erstaunen nachlesen: Indem er bereits Jahre zuvor in Reden und Aufsätzen seine Kunstfigur als genialen, zu Unrecht in Vergessenheit geratenen Kunsthistoriker erwähnte, indem er für seinen literarischen Coup Gemälde und Dokumente fälschen beziehungsweise herstellen ließ, indem er seinen Marbot mit real existent gewesenen Geistesgrößen und Künstlern zusammenführte, deren teilweise historisch verbürgte, aber auch erfundene Briefe und Tagebücher er in Marbots biografischen Kontext montierte und so nicht zuletzt durch den faktisch überprüfbaren Hintergrund dafür sorgte, dass man den Helden selbst nie anzweifelte.

Hätte ich mich weniger leicht von Marbot faszinieren lassen und ihn weniger um sein privilegiertes Leben beneidet, wenn ich zu einem früheren Zeitpunkt gewusst hätte, dass er niemals gelebt hatte, sondern der traurige Held einer erfundenen Biografie des psychoanalytisch versierten Wolfgang Hildesheimer war? Ich wusste es nicht, und ich wollte es auch nicht wissen.

Im Grunde sei es ihm um das *Verhältnis der Kunst zum Leben* gegangen, erklärte Hildesheimer in einem der beiden Aufsätze, und diese individuell schwer auszuhaltende Spannung habe sich in der Gestalt des armen Marbot sehr gut widerspiegeln lassen. Keiner seiner vermeintlichen Zeitgenossen konnte ein Kunstwerk so empathisch, ja fast freudianisch, interpretieren, suggerierte die Biografie, keiner jedoch ignorierte auch so heroisch die unausgesprochene Sehnsucht, selber ein Künstler zu sein. Dass Hildesheimer Ruskin nicht deutlicher integrierte, konnte ich insofern nicht verstehen. Dieser war gleichfalls einer, der Kunstwerke seelisch durchdringen konnte, aber er zeichnete auch selbst, und wie gut! Es war mir jedes Mal eine Freude, in seinen *Grundlagen des Zeichnens* zu blättern, wobei ich Fritzis fürchterliche Schwester immer besser verdrängen konnte. Dadurch, dass Hildesheimer Marbot seine Gedanken aufschreiben ließ, entstanden im Verlauf des Romans auch einige fiktive Schriften zum Thema *Leben und Kunst*. Sie wurden – so der findige Hildesheimer – nach Marbots Tod unter dem Titel *Art and Life* in einem Band zusammengefasst.

Eine perfekte Irreführung also, so abgefeimt wie klug und obendrein der Eitelkeit seiner gebildeten Leserschaft schmeichelnd, ein Artefakt im wahrsten Sinne des Wortes. Und ich Trottel hatte mir – auf dem Höhepunkt meiner Begeisterung – vorgenommen, mich zu quälen und Marbots Aufsätze auf Englisch zu lesen, weil sie ja vermutlich niemals übersetzt worden waren – niemals übersetzt hätten werden können! –, und fiel damit genauso auf den erfundenen englischen Gentleman herein wie die meisten Kritiker, die nie auch nur den leisesten Zweifel an Marbots Existenz hegten. Immerhin, ich befand mich in guter Gesellschaft. An der Seite des Literatur-Chefs einer Hamburger Wochenzeitung etwa, der derart selbst- und detailverliebt versuchte, Hildesheimer am Zeug zu flicken, dass sein Hass auf ihn geradezu offensichtlich wurde. Goethe habe sich an einem bestimmten Datum des Jahres 1821 in Leipzig aufgehalten und nicht in Weimar, wo Marbot ihn angeblich im Haus am Frauenplan besuchte, zum Beispiel, und noch diverse andere, lächerlich nebensächliche Ungenauigkeiten, über die sich nur jemand aufregen konnte, der sich selbst nicht genug beachtet fühlte.

Was für eine Anstrengung, Marbots Leben und Tod in neuem Licht sehen zu müssen!, dachte ich – und im gleichen Atemzug: Wie schade, dass Hildesheimer nicht mich verstofflichen konnte, was für ein guter Zeitzeuge wäre ich ihm gewesen – hätten wir uns je getroffen! Während Marbots Entstehungszeit saß ich allerdings nur mit Berliner Studenten in den verrauchten Küchen verwahrloster Altbauwohnungen herum, ehrlich gesagt, während – ohne dass ich mich daran beteiligte – darüber diskutiert wurde, ob man Jan-Carl Raspe und Inge Viett, Mitglieder der berüchtigten Baader-Meinhof-Bande, aufnähme, falls sie auf ihrer Flucht an die Tür klopften. Keiner hätte mich gehindert, in die Schweiz zu gehen in diesen Jahren, zumal mir die sogenannten revolutionären Aktionen meiner sogenannten Freunde immer langweiliger wurden. Aber ich kam nicht auf die Idee und hatte – weil ich wegen meiner Geldnot nicht den Flieger nehmen konnte – ohnehin zu viel Angst vor der unvermeidlichen Fahrt durch die DDR, den erbarmungslosen Kontrollen und der Enttarnung der vielen falschen Stempel in meinem dreimal verlängerten Pass.

Was hätte ich dem falschen Biografen alles erzählen können, Anekdoten aus dem Privatleben wichtiger Persönlichkeiten. Oder von den schwachen Stunden erst nach ihrem Ableben berühmt gewordener Männer und Frauen, was mir in Anbetracht der Ferne ihrer Existenzen kein bisschen despektierlich vorkam. Von der anderen Seite des Zaunes gab es nicht weniger Berichtenswertes, wie ich fand, von meinem Dasein als Lehrling in einer Wiener Notenstecherei, meinen Diensten in einem Bordell namens Bosnische Drina, als Mädchen für alles am Fürstenhof von Piombino in Lucca, als Grafiker im Hotel Oriental in Bangkok, als Liebesopfer eines Münchner Druckereibesitzers, als Wäscheschrank-Bewohner einer Moskauer Kommunalka.

Wie seltsam, dass ich mir Léon Saint Clair erst nach der Lektüre von *Das Ende der Fiktionen* als erzählendes Wesen vorstellen konnte, als Menschen, der sich öffnete und nicht wegrannte vor den Zumutungen seines hartnäckigen, allmählich nachlassenden Gedächtnisses. Anders als ich, der ich nie etwas erfinden konnte, hatte sich Hildesheimer mit Marbot eine Gestalt erschaffen, deren Gefühlsleben dem seinen entsprach, mit ihr jedoch – weil er den armen Marbot fast notwendigerweise in den Tod schicken musste – zugleich eine Schaffensphase beendet, die seinen Abschied von der Literatur bedeutete. Er collagierte fortan und sprach nicht mehr. Während ich eisern schwieg auf Doktor Zuckers Couch und nie erfuhr – weil ich mich von einem Kriminalkommissar in die Flucht hatte schlagen lassen –, ob ich irgendwann zu reden begonnen und damit die Barriere überwunden hätte, die mich von den Erkenntnissen aus meinen Erinnerungen fernhielt.

Dies nur der Vollständigkeit halber: Ich war nicht größenwahnsinnig, ich wusste schon, dass sich Hildesheimer nur für Marbot und seine Epoche interessierte und nicht für so bildungsferne Leute wie mich. Tatsächlich existierte in Marbots erfundener Vita nur eine einzige Gestalt, die auch ich kannte, und zwar in Form einer Fußnote, August Wilhelm Schlegel nämlich, der ältere der beiden begabten Brüder, den ich während seiner an wechselnden Orten stattfindenden Vorlesungen über schöne Literatur und Kunst manchmal gezeichnet hatte, seiner schwarzen Locken wegen, aber auch wegen meiner Liebe zum Girlandisieren, nicht weil mich die nicht enden wollenden Elogen des nachmaligen Shakespeare-Übersetzers interessiert hätten.

Dass ich Weimar nicht besucht hatte, verstand sich dagegen von selbst, war ich doch während meiner ersten Berliner Jahre in einen Kreis von Goethe-Hassern geraten, die eine Pilger-Reise zu Deutschlands hauptamtlichem Dichter als Strafe Gottes empfunden hätten. Hildesheimer hingegen bestand darauf, dass seine Figur den Publikumsmagneten besuchte, wobei es ein tiefsinniges Gespräch zwischen ihnen gegeben haben soll, das den Geheimrat bewog, Marbot – wie viele andere über den Kanal gekommene Jünglinge – zu längerem Bleiben aufzufordern. Das Hotel Elephant sei am angenehmsten, schlug er vor, wohl weil man es von dort nicht weit zum Frauenplan hatte.

Auch eine Begegnung mit Goethes Schwiegertochter erfand der Biograf. Dies war eine der Episoden, die mich beim ersten Lesen am stärksten berührt hatten. Ottilie Goethe, geborene von Pogwisch, war die Witwe von August, dem in Rom verstorbenen unglücklichen Sohn des Universalgenies. Dass sie sich gerne in ansehnliche Ausländer verguckte und dies nicht etwa verheimlichte, entsprach wohl ihrer Natur. Wobei es Hildesheimer kurz machte: Nur vier Tage Zeit gewährte er ihr für die Affäre mit Marbot; wie nah sie sich kamen und ob er sofort oder erst eine Woche später Hals über Kopf vor ihr flüchtete, wollte der Autor jedoch nicht weiter erläutern. Der verzweifelte Brief, den er Ottilie an den sich bereits in Italien aufhaltenden Marbot verfassen ließ, stimmte mich milder gegen seine Selbstherrlichkeit, zumal er so wundervolle Sätze und Ausdrücke für Ottilies – mir sofort einleuchtende – Gefühle fand. Da sie der Liebe bedürftig sei und sich die Erfüllung dieses Bedürfnisses wider alle Gesetze der Schicklichkeit zugestehe, müsse sie ihre Seele als *Conterbande* betrachten, hatte sie nämlich schriftlich geseufzt und in meinem Gemüt eine Saite zum Klingen gebracht.

Conterbande? Noch allein in Wrobels Wohnung logierend, hatte mich das Wort nicht sonderlich angesprungen, da besaß ich auch noch kein Smartphone, um meiner Unwissenheit abzuhelfen. Nikiforos hätte mir die Bedeutung des Wortes bestimmt erklären können, ausführlicher vermutlich, als es zu ertragen war, zumal man ihn durchaus als meine, als Léon Saint Clairs seelische Conterbande bezeichnen konnte! Bei Wikipedia indes erfuhr ich, es handle sich bei der Conterbande um *kriegswichtige Güter, die verbotenerweise auf neutralen Handelsschiffen mitgeführt wurden.* Um Schmuggelware ging es also, kurz gefasst, und mir fiel dazu ein – während meine Beine plötzlich so heftig schmerzten, dass ich das Bedürfnis bekam, meine Füße auf den gegenüberliegenden Sitz zu legen, wo aber Nikiforos saß –, wie häufig ich in meiner Jugend, auf vollgepackten, schwankenden Fuhrwerken zwischen Fässern, Kisten und Kasten versteckt, Ländergrenzen überquert und faulen Zollbeamten ein Schnippchen geschlagen hatte.

Vielleicht hinkte der Vergleich, dachte ich und streckte meine Beine wenigstens eine Zeit lang auf den Gang hinaus. Ganz und gar unkriegerisch verhielt ich mich jedoch nicht, wenn man bedenkt, dass ich als blinder Passagier Europas feudale Bürokratien immer wieder hinters Licht führte. Konstanze hätte so etwas *subversiv* genannt; sie liebte es, Menschen, die ihr nahe standen, etwas Rebellisches unterzuschieben. Von meinem falschen, dreimal verlängerten Pass erfuhr sie allerdings nie.

Im Grunde hätte ich wissen müssen, wie der Schriftsteller vorging; wie listig und geradezu hinterrücks entschlüsselte er zum Beispiel Mozarts Genie mithilfe seiner übergroßen Einfühlung. Eigentlich war es eine Quälerei und geradezu bedrohlich, einem fremden Menschen so lange so nah zu sein; kein Wunder, dass Hildesheimers Mozart mich komplett um den Schlaf gebracht hatte. Die Gefühle des Autors beim Schreiben kümmerten mich nicht – ich jedoch, als Leser, konnte die Abgründe und Gipfel von Mozarts Genie manchmal kaum aushalten, da sie für mich letztlich nicht nachvollziehbar waren und ich mich darauf versteifte, wie ihn seine so bös vernagelte Umgebung die ganze Zeit malträtierte. Und dennoch fand ich Sir Andrew Marbot viel beunruhigender. Weil er von Mozarts Genie so weit weg war wie der Mond von der Erde? Weil der junge Adlige mit mir im Grunde vertrauten Leuten Umgang pflegte, deren gezierte, von sich selbst entfremdete, aber auch von ihren Mitmenschen sich ständig distanzierende Denk- und Handlungsweise ich so leidvoll kannte? Weil ich in Hildesheimers mit lauter hochgescheiten Individuen bestücktem Setting allenfalls Lakai gewesen wäre (gewiss nie der Hauslehrer wie Friedrich Hölderlin, über dessen Liebesaffäre mit Susette Gontard, der Mutter seines Schülers, sich mein Berliner Bekanntenkreis aufs Heftigste belustigte)? Oder weil er Marbot diese klirrende, von keinem Außenstehenden je zu überwindende Einsamkeit verpasste, die auch mein Leben dominierte? Mozarts grandiose Einsamkeit dagegen schien mir fremd, ich traute mich nicht, sie mit ihm zu teilen. Daran, dass es vermutlich auch Hildesheimers Einsamkeit war, die er um seine Helden legte wie einen Mantel aus japanischem Reispapier, daran zweifelte ich beim ersten und auch jetzt, beim zweiten Durchblättern, keine Sekunde, erkannte ich doch, dass es Wrobels Einsamkeit und Fritzis Einsamkeit gleichermaßen war, unser aller Einsamkeit also, um es so pathetisch auszudrücken.

Vielleicht ging es aber auch um das Mitgefühl für uns selbst und unsere Zeitgenossen. Denn warum sonst brach ich beim Lesen in Tränen aus, als man Marbot nach seinem Aufbruch ins Montefeltro-Gebirge trotz tagelanger Suche nicht mehr finden konnte und sein Pferd eines Mitternachts Ende Februar 1830 ohne Reiter vor dem Stall stand?

Ein paar Augenblicke war ich versucht, Nikiforos, der mir immer noch gegenübersaß und mich unverwandt anstarrte, Marbots Biografie über den Tisch zu schieben und ihm die Stelle zu zeigen, die ich gerade angestrichen hatte, ein Zitat aus den letzten Notaten des erfundenen

Kunstwissenschaftlers, bevor er verschwand. *Man sieht: der Tod ist stets präsent, und manchmal leuchtet er auf, in gebotener Strenge und ruhiger Unerbittlichkeit, um dich an dein Ziel und deinen eigenen Willen zu erinnern.*

Nikiforos hatte Deutsch mit mir gesprochen in der Moskauer Kommunalka, er hatte bei einem Berliner Professor namens Fimmel, Kimmel oder Simmel studiert, er war Philosoph, er hätte für Marbot Verständnis gehabt. Aber ich brachte es nicht fertig, mich zu rühren, genauso wenig wie vor ihm auf die Knie zu gehen und ihn für meinen Verrat um Vergebung zu bitten. Es wäre auch unmöglich gewesen, weil sich vor unserem Tisch Reisende stauten und Nikiforos von einem sympathischen grauhaarigen Herrn vertrieben wurde, der sich ohne Umstände auf Nikiforos' Platz setzte, sein iPad aus der Umhängetasche holte und prächtige Girlanden zu zeichnen begann, um die ich ihn nur beneiden konnte. Tatsächlich, der Tod, so wie ihn Marbot in seinen letzten Lebensmonaten interpretierte, war sehr weit weg von mir ... Hauptsache der Zug hatte keine Verspätung.

Wie schwierig es ist, an fiktive Dinge zu denken, als seien sie wahr, und an die Realität, als sei sie erfunden, dachte ich, während ich mich nach meinem Kommunalka-Genossen umsah und ihn knapp neben mir stehend entdeckte, sodass ich ihn am Ärmel hätte packen können. *Ich muss unbedingt damit aufhören. Sonst komme ich mir bald selbst wie eine Fiktion vor.*

Marbot war keine Romanfigur, sondern ein Mensch, der lebte und starb, anders konnte ich es beim Lesen nicht empfinden, lieber Herr Schriftsteller, verehrter, lieber Herr Wrobel, der Sie glaubten, mich noch aufklären zu müssen, und dies nicht dem Zufall überlassen wollten. Genauso wenig wie ich selbst eine Romanfigur war, nun, da es mit meiner Unendlichkeit zu Ende ging, ich zu wachsen begonnen, eine Entwicklung eingesetzt hatte jedenfalls, die mich Gott weiß wohin führen würde, irgendwann und zwangsläufig zur Begegnung mit meinem eigenen Tod.

Es war merkwürdig: In der Literatur gab es seit je etwas, das ich nicht begreifen konnte, etwas, das mich empörte, verstörte, entsetzte, mich schluchzen, nicht schlafen und eigentlich nur sehr selten frohlocken ließ. War es der Abgrund zwischen Realität und Erfindung? Die Realität innerhalb der behaupteten Erfindung? Die Erfindung innerhalb der behaupteten Realität? Hildesheimers *Marbot* bescherte mir sämtliche Zustände auf einmal. Und sein wortloses Verschwinden erinnerte mich nun, da ich tiefer über ihn nachdachte, an mein eigenes, mir in gewissen Phasen meines Lebens selbst verordnetes Verschwinden, ja, auch an die Tränen, die ich deswegen vergoss, sofern es erlaubt war, Tränen als Indikator für wahre Gefühle zu betrachten. Nein, ich war nicht ausgedacht, und ein Held schon gar nicht, aber ein Mensch, der gelegentlich Gespenster sah, derzeit allerdings nur Nikiforos.

Art and Life! Natürlich hätte ich es niemals gewagt, mich mit dem Privatgelehrten Andrew Marbot zu vergleichen. Außer seiner und meiner Traurigkeit und dem fernen Zeitalter, in dem wir – ohne einander zu begegnen – existierten, verband uns nichts. Allein der Umstand, dass ich seine Biografie und Wolfgang Hildesheimers Essays über sein komplexes literarisches Tun in meinen Rucksack stopfen würde, bevor der Zug in den Hauptbahnhof (tief) einfuhr, knüpfte ein zartes Band zwischen uns.

In meiner Hosentasche tickte die Uhr meines Vaters. Auch sie musste keiner erfinden, allenfalls in dem Sinne, dass ein Uhrmacher sie vor langer Zeit konstruiert hatte und irgendwann ihre Unruh in Gang setzte. Ich könnte sie einem Museum schenken, überlegte ich, dem Berliner Kunstgewerbemuseum vielleicht, damit man sie dort unter einen Glassturz legte und mit einem Etikett versah. Danach könnte ich vergessen, wie weit sie herumgekommen war in Europa und Asien, dass sie mich in die flandrischen Schützengräben und in die russische Kommunalka begleitete sowie im Safe des Hotel Oriental als auch im Geheimfach des Sekretärs meiner unverzichtbaren Konstanze in Berlin ein bisschen die Zeit verpennte, wenn ihr Besitzer sie zwischendurch vergessen hatte.

Nachdem ich in München umgestiegen war, fand ich mich, als allmählich etwas Ruhe einkehrte im Großraumwagen, erneut Nikiforos gegenüber. Bis ich es wagte, ihn zu fragen, ob er beim Zugfahren je in Konflikt mit Einsteins Relativitätstheorie gekommen sei, dauerte es allerdings eine Weile.

Aber er schien zu verstehen, was ich meinte.

Epilog

Es war kalt und windig, als Léon aus dem Zug stieg. Die typische Berliner Kälte, ein Gemisch aus Feuchtigkeit und schlechter Luft, fauchte ihn an. Mit einem Bus der Linie 47 fuhr er zum Potsdamer Platz und lief hinüber zur Philharmonie, wo er im letzten Augenblick sein Gepäck und seinen kurz vor Weihnachten noch bei Viktor als Schnäppchen erworbenen schicken Mantel mit Samtrevers an der Garderobe abgab; das Stück war ein bisschen zu groß, aber er würde ja noch wachsen. Dann stürmte er die Treppen zu Block H (links) hinauf. Weil er nicht vorausschauend genug gewesen war, hatte er sein Ticket ausgerechnet für die Mitte gebucht. Er musste also über viele Menschen hinwegsteigen, die nur widerwillig aufstanden, bisweilen auch sitzenblieben und ihn wohl gerne zum Stolpern gebracht hätten. Seine Entschuldigungen akzeptierten sie nicht, das spürte er; so spät kam man einfach nicht ins Konzert. Bei Bruckners achter Symphonie, die einen ganzen Abend für sich in Anspruch nahm, hätte er einfach draußen bleiben müssen. Basta.

Block H lag hinter dem Orchester in Hans Scharouns unvergleichlichem Konzertsaal, man konnte dem Dirigenten beim Dirigieren zuschauen. Als Léon sich setzte, hatten die Musiker und Musikerinnen bereits ihre Plätze eingenommen und warteten auf den Konzertmeister, ihre Geigen und Bratschen auf den Knien, ihre Kontrabässe, ihre Harfen umarmend, ihre Trompeten, Posaunen, Hörner, Klarinetten, Fagotte gezückt. Von seinem Platz aus entdeckte Léon in Block E (links) Konstanze im Halbprofil, leider häufig von einem Riesen verdeckt, der sich immer wieder vor sie schob. Sie sah sich nicht um, obgleich sie wusste, wo er saß, er hatte es ihr per Anrufbeantworter mitgeteilt. Zumindest aus der Entfernung kam sie ihm weniger mächtig vor; in gewisser Weise wirkte sie sogar fragil und verletzlich. Und er umgekehrt erschien sich deutlich größer, selbst im Sitzen. Vielleicht erkannte seine Freundin ihren kleinen Autisten auch gar nicht mehr mit seinem Dreitagebart, seinen graumelierten Haaren, seiner Brille. Aber nein, bei den letzten Takten der Schlussapotheose wandte sie sich um, winkte ihm zu und machte sich rücksichtslos auf den Weg nach draußen. *Lass den Applaus, Léon, beeil dich, lauf!*, rief sie ihm unhörbar zu, und er folgte ihr aufs Wort.

In der Digital Hall der Berliner Philharmoniker hörten Konstanze und Léon Monate später in einer Sendung, die vor dem gemeinsam besuchten Konzert aufgenommen worden war, Herbert Blomstedt sagen, Bruckners achte Symphonie stelle er sich immer wie eine baltische Kathedrale vor: kleinteilig, konsequent und systematisch nach oben gebaut aus sich in ihrer Dichte und Qualität niemals verändernden Backsteinen. Bis an die Grenze des Himmels strebend, weiter nicht, aber bis dorthin auf jeden Fall.

Da Léon Konstanzes Adresse bei Jakobus im Hotel Schneeleopard hinterlassen hatte, erhielt er – Monate nach seiner Rückkehr – eine eng beschriebene Karte von Johannes, der einen Vorschlag machte. Irgendwo im Norden Deutschlands, nahe der Stadt Schleswig, gebe es ein Fischerdorf namens Holm und ebendort die allerletzte, kaum drei Jahre nach dem Ende des Dreißigjährigen

Krieges während einer Pestepidemie gegründete Toten-
gilde Deutschlands. Sie bestand aus sogenannten Belie-
bungsbrüdern, die ihre Mitbürger freiwillig und in allen
Ehren auf dem wie ein Marktplatz mitten im Ort gelegenen Friedhof begruben. Auch ein Beliebungsfest werde
gefeiert, jedes Jahr im Frühsommer. Ob sie sich dort nicht
treffen könnten? Jakobus und Professor Arbuthnott aus
Edinburgh würden sich möglicherweise anschließen.
Gerne hätte er auch Tomasz Wrobel gefragt, aber dessen
Maßatelier sei seit kurzer Zeit geschlossen. Er selbst jedenfalls, Johannes, habe die Absicht, sich als Beliebungs-
bruder zu bewerben, er habe die Berge satt und wolle das
flache Land ausprobieren.

Der Plan des Totentanzexperten wurde von Léon
nicht in Erwägung gezogen, obgleich an der linken Ecke
des Schriftstücks Johannes' Adresse in Druckbuchstaben
notiert war. Die großformatige Ansicht der Lübecker
Marienkirche verschwand irgendwann in Konstanzes
Sekretär, zusammen mit Léons Uhr, die er sich alle paar
Tage ans Ohr hielt, um ihr Ticken zu überprüfen.

Nikiforos begegnete er nur gelegentlich; bei den Obdachlosen unter einer Brücke am S-Bahnhof Friedrichstraße; an Krücken vor den kichernden Göttern im Char-
lottenburger Schlosspark, lustig winkend; im Theater, in
Gogols *Toten Seelen*, wo er eine Reihe vor ihnen saß und
Léon mit seinem Lockenkopf die Sicht versperrte. Im
Traum nie, Gott sei Dank!

Konstanze nach Doktor Zucker zu fragen, dazu konnte
der Rückkehrer sich nicht aufraffen. Es gab ihn offensichtlich noch, auf seinen Streifzügen rund um den Gen-
darmenmarkt ging Léon täglich an seinem Praxisschild

vorüber. In einem nahe gelegenen Drogeriemarkt entdeckte er eines Tages Zuckers Gemahlin. An der Kasse
verlangte sie nach einer speziellen Sorte Badesalz vom
Toten Meer. Sie wirkte etwas verwirrt und trug schwarze
Kleider.

Mein (nach sechs gemeinsamen Büchern) längst überfälliger Dank gilt meiner wunderbaren Lektorin Merle Rüdisser. Sie hat mich mit viel Geduld, Kenntnis, Sprachgefühl und Empathie durch alle Fährnisse geleitet, die dieser Roman so mit sich brachte.

Ich könnte mir keine bessere Unterstützung vorstellen!

Literatur

Stephan Braese: Jenseits der Pässe. Wolfgang Hildesheimer. Eine Biographie. Wallstein, Göttingen 2016

Maria Deiters, Jan Raue, Claudia Rückert (Hrsg.): Der Berliner Totentanz. Geschichte – Restaurierung – Öffentlichkeit, Lukas, Berlin 2014

Wolfgang Hildesheimer: Marbot. Eine Biographie. Suhrkamp Taschenbuch, Frankfurt 1984

Wolfgang Hildesheimer: Das Ende der Fiktionen. Reden aus fünfundzwanzig Jahren. Suhrkamp Taschenbuch, Frankfurt 1988

Leszek Kołakowski: Gespräche mit dem Teufel. Acht Diskurse über das Böse und zwei Stücke. Piper, München 1963

John Ruskin: Grundlagen des Zeichnens in drei Briefen für Anfänger. Aus dem Englischen von Helmut Moysich. Mit einem Nachwort von Wolfgang Kemp. Dieterich'sche Verlagsbuchhandlung, Mainz 2019

Ruth Sprenger: Die hohe Kunst der Herrenkleidermacher. Tradition und Selbstverständnis eines Meisterhandwerks. Böhlau, Wien/Köln/Weimar 2009